Susanne Schomann

Heidewinter

Roman

mtb

MIRA® TASCHENBUCH
Band 25888
1. Auflage: Dezember 2015

MIRA® TASCHENBÜCHER
erscheinen in der HarperCollins Germany GmbH,
Valentinskamp 24, 20354 Hamburg
Geschäftsführer: Thomas Beckmann

Originalausgabe

Konzeption/Reihengestaltung: fredebold&partner GmbH, Köln
Umschlaggestaltung: pecher und soiron, Köln
Redaktion: Daniela Peter
Titelabbildung: Thinkstock / Getty Images, Munchen / Agrigorjeva
Autorenfoto: © by Sabine Kayser, Fotostudio Blendenspiel, Hamburg
Satz: GGP Media GmbH, Pößneck
Druck und Bindearbeiten: CPI books GmbH, Leck – Germany
Printed in Germany
Dieses Buch wurde auf FSC®-zertifiziertem Papier gedruckt.
ISBN 978-3-95649-251-8

www.mira-taschenbuch.de

Für Christa (Herzi), meine Mama,
den sicherlich lustigsten Engel im Himmel

Der Blick

Schaust du mich aus deinen Augen
Lächelnd wie aus Himmeln an,
Fühl' ich wohl, dass keine Lippe
Solche Sprache führen kann.

Könnte sie's auch wörtlich sagen,
Was dem Herzen tief entquillt,
Still den Augen aufgetragen,
Wird es süßer nur erfüllt.

Und ich seh' des Himmels Quelle,
Die mir lang verschlossen war,
Wie sie bricht in reinster Helle
Aus dem reinsten Augenpaar.

Und ich öffne still im Herzen
Alles, alles diesem Blick,
Und den Abgrund meiner Schmerzen
Füllt er strömend aus mit Glück.

(Joseph Karl Benedikt Freiherr von Eichendorff 1788–1857,
deutscher Dichter und Dramatiker)

D'Artagnan: „Was ist ihm denn passiert?" –
Aramis: „Das, was jedem Mann passiert. Eine Frau."

(Filmzitat aus: „Die Drei Musketiere" – 2011)

PROLOG

„Bitte, Papa, erspare mir das!“ Sina stampfte leicht mit dem Fuß auf, um ihren Unwillen zu untermauern, aber die Miene ihres Vaters blieb unverändert hart. Klaus Rosenborn verschränkte die Arme vor seinem mächtigen Brustkorb und schüttelte leicht den Kopf.

Seine überlegene Haltung machte Sina noch wütender. „Ich will nicht auf diesen Ball!“, fuhr sie unbeirrt fort. „Ich will auch kein Kleid, und ich will schon gar nicht vorgeführt werden wie ein Zirkuspferd in der Manege!“ Selbst in ihren Ohren klang ihre Stimme schrill.

„Darüber diskutiere ich nicht mit dir, Sina. Es ist meine Pflicht als dein Vater ...“

„Ach, papperlapapp!“, unterbrach sie ihn. Sie wusste nur allzu gut, wie seine Tirade weitergehen würde. Sie hatte sie schon Hunderte von Malen gehört.

„Sina! Mäßige dich!“

„Na, ist doch wahr! Ich weiß, dass du diesen Ball in Wahrheit nur aus einem Grund gibst, und das ist nicht etwa die Einführung deiner neuen Pralinensorte. Hältst du mich für so dumm, dass ich das nicht durchschaue?“ Sie atmete tief ein und versuchte sich an einem kleinen Lächeln, von dem sie hoffte, dass es sein Vaterherz doch noch erweichen würde. „Papa, sei ehrlich, deine Einstellung zu diesem Thema ist wirklich ein bisschen altmodisch.“

„Nein, das ist sie ganz und gar nicht, mein Kind. Im Gegensatz zu dir weiß ich nämlich, wie wichtig es ist, in den richtigen Kreisen zu verkehren, um den bestmöglichen Platz im Leben finden zu können.“

„Die richtigen Kreise! Wenn ich das schon höre. Dein Vertrauen in mich ist wie immer beeindruckend“, zischte sie. Sie war es unendlich leid, dass ihr Vater so wenig von ihr hielt, dass er ihr noch nicht einmal zutraute, ihren eigenen Weg in eine glückliche Zukunft zu finden.

Er war ein überaus erfolgreicher Unternehmer. Sie hatte bereits erlebt, wie mühelos er sich auf wildfremde Menschen einstellen konnte und sie in null Komma nichts richtig einschätzte, doch er hatte wirklich nicht die geringste Ahnung, wie es in seiner einzigen Tochter aussah. Na ja, dachte Sina frustriert, wahrscheinlich ist es ihm sogar egal.

„Das hat überhaupt nichts mit Vertrauen zu tun, und das weißt du auch. Ich will dir nur deinen Weg ebnen, Sina. Ich habe eine überaus hübsche Tochter, und das sollten alle wichtigen Familien wissen."

Sie lachte bitter auf. „Ha! Du meinst die Familien, die furchtbar schnöselige und aalglatte Söhne im passenden Alter haben und nebenbei über ein riesiges Vermögen und am besten noch über einen Adelstitel verfügen!"

„Großes Vermögen steht für mich nicht im Vordergrund, das weißt du. Geld haben wir schließlich genug. Aber dein Mann sollte zumindest über eine gute Familie, genügend Ansehen und einen hervorragenden Ruf verfügen. Ja, Herrgott noch mal, ein Adelstitel kann da weiß Gott nicht schaden. Was ist so falsch daran, Sina?"

„Alles, Papa! Alles! Es ist nämlich ganz und gar nicht das, was mir für mein Leben vorschwebt. Ich möchte später keine von diesen gelifteten Zicken werden, deren Hauptsorge darin besteht, ob sie beim richtigen Modedesigner einkaufen oder ob das Personal spurt. Außerdem bin ich sowieso noch viel zu jung, um zu heiraten. Dafür habe ich doch noch jede Menge Zeit."

„Du wirst in fünf Monaten deinen achtzehnten Geburtstag feiern und damit volljährig sein. Deine Mutter war genau in deinem Alter, als ich um ihre Hand anhielt."

„Oh, Papa! Du bist wirklich von vorgestern! In etwas mehr als zwei Jahren werde ich meinen Abschluss machen. Spätestens dann kann ich mich sehr gut selbst versorgen."

„Als Krankenschwester? Ich bitte dich." Um den Mund ihres Vaters spielte ein leichtes Lächeln, das allerdings nicht freundlich oder liebevoll war, sondern vielmehr seine Einstellung zu ihrer Berufswahl deutlich machte. Sina war verletzt.

„Jawohl, als examinierte Krankenschwester. Und es ist genau das, was ich immer machen wollte." Sie legte den Kopf in den Nacken und blähte ihre Wangen auf, ließ dann ganz langsam den Atem entweichen. „Ich weiß, dass du das nicht verstehen willst. Doch du wirst es sehen, ich werde diese Ausbildung abschließen, Papa, und zwar mit den besten Noten."

Zunächst runzelte Klaus Rosenborn nur die Stirn, dann erinnerte er Sina jedoch daran, dass er bestimmte: „Nun, ich habe deiner Ausbildung zugestimmt. Es war das kleinere Übel, nachdem du die Schule …" Er machte eine wegwerfende Handbewegung, atmete tief ein und machte damit deutlich, dass er spätestens an dieser Stelle die Diskussion für beendet erklärte. „Noch bist du weder volljährig, geschweige denn in der Lage, deinen Lebensunterhalt allein zu bestreiten, Sina. Und solange dies so ist, wirst du gefälligst tun, was ich dir sage. Die Schneiderin kommt morgen Nachmittag, und ich erwarte, dass du hier sein wirst und dich nicht wieder bei meiner Schwester verkriechst. Du gehst auf diesen Ball, basta!"

Natürlich setzte ihr Vater sich durch. Vier Wochen später begleitete Sina ihn und ihre Tante auf den großen Pralinenball, der im berühmten Hamburger *Hotel Atlantic* stattfand. Nicht zum ersten Mal hatte ihr Vater dort mehrere Bankettsäle, aber natürlich auch den prunkvollen Ballsaal des Hotels angemietet.

Sinas Laune war auf dem Nullpunkt angelangt. Sie war umgeben von Menschen, die sie überwiegend als oberflächlich und äußerst narzisstisch einschätzte. Auch die stille Hoffnung, dass sie sich vielleicht direkt nach dem Bankett unauffällig zurückziehen könnte, wurde nicht erfüllt. Denn ihr Vater hatte sie nach dem Essen beiseitegenommen und ein weiteres Mal streng gemaßregelt. Natürlich war ihm aufgefallen, dass sie sich fast zu Tode langweilte. Deshalb hatte er ihr befohlen, sich endlich fröhlich zu geben und nicht so sauertöpfisch dreinzuschauen, wie er es nannte.

Ja, und nun stand sie im prächtigen Ballsaal und fühlte sich immer noch völlig fehl am Platz. Die sechsköpfige Band spielte recht ordentlich, aber das konnte Sina nicht aufheitern. Eigentlich hatte sie vorgehabt, sich sinnlos mit Champagner zu betrinken, um ihren Vater zu ärgern, doch selbst dazu fehlte ihr die Lust. Okay, sie musste zugeben, dass ihr Kleid ein wahrer Traum in Türkis war. Sina wusste, dass sowohl die Farbe also auch der Schnitt der glänzenden Seidenrobe hervorragend zu ihr passte. Es war also kaum ein Wunder, dass sie fortwährend zum Tanz aufgefordert wurde, auch wenn sie jedes Mal lächelnd ablehnte.

Diese jungen Schnösel sehen allesamt gleich aus, dachte sie bei sich. Innerlich stöhnte sie auf, als sie einen kurzen Blick auf die Uhr warf. Es war noch nicht einmal Mitternacht. Sie würde also noch einige Stunden durchhalten müssen, denn die Feste, die ihr Vater gab, endeten meist erst, wenn es bereits wieder hell wurde.

Sina atmete tief durch, ließ den Blick erneut über die tanzenden Paare wandern und lehnte abermals eine Aufforderung zum Tanz ab. Doch dann betrat ein Mann den Ballsaal, der sofort ihre Aufmerksamkeit weckte. Sie hätte auf Anhieb nicht sagen können, warum, aber es ging eine sanfte Erschütterung durch ihren Körper, als sie ihn hereinkommen sah.

Natürlich drehte sie den Kopf sofort in eine andere Richtung, damit er ihren Blick nicht bemerkte, denn auch er hatte sie angesehen. Dieser winzige Moment, es war nur der Bruchteil einer Sekunde, hatte ausgereicht, um sein männliches Interesse fast physisch zu spüren.

Ihr Herz begann schneller zu klopfen. Nur aus dem Augenwinkel beobachtete sie, dass er sich langsam auf sie zubewegte. Sie hatte sofort gewusst, dass er zu ihr kommen würde. Mit leicht federndem Gang umrundete er den Saal, kam immer näher. Irgendwann befand er sich auf der Zielgeraden, und von diesem Moment an sah sie ihm entgegen, konnte ihn endlich in Ruhe betrachten.

Sie schätzte ihn auf Anfang bis Mitte zwanzig. Er war schlank und ziemlich groß. Sein schwarzer Abendanzug war körperbetont geschnitten, brachte die breiten Schultern unter dem Jackett sehr gut zur Geltung. Glänzende Biesen an der schmalen Hose betonten seine langen Beine und die auffallend schmalen Hüften. Sein Haar war voll, leicht wellig und hatte die Farbe von reifen Haselnüssen. Schon jetzt war Sina gespannt auf die Farbe seiner Augen; sie wettete, dass sie ebenfalls braun sein würden.

„Hallo, Ballkönigin", sagte er lächelnd, als er endlich vor ihr stand.

Nun ja, das war nicht besonders einfallsreich, aber sein Gesicht wirkte offen und war ungemein attraktiv, sodass auch sie lächeln musste. Und seine Augen waren tatsächlich braun. Ein schönes, sehr warmes Braun, das sie an schmelzendes Schokoladeneis denken ließ.

Sina schäkerte ein wenig mit ihm herum, gab sich dabei jedoch betont selbstsicher, um ja nicht wie ein alberner Teenager zu wirken. Er unterschied sich deutlich von den anderen jungen Männern im Saal. Sein Auftreten wirkte nicht so gestelzt und aufgesetzt, sondern viel natürlicher und vor allem männlicher. Unter ihrer Bauchdecke begann es zu kribbeln.

Es vergingen nur wenige Augenblicke, da fand sie sich auch schon auf der Tanzfläche und in seinen Armen wieder. Er tanzte wundervoll, bewegte sich fließend und führte sie selbstsicher über das Parkett. Die Hitze seiner Hand, die Härte seines Körpers durchdrangen die Seide ihrer Abendrobe und setzten ein Begehren frei, dessen Intensität Sina fast erschreckte. Innerlich begann sie zu glühen, und sie spürte, dass sie feucht wurde. Fast automatisch begann sie sich an ihm zu reiben. Sie konnte einfach nicht anders.

Und plötzlich wusste sie, was sie tun würde …

1. KAPITEL

Philip von Hoven war ein Mann voller Gegensätze, doch nur sehr wenige wussten um die Widersprüchlichkeiten, mit denen er oft zu kämpfen hatte.

Auf den ersten Blick vermittelte er vor allem Integrität und Zuverlässigkeit. Seine attraktive und stets gepflegte Erscheinung entsprach in jeder Weise seiner adligen Herkunft und der entsprechend strengen Erziehung, die er – besonders in den ersten Jahren seiner Kindheit – erfahren hatte. Oberflächlich betrachtet, war es leicht, mit Philip auszukommen; üblicherweise zeigte er sich seinen Mitmenschen gegenüber ausgesucht höflich, interessiert und zugewandt. So brachten Geschlechtsgenossen ihm zumeist Bewunderung und Achtung entgegen, und Frauen schmolzen regelrecht dahin, sobald er sich ihnen zuwandte – als ob sie die wilde Leidenschaft erahnten, die unter seiner makellosen Oberfläche brodelte. Sie hingen an seinen Lippen, sahen in ihm aber auch, wohl nicht zuletzt wegen seines Adelstitels, schnell den potenziellen Ehemann. Auch damit wusste er umzugehen, ohne jemals eine einzige von ihnen vor den Kopf gestoßen oder gar unglücklich zurückgelassen zu haben.

Pflichtgefühl und die fest verankerte Bereitschaft zur Gewissenhaftigkeit waren Eigenschaften, die ihm praktisch in die Wiege gelegt worden waren. Seinen Beruf als Drehbuchautor sah er allerdings eher als Berufung denn als Arbeit an. Für seine Talente war er dankbar und nutzte sie, wann immer es erforderlich wurde. Durch wenige wohlgesetzte Worte und Gesten gelang es Philip, auch sein berufliches Umfeld zu beeindrucken und Kompetenz zu vermitteln. Seine Ausdrucksweise schien zwar ein wenig aus der Mode gekommen zu sein, doch nicht selten ließ gerade das seine Zuhörer überrascht aufhorchen. Dessen war er sich bewusst. Auch wenn er einige Traditionen sehr zu schätzen wusste, war er im Grunde ein modern denkender Mann, der selbstsichere Frauen bewunderte und durchaus in der Lage war, sich seine eigenen Schwächen einzugestehen. Vielleicht lag all dies auch daran, dass er überwiegend bei seinem Großvater auf einem Landgut aufgewachsen war, nachdem seine Eltern sich praktisch über Nacht aus seinem Leben zurückgezogen hatten. Als seine Mutter ihn und seinen Vater verließ, war Philip noch ein Kind gewesen, und dieser Verlust hatte ihn wohl mehr geprägt als jede andere Erfahrung in seinem Leben.

In Wahrheit war Philip nämlich nicht ganz so selbstsicher, wie er sich gern präsentierte. Viel zu oft fühlte er sich zerrissen, manchmal sogar eingeengt. So, als hätte man ihn in eine Form gepresst, in die er eigentlich nicht recht passen wollte. Eine seltsame Unruhe tobte dann und wann in ihm, wie ein feuriger Sturm, der seine Seele durchrüttelte und seine Grundfesten ins Wanken zu bringen drohte. Es schien, als würde noch ein anderer Mann, ein anderer Philip von Hoven, tief in seinem Inneren schlummern und nur darauf warten, dass endlich etwas Einschneidendes passierte, um ihn unwiderruflich aufzuwecken.

Nach einigen Jahren, die er aus beruflichen Gründen in den USA verbracht hatte, war er nun seit zwei Tagen wieder zurück in Lunau, dem Dorf seiner Kindheit und Jugend, und es kam Philip schon jetzt so vor, als wäre er niemals fort gewesen. Soeben hatte er das Gutshaus verlassen, um eine liebe Freundin zu besuchen, doch kurz bevor er sich endgültig auf den Weg machte, drehte er sich noch einmal um und ließ nachdenklich seinen Blick über das Gebäude schweifen. Die Rückkehr in die Lüneburger Heide und auf das Gut bedeutete jedoch nicht nur die Wiederbelebung eines tief verwurzelten Heimatgefühls, sondern auch jede Menge Verantwortung für ihn. Ein schwerer Atemzug entglitt ihm, und seine Gedanken gingen noch ein wenig weiter auf die Reise.

Der Stammsitz seiner Familie, Gut Hoven, schloss direkt an Lunau an. Wenn man es genau nahm, war der Gutshof einst sogar dafür verantwortlich gewesen, dass das kleine Dorf inmitten der Lüneburger Heide überhaupt entstanden war.

Lunau und Gut Hoven waren sein Zuhause, das, was er unumstößlich mit dem Begriff Heimat verband. Seit seine Eltern ihn verlassen hatten, war hier stets sein wahrer Lebensmittelpunkt gewesen, und er hatte immer gewusst, dass er eines Tages hierher zurückkehren würde.

Auch wenn das Gutshaus in den vergangenen Jahren vollkommen umgestaltet und renoviert worden war, hatte es den alten Charme nicht verloren, das gefiel ihm sehr. Sein Großvater hatte dafür Sorge getragen, dass alles gut gepflegt wurde. Natürlich. Philip lächelte. Helge von Hoven liebte das alte Gemäuer, und es war ihm seit jeher wichtig gewesen, dass es gut in Schuss gehalten wurde. So gab es inzwischen sogar mehrere großzügige und sehr modern ausgestattete Badezimmer; eines davon ging direkt von Philips Schlafraum in der ersten Etage ab, wo sich, seit er erwachsen war, seine persönlichen Räume befanden. Der pure Luxus, wie er fand, denn in seiner Kindheit hatte es im ganzen Haus nur einen einzigen Waschraum gleich neben der Küche gegeben. Die uralte Wanne hatte eine ziemlich raue Oberfläche besessen, und nach jedem Bad hatte sein Hintern ausgesehen, als wäre er mit Schmirgelpapier bearbeitet worden. Den alten Waschraum gab es nicht mehr, und inzwischen waren auch mehrere der Gästezimmer mit eigenen Bädern ausgestattet worden.

Im Erdgeschoss, im vorderen Bereich des Gutshauses, gab es seit jeher den kleinen Salon, der direkt von der Eingangshalle abging. Philip durchquerte in Gedanken diesen Raum. Schon seine Vorfahren hatten dort ihre Gäste empfangen. Gleich hinter dem Salon befand sich das große Esszimmer. Auf der anderen Seite der Halle fiel eine Doppeltür aus dunklem Rosenholz ins Auge. Sie führte direkt in die Bibliothek, die sein Großvater gleichzeitig als Arbeitszimmer nutzte. Der mächtige Schreibtisch aus dunkelrotem Mahagoni war ihm vertraut, seit er denken konnte. In seiner Erinnerung sah Philip meistens seinen Großvater dahintersitzen, selten seinen eigenen, schwer depressiven Vater, der sich, kurz nachdem er von seiner Frau verlassen worden war, das Leben genommen hatte.

Von nun an würde der Schreibtisch sein neuer Arbeitsplatz sein, denn auf Wunsch seines Großvaters würde Philip ab sofort die Stellung des Gutsherrn übernehmen. Er hatte immer gewusst, dass es eines Tages dazu kommen würde. Und doch …

Die guten Gefühle überwogen aber. In der letzten Zeit hatte er sich oft einsam gefühlt. Häufig hatte eine seltsame Unruhe von ihm Besitz ergriffen und manche Nacht sogar wachgehalten. Obwohl er Oberflächlichkeit grundsätzlich verabscheute, hatte diese bizarre Rastlosigkeit ihn dazu verleitet, sich auf viel zu viele amouröse Abenteuer einzulassen, nur um am Morgen nicht wieder allein aufzuwachen. Früher hatte er derartige Gefühle nicht gekannt. Doch in den vergangenen Monaten war es immer häufiger passiert, dass er sich nach Beständigkeit, vor allem aber nach den Menschen gesehnt hatte, die seinem Herzen nahestanden. Nein, nach einer festen Beziehung stand ihm sicherlich nicht der Sinn, aber er war wirklich froh, wieder zu Hause zu sein. Hier in Lunau würde er wieder zur Ruhe kommen, so hoffte er.

Das willkommene und lang ersehnte Wiedersehen mit seinen beiden engsten Freunden aus der Jugendzeit trug dazu bei, dass er sich sofort wieder heimisch fühlte. Wie selbstverständlich hatten sie gleich seinen ersten Abend in Lunau zusammen verbracht, gemeinsam gegessen, getrunken, vor allem aber geredet – die ganze Nacht hindurch. Obwohl er den einen über zehn, den anderen sogar fast fünfzehn Jahre lang nicht gesehen hatte, waren die beiden Männer ihm noch immer genauso vertraut wie früher. Philip lächelte zufrieden, während er sich vom Gutshaus abwandte und seinen Weg ins Dorf fortsetzte. Dass sowohl Kjell Loewenthal als auch Rafael Brix in Lunau erneut ihr Zuhause gefunden hatten, war unglaublich. Und nicht nur das! Beide waren inzwischen sehr glücklich mit ihren wundervollen Frauen. Rafaels Frau Luisa kannte er praktisch, seit sie auf der Welt war. Dass die beiden geheiratet hatten, war ebenso erstaunlich und überraschend wie die Tatsache an sich, dass Rafael nach Lunau zurückgekehrt war. Kjell war unterdessen der Arzt im Dorf und hatte Isabell geheiratet, eine entzückende Britin mit wilden goldblonden Locken, die im Buchladen-Café ihrer Schwiegermutter Christa süße und sehr verführerische Gaumenfreuden zauberte. Dass Kjell nach seiner Zeit als Elitesoldat nach Lunau zurückkehren würde, hatte Philip durchaus erwartet. Es war schon immer Kjells größter Traum gewesen, hier als Arzt zu praktizieren. Im Gegensatz zu Rafael hatten Kjell und er seit jeher gewusst, dass sie eines Tages beide wieder hier leben würden. Philip empfand es als zusätzliches Geschenk, dass sie nun sogar alle drei wieder vereint waren.

Nach seinen Jahren in den Vereinigten Staaten hatte er dem drängenden Wunsch seines Großvaters entsprochen und war schließlich heimgekehrt. Helge von Hoven wollte mit seinen fünfundachtzig Jahren endlich auf das Altenteil wechseln. Das konnte Philip ihm nicht verdenken. Natürlich kümmerten sich ein Verwalter und jede Menge Angestellte um das Gut und das dazugehörige Feriendorf, doch allein der Gutsherr selbst hielt alle Fäden in der Hand. So war es seit jeher Familientradition. Philip hatte immer gewusst, dass er als letzter lebender Erbe dafür bestimmt sein würde, Gut Hoven weiterzuführen. Das war auch niemals ein Problem für ihn gewesen. Für seinen Beruf als Drehbuchautor war es nicht wichtig, wo er sich aufhielt. Schreiben konnte er überall, auch in Lunau. Zudem hätte der Zeitpunkt seiner Rückkehr kaum passender sein können, denn unglücklicherweise lag sein Großvater nach einem kleinen Reitunfall und einer komplizierten Operation am rechten Fuß nun in einer Lüneburger Klinik.

Es ist wirklich eine gute Entscheidung gewesen, endlich zurückzukommen, dachte er ein weiteres Mal, während er nur wenig später mit Christa Loewenthal bei einer Tasse Kaffee zusammensaß und ihrer vertrauten, hellen Stimme lauschte. Er fand es angenehm, dass sich in ihrer behaglichen Wohnküche kaum etwas verändert hatte, seit er das letzte Mal hier gewesen war. Ganz selbstverständlich saß er auch jetzt wieder auf seinem alten Stammplatz. Auf dem Stuhl hatte er schon als Grundschüler gesessen und sich von Christa mit allerlei Gaumenfreuden verwöhnen lassen, meist flankiert von den beiden besten Freunden, die er jemals gehabt hatte: Kjell und Rafael. Genau wie für Rafael war Christa auch für ihn damals der beste Muttterersatz gewesen, den man sich nur vorstellen konnte. Ausführlich berichtete sie ihm von Kjells und Isabells Hochzeit und den erstaunlichen Ereignissen um Rafaels Rückkehr. Auch wenn er das meiste bereits von seinen Freunden erfahren hatte, unterbrach Philip sie nicht. Er hörte Christa gerne zu, außerdem hatte sie offensichtlich ihre helle Freude daran, ihm alles zu erzählen.

„Wie geht es dem alten Baron inzwischen?", fragte sie schließlich.

„Nun, die Operation hat er gut überstanden", erwiderte er. „Aber es wird wohl noch eine ganze Weile dauern, bis er wieder allein durch seine geliebte Heide spazieren kann. Zunächst wird er den Fuß gar nicht belasten dürfen. Sein Chirurg sagte, dass der Bruch zwar nicht ganz so kompliziert war, wie anfangs befürchtet wurde, doch es gab auch noch mehrere Bänderrisse, und genau die haben es in sich. In seinem Alter ist zudem davon auszugehen, dass die ganze Geschichte sich einige Monate hinziehen wird. Die erste Zeit wird dabei besonders schwierig werden. Kjell hat mir die Prognose bereits bestätigt."

„Oh je, das klingt nicht unbedingt toll. Ich hatte mir mal den Arm gebrochen, das dauerte nur ein paar Wochen und hat schon tüchtig genervt. Wenn ich mir dann noch vorstelle, noch nicht einmal mehr richtig laufen zu können … Ich würde wahrscheinlich durchdrehen und meine Familie auch in den Wahnsinn treiben. Der arme Helge!"

„Du sagst es. Wie du weißt, war mein Großvater immer recht aktiv. Er wird sich schwertun. Ich kann nur hoffen, dass dieser Unfall auch sein Gutes hat und er dadurch endlich einsieht, dass er in seinem Alter nicht mehr unbedingt auf ein Pferd steigen sollte. Im Grunde hat er ja noch Glück im Unglück gehabt. Er hätte sich auch sehr leicht eine Menge mehr Knochen brechen können, darüber mag ich gar nicht nachdenken." Philip schüttelte den Kopf.

„So wie ich meinen alten Freund Helge kenne, wirst du dich auf einen kleinen Kampf gefasst machen müssen. Du weißt, wie stur er sein kann. Er liebt das Reiten, Philip."

Ein entnervtes Stöhnen entglitt ihm. „Ja, ich weiß, es wird alles andere als einfach werden. Aber vielleicht gibt er sich zukünftig mit Kutschfahrten zufrieden, wer weiß. Die Hoffnung stirbt ja bekanntlich zuletzt." Er griff nach seinem Becher und nahm einen Schluck Kaffee, bevor er weitersprach. „Kjell hat mir vorgeschlagen, vorübergehend eine Pflegekraft für Helge einzustellen. Jemanden, der zumindest stundenweise für ihn da ist, ihm bei den alltäglichen Abläufen hilft und ihn zum Beispiel auch zur Physiotherapie fährt."

„Ja, das wird wohl das Beste sein. Du kannst das auf keinen Fall alles allein bewerkstelligen, mein Junge." Christa reichte ihm den Teller mit ihren selbst gebackenen Plätzchen.

„Stimmt", erwiderte er, nachdem er sich eins genommen hatte. „Außerdem habe ich tatsächlich genug zu tun. Ich muss mich erst einmal in alles einarbeiten, was das Gut betrifft, das wird mich einige Zeit beschäftigen. Auf dem Schreibtisch stapeln sich jedenfalls diverse Aktenordner und allerlei Papiere, durch die ich mich irgendwie durcharbeiten muss."

„Ach, das machst du doch mit links, mein Lieber. Du warst schon immer sehr tüchtig." Christas Lächeln war warm. Sie legte den Kopf ein wenig schief, strich sich mit einer Hand über ihre kurzen, tizianroten Haare und sah ihm in die Augen. „Ansonsten geht es dir gut?"

„Ja, danke, Christa. Meine Serie in den USA läuft großartig, doch darum kümmern sich jetzt überwiegend die anderen Autoren, sodass ich mich voll und ganz auf mein neues Projekt stürzen kann."

„Und das wäre?"

„Ich arbeite an einer Storyline für eine neue Dailysoap, die in Deutschland laufen wird, aber dafür habe ich noch jede Menge

Zeit. Sie soll erst im übernächsten Jahr anlaufen. Der Sender sucht unterdessen noch ein paar Koautoren, die dann später das Tagesgeschäft übernehmen können. Außerdem ist da immer noch die Idee zu einem Roman, den ich unbedingt irgendwann schreiben will. In den nächsten Monaten werde ich mich jedoch voll und ganz auf das Gut konzentrieren."

Christa nickte, ihr Lächeln blieb. „Hast du neben der ganzen Arbeit auch noch ein Privatleben, Philip?"

Er musste lachen. Es war so typisch für Christa Loewenthal, dass sie ihm gleich richtig auf den Zahn fühlte. „Ich bin noch immer Single und damit auch ganz zufrieden. Das war es doch, was du wissen wolltest, oder?"

Sichtlich amüsiert schüttelte sie den Kopf. „Weißt du, ich habe in den letzten Monaten und im vergangenen Jahr bei Kjell und Rafael miterlebt, wie schnell sich so ein Zustand doch ändern kann, nur weil plötzlich die richtige Frau auftaucht."

„Meine liebe Christa, ich kann dir mit absoluter Sicherheit sagen, dass mir bisher noch keine Frau über den Weg gelaufen ist, die in der Lage gewesen wäre, mich einzufangen." Wieder lachte er. „Ich denke, daran wird sich so schnell auch nichts ändern."

„Wer weiß, mein Junge, wer weiß?"

„Christa, bist du oben?", hörten sie plötzlich eine weibliche Stimme von unten rufen.

„Ach, das ist Ruth", erklärte Christa und erhob sich, um zur Küchentür zu gehen. „Komm nur rauf, meine Liebe. Ich genehmige mir gerade eine kleine Kaffeepause, und Philip leistet mir dabei Gesellschaft."

Philip stellte seine Tasse ab und erhob sich, um Ruth Rogalski begrüßen zu können. Ihren Namen hatte er schon oft gehört, seit er wieder hier war. Ruth Rogalski war nicht nur die Praxishelferin von Kjell, sondern auch Krankenschwester und Hebamme. Offenbar kümmerte sie sich um jeden Lunauer, der Hilfe nötig hatte. Nicht nur Kjell lobte seine Mitarbeiterin in den höchsten Tönen. So wie es aussah, war sie besonders für die älteren und kranken Dorfbewohner nahezu unverzichtbar geworden.

„Schön, dass wir uns endlich kennenlernen", sagte sie und lächelte herzlich, nachdem Philip sich vorgestellt hatte.

„Ich freue mich auch sehr, Frau Rogalski. Ihr guter Ruf eilte Ihnen bereits voraus."

„Oh Himmel, Philip, das ist Ruth! Sie gehört praktisch zur Familie, und alle duzen sie, sei also nicht so verflucht förmlich." Christa lachte und boxte ihn sanft auf den Oberarm.

Fragend sah er Ruth ins Gesicht, doch die ältere Frau nickte nur und lächelte zu ihm auf. „Keine Bange, ich finde das absolut okay, Philip. Es wäre schon komisch, wenn du mich als Einziger der drei Musketiere von Lunau siezen würdest, oder?" Dass sie den Spitznamen kannte, den seine beiden Freunde und er irgendwann in ihrer Jugend verpasst bekommen hatten und der ihnen auch später erhalten geblieben war, zeigte Philip, dass sie seinen Freunden wirklich nahestand.

„Stimmt, das dürfen wir auf gar keinen Fall zulassen", antwortete er schmunzelnd. Die Frau gefiel ihm. Er schätzte, dass sie ungefähr in Christas Alter war. Mit ihrem hüftlangen, eisgrauen Zopf und all den bunten Holzperlenketten, die sie um den Hals trug, wirkte sie ausgesprochen unkonventionell, wenn auch äußerst sympathisch auf ihn. Ruth Rogalski hatte einen ganz eigenen Stil, das war unverkennbar. Als kreativer Mensch wusste er das sehr zu schätzen.

„Gut, dann hätten wir das geklärt", hörte er Christa sagen. „Setz dich wieder hin, Junge, und trink deinen Kaffee. Ruth, möchtest du auch einen? Vielleicht auch noch ein Plätzchen?"

„Ja, gerne, aber nur Kaffee. Ich kann ein bisschen Koffeinnachschub ganz gut gebrauchen, bevor ich wieder losmarschiere. Die Nachmittagssprechstunde ist zwar vorbei, aber es liegen noch einige Hausbesuche an, bevor ich endgültig Feierabend machen kann."

„Sie sind … ähm, du bist für Lunau inzwischen ziemlich unentbehrlich geworden, wie ich bereits von mehreren Seiten gehört habe“, wandte Philip sich erneut an Ruth. „Hättest du eventuell einen professionellen Tipp für mich, wie ich meinem Großvater helfen kann, sobald er aus der Klinik entlassen wird? Ehrlich gesagt habe ich keine Ahnung, was da genau auf mich zukommen könnte.“

„Gut, dass du mich darauf ansprichst“, antwortete Ruth, ohne zu zögern, und nickte nebenbei Christa dankend zu, als diese einen vollen Becher mit Kaffee vor ihr auf dem Tisch abstellte. „Natürlich haben Kjell und ich bereits darüber gesprochen. Der alte Baron wird ohne Frage für längere Zeit Pflege und Hilfe benötigen, bevor er wieder richtig laufen kann ... Es passt ganz gut, dass wir auch in der Praxis Unterstützung brauchen. Wir haben inzwischen eine Menge neuer Patienten aus dem Umland hinzubekommen und mussten die Sprechzeiten deutlich erweitern. Doch nicht allein aus dem Grunde sind wir uns einig, dass sich auf jeden Fall eine medizinische Fachkraft um Helge kümmern sollte. In seinem hohen Alter sollte er in professionellen Händen sein. Ich hatte da sogar schon jemanden im Auge.“

„Oh, das ist großartig“, rief Philip dankbar aus.

„Ich kenne zufällig eine junge Frau, die dringend eine Luftveränderung gebrauchen könnte, wenn ich mich nicht irre. Sie heißt Sina Rosenborn, ist examinierte Krankenschwester und ganz hervorragend geeignet. Ich war eine Zeit lang an ihrer Ausbildung beteiligt, als ich noch die Stationsleitung in einer Hamburger Klinik innehatte, und kann daher beurteilen, wie gut sie ist“, fuhr Ruth fort und nahm einen großen Schluck aus ihrem Becher. „Himmel, tut das gut“, sagte sie, als sie den Becher abgesetzt hatte. „Dein Kaffee ist wie immer erstklassig, meine liebe Christa.“

Philip stutzte. Zumindest der Nachname sagte ihm etwas. „Rosenborn? Hat sie etwas mit der Familie von Klaus Rosenborn zu tun? Er ist ein weitläufiger Bekannter und früherer Geschäftspartner meines Großvaters.“

„Keine Ahnung. Wenn ja, hat sie das zumindest nie erwähnt. Aber, warte ... Klaus Rosenborn? Ist das nicht der Pralinen-König?“

„Ja, genau den meine ich. Wie auch immer … Hast du schon Kontakt zu ihr aufgenommen?", wollte Philip wissen. „Ansonsten würde ich das selbstverständlich gerne tun. Es wäre mir eine Freude, Frau Rosenborn ein passendes Angebot zu machen."

„Alles erledigt, mein Guter. Sie war zwar von meinem Vorschlag nicht sofort hellauf begeistert, aber ich habe das zwingende Gefühl, dass in dieser Sache das letzte Wort noch nicht gesprochen ist. Mehr kann ich dazu im Moment nicht sagen. Aber sollte ich recht behalten, darf ich doch wohl davon ausgehen, dass es kein Problem für dich ist, Sina für die Stunden bei deinem Großvater vernünftig zu bezahlen? Im Praxisbetrieb wird sie nämlich vorerst auch nur stundenweise eingesetzt werden, und von irgendwas muss das Mädel ja leben."

„Sie wird selbstverständlich ein großzügiges Honorar bekommen!", erwiderte er schnell. „Sollte sie zusagen, können wir auch über eine entsprechende Unterbringung reden."

„Das wäre meine nächste Frage gewesen. Nun, dann drücken wir mal die Daumen, dass Sina doch noch die richtige Entscheidung trifft."

Es war einer der Tage, an denen einfach alles schiefging. Sina stöhnte laut auf und starrte entnervt auf das abgerissene Stück des Schnürbands ihrer nagelneuen Stiefeletten, das sie in der Hand hielt. Seit einer halben Stunde war ihr Dienst endlich zu Ende, und jetzt konnte sie sich noch nicht einmal den Schuh zubinden. Fluchend saß sie im Umkleideraum auf einer Bank und versuchte, den Schnürsenkel so zurechtzuziehen, dass ihr zumindest ein Knoten gelang.

Bereits am Morgen hatte das Unheil begonnen. Ihr Radiowecker war durch einen unbemerkten Stromausfall mitten in der Nacht zum Stillstand verurteilt gewesen, und dadurch war sie fast eine Stunde zu spät zum Dienst in der Klinik erschienen. Nicht dass sie sofort deswegen eine Strafpredigt bekommen hätte. Aber Sina selbst konnte mit Unpünktlichkeit überhaupt nicht umgehen, weder bei sich noch bei anderen. Hinzu kam, dass sie sich noch in der Probezeit befand. Da fühlte es sich erst recht furchtbar an, sich zu verspäten.

Kaum auf der Station angekommen, hatte sie sich dann im Schwesternzimmer Kaffee auf ihre schneeweiße Arbeitshose gekippt. Zu allem Überfluss war ihr kurz darauf von der Klinikleitung mitgeteilt worden, dass sie aus organisatorischen Gründen zu Beginn der kommenden Woche dauerhaft auf eine andere Station wechseln würde. Sina hatte sich so viel versprochen von der neuen Stelle, doch nun sollte sie doch wieder auf einer Intensivstation eingesetzt werden, und das nur, weil sie vor Jahren mal diese Zusatzausbildung gemacht hatte. Natürlich war sie schnurstracks zur Stationsleitung und dem Oberarzt marschiert und hatte versucht, die Versetzung noch irgendwie abzuwenden, jedoch ohne Erfolg. Der überaus arrogante Oberarzt hatte sie behandelt, als wäre ihre Meinung völlig unbedeutend. Sie hätte schreien können vor Enttäuschung und Wut. Der einzige Grund, warum sie vor sechs Wochen die Klinik gewechselt hatte, hatte in der Aussicht bestanden, endlich auf einer normalen Station arbeiten zu können.

Und nun riss zu allem Überfluss auch noch dieses blöde Schuhband! Am liebsten wäre sie auf der Stelle in irgendeinen Flieger gestiegen, egal wohin, Hauptsache weit weg von alldem hier. Es war einfach nicht ihr Tag. Und die nächsten Wochen versprachen ja nicht, besser zu werden …

Es war bereits vollkommen dunkel, als Sina die Tür zu ihrer Wohnung aufschloss. Kaum hatte offiziell der Herbst begonnen, machte er sich auch schon von Tag zu Tag mehr bemerkbar. Draußen war es windig und ziemlich regnerisch. Sina fror und rieb sich die Arme, ging auf direktem Weg in ihr Schlafzimmer, zog sich aus und genehmigte sich anschließend eine lange und sehr heiße Dusche. In ihren flauschigen Bademantel gehüllt und die Füße in dicken Wollsocken, saß sie eine knappe Stunde später auf ihrer Couch vor dem Fernseher, aß eher appetitlos ein Käsebrot mit Gewürzgurke und nippte zwischendurch an einer

Tasse Pfefferminztee. Sie fühlte sich so unendlich einsam. Es war einer dieser Abende … Den elenden Zustand kannte sie bereits, aber in der letzten Zeit stellte er sich immer häufiger ein. Sie sehnte sich nach einer starken Schulter, einer lieben Stimme, die ihr leise und voll ehrlich gemeinter Zärtlichkeit zuflüsterte, dass irgendwann alles wieder gut sein würde, dass die Qual in ihrem Inneren, das tiefe Leid, endlich Linderung erfuhr. Sina seufzte auf und sah sich um, wie um sich ein weiteres Mal zu vergewissern, dass sie tatsächlich allein war. Natürlich wollte sie es gar nicht anders, doch manchmal war die Einsamkeit schlimmer als der grauenvolle, so vertraute und verhasste Schmerz.

Psychisch ging es ihr noch immer nicht besonders gut, da machte sie sich nichts vor. Die vergangenen zwei Jahre waren die schlimmsten ihres Lebens gewesen, und ihr Herz war auch jetzt noch voller Trauer und schmerzvollem Kummer. Vielleicht sollte sie tatsächlich eine Reise machen, um allem zumindest für ein paar Wochen zu entfliehen und sich Zeit zu geben, um ihre Trauer zu verarbeiten. Ihre Trauer … Manchmal wurde sie davon regelrecht überschwemmt.

Und dass Falk, ihr frisch geschiedener Mann, mit seinen Selbstvorwürfen sich und auch ihr anhaltend das Leben schwer gemacht hatte, hatte die Situation natürlich nicht verbessert. Sina konnte das Gefühl, sich um ihn kümmern zu müssen, noch immer nicht abschütteln. Er tat ihr leid, aber was sollte sie machen? Er musste das alles genau wie sie irgendwie verarbeiten. Ja, sie hatte ihn verlassen, ihre Ehe war unwiderruflich am Ende. Und trotzdem brachte sie es einfach nicht fertig, ihm offen ins Gesicht zu sagen, dass sie ihn zumindest eine Zeit lang gar nicht mehr sehen wollte. Dafür ging es ihm einfach noch viel zu schlecht.

So hoffte sie einfach still und leise darauf, dass auch er irgendwann begriff, dass sie das alles hinter sich lassen mussten, um irgendwie weitermachen zu können. Am besten jeder für sich allein. Würden sie sich wirklich lieben, wäre es vielleicht anders und sie könnten sich gegenseitig stützen, doch so fehlte ihnen inzwischen schlicht die Basis. Vielleicht sollte sie den Gedanken an eine echte Veränderung doch noch einmal näher in Betracht ziehen?

Ihr kam das Telefonat mit Ruth Rogalski wieder in den Sinn. Das Angebot, das ihre frühere Ausbilderin und Kollegin ihr vor zwei Tagen gemacht hatte, klang im Nachhinein und vor allem nach diesem Tag erheblich reizvoller. Ein beschauliches Siebenhundert-Seelen-Dorf in der Lüneburger Heide, dazu die Arbeit in einer kleinen Landarztpraxis und ein netter alter Herr, der vorübergehend Hilfe benötigte. Die Vorstellung hatte Sina im ersten Moment die Augen verdrehen lassen. Sie war ein Großstadtkind und hatte niemals woanders gelebt als in Hamburg. Außerdem war sie an den stressigen Klinikalltag gewöhnt, fühlte sich dann und wann darin sogar ganz wohl. Was sollte sie in einem beschaulichen Dorf in der Lüneburger Heide?

Dort ist es sicher sterbenslangweilig!

Sina schüttelte den Kopf, um den aufdringlichen Gedanken wieder zu vertreiben, doch schon im nächsten Augenblick drückte sie auf die Lautlos-Taste der Fernbedienung, stand auf und schnappte sich das Telefon.

„Du hast es dir also doch noch überlegt", stellte Ruth lakonisch fest, nachdem sie sich begrüßt hatten und Sina gefragt hatte, ob die Stelle noch frei wäre.

„Überlegt? Tja, so kann man das eigentlich nicht nennen, Ruth. Sagen wir mal, ich hatte einen echt miesen Tag, das gab den Anstoß, noch einmal bei dir nachzufragen. Es war mehr spontan, verstehst du?"

„Na, dann pack mal genauso spontan deine Koffer und setz dich in Bewegung! Hier wirst du nämlich dringend gebraucht, und ich kann dir versprechen, dass du es nicht bereuen wirst." Ruths leises Lachen drang zu ihr durch den Hörer.

„Du fühlst dich richtig wohl dort in … äh, diesem Dorf, ja?"

„Lunau! Das Dorf heißt Lunau, und es ist mir eine echte Heimat geworden, Sina. Ich habe mich nirgendwo sonst so zu Hause gefühlt wie hier."

„Aber du bist alles andere als spießig, Ruth. Du passt überhaupt nicht in so ein langweiliges Dorf."

„Ach, Süße, du hast ja keine Ahnung! Lunau ist alles andere als spießig oder gar langweilig. Du würdest dich wundern, was hier alles abgeht. Außerdem liegt die Autobahnabfahrt Bispingen ganz in der Nähe, und von dort aus kannst du im Handumdrehen in Hamburg sein, wenn dir die Stadt tatsächlich einmal fehlen sollte. Komm her und schau dir alles in Ruhe an. Ein paar Tage haben wir noch, bis der alte Herr, von dem ich dir erzählt habe, aus dem Krankenhaus entlassen wird. Er ist ein sehr netter Mann, so viel kann ich dir versprechen."

„Und dein Chef, dieser Doktor Loewenthal? Wie ist der so?"

Wieder lachte Ruth. „Stell dir einen kauzigen alten Landarzt vor, hast du?"

„Oh Gott, ja!"

„So, und jetzt stell dir das absolute Gegenteil vor. Im Ernst, Sina, Kjell Loewenthal ist nicht nur ein toller Kerl, sondern auch ein wunderbarer Chef und dazu ein großartiger Arzt. Weißt du noch, wie wir damals den Ärzten in der Klinik nach ihren fachlichen und menschlichen Qualitäten heimlich Schulnoten verpasst haben?"

„Natürlich weiß ich das noch!"

„Kjell Loewenthal ist in jeder Hinsicht eine glatte Eins mit mindestens drei Sternchen, meine Liebe. Du wirst ihn und sicherlich auch seine Frau Isabell auf Anhieb mögen, glaub mir!"

„Das habe ich nun davon, dass ich dich angerufen habe. Du beginnst mich tatsächlich neugierig zu machen, Ruth."

„Sehr gut! Wann kannst du hier sein?"

Sina entwich ein Seufzen. „Lass mich kurz überlegen … Morgen und über das Wochenende habe ich noch Frühdienst … Warte mal … Ich könnte dich eventuell Samstagnachmittag besuchen, dann …" Entnervt brach sie ab. „Ach was, Ruth, vergiss einfach, was ich gerade gesagt habe! Ich werde diesem nervigen Oberarzt gleich morgen früh mitteilen, dass er mich mal kann, wo ich hübsch bin. Ich bin noch in der Probezeit und kann gehen, wann ich will. Der Typ hat sich mir gegenüber unmöglich benommen. Dem waren meine Argumente und Wünsche völlig egal. Jetzt kann er zusehen, wen er auf die Intensivstation versetzt. Mich jedenfalls nicht!"

„Ah, ich verstehe. Dein neuer Chef war also kein Glücksgriff mit Sternchen, was?"

Sina hörte Ruth das Amüsement deutlich an. „Mach dich ruhig lustig über mich, Ruth. Im Ernst, der Kerl verdient höchstens ein sehr mieses Ungenügend mit drei zusätzlichen Daumen nach unten." Noch einmal atmete sie tief und gründlich durch, um die Entscheidung zumindest ansatzweise zu verdauen, die sie im Grunde bereits getroffen hatte. „Du hast gewonnen, ich werde am Samstag gegen Mittag in deinem geliebten Dörfchen eintreffen. Aber ich sage dir gleich, wenn mir die Arbeit und das ganze provinzielle Drumherum auf die Nerven gehen, bin ich genauso schnell auch wieder weg."

„Das werden wir sehen, Sina."

„Hauptsache, dir und deinem Dr. Loewenthal ist klar, dass meine Arbeit in der Praxis eventuell nur von kurzer Dauer sein wird."

„Ich sag doch, warten wir es einfach ab, ja?"

„Wo kann ich unterkommen?"

„Das kläre ich noch. Philip von Hoven hat mir jedenfalls versichert, dass er eine gute Unterkunft für dich bereitstellen wird."

„Philip von Hoven?"

„Ja, das ist der Enkel des netten alten Herrn, der deine Hilfe benötigt."

„Von Hoven ... von Hoven ... irgendwas klingelt da."

„Das ist ganz alter Adel. Wahrscheinlich hast du irgendwann mal etwas in der Klatschpresse über die Familie gelesen."

„Der nette alte Herr ist also ein Adliger? Ach herrje, das hat mir gerade noch gefehlt! Das sind doch allesamt hochnäsige Schnösel." Sie blies ihre Wangen auf und schüttelte ihren Kopf. „Ich muss vollkommen bekloppt sein, mich darauf einzulassen."

„Helge von Hoven ist wirklich ein sehr liebenswerter alter Herr. Den Baron wirst du ihm kaum anmerken, das kann ich dir versichern."

„Klar doch, was sollst du auch sonst sagen, du willst mich ja unbedingt in dein Dorf locken." Sie musste lachen, als Ruth ein unwilliges Geräusch hören ließ. „Okay, okay, ich werde jetzt keinen Rückzieher mehr machen, das weißt du genau. Wir sehen uns Samstag, irgendwann gegen Mittag, wie besprochen."

„Ich freue mich, Sina! Glaub mir, du hast gerade die beste Entscheidung deines Lebens getroffen. Die Zeit hier wird dir guttun, da bin ich mir sicher."

Philip steckte den Hörer zurück in die Basisstation und atmete erleichtert durch. Lancelot, der alte Schäferhund seines Großvaters, hob sofort seinen mächtigen Kopf und sah ihn erwartungsvoll an. Sicher wartete er schon sehnsüchtig auf seinen Nachmittagsspaziergang. „Gib mir noch Zeit für einen Kaffee, mein Junge, dann können wir los." Philip ließ sich gegen die flexible Lehne seines Schreibtischsessels zurücksinken, wippte ein wenig vor und wieder zurück und lächelte zufrieden in sich hinein. Soeben hatte Ruth Rogalski ihm eine große Last vom Herzen genommen. Er war wirklich mehr als nur erleichtert, dass die junge Krankenschwester nun tatsächlich nach Lunau kommen würde und neben ihrer Tätigkeit in Kjells Praxis auch die vorübergehende Pflege seines Großvaters übernahm. Endlich konnte er vernünftig planen!

Noch immer lächelnd, erhob er sich, um hinüber in die Küche zu gehen, denn jetzt war es notwendig, sich mit Anke Tossen zu besprechen. Anke war eine äußerst patente Frau mittleren Alters und kümmerte sich bereits seit fünfzehn Jahren um das Gutshaus. Ihr unterstand nicht nur die Küche, sondern der gesamte Haushalt. Seit sie hier arbeitete, lief alles wie am Schnürchen, wie sein Großvater nicht selten betonte.

Anke saß am breiten Holztisch in der Küche, blätterte in einer Lüneburger Tageszeitung und hielt dabei einen großen Becher in der Hand, als er durch die Tür kam. Sofort stellte sie ihren Becher ab und nahm ihre Lesebrille von der Nase. Sie erhob sich und lächelte ihm freundlich entgegen. „Herr Baron, was kann ich für Sie tun?"

„Nun, Sie könnten erst einmal den Baron weglassen, meine liebe Anke, dann wären wir schon mal ein Stückchen weiter." Er setzte ein breites und, wie er wusste, äußerst einnehmendes Lächeln auf.

Ihr Lächeln vertiefte sich sichtlich. „Sehr gerne, Herr von Hoven."

Philip zog sich einen Stuhl unter dem Tisch hervor und setzte sich ihr direkt gegenüber. „Hätten Sie einen Becher Kaffee für mich?"

„Natürlich!" Er beobachtete, wie sie hinüber zum Vollautomaten ging und den Kaffee zubereitete. Nachdem auch er einen Becher vor sich stehen hatte und Anke wieder auf ihrem Platz saß, unterrichtete er sie kurz und knapp über die erfreuliche Zusage der Krankenschwester. „Sie wird also bereits Samstag hier eintreffen, sodass sie sich mit allem vertraut machen kann, bevor mein Großvater aus der Klinik entlassen wird."

„Das ist wirklich eine große Erleichterung für uns." Anke sah ihm in die Augen.

„Da bin ich ganz Ihrer Meinung. Sie haben mit dem Haus genug zu tun, und mir geht es mit dem Gut nicht anders." Er setzte kurz den Becher an die Lippen und trank einen Schluck. „Aber warum ich Sie eigentlich sprechen wollte, Anke ... Was meinen Sie, wo wir die junge Dame am besten unterbringen? Wir hätten da ja verschiedene Möglichkeiten."

Anke nickte. „Sie meinen wahrscheinlich, ob wir ihr eines der kleinen Ferienhäuschen auf dem Gut anbieten sollten oder doch besser hier im Hause ein Gästezimmer, nicht wahr?"

„Sie haben es erfasst. Ich bin mir nicht ganz sicher, was für alle Beteiligten die beste Lösung wäre."

Anke Tossen griff ebenfalls nach ihrem Becher und blickte eine Weile sehr nachdenklich drein, dann seufzte sie. „Möglicherweise wäre es gut, Frau Rosenborn entscheiden zu lassen, ob sie hier im Haus oder lieber separat untergebracht werden möchte."

„Das ist keine schlechte Idee."

„Wenn ich Sie richtig verstanden habe, möchte unser Doktor die junge Frau gerne ganz hierbehalten, richtig?"

„So ist es. Ich glaube, Dr. Loewenthal und Frau Rogalski wären froh, wenn sie Frau Rosenborn für die Arbeit hier in der Dorfpraxis auch auf längere Sicht begeistern könnten." Ein Seufzen entglitt ihm. „Sie spielen wahrscheinlich darauf an, dass dann das Ferienhaus passender wäre?"

„Luisa ... ähm, ich meine Luisa Milchert, hat im vergangenen Jahr einige Zeit in einem der Ferienhäuser hier auf dem Gut gewohnt, also ... bevor sie zusammen mit Herrn Brix ihr neues Haus bezogen hat. Sie erwähnte mal, dass sie sich dort sehr wohlgefühlt hat. Die Häuschen sind aus gutem Mauerwerk, vollkommen winterfest und wirklich nett eingerichtet. Es ist alles vorhanden, was man zum Leben braucht. Der Baron hat zudem vor gut zwei Jahren dafür gesorgt, dass die Häuser allesamt mit modernen Bädern und Küchen, Heizungsanlagen, Telefon und sogar einem Internetanschluss ausgestattet wurden. Luisa meinte, es ist nicht besonders groß, aber man wohnt dort wirklich komfortabel. Nicht umsonst sind die Häuser direkt hier auf dem Gut auch deutlich teurer als die einfacheren Holzhäuser im Feriendorf."

„Soso ..." Philip trank seinen Kaffee aus, erhob sich und stellte den Becher neben dem Spülbecken ab. „Ich muss zugeben, mit der Renovierung der Ferienhäuser hab ich mich noch nicht näher beschäftigt, deshalb ist es wirklich hilfreich, zu erfahren, wie weit diese tatsächlich ging. Aber wissen Sie was, Anke, ich denke, ich werde mir eines der Häuser mal genauer ansehen. Wenn ich es mir recht überlege, ist es für eine junge Frau doch viel angenehmer, wenn sie ihr eigenes Reich hat und so ihren Feierabend und die freie Zeit auch richtig genießen kann."

„Sie haben sicherlich recht, Herr von Hoven. Soll ich Sie vielleicht begleiten? Es ist ja nicht weit, und ich könnte schauen, ob man das Häuschen doch noch ein wenig wohnlicher gestalten sollte, bevor Frau Rosenborn bei uns eintrifft. Ich würde das vordere vorschlagen, also das Haus, das ein wenig abgesondert von den anderen direkt am alten Seerosenteich steht, dort hat damals auch Luisa gewohnt. Es ist besonders hübsch und ruhig gelegen."

„Gute Idee! Lancelot wartete ohnehin auf seinen Spaziergang, und bis zum Abendessen ist es noch eine Weile hin. Kommen Sie, Anke, wir ziehen uns etwas über und machen einen kleinen Spaziergang."

2. KAPITEL

Die Sonne schien von einem wolkenlosen und herrlich blauen Himmel. Das ist schon mal ein guter Anfang, beschloss Sina, als sie das Ortsschild von Lunau passierte. Im Gepäckraum ihres kleinen Hondas befanden sich zwei Koffer und eine Kiste mit persönlichen Dingen, auf die sie nicht wochenlang verzichten wollte. Ein Korb mit den notwendigsten Lebensmitteln, um über die ersten Tage zu kommen, sowie eine kleine Kühltasche, mit ihrem Abendessen für heute, standen auf der Rückbank.

Ruth Rogalski hatte ihr genau beschrieben, wie sie fahren musste, um zum Haus von Dr. Loewenthal zu gelangen. Am vergangenen Abend hatten sie erneut miteinander telefoniert, und Ruth hatte ihr noch einmal versichert, dass alles für ihr Eintreffen vorbereitet sei, deshalb wusste sie inzwischen auch, dass sie in einem kleinen Häuschen auf dem Gutshof wohnen würde, das der Enkel des Barons ihr kostenlos zur Verfügung stellte, solange sie sich um seinen Großvater kümmerte. Das war wirklich nett von diesem Adligen, das musste sie zugeben.

Ruths Anweisungen folgend, fuhr sie am Feriendorf vorbei und bog hinter der Zufahrt zur Gärtnerei Brix, die durch ein riesiges Schild gut zu erkennen war, nach rechts ab. Von hier aus sollte sie laut Ruth einfach der Hauptstraße des Dorfes folgen. Routiniert drosselte Sina ein wenig das Tempo, als sie ihren Wagen durch das Dorf lenkte.

Das nennen die Lunauer also Hauptstraße, dachte sie amüsiert. Wie erwartet kam sie an einigen kleinen Geschäften und roten Backsteinhäusern mit hübschen Vorgärten vorbei. Sie fuhr direkt auf den Dorfplatz und die Kirche zu, hielt sich dann links, um in die ausgeschilderte Sackgasse zu fahren, an deren Ende sie den Wagen schließlich abstellte. Ihr Blick fiel auf den Beifahrersitz. Dort lag ihre Bewerbungsmappe, an die sie zum Glück noch im letzten Augenblick gedacht hatte. Sie griff danach und schob sie ins vordere Fach ihrer großen Handtasche. Nachdem sie noch einmal gründlich durchgeatmet hatte, stieg sie langsam aus und sah sich um. Es waren kaum Leute zu sehen, das fiel ihr sofort auf. Die wenigen Geschäfte waren offenbar bereits geschlossen, und insgesamt war es recht still in diesem Dorf. Irgendwo in der Ferne hörte sie Kinderlachen, und das Krächzen einer Krähe erschreckte sie fast.

Das Haus, vor dem sie stand, war zwar alt, aber wunderschön. Roter Backstein, frisch gestrichene weiße Fensterläden und ein gut gepflegter Garten wirkten einladend und auf eine beruhigende Art beständig. Das typische weiße Schild der Arztpraxis war nicht zu übersehen. Hier war sie richtig.

Sina wollte gerade die Auffahrt entlang zur Haustür gehen, als sie ein Geräusch hörte und sich erschrocken umdrehte. Auf der gegenüberliegenden Seite der Straße wies eine hübsch gestaltete Holztafel darauf hin, dass sich hier das Lunauer Buchladen-Café befand. Auch davon hatte Ruth ihr erzählt. Deshalb wusste sie, dass es der Mutter von Dr. Loewenthal gehörte und seine Frau dort fantastische Torten zauberte. Zu gerne hätte sie sich jetzt ein Stück Kuchen und eine heiße Tasse Kakao gegönnt, doch dafür würde später auch noch genügend Zeit bleiben.

Sie wollte sich gerade wieder abwenden, als sie registrierte, woher das Geräusch gekommen war. Offenbar hatte jemand die Tür des Cafés geöffnet. Zwei junge Frauen kamen aus dem Buchladen-Café und betraten die hölzerne Veranda. Eine hatte eine auffallende goldblonde Lockenmähne, die andere war brünett und trug einen wippenden, hoch angesetzten Pferdeschwanz. Sie scherzten und lachten auf diese besondere Art miteinander, die sie sofort als gute Freundinnen auswies. Sina musste lächeln. Genau in diesem Moment sah die Blondine zu ihr rüber, stutzte kurz, winkte ihr dann aber freundlich zu. Sie sagte noch etwas zu ihrer Freundin, bevor sie mit einem Satz die Stufen der Veranda hinuntersprang, um anschließend die Straße zu überqueren und direkt auf sie zuzuhalten. Ihre Freundin folgte ihr.

„Hallo! Sie müssen Frau Rosenborn sein, richtig?“, sagte die Blondgelockte und streckte ihr bereits die Hand entgegen. Sina bemerkte den Hauch eines englischen Akzents.

Sina nickte. „Genau die bin ich.“ Sie ergriff die dargebotene Hand und schüttelte sie leicht.

„Ich bin Isabell Loewenthal“, stellte sich die Blonde vor. „Und dies hier ist meine Freundin Luisa Milchert. Willkommen in Lunau!“

„Sehr angenehm.“ Sina schüttelte der anderen Frau ebenfalls die Hand und gab sich große Mühe, das strahlende Lächeln von Isabell Loewenthal zu erwidern. „Ich wollte gerade zu Ihrem Mann, Frau L…“

„Isabell“, unterbrach sie sie sofort. „Bitte, wir sind doch ungefähr in einem Alter, wenn ich mich nicht irre. Und Sie … Du wirst sehr schnell feststellen, dass Förmlichkeiten hier sowieso meist fehl am Platze sind.“ Isabell lachte hell auf. „Hab ich recht, Lu?“, wandte sie sich an ihre Freundin.

„Klar. Förmlichkeiten werden völlig überbewertet.“ Auch Luisa schenkte ihr ein strahlendes Lächeln, bei dem ihre auffallend silbergrauen Augen funkelten. Sie legte den Kopf etwas schief, sodass ihr dicker Pferdeschwanz noch ein bisschen mehr wippte, und strich sich dabei eine vorwitzige Haarsträhne hinter das Ohr. „Willkommen …“ Sie zögerte.

„Sina! Mein Name ist Sina“, erwiderte sie und musste lachen. Der Sonnenschein und diese beiden Frauen bilden ein wirklich tolles Empfangskomitee, dachte sie bei sich.

Wie sich schon kurz darauf herausstellte, war auch Kjell Loewenthal ein äußerst angenehmer Zeitgenosse. Dank ihrer früheren Kollegin, die beim Gespräch mit dem Arzt wie selbstverständlich anwesend blieb, verlief das Kennenlernen vollkommen unkompliziert und entspannt. Ruth hatte nicht übertrieben, wie Sina zugeben musste. Nicht nur durch seine auffallende Größe, die unübersehbare Athletik und die dunkle Stimme wirkte der Mann sehr eindrucksvoll. Dr. Kjell Loewenthal machte dazu auch noch einen äußerst sympathischen und kompetenten Eindruck. Während Ruth und er sie gemeinsam durch die Praxis führten, bestätigten sich Ruths begeisterte Ankündigungen erneut. Sina fühlte sich sofort wohl in den Räumen. Die Praxis war hervorragend und modern ausgestattet, das sah man auf den ersten Blick. Da können sich einige Praxen in der Stadt gut eine Scheibe von abschneiden, dachte sie.

„Sie haben hier sogar ein Krankenzimmer! Das ist wirklich erstaunlich."

Dr. Loewenthal nickte. „Ja, der Raum war halt da, und ich habe ihn vor einiger Zeit entsprechend ausstatten lassen. Wie Sie sehen, ist vom CTG über EKG und Ultraschall alles vorhanden. Seit zwei Monaten besitzen wir sogar ein funktionelles Krankenbett und ein Beatmungsgerät. In so einem Dorf laufen die Dinge manchmal etwas anders als in der Stadt. In unserem Krankenzimmer sind inzwischen sogar schon zwei Babys auf die Welt gekommen. Aber der Raum ist auch von Vorteil, wenn man einen Patienten einfach mal eine Nacht unter Aufsicht behalten möchte."

„Sie wohnen also auch hier im Haus?"

„Jep. Meine Frau, mein Hund Siegmund Freud und ich bewohnen die obere Etage."

„Siegmund Freud? Na, das ist ja mal ein ausgefallener Name für einen Hund." Sina lächelte höflich.

„Ich denke, er wird nichts dagegen haben, wenn Sie ihn auch Siggi nennen, wie die meisten es tun", erwiderte Kjell schmunzelnd. „Er ist zwar momentan drüben bei meiner Mutter, aber sobald Sie in diesem Hause arbeiten, werden Sie an ihm nicht mehr vorbeikommen."

„Oh Gott, ist er etwa gefährlich?" Erschrocken sah sie ihn an.

Daraufhin brachen sowohl Ruth als auch ihr Chef in Gelächter aus. „Siggi ist zuckersüß, Sina", erklärte Ruth, als sie dazu imstande war. „Außerdem ist er nicht viel größer als ein Kaninchen."

Als sie kurz darauf im Büro saßen, besprachen sie die weiteren Einzelheiten. Sina und Ruth hatten auf den Besucherstühlen Platz genommen, während Kjell Loewenthal hinter seinem

Schreibtisch thronte. Ruth hielt sich zurück, verfolgte aber weiterhin interessiert das Gespräch.

„Wie ich Ihren Unterlagen entnehme, haben Sie eine Zusatzausbildung für OP-Assistenz und Intensivpflege?", hakte Dr. Loewenthal noch einmal nach, während er zufrieden lächelnd in der Mappe blätterte, die Sina am Morgen um ein Haar zu Hause vergessen hätte.

„Das ist richtig."

„Gut, das kann nicht schaden. Ich bin auch Unfall-Chirurg. Es könnte also von Vorteil sein, wenn ich auf eine zweite OP-Assistentin zurückgreifen kann, falls es nötig sein sollte." Er ließ die Mappe sinken, klappte sie zu und zog eine Augenbraue hoch. „Ich muss wohl kaum betonen, dass ich Sie gerne dauerhaft hierbehalten würde, wenn sich die Zusammenarbeit für beide Seiten als zufriedenstellend erweist, oder?"

„Das kann ich Ihnen leider nicht versprechen, Dr. Loewenthal."

„Ruth hat mir bereits mitgeteilt, dass Sie zunächst davon ausgehen, nur ein paar Monate bei uns zu bleiben."

„Vielleicht sogar nur ein paar Wochen", korrigierte sie und setzte ein Lächeln auf.

„Wir werden sehen", antwortete er und zwinkerte ihr munter zu.

„Meine Worte", warf Ruth ein und grinste.

„Wie viele Stunden würden Sie mich denn hier in der Praxis brauchen?", fragte Sina schließlich, ohne auf Ruths Kommentar einzugehen.

„Ich würde vorschlagen, Sie leben sich über das Wochenende erst einmal ein bisschen in Lunau ein und machen sich mit den Örtlichkeiten vertraut. Helge von Hoven wird frühestens Anfang nächster Woche aus der Klinik entlassen werden. Warten wir erst einmal ab, wie umfangreich sich ihre Arbeit auf dem Gut gestaltet, bevor wir die Einzelheiten abklären. Wenn wir klarer sehen und Sie genauer wissen, was auf Sie zukommt, können wir Ihre Stundenzahl hier in der Praxis besser anpassen. Es reicht mir vollkommen, wenn wir uns dann Dienstag oder Mittwoch noch einmal zusammensetzen, um alles Weitere zu besprechen."

„Wie Sie meinen, Herr Doktor." Dass er keinerlei Druck auf sie ausübte, gefiel Sina.

„Kjell", erwiderte er lächelnd. „Nennen Sie mich Kjell. Wir werden zukünftig eng zusammenarbeiten, und das macht den Umgang miteinander deutlich leichter, Sina."

Meine Herren, dachte sie. *Hier scheinen wirklich alle ungemein locker drauf zu sein!*

„Du wirst auf dem Gut bereits erwartet", teilte Ruth ihr mit, als sie wenig später wieder draußen vor dem Haus standen und langsam zu Sinas Auto gingen. „Ich kann dich gerne begleiten, wenn du möchtest."

„Ach was, lass nur", antwortete Sina und winkte ab. „Du hast mir ja ganz gut beschrieben, wie ich dorthin komme."

„Du kannst direkt bis vor das Gutshaus fahren, also keine Hemmungen. Meldest du dich nachher noch mal bei mir?"

„Ja, ich rufe dich später an."

„Wir können auch gerne bei mir gemeinsam zu Abend essen, wenn du möchtest."

„Ach, Ruthchen, lass mich erst einmal in Ruhe ankommen. Ich habe genug eingekauft, um nicht zu verhungern."

Sehr langsam fuhr Sina die breite Auffahrt zum Gutshaus hinauf. Sie parkte den Wagen neben einem mattschwarzen SUV, stieg aus und ging gemächlichen Schrittes auf das Haus zu. Alles in allem war es ein beeindruckender Anblick, der sich ihr darbot. Das rotgoldene Herbstlaub der umstehenden Bäume schuf eine fast märchenhafte Kulisse für das schlossähnliche Gebäude. So wie die meisten Häuser in Lunau bestand auch dieses hier aus dunkelrotem Backstein. Schneeweiße Säulen, hohe Fensterrahmen und mehrere gemauerte Balkone verliehen ihm jedoch eine beeindruckende Pracht. Nachdem Sina mehrere Stufen erklommen und mehrere Schritte unter einem Portikus zurückgelegt hatte, stand sie vor einer übergroßen, ebenfalls weißen und reich verzierten Eingangstür.

Kaum hatte Sina geläutet, wurde die Tür auch schon geöffnet.

„Frau Rosenborn?“, fragte eine freundlich dreinblickende Frau mittleren Alters.

„Die bin ich“, antwortete Sina. „Guten Tag!“

„Herzlich willkommen auf Gut Hoven! Ich bin Anke Tossen, Hausdame und Köchin in einer Person. Bitte treten Sie doch ein. Herr von Hoven erwartet Sie bereits.“

„Vielen Dank.“ Sina spürte leichte Befangenheit in sich aufsteigen, als sie kurz darauf in einer großen Eingangshalle stand. So zögerlich, fast unsicher, kannte sie sich gar nicht. Außerdem war sie seit ihrer Kindheit an Reichtum gewöhnt. Doch jetzt hatte sie Mühe, nicht den Kopf zu senken und fasziniert auf die herrlichen dunkelroten Marmorfliesen zu blicken, mit denen die gesamte Halle ausgelegt war.

Die ältere Frau nahm ihr die Jacke und den Schal ab und führte sie anschließend in einen angrenzenden Raum, der gemütlich wirkte und in allerlei Blautönen eingerichtet war. Im gemauerten Kamin brannte ein heimeliges Feuer, davor stand eine Sitzecke, bestehend aus zwei ausladenden Sofas und drei dazu passenden Sesseln. Alles in allem wirkte das Zimmer überaus wohnlich. Hier fühlte sie sich sofort wieder besser.

Frau Tossen hob die Hand und machte eine einladende Geste. „Bitte nehmen Sie Platz, Frau Rosenborn. Ich gebe Herrn von Hoven Bescheid, dass Sie angekommen sind, dann bringe ich Ihnen den Tee, einverstanden? Oder hätten Sie lieber einen Kaffee? Sie brauchen es nur zu sagen.“

Innerlich seufzte sie. Seit dem Frühstück hatte sie nichts mehr gegessen, und ihr Magen begann bereits zu knurren. Eigentlich hatte sie sich ja einen Becher Schokolade und ein Stück Kuchen im Buchladen-Café gönnen wollen. Hoffentlich würde sich das Gespräch mit von Hoven nicht zu sehr in die Länge ziehen. „Vielen Dank, ich trinke sehr gerne Tee“, sagte sie etwas zu hastig und ärgerte sich sofort darüber.

„Dann sind wir schon zwei", erwiderte die Hausdame lachend, wobei sich um ihre Augen Kränze von strahlenförmigen Fältchen zeigten, die ihrem runden Gesicht einen noch freundlicheren Ausdruck verliehen. „Machen Sie es sich gemütlich. Herr von Hoven wird gleich bei Ihnen sein."

Sina entschied sich für einen der blau gemusterten Sessel, von dem aus sie die Tür gut im Auge behalten konnte. Sie ertappte sich dabei, dass sie inzwischen durchaus neugierig auf ihren neuen Chef war. Wenn er genauso freundlich war wie seine Hausdame ... Die Aussicht auf ein paar Wochen in Lunau gefiel Sina immer besser.

Doch als Philip von Hoven nur wenige Sekunden später tatsächlich den Raum betrat, wünschte Sina inständig, die Erde möge sich auf der Stelle auftun und sie für alle Zeiten verschlucken.

Philip traute seinen Augen kaum und blieb wie angewurzelt in der offenen Tür stehen. Fassungslos starrte er die junge Frau an, die regelrecht aus dem Sessel hochschoss und ihn ihrerseits fixierte wie die Schlange das Kaninchen ... oder umgekehrt, dachte er fast ein wenig benommen. Nahezu verzweifelt suchte er nach den richtigen Worten – das allein war schon so ungewöhnlich für ihn, dass es ihn noch eine Spur mehr durcheinanderbrachte. Um Zeit zu gewinnen, schloss er die Tür und räusperte sich.

„Ach, du liebes Lieschen!", sagte sie leise und löste damit ein wenig von seiner Anspannung.

„So kann man es wohl auch ausdrücken", gab er zurück und fühlte, wie sich seine Nackenmuskulatur verspannte, während er sich an einem höflichen Lächeln versuchte und sich, noch leicht zögernd, auf sie zubewegte, bis er in einem angemessenen Abstand vor ihr stand. „Tja, so kann es gehen", fügte er hinzu.

„Du bist ... ähm, Sie sind Philip von Hoven?" Sie wurde tatsächlich rot, und er spürte, wie sich sein aufgesetztes Lächeln zu einem echten wandelte.

„Ich denke, in Anbetracht der Tatsache, dass wir beide … also … Wir sollten beim Du bleiben. Alles andere wäre wohl albern, oder?“ Jetzt lächelte auch sie. Sie hatte ein sehr schönes Lächeln, aber das wusste er ja bereits.

„Okay, ganz wie du meinst.“ Sina schluckte sichtbar. „Unter den gegebenen Umständen ist es sicherlich besser, wenn ich gleich wieder verschwinde, oder?“ Seufzend drehte sie sich um und griff nach ihrer Handtasche, die neben dem Sessel auf dem Fußboden stand.

„Das kommt überhaupt nicht infrage“, sagte er schnell. „Ich sehe keinen Grund dafür, warum wir uns von dieser … ähm … Sache beeinflussen lassen sollten. Das ist doch eine Ewig…“

In diesem Moment öffnete sich erneut die Tür. Anke kam herein und schob einen Servierwagen vor sich her. Lächelnd platzierte sie ihn neben dem kleinen Couchtisch. „Hier kommt der Tee!“

„Vielen Dank, Anke, den Rest schaffen Frau Rosenborn und ich allein“, erwiderte er. „Bitte, nimm doch wieder Platz“, forderte er sie schließlich auf, nachdem sich die Tür hinter Anke Tossen wieder geschlossen hatte.

„Du möchtest also, dass ich bleibe?“ Ihre Frage klang zweifelnd.

„Natürlich! Wir sind inzwischen … *beide* ziemlich erwachsen, nicht wahr?“

„Okay … Eigentlich hast du recht.“ Ihr Lächeln wirkte etwas zaghaft. Zu seiner Erleichterung ließ sie sich aber tatsächlich wieder zurück in den Sessel sinken und nahm die Tasse Tee, die er ihr reichte, mit einem angedeuteten Nicken entgegen.

„Nicht nur eigentlich.“ Er vertiefte sein Lächeln, um ihr und auch sich selbst den letzten Rest der Peinlichkeit zu nehmen, die ihr unerwartetes Wiedersehen offenbar nicht nur in ihm hervorgerufen hatte. „Du hast also tatsächlich etwas mit Klaus Rosenborn zu tun? Als ich deinen Namen hörte, wurde ich hellhörig, aber Ruth wusste nichts von einer Verwandtschaft.“

„Verwandtschaftlicher geht es gar nicht“, antwortete sie, nippte an ihrem Tee und stellte die Tasse anschließend auf dem Tisch ab. „Ich bin seine Tochter.“

„Du bist bitte was?“ Aus den verschiedensten Gründen fiel es ihm äußerst schwer, das zu glauben – auch wenn er nicht daran zweifelte, dass sie die Wahrheit sagte. „Sina, entschuldige, aber mir wird gerade klar, dass … du warst damals höchstens …“

„Siebzehn, Herr Baron, ich war gerade siebzehn Jahre alt geworden, als ich dich auf dem Pralinenball meines Vaters verführte.“

Offenbar hatte sie den ersten Schrecken ihres unerwarteten Wiedersehens überwunden, denn plötzlich klang ihre Stimme deutlich fester. Er selbst fühlte sich noch immer etwas überfordert, und es kostete ihn nicht gerade wenig Anstrengung, Sina nicht unentwegt anzustarren. Zumindest hatte er bereits auf den ersten Blick wahrgenommen, dass sie auch heute noch umwerfend aussah. Um seine Hände irgendwie zu beschäftigen, schob er den kleinen Teller mit Teegebäck neben ihre Tasse. „Bitte, bedien dich.“

„Mach dir keine Sorgen, du hast damals kein Gesetz gebrochen“, setzte sie nach und machte es ihm damit nicht unbedingt leichter.

„Nun, kein geschriebenes zumindest.“ Erneut musste er sich räuspern. „In meiner Erinnerung warst du mindestens achtzehn, wenn nicht sogar zwanzig Jahre alt.“

„Genau darauf hatte ich es ja auch angelegt“, gab sie zu und lächelte keck. „Ich wollte weder, dass du weißt, wie alt ich bin, noch dass du ahnst, *wer* ich bin.“

„So oder so hast du mir keine Chance gelassen“, versuchte er zu rechtfertigen, was ohnehin nicht mehr zu rechtfertigen war.

„Ach, Philip!“ Zum ersten Mal nannte sie ihn direkt beim Vornamen. Etwas in ihm reagierte darauf, aber er hätte nicht bestimmen können, ob es ein gutes oder doch eher ein unangenehmes Gefühl war, das sich in ihm ausbreitete. Was er jedoch klar erkannte, war die Verlegenheit, die ihn nun ebenfalls überkam. Ein wenig befangen griff er nach seiner Tasse und nahm einen ausgiebigen Schluck von dem Tee. Sina tat es ihm nach.

Eine kurze Weile schwiegen sie. Er beobachtete, wie sie sich das lange rotbraune Haar über die Schulter nach hinten schob. Dann nahm sie sich ein Stück Gebäck und knabberte daran. Ihre auffallend vollen Lippen schlossen sich um die Schokoladenspitze eines Vanillestäbchens. „Vielleicht sollten wir endlich darüber reden, warum du hier bist“, sagte er schnell, um sich von dem verführerischen Anblick abzulenken. Sein Körper reagierte prompt, doch sein Verstand fand das mehr als nur unpassend und irritierend. Nervös schlug er sein rechtes Bein über das linke und beugte sich ein wenig vor.

„Gute Idee“, antwortete sie und trank den Rest ihres Tees.

Er war recht erleichtert darüber, dass sie es bei dem einen Vanillestäbchen beließ, und konzentrierte sich auf den Anlass ihres Treffens. Dabei hoffte er inständig, dass er nicht allzu kurzatmig klang. „Da wir noch nicht genau abschätzen können, wie viele Stunden am Tag mein Großvater dich überhaupt braucht, halte ich es für viel praktischer, dein Honorar zu pauschalisieren, egal, ob du nun zwei, drei oder acht Stunden hier im Haus sein musst. Ich schlage deshalb vor, einfach Tagessätze festzulegen. So kannst du viel flexibler arbeiten, musst keine zusätzlichen Tabellen oder Ähnliches führen und kannst dich ganz und gar auf den tatsächlichen Bedarf einstellen. Bist du mit zweihundert Euro pro Tag einverstanden?“

Sie hustete. „Das ist … überaus großzügig, Philip. Wie könnte ich damit nicht einverstanden sein? Ehrlicherweise sollte ich dir aber auch sagen, dass die Tagessätze für eine Krankenschwester, auch für die private Pflege, normalerweise weit niedriger sind. Spätestens nach einem Monat werde ich tatsächlich kaum mehr als zwei Stunden hier im Haus zu tun haben.“

„Darüber bin ich mir absolut im Klaren, doch allein schon mit deinem Umzug nimmst du eine Menge Umstände in Kauf, also sollte sich die Sache für dich auch angemessen rentieren. Ich werde dich vorerst für zwei Monate fest anstellen und lass das von unserem Steuerberater entsprechend hochrechnen, sodass du am Ende auch wirklich die zweihundert Euro pro Tag in der Hand hältst. Ich habe mich im Vorfeld mit Kjell, also mit Dr. Loewenthal, abgestimmt. Erwartungsgemäß wirst du in den ersten Wochen weniger Stunden in seiner Praxis arbeiten können, deshalb haben wir uns gemeinsam für diese Lösung entschieden. Das heißt, du bekommst dann außerdem von ihm, was du ohnehin dazuverdienen darfst. Ich denke, so können wir vorerst alle zufrieden sein."

„Das ist … super", sagte sie und atmete sichtbar durch. „Danke, Philip."

Er nickte kurz, war einfach nur froh darüber, dass er sich wieder einigermaßen im Griff hatte. „Ich muss mich bei dir bedanken, Sina. Ich bin heilfroh, dass du die Pflege meines Großvaters übernimmst und ich diese Sorge los bin. Kommen wir zum nächsten Punkt: Hier auf dem Gut gibt es einige winterfeste Ferienhäuser. Ich habe dir eins davon herrichten lassen, so steht dir in deiner Freizeit auch ein völlig privates Umfeld zur Verfügung. Ich sehe deine Unterkunft als Teil des Honorars, also lebst du kostenfrei, solange du dich um meinen Großvater kümmerst. Solltest du darüber hinaus in Lunau bleiben wollen, werden wir uns später wegen der Miete schon einig werden. Das Haus ist recht klein, bietet aber alles an Komfort, was man zum Leben braucht. Kühlschrank und Heizung laufen bereits."

„Das ist sehr nett von dir", antwortete sie. „Weißt du schon, wann dein Großvater aus der Klinik entlassen wird?"

„Noch nicht genau, aber ich werde ihn morgen wieder besuchen. Wenn du möchtest, kannst du mich gerne nach Lüneburg begleiten, das würde euch die Gelegenheit bieten, euch schon mal kennenzulernen."

Sina lächelte. „Das wäre vielleicht gar nicht so verkehrt, dann kann ich mir auch gleich ein Bild vom derzeitigen Stand seiner Genesung machen und mit ein bisschen Glück sogar mit dem behandelnden Arzt sprechen. Wann willst du morgen los?"

„Ich denke, am frühen Nachmittag. Es wäre mir eine Freude, dich mitzunehmen. Sagen wir, gegen vierzehn Uhr. Wäre dir das recht?"

„Natürlich."

„Gut. Ich werde dich dann abholen." Als er sich erhob, stand sie ebenfalls auf. „Es wird schon dunkel. Ich sollte dir jetzt deine Unterkunft zeigen, damit du in aller Ruhe auspacken und dich einrichten kannst. Ich nehme an, du bist mit dem Auto hier?"

„Ja. Ich habe vorhin neben dem schwarzen Land Rover geparkt. Ich hoffe, das war in Ordnung?"

„Absolut. Der Wagen gehört übrigens mir. Im Augenblick bin ich so viel unterwegs, dass ich ihn gar nicht erst in die Garage fahre. Am besten fahre ich gleich voraus, und du folgst mir zum Ferienhaus. Es ist nicht weit, nur ein paar Minuten. Du hast einen eigenen Stellplatz für deinen Wagen direkt am Haus, das macht es für dich bequemer. Zu Fuß sind es ungefähr zehn Minuten, das ist also auch keine große Sache. Nicht nur im Dorf, auch hier auf dem Gut ist alles sehr übersichtlich, und man kann sich nicht verlaufen. Bei schönem Wetter ist es zudem ein sehr angenehmer Weg, aber das kannst du dir dann morgen in aller Ruhe bei Tageslicht ansehen." Als sie nur nickte, atmete er noch einmal tief durch. „Wollen wir?"

„Gerne."

„Sina gefällt mir", teilte Isabell ihrem Ehemann ungefähr zur selben Zeit mit. Kjell stand vor einer der Kühltheken im Buchladen-Café und schaute ihr zu, während sie die letzten sauberen Tortenplatten aus dem Geschirrspüler nahm und in den Schrank zu den anderen sortierte. Samstags kam er oft zum Feierabend herüber, um noch einen Kaffee zu trinken, während sie die letzten Handgriffe im Laden erledigte und Siggi zwischen ihnen beiden hin und her sprang. Isabell mochte es sehr, wie Kjell dann dastand, groß und männlich, einen Becher in der Hand, und sie nicht aus den Augen ließ.

„Mir auch“, erwiderte er und trank den letzten Schluck Kaffee aus.

„Na, ich hoffe doch, nicht zu sehr“, ermahnte sie ihn lachend und zwinkerte ihm zu. Sie wussten beide, dass es ein Scherz war. An Kjell zu zweifeln würde ihr niemals in den Sinn kommen. Ihr Mann liebte sie über alles, und sie waren beide davon überzeugt, dass absolute Treue in einer Beziehung unverzichtbar war.

„Wie heißt es doch so schön: Du hast mich für alle anderen Frauen verdorben, Bella.“ Auch er lachte. „Im Ernst, ich glaube, dass sie eine echte Bereicherung sein könnte, und das nicht allein für die Praxis. Ruth hält nicht nur beruflich, sondern auch menschlich ausgesprochen viel von ihr, das soll was heißen. Auf ihr Urteil kann man sich ja eigentlich blind verlassen.“

„Nun, dann drücken wir mal die Daumen, dass Sina uns erhalten bleibt, sobald der alte Baron wieder ganz gesund ist. Weißt du, Kjell, sie hat so eine gewisse Ausstrahlung … Ich mochte sie sofort. Das kommt bei mir nicht so häufig vor. Lu und ich haben vorhin schon darüber gesprochen. Ihr ging es genauso.“

Als er um den Tresen herumkam und den leeren Becher in die Spülmaschine räumte, stellte Isabell sich auf die Zehenspitzen, zog ihn zu sich herunter und drückte ihm einen Kuss auf die Wange. Er nahm ihr grinsend das Geschirrtuch aus der Hand und hängte es an den dafür vorgesehenen Haken, bevor er seine großen Hände um ihre Taille legte und sie an sich zog. „Es könnte jedenfalls nicht schaden, wenn Sina hier schnell Anschluss findet.“

„Du möchtest, dass Lu und ich uns ein bisschen um sie kümmern?“

„Da würde ich dir nicht reinreden, das weißt du, aber wenn du sie magst, warum solltet ihr sie dann nicht ein wenig mit einbeziehen? Sie ist genauso alt wie du, Bella.“

„Okay, ich denke, da lässt sich was machen, Doc. Wir werden ihr zeigen, wie wunderbar wir hier alle sind.“ Sie musste kichern, als Kjell sie hochhob und ihren Hals liebkoste.

„Können wir jetzt endlich nach Hause?“, hörte sie ihn brummend fragen.

„Trägst du mich heim, du starker Mann?“
„Keine Chance, Bella.“

Das Häuschen ist wirklich hübsch, dachte Sina, nachdem sie sich umgesehen hatte. Zusammen mit Philip stand sie mitten in dem kleinen Wohnzimmer. Er hatte ihr geholfen, das Gepäck hereinzubringen, und ihr dabei die wichtigsten Informationen zu ihrem vorübergehenden Domizil mitgeteilt.

„Gefällt es dir?“, wollte er jetzt wissen.

„Es ist toll“, erwiderte sie und lächelte zu ihm auf.

„Ach ja, bevor ich es vergesse, in einer der Küchenschubladen findest du Anleitungen für die Geräte. Herd, Kühlschrank und so weiter. Wenn du sonst irgendwelche Fragen hast, kannst du dich gerne direkt an mich wenden. Warte …“ Er griff in die Innentasche seiner Jacke und zog eine schwarze Brieftasche hervor. „Ich lass dir meine Karte hier, da steht auch meine Handynummer drauf.“

„Danke.“ Höflich nahm sie seine Visitenkarte entgegen. „Aber ich denke, ich komme schon zurecht.“

„Gut, dann werde ich dich jetzt allein lassen. Wir sehen uns ja ohnehin morgen. Ich hole dich hier ab, wie verabredet.“

„Ich danke dir, Philip.“

„Hab einen schönen Abend, Sina.“

„Ebenso.“

Kurz bevor er die Haustür öffnete, zögerte er plötzlich und drehte sich noch einmal zu ihr um. „Ich möchte noch etwas loswerden, bevor ich gehe. Offen gestanden habe ich unser unerwartetes Wiedersehen noch nicht so richtig verdaut. Falls ich dir also ein bisschen verkrampft vorkomme, könnte es daran liegen.“

Sie musste lachen. Ihr gefiel seine Ehrlichkeit. „Mir geht es nicht anders, Philip, mach dir keine Gedanken. Insgesamt ist die Sache ja auch ziemlich … abgefahren, oder nicht? Wir werden schon damit klarkommen, sobald wir uns an die Situation gewöhnt haben.“

Er nickte, lächelte leicht und verschwand.

Nachdem das Geräusch des Land Rovers verklungen war, sah Sina sich noch einmal in aller Ruhe um. Hier konnte sie es gut aushalten, keine Frage. Das kleine Haus war ausgesprochen behaglich eingerichtet. Warme Erdtöne und viel helles Holz, genauso mochte sie es. Die gut ausgestattete Küche war vom Wohnraum nur durch einen halbhohen Tresen getrennt. Zusätzlich zur elektrischen Heizung gab es einen kleinen, eisernen Kaminofen, daneben stand ein hübscher Korb mit Feuerholz. Die große Fensterfront auf der Vorderseite des Hauses mit direktem Zugang zur Terrasse sorgte tagsüber sicherlich für genug Helligkeit, auch das gefiel ihr sehr. Inzwischen war es zwar schon zu dunkel, um sagen zu können, ob der Ausblick schön sein würde, aber Sina nahm es an. Beim Herfahren waren sie an einem Teich vorbeigekommen, der musste irgendwo dort in der Finsternis vor ihrem Haus liegen, so viel hatte sie im Licht der Scheinwerfer gesehen.

Sie seufzte tief auf und machte sich zunächst daran, ihre Koffer auszupacken. Anschließend probierte sie ausgiebig die Dusche aus, schlüpfte in einen bequemen Hausanzug und kümmerte sich endlich um ihr Abendessen. Noch einmal dachte sie ein wenig wehmütig an die heiße Schokolade, die ihr, zumindest für heute, entgangen war. Die Gespräche mit Kjell und Philip hatten doch deutlich mehr Zeit beansprucht, als sie erwartet hatte. Zum Glück hatte sie sich für ihren ersten Abend eine Portion Kartoffelsalat und fertig gebratene Hühnchenfilets von zu Hause mitgebracht, sodass die Vorbereitung kaum Zeit in Anspruch nahm. Während des Essens blätterte sie ein wenig in einer Zeitschrift, doch sie merkte schon bald, dass ihre Gedanken immer wieder abschweiften.

Philip von Hoven, ich fasse es ja nicht! Da habe ich mir ausgerechnet einen Nachwuchsbaron für meine Teenie-Rebellion ausgesucht!

Wie alt mochte er jetzt sein? Damals hatte sie ihn auf Anfang zwanzig geschätzt, dann musste er jetzt ungefähr Mitte dreißig sein. Er wirkte unglaublich selbstsicher, und sein Auftreten entsprach seiner Herkunft, das war auffällig. Die sportive Kleidung, die er trug, war von edelster Qualität. Für teure Marken hatte sie einen Blick, auch wenn sie längst nicht mehr so selbstverständlich zu ihrem Leben gehörten. Er sah noch immer ausgesprochen gut aus, fand sie. Nein, noch viel besser als damals, da gab es keinen Zweifel. Männlicher, markanter, alles in allem überaus attraktiv. Seine herrlichen haselnussbraunen Augen hatten noch immer diesen ganz speziellen Schmelz, der wohl jedes Frauenherz höherschlagen ließ.

Nach dem ersten Schock war Philip mit der peinlichen Situation sehr souverän umgegangen, das musste sie ihm lassen. Er war charmant und freundlich gewesen und hatte sie nicht sofort aus dem Haus komplimentiert. Alle Achtung!

„Du hast also keine Lust auf ein entspanntes Feierabendbier?", hörte Philip seinen Freund Rafael fragen.

Den Telefonhörer am Ohr, lehnte er sich in seinem Schreibtischsessel zurück, schloss die Lider und rieb sich mit Zeigefinger und Daumen der freien Hand die Augen. „Nein, heute sicher nicht. Ich bin völlig hinüber und werde mich zeitig ins Bett begeben. Mein Tag war anstrengend."

„Meine Herren, ich liebe deine eigenartige Ausdrucksweise. Das hab ich echt vermisst. Unsereins würde einfach sagen, ich hau mich in die Falle. Du begibst dich stattdessen ins Bett, das hat schon was. Sag mal, was hast du gemacht, dass du so fertig bist, Baron? Deinen Wald gerodet?"

„Scherzkeks! Seit ich wieder hier bin, wühle ich mich durch die Papiere und Bücher des Guts, um mich einzuarbeiten. Das kostet echt Nerven, sag ich dir. Helge hat in der letzten Zeit offenbar eher Papierstapel angehäuft, statt sie durchzuarbeiten. Heute Nachmittag hab ich außerdem die Krankenschwester für meinen Großvater in Empfang genommen. Gerade habe ich sie zu ihrer Unterkunft gebracht."

„Und? War die Dame auch so aufreibend wie das Studium deiner Geschäftsbücher?" Philip hörte seinen Freund leise lachen.

Seltsamerweise fühlte er sich für einen kurzen Augenblick, als hätte man ihn bei etwas Verbotenem erwischt.

„Sag mal, langweilst du dich, Rafa? Ist Lu endlich wieder zu Verstand gekommen und hat dich verlassen?", fragte er, um nicht weiter auf das Thema Sina Rosenborn eingehen zu müssen.

„Machst du Witze? Mein Mädchen ist mir nach wie vor verfallen. Übrigens beruht das absolut auf Gegenseitigkeit, also mach dir keine Hoffnung. Nein, im Ernst, Luisa ist noch mindestens zwei Stunden mit der Buchhaltung für die Gärtnerei beschäftigt, da dachte ich, ein Feierabendbier mit einem alten Freund ist genau das Richtige."

„Du hast aber keine Probleme, oder? Falls du mich brauchst …"

„Nein, um Gottes willen, es ist alles in bester Ordnung."

„Also langweilst du dich doch. Du warst schon immer unglaublich selbstlos, mein Lieber."

Eine Weile scherzten sie noch miteinander, dann beendeten sie das Telefonat und wünschten sich gegenseitig noch einen angenehmen Abend. Philip schob den dicken Aktenordner beiseite, der seit dem Nachmittag noch immer aufgeschlagen auf seinem Schreibtisch lag, und erhob sich. Er hatte nicht übertrieben, er war tatsächlich erschöpft. Außerdem knurrte sein Magen.

Genau in diesem Moment klopfte Anke an der halb offenen Tür.

„Kommen Sie ruhig herein."

„Sie hatten zwar beim Frühstück erwähnt, dass Sie sich heute selbst um Ihr Abendessen kümmern würden, aber ich habe Ihnen trotzdem etwas zurechtgemacht, Herr von Hoven. Ich hatte ja den ganzen Tag hier im Haus zu tun."

„Ach, Sie sind ein wahrer Engel, Anke. Ehrlich gesagt ist mir gerade erst aufgefallen, was für einen Hunger ich habe."

„Das ist ja auch kein Wunder. Seit heute Morgen haben Sie nichts mehr gegessen." Sie lächelte mütterlich. „Im Kühlschrank steht ein Kartoffelauflauf mit Hackfleisch bereit. Soll ich ihn schnell in den Ofen schieben? Dann können Sie in zwanzig Minuten essen."

„Sehr gerne. Ich wollte auch gerade Feierabend machen. Gehen Sie ruhig nach Hause, sobald der Ofen läuft. Ich komme dann schon zurecht."

„Gut. Ich werde die Zeitschaltuhr einstellen und die Küchentür offen lassen, dann hören Sie, wenn alles fertig ist. Einen schönen Abend noch, Herr von Hoven!"

„Den wünsche ich Ihnen auch. Und … danke!"

Philips Gedanken kreisten fortwährend um das unerwartete Wiedersehen mit Sina. Das hervorragende Essen half nicht, der abendliche Spaziergang mit Lancelot brachte auch keine Ablenkung, und der Kriminalroman, den er mit ins Bett nahm, konnte ihn ebenfalls nicht fesseln. Er musste einfach ununterbrochen daran denken. Niemals hätte er damit gerechnet, sie überhaupt irgendwann wiederzusehen.

Seit Jahren lag die Erinnerung gut eingepackt irgendwo in den Tiefen seines Unterbewusstseins versteckt. Er war nicht stolz auf das, was damals passiert war. Im Gegenteil. Schließlich hatte er sich nicht besonders ehrenwert, geschweige denn verantwortungsvoll benommen. Und genau das hatte ihm anfangs schwer im Magen gelegen, denn normalerweise verabscheute er Verantwortungslosigkeit aus tiefstem Herzen. So hatte er Monate gebraucht, um den Vorfall auf dem Rosenborn-Pralinenball erfolgreich zu verdrängen. Das Wiedersehen mit Sina hatte jetzt alles wieder hervorgeholt.

Sein Verhalten von damals war ihm auch heute noch sehr unangenehm. Dass er jetzt wusste, mit wem er es damals zu tun gehabt hatte, machte die Sache nicht gerade leichter. Er war dazu erzogen worden, in jeder Situation die Haltung und einen klaren Kopf zu bewahren, aber bei Sina war es ihm nicht gelungen. Sie hatte ihn innerhalb kürzester Zeit so sehr aus dem Takt gebracht, dass er sämtliche Bedenken über Bord geworfen hatte, nur um mit ihr zusammen sein zu können. Diese Art von Begierde war fast beängstigend gewesen.

Sina Rosenborn! Unglaublich!

Er erinnerte sich noch genau daran, dass sein Großvater ihn praktisch dazu gezwungen hatte, ihn auf den besagten Ball zu begleiten. Klaus Rosenborn, damals ein Geschäftspartner von Helge von Hoven, hatte anlässlich einer neuen Pralinenkreation zum Fest eingeladen und eigens dafür mehrere der zusammenhängenden Ballsäle im bekannten Hamburger *Hotel Atlantic* angemietet. Die Gästeliste war beeindruckend gewesen. Hochrangige Politiker, reiche Geschäftsleute und jede Menge Prominenz waren eingeladen worden – und natürlich auch erschienen.

Philip war allein seinem Großvater zuliebe mitgegangen. Er hatte weder Lust darauf gehabt, sich einen maßgeschneiderten Smoking anzuziehen, noch den nervtötenden Small Talk zu ertragen, der mit diesen Gesellschaften meist einherging. Doch dann hatte er *sie* gesehen!

Er brauchte nur die Augen zu schließen, und schon war die Erinnerung wieder lebendig. Tief einatmend gab er das Lesen auf und legte endlich das ungelesene Buch auf den Nachttisch. Jede Minute, jede Sekunde ihrer ersten Begegnung erwachte vor seinem inneren Auge erneut zum Leben …

Nach dem beeindruckenden Bankett, das den Gästen in zwei der kleineren Säle serviert worden war, spielte das Orchester im großen Saal zum Tanz auf.

Philip sah sie sofort, als er den Festsaal betrat. Etwas abseits stand sie am Rand, gleich neben einem großen Kandelaber, und betrachtete sichtlich gelangweilt die ersten tanzenden Paare auf dem Parkett. Alles an ihr war aufsehenerregend. Ihr rotbraunes Haar, halbseitig aufgesteckt und mit funkelndem Schmuck versehen, glänzte im Licht der goldenen Kronleuchter und Kerzen ebenso wie die türkisfarbene Abendrobe, die mit ihrem eng anliegenden, schulterfreien Oberteil und dem weit ausladenden Rock die schmale Taille der Trägerin betonte. Ab und zu nippte sie an ihrem Champagner, doch als ein Kellner mit einem Tablett vorbeikam, stellte sie das leere Glas darauf ab, ohne sich ein neues zu nehmen.

Während Philip ebenfalls seinen Champagner austrank und sie dabei möglichst unauffällig beobachtete, versuchten mehrere Männer ihr Glück und forderten sie zum Tanzen auf, doch sie lehnte jedes Mal lächelnd ab. Ihr Lächeln war sensationell, wie er bemerkte. Und dass sie bis jetzt jeden Mann hatte abblitzen lassen, forderte ihn heraus, er konnte nichts dagegen tun. Langsam verringerte er den Abstand zu ihr. Dann aber sah sie ihn plötzlich direkt an, hielt seinen Blick fest und ließ ihn nicht mehr los. Ihr Blick hatte etwas Magisches. Es fühlte sich an, als würde sie ihn an einer unsichtbaren Schnur zu sich ziehen. Er gab es auf, sich ihr möglichst dezent zu nähern, und ging nicht zu schnell, jedoch zielstrebig auf sie zu. Als er endlich vor ihr stand, wusste er nicht mehr, was er sagen sollte.

„Hallo, schöner Mann“, hauchte sie und blickte dabei direkt auf seinen Mund. Ihm wurde praktisch sofort heiß.

„Hallo, Ballkönigin.“ Immerhin ist das eine halbwegs amüsante Erwiderung, dachte er.

„Du hast dir ganz schön viel Zeit gelassen. Weißt du, ich habe dich nämlich in Gedanken zu mir gerufen, seit du den Saal betreten hast.“ Sie schenkte ihm ihr sensationelles Lächeln, was ihn noch mehr aus dem Konzept brachte als ihre Worte. Er hätte schwören können, dass sie ihn bis gerade eben noch nicht einmal bemerkt hatte.

„Jetzt bin ich da. Und was willst du nun mit mir anfangen?“, hörte er sich fragen. Er konnte kaum die Augen von ihr lassen. Aus der Nähe betrachtet war alles an ihr hinreißend, nicht nur das Lächeln. Ihre Augen waren ungewöhnlich. Ein sehr dunkles Blau mit goldgrünen Sprenkeln darin. *Faszinierend!*

„Was schlägst du vor?“ Ihre kleine Zungenspitze huschte über die volle Oberlippe.

Ihm schossen sofort eine Menge Dinge durch den Kopf, die er nur allzu gerne mit ihr tun würde, aber es war wohl kaum der richtige Ort oder die richtige Zeit, um auch nur daran zu denken. Er musste sich räuspern.

Sie lachte leise auf, so, als hätte sie seine Gedanken gelesen. *Gott bewahre!*

„Nun, wie ich beobachten konnte, möchtest du nicht unbedingt tanzen, oder?", erwiderte er hastig und deutete auf die inzwischen gut gefüllte Tanzfläche. Sie waren umgeben von lauter Menschen, Musik und Stimmengewirr, und doch fühlte es sich seltsamerweise an, als ob er vollkommen allein mit ihr wäre.

„Mit dir schon", antwortete sie knapp, griff nach seiner Hand und zog ihn auf das glänzende Parkett.

Eigentlich war es keine Überraschung, dass sie den angemessenen Tanzabstand nicht einhielt. Offenbar war ihr absolut bewusst, dass der weite Rock ihres Kleids einen hervorragenden Sichtschutz abgab. Philip hielt ihre Taille umfangen, führte sie über das Parkett und übte sich dabei in Selbstbeherrschung, während sie sich ohne Hemmungen an ihn presste und damit seine Erregung von Sekunde zu Sekunde steigerte. Nach einem Foxtrott gingen sie dazu über, sich nur noch langsam zur Musik zu bewegen, ohne weiterhin dem Diktat irgendeines Gesellschaftstanzes zu folgen.

Unter ihren langen, goldbestäubten Wimpern sah sie lächelnd zu ihm auf. In ihren faszinierenden Augen erkannte er die Gewissheit. Sie war jung, doch sie wusste genau, dass er bereits vor Begierde brannte.

„Wer bist du?", fragte er und war ein wenig erschrocken darüber, wie belegt seine Stimme klang.

„Wehe, du sagst mir jetzt deinen Namen, mein Schöner", erwiderte sie, anstatt zu antworten, und leckte sich erneut die Oberlippe. Es war irgendwie beruhigend, dass auch sie ein wenig heiser war. „Ich will ihn gar nicht wissen."

Er beugte sich leicht zu ihr und hielt in seiner Bewegung inne. „Könntest du vielleicht damit aufhören, dich an mir zu reiben?"

„Es macht mir aber Spaß."

„Das ist mir durchaus bewusst." Er holte tief Luft. Seine Erektion pochte unterdessen heiß und fordernd.

„Macht es dir denn keinen Spaß?", fragte sie hintergründig und drückte sich noch ein bisschen mehr an ihn.

Zischend zog er die Luft durch seine Vorderzähne. „Dein Spiel mit dem Feuer kann sehr schnell gefährlich werden, Ballkönigin."

Wieder sah sie zu ihm auf, suchte seinen Blick. Ihre Miene war jetzt ganz ernst, aber ihre Augen blitzten vor Übermut. „Ich glaube, ich könnte etwas frische Luft gebrauchen", stellte sie fest, hielt inne und fächelte fast ein wenig geziert vor ihrem Gesicht herum. „Würdest du mich begleiten?"

„Natürlich." Er musste husten.

Wieder nahm sie seine Hand und zog ihn mit sich. Sie durchquerten einen der Bankettsäle. Im Vorbeigehen sah er seinen Großvater mit einigen Freunden und Geschäftspartnern an einem der Tische sitzen. Offensichtlich waren die Herren so ins Gespräch vertieft, dass sie ihn und das Mädchen noch nicht einmal bemerkten.

Der nächste Saal hatte sich in der Zwischenzeit völlig geleert, doch sie zog Philip wortlos weiter, hielt auf eine geschlossene Tür am Ende des Raumes zu. Niemand beachtete sie.

Philip stieß ein unwilliges Geräusch aus, warf seine Bettdecke zurück und stand auf. Die Erinnerung an den Ball war viele Jahre lang verschüttet gewesen, doch nun hatte das Erlebnis von damals ihn wieder vollständig im Griff. Er ging hinüber in seinen persönlichen Wohnbereich, schenkte sich einen Cognac ein und blieb mit dem Glas in der Hand vor dem Fenster stehen. Kurz schloss er die Augen, bevor er sich einen Schluck genehmigte und auf die Wirkung des Alkohols wartete.

Nein, er wollte nicht daran denken, was geschehen war, nachdem sie zusammen den Festsaal verlassen hatten, doch seine Gedanken waren schroff und unerbittlich. Die einzelnen Fetzen setzten sich erneut zu einem Gesamtbild zusammen. Vor seinem inneren Auge erschien der kleine Gesellschaftsraum, in dem sie sich plötzlich wiedergefunden hatten. Dort war es dunkel gewesen.

Nur das fahle Licht der Straßenlaternen fiel durch eine Reihe von Oberlichtern, sodass sie sich und ihre Umgebung gerade noch erkennen konnten. Einige abgedeckte Möbel standen in einer Ecke des Raumes, ansonsten war er leer.

Sie zog ihn weiter in die hinterste Ecke des Raumes, dorthin, wo sich die Ansammlung der zusammengeschobenen Möbel befand. Gegen einen der Tische gelehnt, presste sie sich erneut an ihn. Und mit einer einzigen Frage knipste sie seinen Verstand endgültig aus, so vollkommen, dass seine Erinnerung an diese verrückten Augenblicke noch heute leicht verschwommen blieb: „Bist du noch hart?" Daraufhin hatte er sie geküsst, als ob es kein Morgen gäbe ...

Der Duft ihrer samtweichen Haut war betörend. Seine Gier danach, in ihr zu sein, ließ sich kaum noch kontrollieren. Niemals zuvor war er so sehr erregt gewesen. Schon während sie ein Kondom aus ihrem Täschchen hervorzauberte und es ihm überzog, wäre er beinahe gekommen. Unter seinen Händen raschelte der Stoff ihres Kleides. Ohne auch noch eines einzigen vernünftigen Gedankens fähig zu sein, versenkte er sich in ihr. Sie saß auf einem der Tische, Massen von knisternder Seide um ihre Taille drapiert, stöhnte bei jedem seiner ungezügelten Stöße und trieb ihn hemmungslos an. Er stand keuchend zwischen ihren gespreizten Beinen und verlor fast den Verstand vor Lust.

Sie kam kurz vor ihm, und er genoss es, wie sehr ihr Körper erzitterte, wie fest ihre Beine ihn umklammerten, als wollten sie ihn niemals mehr freigeben. Sein eigener Orgasmus war heftig. Es kostete ihn unglaublich viel Kraft, nicht laut aufzustöhnen.

Und dann war es vorbei – so schnell, wie es begonnen hatte. Die Stille zwischen ihnen wurde fast bedrückend. Nur ihr gemeinsamer schwerer Atem durchbrach sie. Schweigend zog sie zwei Papiertaschentücher aus ihrem Abendtäschchen und reichte ihm eines davon. Er wandte sich von ihr ab, entfernte das Kondom, säuberte sich und brachte seine Kleidung wieder in Ordnung. Als er sich wieder umdrehte, stand sie vor ihm, als wäre nichts gewesen. Allein ihre Wangen waren leicht gerötet, und ihre herrlichen Lippen wirkten eine Spur voller nach seinen ungestümen Küssen. Mit einer Hand strich sie sich kurz über das Haar, vermutlich, um sicherzugehen, dass mit ihrer Frisur noch alles in Ordnung war.

„Du bist wunderschön“, flüsterte er und wollte sie wieder an sich ziehen, aber sie wich einen Schritt zurück und lächelte. Es war das gleiche hinreißende Lächeln, das sie vorhin auch den Männern geschenkt hatte, die sie zum Tanzen aufgefordert hatten. Ein Lächeln, das gleichzeitig bezaubernd und seltsam nachsichtig wirkte.

„Ich werde zuerst hinausgehen, okay?“, sagte sie leise und berührte erneut ihr Haar. Es war eine fahrige Bewegung, beinahe hastig – und es war unverkennbar, dass sie so schnell wie nur möglich von ihm fortwollte.

Er musste sich räuspern, fühlte sich zurückgewiesen, vielleicht sogar verletzt. Im nächsten Augenblick war sie auch schon verschwunden, und er stand allein in dem dunklen und leeren Raum. Ein bitterer Geschmack machte sich in seinem Mund breit, der einen Anflug von Übelkeit mit sich brachte. Wie hatte ihm das nur passieren können?

Er sah sie nicht wieder. Philip konnte sich noch gut daran erinnern, wie er sie nur Minuten später überall gesucht hatte. Er war durch die Säle geschlichen, wie ein Panther auf der Jagd hatte er nach ihr Ausschau gehalten, aber sie war verschwunden geblieben – bis heute.

3. KAPITEL

Noch fast im Halbschlaf griff Sina nach ihrer Armbanduhr und warf einen Blick darauf. Es war schon nach neun – das war ebenso erstaunlich wie die Tatsache, dass sie gut geschlafen hatte. Normalerweise schlief sie schlecht ein, wurde mehrmals in der Nacht wach und war, selbst wenn sie dienstfrei hatte, spätestens um sieben Uhr auf den Beinen. Doch trotz der ungewohnten Umgebung und des fremden Bettes hatte sie blendend geschlafen und fühlte sich bemerkenswert gut erholt.

Bevor sie aufstand, reckte sie sich ausgiebig, dann tapste sie barfuß hinüber ins Badezimmer. Sie duschte länger als gewöhnlich und gönnte ihrer Haut und ihren Haaren anschließend sogar noch eine ausgedehnte Schönheitspflege. Erst danach zog sie sich langsam an. Sie hatte Zeit und konnte es ruhig angehen lassen. Nachdem sie Kaffee aufgesetzt hatte, zog sie die Vorhänge des großen Terrassenfensters auf. Wie sie es erwartet hatte, war der Ausblick ein wahrer Traum. Nicht weit vor ihrer Terrasse entfernt lag der Teich, an dem sie gestern Abend vorbeigefahren war. Eine riesige, wunderschöne Trauerweide ließ ihre langen Zweige sanft die flaschengrüne Oberfläche des Wassers streifen. Es war ein schöner, friedlich anmutender Anblick. Hinter dem Teich, etwas weiter entfernt, waren die lang gezogenen Gebäude der Pferdeställe zu sehen.

Obwohl die Zufahrtsstraße zum Ferienhaus einen Bogen machte, ließ sich sogar der Giebel des Gutshauses noch gut erkennen. Links von ihrem Haus lag der Wald. Es war ein klassischer Mischwald. Hohe, immergrüne Fichten und das goldene Blattwerk der Laubbäume erschufen gemeinsam einen wahren Rausch an Farben. Wenn sie nach rechts blickte, entdeckte sie eine schöne Heidelandschaft, vereinzelte Baumgruppen und ein kurzes Stück der Zufahrtsstraße. Obwohl die Heide zu dieser Jahreszeit nahezu verblüht war, war es wunderschön hier, daran gab es nichts zu rütteln.

Sina frühstückte ausgiebig, verstaute danach die restlichen Sachen aus ihren Koffern in den Schränken im Schlafzimmer und schüttelte das Bettzeug auf. Danach führte sie ein längeres Telefongespräch mit ihrer Tante Regine, um sie über ihren vorübergehenden Umzug zu informieren. Ihre Tante reagierte wie so oft mit vollem Verständnis. Mit den Jahren war die jüngere Schwester ihres Vaters für sie zu einer Art Muttersatz geworden.

„Das ist eine gute Entscheidung, Liebes", sagte sie, nachdem Sina alles genau berichtet hatte. „Es wird dir guttun, deinen gewohnten Trott und die Stadt für einige Zeit zu verlassen."

„Ja, das denke ich auch, Reggie. Hier ist es einfach zauberhaft. Stell dir vor, ich blicke von meinem Wohnzimmerfenster aus direkt auf einen kleinen Teich. Ist das nicht himmlisch?"

„Das klingt wundervoll idyllisch, würde ich sagen."

Sina musste lächeln. Es tat ihr gut, mit Regine zu sprechen. Sie hatten sich einige Wochen lang nicht gesehen, und jetzt bemerkte sie, dass sie ihre Tante tatsächlich vermisst hatte. „Das ist es auch, Tantchen. Übrigens, ich habe dir doch sicher mal von meiner früheren Kollegin Ruth Rogalski erzählt, oder?"

„Natürlich! Du hast immer voller Respekt und mit großer Zuneigung von dieser Frau gesprochen."

„Ja, ich mag sie wirklich sehr. Mal abgesehen davon, dass mich der Aufenthalt hier auf andere Gedanken bringen wird, hat mich auch Ruths Begeisterung für den kleinen Ort nicht ganz kalt gelassen, das muss ich zugeben. Stell dir vor, sie hat ihr Leben in Hamburg inzwischen sogar ganz hinter sich gelassen. Mit allem Drum und Dran."

„Warum auch nicht, wenn es ihr in der Heide so gut gefällt. Ich verstehe das." Sie hörte ihre Tante leise seufzen. „Wer weiß, mein Kind, vielleicht hilft der Tapetenwechsel auch dir, ein wenig besser mit deiner furchtbaren Trauer fertigzuwerden. Ich würde dir so sehr wünschen, dass deine alte Lebensfreude wieder ganz zu dir zurückkehrt."

„Ich danke dir, Reggie. Mein Leben wird wohl nie mehr so sein, wie es mal war, aber ich glaube, ich bin auf einem guten

Weg. Du kannst mich hier demnächst ja mal besuchen. Was meinst du?"

„Das würde ich normalerweise gerne tun, Sina, aber ich fliege jetzt erst einmal mit meiner Freundin Carola in die Toskana. Seit einiger Zeit besitzt Caro dort doch dieses süße Haus …"

„Ach ja, du hast mir mal davon erzählt. Hat es nicht sogar einen eigenen Pool?"

„Genau! Caro möchte im Haus und auf dem Grundstück einiges verändern und hat mich gebeten, sie dabei zu unterstützen. Wir werden erst im Januar zurückkommen."

Sina musste schlucken, zwang sich aber zu lächeln. „Mach mich nicht schwach! Du bist Weihnachten gar nicht zu Hause?"

„Nimm es mir bitte nicht übel, aber dieses Mal nicht, mein Kind."

„So ein Mist! Das sind ja großartige Aussichten. Du weißt ja, dass ich mir nicht allzu viel aus diesen Feiertagen mache, aber dann werde ich mit Papa alleine unterm Baum hocken, das macht die Sache sicher nicht besser."

„Ja, ich weiß, wie du zu Weihnachten stehst, deshalb brauchst du dir darüber auch keinerlei Gedanken zu machen. Du wirst nämlich deine Ruhe haben und kannst sogar mit Freunden feiern, wenn dir danach sein sollte. Dein Vater wird uns über die Feiertage in der Toskana besuchen. Wenn ich mich nicht sehr täusche, hat er tatsächlich ein Auge auf Caro geworfen. Das wäre übrigens die Erfüllung einer stillen Hoffnung, die ich schon seit Jahren hege und pflege."

Wenn sich für ihren Vater etwas derart Erfreuliches ergab, würde sie sich für ihn freuen. „Na, das wäre doch endlich mal eine positive Entwicklung."

„Na, und ob! Sie wäre genau die richtige Frau für meinen despotischen Bruder und würde ihm guttun. Carola ist eine taffe Person. Die wird ihm schon die Leviten lesen, wenn es sein muss, glaub mir." Regines Lachen klang durch den Hörer. „Also, meine Süße, solltest du im neuen Jahr noch in Lunau sein, komme ich darauf zurück. Ein Ausflug in die schöne Lüneburger Heide passt doch immer."

„Hm, wenn ich ehrlich bin, kann ich mir kaum vorstellen, dass sich das hier so lange hinziehen wird, Regine. Aber egal, wir werden sehen. Gibst du mir Bescheid, wenn ihr angekommen seid?"

„Aber klar! Wir sind ja nicht auf einem anderen Stern und können zwischendurch telefonieren. Ich bin schon sehr gespannt darauf, wie dir das Leben in einem Heidedorf gefällt. Wenn wir uns das nächste Mal sehen, werden wir uns jede Menge zu erzählen haben, das ist doch toll, oder?"

„Stimmt." Sina musste schmunzeln. So, wie es aussah, erreichte die positive Energie ihrer Tante sie sogar durch die Telefonleitung. „Dann mach es gut, Tantchen, und hab eine wunderbare Zeit in der Toskana!"

„Dir auch alles Liebe, mein Schatz, dort in deinem lauschigen Heidedörfchen."

Das Telefonat hatte ihr gutgetan. Die Hoffnung darauf, dass ihr Vater doch noch eine Liebesbeziehung eingehen würde, war wohltuend. Sina kannte Carola und wusste, dass diese Frau sich keine Bevormundung von ihm bieten lassen würde. Ja, Regine hatte recht, vielleicht war eine neue Liebe genau das, was ihr Vater brauchte. Auch wenn sie sich manchmal wie verrückt über ihren Vater geärgert hatte, so liebte sie ihn doch und wünschte ihm nur das Beste. Sie selbst verstand es inzwischen sehr gut, sich ihm gegenüber gerade zu machen und ihren Willen durchzusetzen. Mit den Jahren hatte sie gelernt, den eigenen Wünschen zu vertrauen und ihnen nachzugeben. Ihr Vater hatte es ihr dabei zwar weiß Gott nicht immer leicht gemacht.

Besonders ihren sechzehnten Geburtstag würde Sina niemals vergessen. Sie hatte Ferien gehabt und war deshalb zu Hause gewesen – statt in dem Internat in der Schweiz, in das ihr Vater sie zwei Jahre zuvor gesteckt hatte. Da ihre wenigen Freunde allesamt im Urlaub gewesen waren, hatte Sina ihren Geburtstag überhaupt nicht groß feiern wollen, doch ihr Vater hatte darauf bestanden. Über ihren Kopf hinweg hatte er einfach munter eingeladen. Wenn man einmal von ihrer Tante Regine absah, waren lauter Menschen angereist, mit denen Sina eigentlich gar nichts zu tun hatte. Aber ihr Vater war der Meinung gewesen, dass die Leute in irgendeiner Weise für sie oder ihn wichtig sein könnten. So war die vierköpfige Familie des Grafen von Mandelhoff unter den Gästen gewesen. Plötzlich sah Sina alles wieder vor sich, so, als wäre es gestern gewesen …

„Du solltest wieder zurückgehen, Liebes." Ihre Tante strich ihr zärtlich über den Arm. „Es wird sonst nur wieder Ärger geben. Du kennst doch deinen Vater."

Vor einer halben Stunde hatte Sina sich mit den Worten „Entschuldigt mich bitte einen Augenblick" von der Kaffeetafel erhoben und war hinaus in den hinteren Bereich des Gartens geflüchtet. Sie hatte das sinnlose Geschwätz einfach nicht mehr ausgehalten. Der Graf war in seiner Impertinenz und Hochnäsigkeit eine einzige Katastrophe, seine Frau sah aus wie das Vorzeigemodell eines Schönheitschirurgen und die Zwillingssöhne, die ungefähr zwei oder drei Jahre älter sein mochten als sie selbst, stellten mit ihrer grenzenlosen Protzerei eine einzige Belastung für Sinas Nerven dar.

Hier, ganz hinten im Garten, befand sich eine kleine Bank, inmitten von Pergolen, die ringsherum mit herrlichen Kletterhortensien bewachsen waren. Es war einer ihrer liebsten Rückzugsorte, wenn sie zu Hause war. Vielleicht weil man hier für wenige Momente das Gefühl haben durfte, völlig abgeschieden vom Rest der Welt zu sein, von ihrer Welt oder besser: von der Welt, die ihr Vater ihr vorgab. Ihre Tante kannte ihre Vorliebe für diesen Ort natürlich.

„Die sind doch die reinste Plage! Papa kann mich mal!", antwortete Sina trotzig. „Wie kommt er nur auf die Idee, dass mir diese hochnäsigen Typen gefallen könnten, Reggie?"

„Er möchte eben, dass du zu den richtigen Leuten Kontakt bekommst. Du weißt doch, dass er es nur gut mit dir meint, Sina."

„Gut? Pah! Was soll daran gut sein, sich die ganze Zeit dieses protzige Geschwafel anhören zu müssen? Ich finde diese Leute überhaupt nicht *richtig*! Hast du denen mal zugehört? Unsere Jacht hier, unsere Villa dort. Ach ja, und die unglaublichen wichtigen Events in Monaco habe ich ja noch gar nicht erwähnt. Von der fürchterlich laxen Einstellung des Personals heutzutage wollen wir ja gar nicht erst anfangen", ahmte sie die schrille Stimme der mimiklosen Gräfin nach. „Andere Themen haben die doch gar nicht. Da kann man doch nur weglaufen, Reggie!"

„Dann unterhalte dich doch wenigstens mit den Jungs. Valentin und Kasimir sehen doch wirklich gut aus, oder findest du nicht?", fragte Regine lächelnd und zwinkerte ihr zu. „Mach einfach das Beste draus, Liebes."

„Ach, die reden doch die ganze Zeit nur von ihren neuen Cabrios und der Rennsaison in Monte Carlo. Die gehen mir höllisch auf die Nerven. Außerdem ist das wirklich ein komischer Vorname: Kasimir! Wie aus der Kindersendung *Hallo Spencer*!"

Tante Regine lachte. „Also dafür kann er nun wirklich nichts, das musst du zugeben. Weißt du was, ich gehe da jetzt rein und erzähle ihnen, dass du dich nicht ganz wohlgefühlt hast und kurz ein wenig frische Luft schnappst. Du atmest hier jetzt noch ein paar Minuten durch und wappnest dich für die restlichen Stunden, dann kommst du wieder zurück und stehst die Sache durch, in Ordnung?"

„So ein verdammter Mist!"

„Tja, manchmal muss man halt Dinge hinter sich bringen, auf die man überhaupt keine Lust hat."

Sina konnte nur die Augen verdrehen. „Immerhin ist es mein Geburtstag, Reggie! Es wäre doch schön gewesen, wenn es für Papa wenigstens heute wichtig gewesen wäre, was ich mir wünsche."

„Ach, mein liebes Mädchen, du hast ja recht." Regine seufzte tief auf. „Wir sehen uns gleich, ja?"

Sina musste ebenfalls seufzen. „Ja, geh schon vor, ich komme gleich wieder rein." Nachdem ihre Tante wieder verschwunden war, lehnte Sina sich zurück und atmete tatsächlich einige Male tief durch, so wie es ihr Regine geraten hatte. Gerade wollte sie sich wieder aufraffen, um zurück ins Haus zu gehen, da hörte sie die Stimmen der beiden jungen Grafen, die stetig näher kamen.

Einer von beiden, sie schätzte es war Valentin, rief nach ihr: „Sina, wo bist du denn nur?“

Hinter der Pergola war sie vor ihren Blicken verborgen, doch gleich würden sie bei ihr ankommen. Es wäre äußerst unhöflich, nicht sofort zu antworten, also würde sie in diesen sauren Apfel beißen müssen.

„Ich bin hier!“

„Aah, dort hinter der Pergola hat sich die Hübsche versteckt“, erkannte sie nun die Stimme von Kasimir. Da sie zweieiig waren, ließen sich die beiden Schnösel schon hervorragend an der Stimme unterscheiden. Valentin hatte nicht nur dunkleres Haar, sondern auch eine etwas tiefere Stimme als sein Zwillingsbruder. Obwohl beide jungen Männer sehr attraktiv waren, wirkte Valentin, zumindest äußerlich, eine Spur anziehender. Sina hatte allerdings schon während des gemeinsamen Kaffeetrinkens gespürt, dass Kasimir von Mandelhoff ihr am wenigsten auf die Nerven ging. Er war etwas stiller als sein redseliger Bruder und protzte auch nicht ganz so exzessiv mit seinem Besitz und den sportlichen Erfolgen, die er zu verbuchen hatte.

Sina erhob sich, als die beiden sie erreichten. „Ich wollte gerade wieder hereinkommen“, erklärte sie hastig.

„Wir können uns auch gerne hier noch eine Weile unterhalten“, entschied Valentin und sah sich lächelnd um. „Dein Vater meinte, wir sollten mal nach dir sehen und schauen, was wir für dich tun können.“ Sein Lächeln wirkte aufgesetzt, und sein Tonfall klang äußerst arrogant.

„Und da habt ihr seinem Vorschlag natürlich sofort entsprochen“, bemerkte sie und hoffte, dass ihre Stimme nicht allzu zynisch klang.

„Selbstverständlich!“, antwortete Kasimir. Auch er lächelte, schob sich dabei geziert eine dunkelblonde Tolle aus der Stirn, die sich offenbar den Massen von Gel auf seinem Kopf widersetzte. „Dein Vater hätte es wohl gerne, wenn zumindest einer von uns beiden dir ein wenig … nun ja … sagen wir mal, den Hof machen würde. Jedenfalls waren seine süffisanten Andeutungen recht eindeutig." Kasimirs Lächeln wirkte spöttisch.

„Ich denke, da habe ich auch noch ein Wort mitzureden", brachte Sina entsetzt hervor. In diesem Augenblick war sie so unfassbar wütend auf ihren Vater, dass es ihr Übelkeit bereitete.

Und plötzlich fand sie überhaupt nicht mehr, dass Kasimir von Mandelhoff der angenehmere Grafensohn war. Im Gegenteil. Er war geradezu widerlich anmaßend. Als er einen Schritt auf sie zu machte und sie von oben bis unten betrachtete, wirkte sein Blick beleidigend. „Dein Vater hat wirklich das Talent, Süßigkeiten zu produzieren, was?" Er lachte kurz über seinen Witz, den Sina überhaupt nicht komisch fand. „Setz dich doch wieder, Pralinchen. Lass uns ein bisschen Spaß miteinander haben."

„Komm, Kasimir, lass sie in Ruhe", mischte sich nun Valentin ein. „Wir gehen wieder rein, in Ordnung?"

Doch Kasimir von Mandelhoff war offensichtlich anderer Meinung als sein Bruder. Er setzte ein überhebliches Grinsen auf, sah kurz seinen Bruder an, dann wieder Sina. „Du hast doch selbst gehört, was ihr Vater uns … angeboten hat, oder?"

Sina blieb fast die Luft weg, als er ihre Schultern ergriff, sie zurück auf die Bank drückte und sich sofort rittlings auf sie hockte, um sie dort zu fixieren. „Lass mich sofort los!", warnte sie ihn, aber er lachte nur.

„Komm schon, Pralinchen, du siehst doch gar nicht so prüde aus. Komm schon, gib dem lieben Kasimir einen Kuss."

„Kasi, es reicht", hörte sie Valentins Stimme.

Mit aller Kraft versuchte Sina, sich zu befreien, schaffte es aber nicht, weil Kasimir sie mit Armen und Beinen vollständig umklammert hielt. Er rückte noch ein bisschen näher, und sie fühlte, dass es ihn offensichtlich erregte, was er mit ihr tat. Sie sah ihm ins Gesicht, seine Augen waren bereits verhangen, und er atmete ein wenig schneller.

„Geh von mir runter, du miese Kreatur!“, zischte sie. „Sofort, hörst du!“ Wenn sie sich nicht irrte, stutzte er kurz, dann ließ er sie tatsächlich los.

„Nichts für ungut, Pralinchen. Ist vielleicht nur nicht dein Tag, was?“, sagte er, als er sich schließlich von ihr erhob.

Als sie erleichtert einatmete, war sie darauf bedacht, kein einziges Geräusch zu machen.

„Du bist so ein Arsch!“, hörte sie Valentin zu seinem Bruder sagen.

„Ach, halt du doch deine feige Schnauze, Bruder! Du bist es doch gewesen, der sie unbedingt ficken wollte, oder habe ich dich vorhin etwa falsch verstanden?“

„Hör zu, Sina …“, versuchte Valentin, sie zu beruhigen. Sein Blick wirkte tatsächlich besorgt und peinlich berührt.

„Haut ab! Alle beide!“

Es war mit weitem Abstand der schlimmste Geburtstag in ihrem Leben gewesen. Sina konnte sich noch nicht einmal mehr daran erinnern, wie sie den Rest jenes schrecklichen Tages hinter sich gebracht hatte. Die beiden jungen Grafen hatte sie jedenfalls keines einzigen Blickes mehr gewürdigt.

Sina stieß ein lang gezogenes Seufzen aus. Da Philip sie erst in einigen Stunden abholen wollte, hatte sie nach dem Telefonat mit Regine noch genug Zeit für andere Unternehmungen, also beschloss sie, ein wenig die Umgebung und das Dorf zu erkunden. Sie zog eine Jacke über und wickelte sich einen leichten Schal um den Hals. Auch heute schien wieder die Sonne, aber der Wind war recht frisch, und die Temperaturen waren herbstlich.

Gemächlich spazierte sie die Zufahrtsstraße entlang Richtung Dorf. Das Gutshaus ließ sie im wahrsten Sinne des Wortes links liegen, und schon bald erreichte sie die Kurve zur Lunauer Hauptstraße. Ein weiteres Mal fiel ihr auf, wie ruhig es hier zuging und wie friedlich alles wirkte. Man hatte fast das Gefühl, als würden die Uhren in Lunau ein wenig langsamer laufen.

Sie kam an den wenigen Geschäften vorbei, die am Sonntag natürlich geschlossen waren: eine Drogerie, ein winziger Supermarkt und ein Friseursalon mit leicht vergilbten Gardinen vor dem Fenster. Die Schaufensterdekoration bestand aus einem etwas verblichenen Plakat, auf dem eine Frau zu sehen war, deren Haarschnitt vielleicht einmal in den Achtzigern chic gewesen war. Die typischen Läden für eine Dorfstraße, dachte Sina und musste schmunzeln. Der zauberhafte Blumenladen „Luisas Blütenmeer“ stach allerdings deutlich hervor. Das Fenster war glasklar, sehr ansprechend dekoriert, und alles sah ausgesprochen gepflegt aus.

Sie setzte ihren Weg fort, hielt dabei auf den Dorfplatz, die Kirche und die Gabelung der Hauptstraße zu. Vor einem großen Gebäude, das einmal sehr schön gewesen sein musste, blieb sie stehen und sah an der Fassade hinauf. Ein verwittertes Schild wies darauf hin, dass es hier einmal einen Gasthof gegeben hatte. Schade, dachte sie, das Haus könnte man wundervoll herrichten.

„Hallo, Sina“, durchbrach plötzlich eine helle und sehr fröhliche Stimme ihre Gedanken.

Nachdem sie sich umgedreht hatte, sah sie Luisa Milchert auf sich zukommen. An ihrer Seite ging ein dunkelhaariger Mann, der so ungemein gut aussah, dass Sina um ein Haar gezwinkert hätte, um sich davon zu überzeugen, dass der Typ tatsächlich echt war.

„Hallo, Luisa, wie schön, dass wir uns begegnen!“, antwortete sie ebenso freundlich. Sie wartete, bis die beiden direkt vor ihr standen. „Ich schaue mich grad ein wenig um.“

„Ja, das ist auch richtig so. Du wirst uns also eine Weile erhalten bleiben, das ist schön!“ Luisa sah sichtlich verliebt zu dem dunkelhaarigen Adonis auf, der unterdessen einen Arm um ihre Schultern gelegt und sie leicht an sich gezogen hatte. „Darf ich dir meinen Verlobten Rafael Brix vorstellen?“

Rafael lächelte, was ihn noch beeindruckender aussehen ließ. „Freut mich, dich kennenzulernen“, sagte er mit einer sprichwörtlichen Reibeisenstimme.

„Hallo, Rafael! Ich freue mich auch.“

„Hast du vielleicht Lust auf einen Kaffee? Wir sind gerade auf dem Weg zu Christa." Luisa deutete auf den Korb mit Blumengestecken, den ihr Verlobter trug. „Wir wollten ihr die Gestecke vorbeibringen und bei der Gelegenheit einen Kaffee bei ihr trinken. Christa freut sich bestimmt, dich kennenzulernen."

Sina zögerte. Auf keinen Fall wollte sie eine vertraute Runde stören.

„Komm schon", forderte Rafael sie auf. „Um Christa Loewenthal wirst du in Lunau ohnehin nicht herumkommen." Jetzt grinste er breit. „Uns beiden wäre es eine Ehre, dich einem der wichtigsten Mitglieder der Lunauer Gesellschaft vorstellen zu dürfen."

Bereits eine Stunde nach ihrer Begegnung mit Luisa und Rafael hatte Sina alle Bedenken über Bord geworfen. Die Mutter von Kjell Loewenthal war eine tolle Frau in den Fünfzigern, die ihr praktisch von der ersten Sekunde an ein Zugehörigkeitsgefühl vermittelte. Sie tat das in einer so unverfälscht natürlichen und offenen Art, dass es schon erstaunlich war, ja, einem fast den Atem nahm. Sina ahnte jetzt, was Ruth gemeint hatte, als sie gesagt hatte, sie habe sich bisher nirgends so wohlgefühlt und noch nie so gute Freunde gehabt wie hier. Zusammen mit Christa, Rafael und Luisa saß Sina gemütlich in Christas Küche, trank einen wunderbaren Kaffee, während Isabell Loewenthal ein paar Schritte entfernt an einer Arbeitsfläche stand und verschiedene Kuchenteige anrührte, die einen herrlich anheimelnden Duft verbreiteten. Die Atmosphäre in dieser Küche und vor allem die Art, wie die Menschen, die sich hier versammelt hatten, miteinander umgingen, erschien Sina fast schon ein bisschen unwirklich. Dennoch spürte sie, wie sehr sie es genoss, ein Teil davon zu sein.

Als sie sich schließlich von allen wieder verabschiedete, war sie auch mit Christa per Du. Kjells Mutter hatte ihr zuvor lächelnd, jedoch resolut erklärt, wer für ihren Sohn arbeite und dazu auch noch von Ruth empfohlen worden sei, gehöre damit automatisch zur Familie. Wirklich ein eigenartiger Ort!

Sina hatte noch immer zwei Stunden Zeit, bis Philip sie abholen würde, deshalb beeilte sie sich auch nicht auf dem Rückweg zum Gut. Sie kam an einigen Einfamilienhäusern vorbei, die mit hübsch angelegten, bäuerlich anmutenden Gärten beeindruckten. Sina sah sofort, welche Pracht hier sicher im Sommer zu bestaunen sein würde. In nahezu jedem Vorgarten würden riesige Hortensien blühen. Und sie liebte Hortensien! Besonders die alten Sorten, die, deren Farbe irgendwo zwischen Rosa und Violett lag. Sie gaben einen schönen Kontrast zum roten Backstein des Nordens, aber schufen genauso vor einigen wunderschönen Fachwerkhäusern, die ebenso typisch für die Lüneburger Heide waren, eine fast verwunschene Idylle.

Philip hatte recht gehabt, es war praktisch unmöglich, sich im Dorf oder auf dem Gut zu verlaufen. Die Wege und Straßen waren nach einem einfachen System angeordnet, und auf die wichtigsten Orte in Lunau wiesen gut sichtbare Schilder hin.

Sie war bereits zurück auf dem Gut und auf der schmalen Straße angekommen, die zu ihrem Häuschen führte, als Philip ihr entgegenkam. Ein großer, langhaariger Schäferhund trottete einige Meter vor ihm her, vermittelte dabei den Anschein, als könne er kein großes Interesse für seine Umgebung aufbringen, und nahm auch von ihr keinerlei Notiz. Philip hatte schon von Weitem seine Hand zum Gruß gehoben.

„Hallo, Sina“, sagte er, als er kurz darauf vor ihr stand.

„Hi!“ Bewusst freundlich lächelte sie zu ihm auf. Ihm so unvermittelt zu begegnen rief eine seltsame Anspannung in ihr hervor. „Ich habe mir ein bisschen das Dorf angesehen und bei Christa Loewenthal Kaffee getrunken.“

„Fein.“ Im hellen Sonnenlicht wirkten seine samtig braunen Augen noch dunkler als sonst.

„Wer ist denn dieser schöne Kerl?“, fragte sie und deutete auf den Hund, der schon ein gutes Stück vorausgelaufen war.

„Das ist unser Lancelot. Er gehört eigentlich meinem Großvater.“ Philip lächelte ebenfalls. „Ein eigenartiger Geselle, der mit einem schier unfassbaren Phlegma gesegnet ist. Ich meine natürlich den Hund, nicht meinen Großvater." Er lachte.

Sina konnte nicht anders, als in sein warmes Lachen mit einzufallen. „Ich hab dich schon verstanden." Erneut sah sie ihn an. Er war wirklich attraktiv, so viel stand fest. Seine Kleidung war heute äußerst lässig, das fiel ihr auf. Er trug Jeans und einen grob gestrickten, graublauen Pullover. Um den Hals hatte er sich einen dicken, dunkelblauen Wollschal geschlungen. Der Wind zerzauste seine Haare, sodass ihm immer mal wieder einige Strähnen in die Stirn fielen. Schon damals hatten ihr seine auffallend vollen Haare gefallen, deren Farbe zwischen Haselnuss und dem leuchtenden Goldbraun von dickflüssigem Sommerhonig changierte.

„Er ist wirklich schön", sagte Sina und war sich nicht mehr so sicher, ob sie noch immer von dem Hund sprach. Am liebsten hätte sie sich auf die Zunge gebissen, aber Philip schien ihre Verlegenheit überhaupt nicht wahrzunehmen.

„Ja, das ist er. Er gehört zur Rasse der Altdeutschen Schäferhunde. Sie wird leider nur noch sehr selten gezüchtet. Lancelot ist zudem ein besonders gefälliger Vertreter seiner Gattung. Wenn ich von Phlegma spreche, untertreibe ich eher noch. Eigentlich ist er immer ruhig und ausgesprochen entspannt. Wir haben noch nie erlebt, dass ihn irgendetwas aus der Ruhe bringen könnte." Philip lachte wieder. In ihrer Magengegend breitete sich Wärme aus, und sie musste schlucken.

Eine kurze Pause entstand, die nahe daran war, unangenehm zu werden. Sie sahen einander an, bis Philip sich räusperte. „Okay. Wir sehen uns ja dann in einer guten Stunde."

„Ja. Bis dann, Philip."

„Bis gleich, Sina."

Er war pünktlich, aber sie hatte auch nichts anderes erwartet. Es hätte nicht zu ihm gepasst, wenn er zu spät gekommen wäre. Und natürlich hatte sie bereits vor dem Haus gestanden, als er vorfuhr. Da er sofort Anstalten machte, auszusteigen, um ihr die

Beifahrertür seines Rovers zu öffnen, kam Sina ihm eilig zuvor und setzte sich neben ihn.

„Dann kann es ja losgehen", stellte er mit einem angedeuteten Lächeln auf den Lippen fest.

Während der Fahrt sprachen sie zunächst kaum miteinander. Wie eine dichte Nebelwolke schien die Befangenheit noch immer zwischen ihnen zu hängen, ja sogar noch zuzunehmen, da sie sich so nahe waren. Sina musste dringend etwas tun, um die belastende Situation ein wenig aufzulockern. „Erzähl mir von deinem Opa", schlug sie vor.

Er wandte kurz seinen Kopf, sah dann wieder auf die Fahrbahn. Allerdings lächelte er wieder ein wenig, das verbuchte Sina als ersten Erfolg.

„Opa? Das klingt lustig. Ich habe meinen Großvater noch nie Opa genannt." Er ließ ein kurzes dunkles Lachen hören, bei dem sie lächeln musste.

„Du sagst tatsächlich immer Großvater zu ihm? Das ist aber sehr umständlich, Philip."

„Seit ich erwachsen bin, nenne ich ihn meist Helge. Das hat sich mit der Zeit so ergeben. Doch als Kind habe ich tatsächlich Großvater zu ihm gesagt. Ich kenne es nicht anders. Wenn ich so darüber nachdenke ... Der Umstand ist mir nie bewusst gewesen."

„Wenn du ihn beim Vornamen nennst, finde ich das okay."

„Das beruhigt mich." Wieder lachte er und schüttelte dabei amüsiert den Kopf, wie sie erleichtert zur Kenntnis nahm. Das Zusammensein mit ihm wurde leichter, der Knoten schien sich zu lösen.

„Wie ist er so?"

„Hm ... wie soll ich ihn beschreiben? Manchmal wirkt er ein bisschen ... knorrig, würde ich sagen. Wie ein alter Baum auf der Heide."

„Wie poetisch, Philip!"

„Er lacht selten, ist jedoch absolut nicht humorlos", fuhr er fort, ohne auf ihren Einwurf einzugehen. „Sein Charme ist legendär, aber er kann auch stur wie ein alter Esel sein. Menschen, die er einmal ins Herz geschlossen hat, bleiben für alle Zeiten darin, doch sobald ihn jemand hintergeht oder enttäuscht, der ihm wichtig war, kann er sehr unangenehm werden."

Er bog auf eine größere Landstraße ein und sah sie kurz an. „Lass mich überlegen, was ich dir sonst noch über ihn erzählen könnte ... Ach ja, nach Süßigkeiten ist er völlig verrückt, ohne bei der ganzen Nascherei an Gewicht zuzulegen. Seine Liebe gehört vor allem Lancelot, einer Frau, die nur seine Freundschaft will, seinem Wallach Oberon, natürlich unserem Gut und mir. Wahrscheinlich ist die Reihenfolge beliebig austauschbar."

Seine Beschreibungen berührten sie. „Du sprichst sehr liebevoll über ihn, Philip."

Wieder sah er sie kurz an. „Im Ernst, er ist ein großartiger Kerl, wenn man ihn richtig zu nehmen weiß. Ich bewundere ihn sehr, hab es immer getan." Er seufzte. „Jetzt muss es mir nur noch gelingen, ihm klarzumachen, dass er in seinem Alter tunlichst darauf verzichten sollte, auf Oberons Rücken durch die Heide zu preschen. Vielleicht kannst du mir dabei helfen."

Wie sich schon bald herausstellte, war Helge von Hoven schon rein äußerlich ein beeindruckender Mann. Groß und schlank, mit für sein hohes Alter ungewöhnlich vollem schlohweißem Haar. Wenn man den alten Baron betrachtete, konnte man sich sehr gut vorstellen, wie sein Enkel im Alter einmal aussehen würde.

Obwohl Sina dem Adelsstand meist nichts Gutes unterstellte, fand sie den alten Baron auf Anhieb sympathisch. Überrascht schüttelte sie den Kopf, als ihr das bewusst wurde.

Der ältere Herr und sie gerieten sofort ins Plaudern, kaum dass Philip sie miteinander bekannt gemacht hatte. Sie fand Helge von Hoven überhaupt nicht knorrig, wie sein Enkel es formuliert hatte, vielmehr strahlte er Charakterstärke, eine sicherlich angeborene Würde, aber durchaus auch Herzlichkeit aus. Sein Geist wirkte ausgesprochen wach und rege, sodass man ihm diesbezüglich sein Alter überhaupt nicht anmerkte. Allerdings machte er keinen Hehl daraus, wie sehr er sich über seinen Reitunfall ärgerte. Philips Einschätzung, dass es nicht leicht werden würde, seinen Großvater künftig vom Reiten abzuhalten, schätzte Sina nicht als übertrieben ein.

Es war bemerkenswert, wie einfach und schnell es Sina gelang, seinen Großvater um den Finger zu wickeln. Philip bewunderte sie dafür im Stillen. Natürlich war sie bezaubernd, wer wusste das besser als er, doch Helge war Fremden gegenüber normalerweise äußerst zurückhaltend. Die beiden hatten jedoch aufgeschlossen und munter drauflosgeplaudert und unterhielten sich bereits nach zehn Minuten blendend. Und Sina erfuhr in der kurzen Zeit sehr viel mehr über seinen Großvater als manch anderer, der jahrelang mit ihm zu tun gehabt hatte. Es war wirklich erstaunlich.

Sie blieben volle zwei Stunden bei ihm. Sina schaffte es auch, noch kurz mit dem behandelnden Arzt zu sprechen, bevor sie sich schließlich von seinem Großvater verabschiedeten.

„Ich freue mich schon sehr darauf, endlich wieder nach Hause zu kommen", teilte Helge ihnen mit. „Jetzt umso mehr. Meine liebe Sina, ich denke, wir zwei werden uns gut verstehen, oder was meinen Sie?"

„Da habe ich nicht die geringsten Bedenken, Herr von Hoven." Das Lächeln, das sie Helge schenkte, war reizend, aber vollkommen unverfälscht. „Laut Dr. Ratjens müssen Sie hier im Krankenhaus nur noch zwei Tage durchhalten, das schaffen Sie auch noch."

„Ich hole dich dann übermorgen hier ab, Helge", sagte Philip.

„Mach das, mein Junge. Und kümmere dich so lange gut um meine reizende Krankenschwester, damit sie uns nicht verloren geht, bevor ich zu Hause eintreffe."

Sina lachte. „Da machen Sie sich mal keine Sorgen. Ich laufe Ihnen nicht weg."

„Darf ich dich heute Abend ins Gutshaus zum Essen einladen?“, fragte Philip später, als er sie wieder vor ihrem Häuschen absetzte. „Kjell und Isabell sowie Rafael und Lu kommen auch“, beeilte er sich nachzuschieben, damit sie keine falschen Schlüsse zog. Es fiel ihm noch immer schwer, vollkommen unverkrampft mit ihr zu sprechen. Ständig musste er nun daran denken, wie er sie damals geküsst hatte, wie weich und nachgiebig ihre Lippen sich unter seinen angefühlt hatten – und wie ernüchternd und gleichzeitig auch schmerzhaft er das abrupte Ende ihrer Begegnung empfunden hatte. Seine bildhafte Erinnerung an damals und die Gefühle, die diese erneut in ihm auslöste, machten ihn zunehmend nervös. So erging es ihm auch jetzt wieder. Er konnte nichts dagegen tun. „Ich würde mich sehr freuen, wenn auch du dabei wärst, Sina. Weißt du, das ist sozusagen das Wiedereinstandsessen für meine Freunde, da ich erst vor einigen Tagen hierher zurückgekehrt bin. Es wird sicher ein unterhaltsamer Abend werden. Und falls es dich beruhigt, Anke kocht großartig. Außerdem könntest du bei der Gelegenheit die anderen noch besser kennenlernen. Ich denke, das erleichtert auch deinen Einstieg.“

Sie zögerte kurz. Er glaubte schon, sie würde die Einladung ablehnen, doch dann nickte sie. „Ich komme sehr gerne. Wann soll ich da sein?“

Die Heftigkeit seiner Erleichterung rüttelte an seiner sonst so ehernen Selbstsicherheit. „Gegen neunzehn Uhr wäre gut. Ist das in Ordnung für dich?“

„Natürlich. Ich freue mich, Philip.“

„Ich mich auch.“ Er freute sich wirklich, so viel war klar.

Das Essen, ein traditioneller Heidschnucken-Braten, war tatsächlich fantastisch. Anke hat sich einmal mehr selbst übertroffen, stellte Philip zufrieden fest.

Inzwischen saßen sie alle bei einem wundervollen Dessert, das aus einer zarten Buchweizenwaffel, luftig geschlagener Vanillecreme und köstlichem Heidelbeerkompott bestand. Die

Unterhaltung war anhaltend lebhaft, und es erfreute Philip, dass auch die drei Frauen sich hervorragend zu verstehen schienen. Offenbar hatten Isabell und Luisa beschlossen, Sina von Anfang an das Gefühl von Zugehörigkeit zu vermitteln. Allein das nahm ihn sehr für die beiden Frauen seiner besten Freunde ein. Und niemand schien sich darüber zu wundern, dass er und Sina sich bereits duzten. Sogar Kjell hatte seiner neuen Mitarbeiterin inzwischen das Du angeboten, wahrscheinlich machte sich deshalb niemand darüber Gedanken.

Sina saß ihm direkt gegenüber und die Art, wie sie das Dessert genoss, machte es ihm unmöglich, den Blick von ihr abzuwenden. Nach jedem Löffel spitzte sie ein wenig ihre vollen Lippen und schloss genüsslich die Augen. Alles an ihr war Erotik pur, oder empfand nur er das so? Er wusste es nicht. Aber bei dem Anblick breitete sich Hitze in ihm aus und sammelte sich an einem ganz bestimmten Punkt seines Körpers. Jahrelang hatte er nicht mehr an sie gedacht, doch nun musste er wohl oder übel einsehen, dass diese Frau noch immer einen starken sexuellen Reiz auf ihn ausübte. Genau wie damals … wie an dem Tag, an dem sie dafür gesorgt hatte, dass er die Kontrolle verlor.

„Hey, Baron, ich hab dich etwas gefragt“, drang plötzlich Rafaels Stimme in sein Bewusstsein vor.

„Oh, entschuldige, ich war wohl in Gedanken“, beeilte er sich zu sagen.

„Das hab ich bemerkt“, erwiderte Rafael mit dem für ihn so typischen schiefen Grinsen auf den Lippen. Der Blick seines alten Freundes erschien Philip eine Spur zu wissend.

„Ähm … Entschuldige, würdest du deine Frage bitte noch einmal wiederholen?“

„Ich hab dich gefragt, ob du noch Hilfe brauchst, bevor Helge aus der Klinik entlassen wird. Vielleicht muss noch irgendwas umgeräumt werden, um es für den alten Herrn leichter zu machen? In der nächsten Zeit werde ich jedenfalls von zu Hause aus arbeiten und nicht nach Hamburg fahren. Da ich flexibel bin, könntest du also über mich verfügen, wenn du willst."

Sofort breitete sich ein Lächeln auf Philips Gesicht aus. Ja, es war schön, wieder hier und unter den Menschen zu sein, denen er wichtig war und die sich Gedanken um seine Belange und Sorgen machten. Seine Bekanntschaften in Los Angeles waren vergleichsweise oberflächlich und meist beruflich bedingt gewesen. Jetzt wurde ihm erneut klar, was ihm all die Jahre gefehlt hatte. „Ich danke dir für das Angebot, Rafael. Eigentlich ist alles so weit vorbereitet. Helges Wohnbereich liegt ja ohnehin schon seit einigen Jahren hier im hinteren Teil des Erdgeschosses, das kommt uns jetzt entgegen. Doch falls noch etwas anfallen sollte, komme ich gerne drauf zurück."

Rafael nickte. „Gut. Du weißt ja, wo du mich findest."

Kjell hob lächelnd seine Hand. „Ich bin auch noch da, vergiss das nicht."

„Läuft deine Serie in den Staaten jetzt eigentlich aus?", wechselte Luisa das Thema.

„Keineswegs", antwortete er. „Inzwischen reicht es aber, wenn ich alle paar Monate eine neue Storyline abliefere. Das geht auch wunderbar von hier aus."

„Was genau ist eigentlich eine Storyline?", hakte Sina sofort ein.

Er freute sich über ihr Interesse. „Das ist sozusagen der jeweilige Haupthandlungsstrang einer Soap. Um die dazugehörigen Charakterverläufe und Nebenstränge kümmern sich die Koautoren. Das ist bei so einer großen Produktion übrigens völlig normal. Die Storyline ändert sich selbstverständlich von Staffel zu Staffel. Da müssen dann immer neue Ideen her. Momentan habe ich allerdings eine größere Pause, da wir gerade ein Staffelende gefeiert haben und der Hauptstrang für die neue Staffel bereits feststeht. So kann ich mich in den nächsten Monaten ausschließlich um das Gut kümmern."

„Du bist sicher froh, endlich wieder hier zu sein, oder?", kam es noch einmal von Luisa.

Er löste seinen Blick nur ungern von Sina, wie er feststellte. „Natürlich bin ich das, Lu. Damals bin ich vor allem in die Staaten gegangen, weil mir dieses unfassbar gute Angebot auf den Tisch geflattert ist, und nicht allein, um meinen Horizont als Autor zu erweitern. Richtig wohlgefühlt habe ich mich in L. A. eigentlich nie, wenn ich ehrlich bin … Es handelte sich wohl eher um eine Art Arrangement, das ich mit mir selbst getroffen habe, damit ich überhaupt so lange durchhalte. Die Arbeit an der Serie ist nicht nur sehr lukrativ, sie hat mir auch Spaß gemacht. Das gesamte Team war großartig, aber das macht ja nicht das gesamte Leben aus." Er lächelte in die Runde. „Es ist wirklich schön, wieder hier zu sein. Ich habe Lunau, das Gut und euch alle ziemlich vermisst."

Da Anke Tossen nach Hause gegangen war, nachdem sie das Dessert serviert hatte, räumten sie gemeinsam den Tisch ab und saßen danach noch eine ganze Weile im kleinen Salon zusammen vor dem Kamin.

„Ich würde vorschlagen, dass du dich die ersten Tage ausschließlich um Helge kümmerst", wandte Kjell sich irgendwann an Sina. „Ich habe vorhin noch einmal mit meinem Kollegen Ratjens in Lüneburg telefoniert. Wie ich von ihm hörte, hast du heute auch schon mit ihm gesprochen."

„Ja, ich bin so weit auf dem Laufenden."

„Das ist gut. Dass der alte Baron dich anfangs ohnehin noch häufiger brauchen wird, steht ja außer Frage", fuhr Kjell fort. „Ich denke, wir setzen uns dann doch erst zum nächsten Wochenende zusammen und besprechen in Ruhe deinen Dienstplan. Eine Woche halten Ruth und ich noch alleine durch. Was meinst du?"

„Einverstanden." Sina nickte lächelnd. „Ich freue mich schon auf die Arbeit in der Praxis, Kjell."

„Und wir uns erst!"

Gegen zweiundzwanzig Uhr verabschiedeten sich zuerst Kjell und Isabell, da Kjell montags immer ein wenig eher die Praxis öffnete als den Rest der Woche. Er brauchte seinen Schlaf dringend, wie er ihnen mitteilte.

Sina erhob sich kurze Zeit später. „Auch für mich wird es langsam Zeit“, sagte sie. „Es war doch alles ziemlich neu und aufregend heute.“

Philip verspürte ein leichtes Unbehagen. Etwas in ihm wollte nicht, dass sie ging.

„Ja, wir müssen auch langsam los, sonst wird es zu spät. Ich muss unfassbar früh hoch“, warf Luisa ein. „Ich muss noch einen Kranz für eine Beerdigung in Amelinghausen binden.“ Auch sie und Rafael standen auf. Zusammen gingen sie hinaus in die Eingangshalle, und Philip brachte ihnen ihre Jacken.

„Bist du mit dem Auto gekommen?“, fragte er Sina.

Sie nickte. „Ja, allerdings habe ich zwei Gläser Rotwein getrunken und würde jetzt lieber laufen. Dir macht es doch nichts aus, wenn ich mein Auto bis morgen hier stehen lasse, oder?“

„Natürlich nicht.“

„Wir sind zwar auch ohne fahrbaren Untersatz hier, aber wir begleiten dich gerne noch zu deinem Häuschen“, bot Rafael an. „Der Weg dorthin ist nur spärlich ausgeleuchtet.“

„Das lasst mich mal machen“, hakte Philip schnell ein. „Lancelot muss sowieso noch eine kleine Runde drehen.“

„Na dann.“ Philip kam es so vor, als würde Rafael schon wieder eigenartig in sich hineingrinsen.

„Vielen Dank für das fantastische Essen, Philip. Richte bitte Anke noch einmal unser Lob aus. Es war ein sehr schöner Abend.“ Luisa stellte sich auf die Zehenspitzen und drückte ihm einen Kuss auf die Wange.

„Es war mir ein Vergnügen, Lu“, erwiderte er und pfiff nach dem Hund.

„Du denkst, er mag sie, richtig?“, wollte Luisa wissen. Rafael spürte ihren prüfenden Blick, während sie langsam durch die Dunkelheit nach Hause schlenderten. Wie immer, wenn sie nebeneinanderher liefen, hatte er einen Arm fest um ihre Schultern gelegt. Sie neigte einfach zu sehr dazu, über Unebenheiten zu stolpern.

„Ich nehme an, du sprichst von Philip und Sina?“

„Stell dich nicht dumm, Liebling.“ Sie knuffte ihn liebevoll in die Seite, und er musste lachen.

„Na, zumindest ist er höllisch scharf auf sie und kann es kaum erwarten, sie endlich flachzulegen, drücken wir es mal so aus.“

Sie blieb stehen und sah zu ihm auf. „Du bist unmöglich.“

„Und das liebst du an mir, oder?“

Sie lachte. Er mochte es sehr, wenn er sie zum Lachen brachte. „Ehrlich, Kleines, ich habe keine Ahnung, was da abgeht oder nicht, aber es war doch unverkennbar, wie heiß er auf Sina ist. Der hat innerlich gebrodelt, glaub mir.“

„Ach ja? Mir wäre das gar nicht aufgefallen, wenn du nicht ab und zu so komisch geguckt hättest.“

„Dann liegt es wohl daran, dass ich allzu genau weiß, wie es sich anfühlt, wenn man vor Begierde kaum noch laufen kann.“

„Rafael! Also wirklich!“ Wieder lachte sie. „Sina ist aber auch besonders hübsch.“

„Ja, das ist sie.“

„Hallo!“

„Ja, soll ich lügen? Ich finde Isa auch besonders hübsch, und das macht dir nichts aus.“ Er grinste, denn ihm war klar, dass sie nur zu genau wusste, wie es tatsächlich um ihn stand. Andere Frauen interessierten ihn schlicht nicht mehr. Er hatte nur Augen für sie, für seine Luisa. Sie war alles für ihn, hatte sein Leben total auf den Kopf gestellt. Und er wusste, dass es Kjell mit Isabell ebenso erging. Tief in seinem Inneren wünschte er auch Philip dieses umfassende Glücksgefühl, das wurde ihm in diesem Moment bewusst. Meine Güte, dachte er amüsiert, ich bin ein echter Romantiker geworden.

„Ich liebe dich“, hörte er Luisa unvermittelt sagen.

Er blieb stehen und zog sie zu einem langen Kuss zu sich heran.

„Ich liebe dich auch, meine kleine Lu“, flüsterte er noch an ihren Lippen. Dann legte er erneut seinen Arm um ihre Schultern und zog sie mit sich. Ihr Haus war bereits in Sichtweite, und er hatte es jetzt sehr eilig, dorthin zu kommen. „So, und nun ab ins Bett mit dir!“

„Du hast recht, ich bin müde. Es wird Zeit, zu schlafen.“ An ihrem Ton hörte er, dass sie lächelte.

„Pah!“

„Ich danke dir für den schönen Abend, das tolle Essen und auch dafür, dass du mich sogar noch nach Hause begleitet hast, Philip.“

„Und ich danke dir, dass du meine doch eher kurzfristige Einladung angenommen hast“, antwortete er. Seine Anspannung war immens und wollte nicht nachlassen. Nicht einmal die kalte Nachtluft hatte geholfen, seinen Kopf wieder etwas klarer zu machen. Sina übte eine Anziehungskraft auf ihn aus, die eine nie gekannte Unruhe, ein wildes Drängen, in ihm hervorrief. Das Gefühl war stark und umfassend, das Ausmaß erschreckte und verwirrte ihn gleichermaßen. Er sehnte sich so sehr danach, Sina zu berühren, dass es fast schmerzte, dennoch fühlte er sich seltsam gehemmt in ihrer Gegenwart.

Inzwischen standen sie vor ihrer Tür, und Sina kramte in ihrer Handtasche nach dem Schlüssel. Nahezu wortlos waren sie nebeneinanderher durch die Nacht gegangen, und dann hatten sie plötzlich vor ihrem Haus gestanden. Philip sah sich kurz nach dem Hund um, aber Lancelot wartete in aller Ruhe ein Stückchen entfernt darauf, dass es wieder zum Gutshaus ging.

„Also dann, komm gut zurück“, sagte Sina, während sie aufschloss. In der halb offenen Tür blieb sie stehen und sah zu ihm auf.

„Schlaf gut, Sina.“ Er fühlte sein Herz klopfen, fand aber keine anderen Worte.

„Du auch.“

Ich hätte sie einfach küssen sollen, dachte er nur Minuten später, doch da war er schon fast wieder zu Hause.

Der Klingelton ihres Handys riss Sina aus dem Schlaf. Noch etwas benommen, tastete sie mit geschlossenen Augen auf ihrem Nachttisch herum, bis sie es endlich in die Finger bekam und sich melden konnte.

„Sina, na endlich! Ich hab mir Sorgen gemacht. Sag mal, wo treibst du dich denn herum?"

„Falk." Sie musste sich räuspern, ihre Stimme war vom Schlaf belegt. Schon seit mehreren Tagen hatte sie die wiederholten Anrufe ihres geschiedenen Mannes ignoriert und hatte das Telefon einfach weggelegt, sobald im Display sein Name erschienen war. Jetzt war ihr das ein bisschen unangenehm, und das ärgerte sie. Nebenbei warf sie einen Blick auf den Wecker. Es war schon nach neun Uhr. Sie schlief hier tatsächlich besser als zu Hause in ihrer gewohnten Umgebung.

„Ich habe gestern Natalie getroffen. Sie meinte, du hättest deine neue Stelle gleich wieder geschmissen und bist aus Hamburg abgehauen. Herrgott, Sina, wo bist du denn?"

Sie seufzte. Natalie war ihre direkte Nachbarin, mit der sie sich in den vergangenen Monaten ein wenig angefreundet hatte. Wenn Falk mit ihr gesprochen hatte, konnte sie davon ausgehen, dass er bei ihrer Wohnung gewesen war, um sie zu besuchen. „Falk, bitte! Du weißt doch, dass ich mein Leben neu ordnen möchte. Das hier gehört dazu. Ich habe eine neue Arbeitsstelle gefunden, die mir deutlich besser gefällt als die Schichtdienste im Krankenhaus. Ich bin in der Lüneburger Heide."

„Du bist in der Heide?" Falk klang ungläubig, und das konnte sie ihm nicht verdenken, schließlich kannte er sie gut genug, um zu wissen, dass sie nicht einfach so aus Hamburg fortgehen würde.

„So ist es. In Lunau, um genau zu sein." Inzwischen war sie vollkommen wach. Sie setzte sich im Bett auf und zog dabei ihr Kopfkissen hoch, sodass sie sich bequem anlehnen konnte. „Lunau ist ein wirklich süßes Dorf, weißt du. Ich arbeite hier demnächst in einer Arztpraxis und kümmere mich nebenbei um einen älteren Herrn, der einige Zeit private Krankenpflege braucht."

„Bist du jetzt völlig verrückt geworden, Sina? Das kann dich doch auf Dauer nicht ausfüllen!"

„Ach, Falk. Du solltest wirklich anfangen, dich um dein eigenes Leben zu kümmern."

„Ich mach mir aber Sorgen um dich, das kannst du mir nicht verbieten. Außerdem haben wir abgemacht, dass wir weiterhin füreinander da sind, falls etwas sein sollte, oder nicht?"

„Ja, das stimmt, aber das war direkt nach unserer Scheidung, und die ist schon fast zwei Jahre her. Mir geht es gut hier, Falk. Es ist alles ist in Ordnung, und ich fühle mich sehr wohl. Du brauchst dir wirklich keine Sorgen zu machen."

„Du weißt, dass ich …"

„Es ist gut, Falk", unterbrach sie ihn schnell. Und wieder entglitt ihr ein Seufzen. Sie war normalerweise nicht auf den Mund gefallen, doch wenn es um ihren Exmann ging, lag die Sache anders. Sie brachte es einfach nicht fertig, ihm klar und deutlich zu sagen, dass es ihr lieber wäre, wenn er sie endlich in Ruhe ließ. Er tat ihr leid, das war das Hauptproblem. Denn sie wusste, wie sehr er noch immer unter der Scheidung litt. Hinzu kam, sie mochte ihn wirklich. Falk Dehlbrück war kein schlechter Mensch. Wenn es anders gewesen wäre, hätte sie ihn damals gar nicht geheiratet. Aber jetzt war es für Sina mehr als an der Zeit, eigene Wege zu gehen. Unvermittelt stieg das Bild eines anderen Mannes vor ihrem inneren Auge auf. Fast ärgerte sie sich darüber. Die Gedanken an Philip von Hoven kosteten sie ein viel zu großes Stück ihres angestrebten Seelenfriedens.

„Könntest du mir einen schönen Strauß für Christa binden, Lu?", fragte Isabell. Sie stand vor dem Steintresen von „Luisas Blütenmeer".

Der Blick ihrer Freundin glitt etwas ratlos von einem Kübel zum nächsten, so, als wüsste sie noch nicht so richtig, für welche Blumen sie sich entscheiden sollte. „Klar! Hab ich was verpasst? Christas Geburtstag ist doch gerade erst gewesen."

„Ach, ich möchte ihr einfach nur mal so ein paar Blumen schenken. Sie ist so eine tolle Schwiegermutter. Außerdem musste sie jetzt schon zweimal kurz hintereinander im Café auf mich verzichten, weil ich seit einigen Tagen immer wieder diese blöden Magenprobleme habe."

Luisa stutzte. „Du hast Magenprobleme? Was sagt denn dein Doktor dazu?"

Isabell zuckte mit den Schultern. „Dem hab ich das noch gar nicht erzählt. Er hatte Sprechstunde, als es passiert ist, und ich bin auch gar nicht nach Hause gegangen, sondern hab mich einfach oben bei Christa aufs Sofa gelegt, deshalb hat er gar nichts mitbekommen."

„Wie bitte?" Sie war gerade dabei, sich über einen Kübel mit herrlichen Rosen zu beugen, doch nun hielt sie in der Bewegung inne, stellte sich wieder gerade hin, stützte die Hände auf die Hüften und blickte Isabell ernst ins Gesicht. „Isa, du hast einen Arzt zum Mann! Warum, zum Teufel, erzählst du ihm nicht, wenn du Magenbeschwerden hast? Das kriegt er doch in null Komma nichts wieder hin."

„Weil er sich immer gleich solche Sorgen macht, wenn ich mich mal nicht so gut fühle, deshalb."

„Ja, und mit Recht, meine Süße. Er ist schließlich dein Mann, und er liebt dich." Verständnislos schüttelte sie den Kopf. „Und was sagt Christa dazu? Es wundert mich eigentlich, dass sie Kjell nicht sofort gerufen hat, als es dir schlecht ging."

„Kjell war beide Mal mitten in der Sprechstunde, als es passierte, deshalb hab ich sie davon abgehalten und sie darum gebeten, nicht gleich die Pferde scheu zu machen. Aber natürlich hat sie mir das Versprechen abgenommen, dass ich mit ihm rede, falls es noch einmal passiert." Isabell winkte sichtbar unwillig ab. „Es ist schon wieder besser geworden. Wahrscheinlich hatte ich nur was Falsches gegessen, das mir ein paar Tage lang schräg im Magen lag. Im Café falle ich jedenfalls nicht mehr aus."

„Hör zu, wenn du mir jetzt auch etwas vormachen willst ..." Sie kannte ihre Freundin inzwischen recht gut, und irgendwie kam es ihr so vor, als würde Isabell eine Spur zu sehr bagatellisieren.

„Nein, mach dir keine Sorgen, Lu. Alles ist gut." Isabell verdrehte die Augen und wechselte das Thema. „Sag mal, glaubst du eigentlich auch, dass Philip an Sina interessiert sein könnte? Kjell hatte den Eindruck, aber mir ist das, ehrlich gesagt, gar nicht aufgefallen."

„Das ist witzig, mein Süßer und ich haben uns auf dem Nachhauseweg auch genau darüber unterhalten. Rafael ist derselben Meinung wie dein Mann", ging Luisa lächelnd auf den Themenwechsel ein. „Und ich habe davon zunächst genauso wenig bemerkt wie du. Was soll ich sagen, ich denke, unsere beiden Kerle kennen Philip wohl am besten. Und wenn sie sich einig sind, könnten sie mit ihrer Einschätzung auch durchaus richtigliegen, würde ich sagen." Zwinkernd vertiefte sie ihr Lächeln. „Allerdings ist Rafael der Meinung, dass Philip nur daran interessiert ist, Sina zu verführen. Wie sieht Kjell das?"

Isabell lachte laut auf. „Sehr ähnlich, nur hat er das nicht ganz so artig beschrieben wie du gerade."

Auch Luisa musste lachen. „Na, du kennst doch meinen Rafael, Isa. Glaubst du wirklich, *er* hätte das getan? Seine Worte waren ebenfalls weit weniger … äh … artig, und das Schlimme ist, dass ich glaube, er hat seine Ausdrucksweise sogar noch abgemildert, weil er mit mir gesprochen hat."

„Oh, dann möchte ich gar nicht wissen, wie es sich anhört, wenn Kjell und Rafael sich darüber unterhalten, wenn sie allein sind."

„Ich schon", erwiderte Luisa. Sie wurden ein bisschen albern und lachten schließlich beide, bis ihnen die Tränen kamen.

„Sie ist aber auch wirklich wunderhübsch, nicht wahr? Sina meine ich." Luisa wischte sich mit dem Handrücken die Lachtränen aus den Augen.

„Ja, das ist sie. Sie sieht echt toll aus. Ein bisschen so wie die junge Sophia Loren, findest du nicht? Für diese Haare würde ich morden." Noch immer lachend, zupfte Isabell an ihren goldblonden Löckchen. „Ein Glück, dass sie so wahnsinnig sympathisch ist, dann kann man ihr das wenigstens nicht übel nehmen."

„Aber manchmal wirkt sie sehr traurig, findest du nicht? Mir ist das gestern Abend einige Male aufgefallen, auch wenn es immer nur sehr kurz war. Es ist, als würde sekundenlang ein Schatten auf ihr Gesicht fallen."

„Ja, stimmt. Zumindest einmal ist mir das auch aufgefallen." Luisa seufzte. „Ich denke, wir werden sie bald besser kennenlernen, Isa. Vielleicht erzählt sie uns ja irgendwann, was sie so traurig macht."

„Hm, könnte sein."

Luisas Blick senkte sich wieder zu den Blumenkübeln. „Was hältst du von den zweifarbigen Rosen? Die sind besonders schön, und Christa mag Rosen."

4. KAPITEL

Sina spazierte den beschaulichen Weg zum Gutshof entlang. Der Herbst war nun schon endgültig eingezogen, doch bisher blieb er golden und angenehm. Das bunte Laub knisterte bei jedem Schritt unter den Sohlen ihrer Stiefel. Ein frischer Wind blies über die Heide und durch die Wipfel der hohen Fichten des nahen Waldes.

Ihre ersten drei Wochen in Lunau waren in rasender Geschwindigkeit vergangen. Jeder Tag war so vollgepackt mit neuen Eindrücken und Aufgaben, dass sie jede Nacht tief und fest schlief und auch sonst kaum noch zum Nachdenken kam. Zumindest beschritten ihre Gedanken in der letzten Zeit oft ganz neue und weniger betrübliche Wege, und das war im Grunde genau das, was sie sich von dem Aufenthalt hier erhofft hatte. Zweifellos fühlte sie sich wohl. Es hatte nicht nur mit ihren beiden Jobs zu tun, auch wenn Helge von Hoven ein wahrer Schatz war und die Arbeit in der Praxis ihr unglaublichen Spaß machte. Das Leben hatte für sie schlicht einen völlig anderen Rhythmus bekommen, der ihr sehr gefiel.

So wie heute ließ sie das Auto meistens stehen, es sei denn, es goss wie aus Eimern. Noch nie zuvor war sie so viel zu Fuß unterwegs gewesen. Die täglichen Wege zwischen ihrem kleinen Haus und dem Gutshaus taten ihr gut, und schon jetzt fühlte sie sich frischer und gesünder als jemals zuvor. Sie schlief nicht nur besser, sie lachte auch viel häufiger und war insgesamt ausgeglichener. Offenbar setzte nun auch bei ihr jene positive Entwicklung ein, von der Ruth nicht müde wurde zu berichten.

Sina konnte sich nur darüber wundern, aber das änderte nichts daran, dass es ihr hier in Lunau deutlich besser ging als in den vergangenen zwei Jahren in Hamburg. Das kleine Häuschen auf dem Gut war ihr viel schneller vertraut geworden als ihre Wohnung in der Stadt, die sie kurz nach der Scheidung vor etwas mehr als einem Jahr bezogen hatte und auf die sie so stolz gewesen war. Die große Traurigkeit war zwar nicht fort, das würde sie wohl nie sein, aber sie nahm nicht mehr den größten Raum in ihr ein. Die neue Entwicklung in ihrem Leben war eine Erleichterung, die sie ganz besonders gerne annahm.

Ja, sie lachte neuerdings wirklich viel häufiger als früher. Mit Luisa und Isabell hatte sie überraschend schnell Freundschaft geschlossen. Dabei brauchte sie normalerweise recht lange, um sich anderen nah zu fühlen. Doch bei diesen beiden Frauen war es von Beginn an anders gewesen. Einige Tage nach ihrer Ankunft in Lunau hatte Sina noch darüber nachgedacht, warum es so war, inzwischen verschwendete sie aber keinen weiteren Gedanken mehr daran und freute sich einfach an der Tatsache, dass sie dazugehörte und Luisa und Isabell kennenlernen durfte. Die beiden waren einzigartig. Sina war noch nie zuvor so viel Aufrichtigkeit, Warmherzigkeit und Unvoreingenommenheit begegnet.

Bei Philip hingegen … Er stellte ihre Vorurteile reichen, in seinem Fall sogar noch adligen Menschen gegenüber auf eine harte Probe. Auch wenn er sich manchmal etwas steif benahm oder sich eine Spur zu umständlich oder sogar ganz unzeitgemäß ausdrückte, erschien er ihr alles andere als oberflächlich, arrogant und schon gar nicht überheblich zu sein. Philip zeigte jede Menge Verantwortungsbewusstsein und eine Freundlichkeit, die ihm wohl angeboren war. Oder hatte die Zeit in den USA ihn so verändert? Das konnte sich Sina allerdings nicht vorstellen. Ob es nun um seinen Großvater oder um seine neuen Aufgaben als Gutsherr ging, er kümmerte sich um alles mit großer Liebe, Sorgfalt und dem nötigen Respekt, das bewunderte Sina sehr an ihm. Er war so ganz und gar anders, als die Menschen seines Standes, die sie in ihrer Jugend zur Genüge kennengelernt hatte.

Und ja, er gefiel ihr überhaupt sehr.

Das war allerdings ein kleines Problem. Manchmal erwischte sie sich dabei, wie sie ihn beobachtete, sobald er es nicht mitbekam. Erst vor einigen Tagen war sie ihm zufällig begegnet, ohne dass er sie bemerkt hatte. Sie war auf dem Nachhauseweg gewesen, er war offenbar von einem Ausritt zurückgekehrt. Er trug nicht etwa ein extravagantes Reit-Outfit, wie sie es von einem Mann seines Standes erwartet hätte, sondern hautenge, ausgewaschene Jeans und ein weißes Baumwollhemd unter einer ebenfalls sehr eng sitzenden sandfarbenen Wildlederjacke. Sein Haar war vom Wind zerzaust und die Muskulatur unter der engen Kleidung deutlich sichtbar. Das große schwarzbraune Pferd erschreckte sich vor irgendetwas, es wieherte plötzlich laut und stieg immer wieder auf, sodass Sina wie erstarrt dastand und halb verborgen hinter einem Busch abwartete. Philip allerdings war voll und ganz auf das Tier konzentriert.

Bei seinem Anblick stockte ihr regelrecht der Atem. Viril und sexy sah er aus, als er vom Pferd sprang, um es zu beruhigen. Seine Bewegungen waren fließend und ausnehmend erotisch. Die erkennbare Sanftheit, mit der er immer wieder über die weichen Nüstern strich und mit beruhigender Stimme auf das Tier einredete, forderte Sinas Fantasie heraus. Sie war von diesem Anblick völlig fasziniert.

Natürlich hatte sie ihn schon damals bei ihrer ersten Begegnung vor vielen Jahren attraktiv gefunden, doch jetzt lag die Sache ein wenig anders. Damals war er noch jung, zwar auch bereits schlank und sehnig, aber noch nicht so durchtrainiert gewesen.

Zweimal schon hatte sie seitdem von ihm geträumt, und die Träume waren ziemlich eindeutig gewesen, das war ihr fast schon peinlich. Denn eigentlich hatte sie einen entspannten Umgang mit ihm angestrebt, doch ihr neu aufflammendes Interesse belastete diesen Vorsatz enorm. Dieser Mann zog sie an, machte sie schwach und rief leidenschaftliches Begehren in ihr hervor, da brauchte sie sich nichts vorzumachen. Doch je normaler er sich ihr gegenüber benahm, desto mehr schien sich nun ihr Innerstes zu verkrampfen. Sie spürte bereits, dass sie begann, Begegnungen mit ihm auszuweichen, sobald es irgendwie möglich war. Sie ärgerte sich selbst darüber, konnte jedoch nichts dagegen tun. Es fühlte sich wie ein Fluchtinstinkt an, der sich in ihr ausbreitete, sobald er in ihre Nähe kam.

Als Sina nun den Bogen zum Gutshaus einschlug, sah sie schon von weitem Anke, die mit einem Besen in der Hand vor dem Eingangsbereich für Ordnung sorgte. Offenbar hatte der Wind erneut Laub dorthin getragen, das sich dann gerne vor dem Eingang verfing.

„Guten Morgen, Anke!", rief sie der Hausdame munter zu, die daraufhin von ihrer Arbeit aufsah und sie lächelnd zurückgrüßte.

„Moin, Sina! Gut geschlafen?"

„Wie immer fabelhaft."

„Der alte Baron wartet bereits sehnsüchtig", teilte Anke ihr mit, als sie schließlich direkt vor ihr ankam. „Er hat schon nach seiner *kompetenten Unterhalterin* gefragt."

„Hat er gut gefrühstückt?"

„Na klar, im Bett. Das scheint er neuerdings richtig zu genießen."

Sina musste lachen. „So ein Faulpelz! Er hat jetzt diesen tollen Spezialschuh, damit kann er ohne Probleme ins Esszimmer marschieren, um gemeinsam mit Philip zu frühstücken, und das sollte er auch tun. Dem werde ich was erzählen."

Auch Anke lachte. „Na, für den jungen Baron wäre das dann aber das zweite Frühstück. Der scheint nämlich ein unverbesserlicher Frühaufsteher zu sein."

„Ach, das wusste ich ja gar nicht." Sina hatte keine Ahnung, warum sie das gesagt hatte, aber irgendwie fühlte sie sich komisch dabei. „Ist er auch da? Ich meine Philip."

„Vor ein paar Minuten saß er jedenfalls noch in der Bibliothek und brütete wieder über irgendwelchen Aktenbergen."

„Soso. Na, dann wollen wir auch mal zum Tagewerk schreiten."

„Nun, wie man sieht, bin ich schon fix dabei."

„Gehört das überhaupt zu den Aufgaben der Hausdame, hier draußen das Laub zu fegen?"

„Ach, bevor ich einen von den Burschen aus den Ställen heranpfeife, hab ich das schon dreimal allein fertig. Mir tut die frische Luft ganz gut und die Bewegung sowieso. Ist ein netter Ausgleich zur Hausarbeit und der Kocherei. So, nun aber ab mit dir, damit der alte Baron wieder lächelt. Philip hat übrigens schon dafür gesorgt, dass sein Großvater endlich aufsteht. Inzwischen liegt er brav auf dem von ihm heiß geliebten Diwan in seinem Wohnzimmer."

„Na dann weiß ich ja, wo ich ihn finde. Bis später, Anke."

„Bis nachher, Sina."

So wie jeden Morgen ging Sina zielsicher quer durch die Halle. Im unteren Bereich des Gutshauses kannte sie sich inzwischen recht gut aus. Der Raum für die Garderobe befand sich unter der doppelten Treppe und war so groß, dass er gut begehbar war. Sina stellte die Tasche ab, hängte ihren Anorak auf, zog ihre Stiefel aus und die weißen Turnschuhe an, die sie hier deponiert hatte. Es war ein Ablauf, der ihr inzwischen sehr vertraut war. Im riesigen Spiegel überprüfte sie noch kurz ihr Aussehen und ordnete ein wenig ihr Haar. Schließlich griff sie nach ihrer Tasche und verließ den Garderobenraum, um den persönlichen Wohnbereich des alten Barons anzusteuern.

Die Tür zu Helges Wohnzimmer war halb geöffnet, und sie hörte schon aus einiger Entfernung, dass Philip bei seinem Großvater war und mit ihm sprach. Sofort machte sich wieder dieser eigenartige Fluchtinstinkt in Sina breit. Es war einfach albern! Kopfschüttelnd atmete sie einmal tief durch und zauberte ein Lächeln auf ihr Gesicht.

„Ah, guten Morgen, meine Liebe!", rief ihr Helge von Hoven entgegen, nachdem sie kurz an die offene Tür geklopft hatte und eingetreten war.

„Guten Morgen, allerseits", erwiderte sie, blickte kurz zu Philip, schenkte dann aber seinem Großvater ihre volle Aufmerksamkeit.

„Guten Morgen, Sina", hörte sie Philip antworten. Er schien ein wenig genervt zu klingen, das gab ihr das Gefühl, als hätte sie die beiden Männer gerade bei etwas Wichtigem unterbrochen.

„Störe ich bei irgendwas?“, fragte sie und sah nun doch noch einmal Philip an.

„Ganz und gar nicht“, antwortete Philips Großvater. Er war offensichtlich gut aufgelegt. „Setzen Sie sich doch, meine Teure, und genießen Sie das Spektakel. Mein Enkel will mir nur gerade ein wenig die Leviten lesen. Sie können ruhig mitbekommen, wie er mit mir umgeht.“ Helge zwinkerte ihr verschwörerisch zu, um ihr klarzumachen, dass er selbstverständlich nur Spaß machte.

Philip räusperte sich. „Helge, also wirklich!“

„Setzen Sie sich hierher zu mir, mein Sina-Mädchen“, wiederholte der alte Baron und deutete auf einen allein stehenden Sessel, der direkt neben seinem Diwan stand.

„Mein Sina-Mädchen“, so nannte er sie häufig, doch inzwischen störte sie sich nicht mehr daran. Jetzt kannte sie Helge von Hoven gut genug, um zu wissen, dass es allein Ausdruck seiner Zuneigung und absolut keine Herabsetzung ihrer Person war, wenn er sie so ansprach. Manchmal duzte er sie sogar, aber auch das fand sie überhaupt nicht schlimm, denn bei ihm klang es niemals anmaßend, sondern immer freundlich, ja fast liebevoll. Mit einem kurzen Blick vergewisserte sie sich bei Philip, denn sie war sich nicht sicher, ob auch er damit einverstanden war, dass sie im Raum blieb.

Ganz leise hörte sie ihn aufseufzen, doch er nickte ihr höflich zu, und so folgte sie der Bitte seines Großvaters und ließ sich auf dem Sessel nieder.

„Also, Philip, du hast mich gerade gefragt, warum ich diesen Moltke entlassen musste“, kam Helge offenbar auf den Grund ihres Gesprächs zurück.

„Genau. Verstehe mich nicht falsch, Jens Tossen leistet hervorragende Arbeit, soweit ich das bisher beurteilen kann. Allerdings konnte er mir nicht sagen, weshalb Moltke eigentlich gehen musste und du stattdessen ihn zum Verwalter ernannt hast. Soweit ich mich erinnere, war Moltke doch schon seit vielen Jahren unser Verwalter, oder? Ich möchte einfach nur wissen, was passiert ist.“

„Er hat sich Christa gegenüber ziemlich danebenbenommen. Du weißt, dass das ein wunder Punkt bei mir ist."

„Christa? Oh! Was hat er sich denn geleistet?"

„Jupp Moltke wollte plötzlich einen Mietzins für die alte Scheune kassieren; das hat ihr, mit Recht, überhaupt nicht gepasst."

Sina sah, wie Philip die Stirn runzelte. „Einen Mietzins für die Scheune? Wieso das denn?"

„Willst du dich nicht auch lieber hinsetzen?", fragte Helge lächelnd, anstatt sofort zu antworten.

„Danke, ich bleibe lieber stehen", erwiderte Philip. Sein Blick huschte kurz zu Sina, bevor er ihn wieder auf seinen Großvater richtete.

„Na, du weißt doch, dass die Lunauer seit ewigen Zeiten in unserer alten Scheune ihre Feiern und Familienfeste abhalten", fuhr Helge fort. „Christa hat vor ein paar Jahren eine Art Scheunengemeinschaft gegründet, zu der auch einige Lunauer Handwerker gehören. Sie vergibt die Termine für die Feierlichkeiten und kümmert sich außerdem darum, dass durch die Mitglieder der Gemeinschaft das alte Gebäude gut gepflegt wird und somit für alle erhalten bleibt. Dafür sammelt sie regelmäßig Spenden. Ich habe das vollkommen in ihre Hände gegeben. Einzig die Termine musste sie mit Moltke absprechen, das war ursprünglich mal die Bedingung. Eine vollkommen überflüssige Einschränkung, wenn du mich fragst, denn wir haben die Scheune ja überhaupt nicht mehr selbst genutzt. Für das Gut ist dieser Teil des Anwesens völlig irrelevant geworden. Zumindest aus wirtschaftlicher Sicht."

„Das weiß ich, Helge", antwortete Philip ruhig, und Sina hätte schwören können, dass er in diesem Moment am liebsten die Augen verdreht hätte. Auch wenn es sich nur um eine kleine Nuance handelte, meinte sie, ihm die Ungeduld anzuhören.

„Ich komme ja schon zum Punkt, mein Junge." Sina schmunzelte in sich hinein. Offenbar hatte Helge von Hoven die Reaktion seines Enkels genauso eingeschätzt wie sie. „Christa wollte also wieder mal mit Moltke einen Termin absprechen. Die Jüngste der Hinrichsens sollte getauft werden, und in der Scheune …"

„Großvater, bitte! Du wolltest zum Punkt kommen. Ich habe noch einiges zu tun."

Sina spürte, wie sich ein tieferes Lächeln auf ihrem Gesicht ausbreitete, lehnte sich in ihrem Sessel zurück und schlug die Beine übereinander. Sie fand das Geplänkel zwischen Philip und seinem Großvater außerordentlich unterhaltsam.

„Ist ja schon gut. Jedenfalls hat Moltke dann plötzlich Miete verlangt. Christa ist daraufhin hochgegangen wie eine Silvesterrakete um Mitternacht und kam schnurstracks zu mir gerannt." Helge lächelte ein wenig süffisant in sich hinein. „Meine Herren, war sie sauer, hat halt noch immer ein feuriges Temperament, die Gute."

„Okay, aber das wäre ein Gespräch gewesen, Helge", ging Philip nonchalant über die letzte Bemerkung seines Großvaters hinweg. „Du hättest einfach zu Jupp Moltke sagen müssen, dass wir grundsätzlich keine Miete für die alte Scheune beanspruchen und basta. Die Sache wäre doch damit ein für alle Mal vom Tisch gewesen." Philip schien das Gespräch wirklich ziemlich lästig zu finden.

„Das siehst du völlig falsch, mein Junge. Manche Leute müssen in ihre Schranken gewiesen werden. Ich habe Moltke nämlich zu dem Gespräch mit Christa dazugeholt, und er wurde ihr gegenüber ziemlich ausfallend, bezeichnete sie in meinem Beisein als gierige Zecke. Da ist mir der Kragen geplatzt, und ich hab den Idioten auf der Stelle fristlos entlassen. Was glaubt er denn, wer er ist! Meine Freunde lasse ich nicht von so einem miesen Holzbock beleidigen, da kenne ich kein Pardon."

„Hm." Wenn Sina sich nicht täuschte, unterdrückte Philip nun tatsächlich ein Grinsen, wurde dann aber sofort wieder ernst.

„Ja, und dann habe ich Christa und ihrem Scheunenkomitee kurzerhand die Scheune geschenkt. Du müsstest die Urkunde irgendwo finden. Ich habe sie gleich am nächsten Tag von unserem Justiziar aufsetzen lassen."

„Du hast was getan?" Philip zog scharf die Luft ein. Sina folgerte, dass ihm das besagte Schriftstück bisher noch nicht untergekommen war.

„Ich habe unseren Lunauern die Scheune geschenkt, also eigentlich Christa, aber unter der strikten Auflage, dass die Scheune allein als Festscheune für die Lunauer genutzt wird, das ist fester Bestandteil unseres Vertrages. Natürlich betrifft das allein die Scheune, ohne das Land, auf dem sie steht, das gehört nach wie vor uns, also schone deine Nerven, Philip, und atme mal tief durch."

Als Philip nur leicht den Kopf schüttelte, setzte Helge seine Ausführungen fort: „Damit sind jetzt jedenfalls wirklich ein für alle Mal die Fronten geklärt. Christa entscheidet von nun an allein, wer da feiern kann und wer nicht, und ist niemandem mehr Rechenschaft schuldig, auch uns nicht. Mich beruhigt das übrigens sehr, denn ich weiß, wie engagiert sie in dieser Sache ist. Die gesamte Dorfgemeinschaft hat sich in den letzten Jahren ganz hervorragend um die Scheune gekümmert. Die meisten Lunauer hängen sehr an dem alten Kasten. Sie alle haben da so viel Liebe und Arbeit reingesteckt, das kannst du dir kaum vorstellen. Falls du dort noch nicht vorbeigekommen bist, kann ich dir schon jetzt versprechen, dass du die Scheune kaum wiedererkennen wirst. Dein Freund, der Doktor, und seine kleine Engländerin haben dort sogar ihre Hochzeit gefeiert. Es war ein rauschendes Fest."

„Okay, und nach Moltkes Entlassung hast du Jens Tossen zum neuen Verwalter ernannt?"

„Genau! Auf den Jungen ist Verlass. Ich kenne ihn schon, seit er auf der Welt ist, und weiß genau, aus welchem Stall er kommt." Helges Blick huschte kurz zu Sina. „Entschuldige bitte, das ist nur so eine Redewendung."

Lächelnd nickte sie ihm zu.

„Jens ist Ankes Neffe und damit eingefleischter Lunauer", richtete sich der alte Baron gleich wieder an Philip. „Hinzu kommt noch, dass er studierter Land- und Forstwirt ist und somit genau weiß, wo es langgeht. Der junge Tossen war schon eine ganze Weile der zweite Mann hinter Moltke. Er kennt den Job aus dem Effeff."

Philip seufzte erneut. „Gut, Helge, dann weiß ich jetzt Bescheid und kenne endlich die Hintergründe. Demnächst werde ich mich dann mal in aller Ruhe mit Jens zusammensetzen, um die Abläufe unserer künftigen Zusammenarbeit zu besprechen."

Der alte Mann lächelte zufrieden in sich hinein. „Es ist gut, dass du wieder daheim bist und dich endlich um alles kümmern kannst, mein Junge. Du nimmst mir damit eine große Last vom Herzen."

Auch Philip lächelte, allerdings verhaltener. Wieder sah er kurz zu Sina, dann nickte er, aber mehr für sich selbst, so, als hätte er soeben eine Entscheidung getroffen. „Ich gehe dann mal wieder an die Arbeit."

„Wir sehen uns ja später beim Mittagessen", rief Helge seinem Enkel noch nach, als dieser zielstrebig und mit ausladenden Schritten den Raum verließ.

„Ist er nicht brillant?", fragte Helge, nachdem Philip verschwunden war.

„Ja, ganz und gar großartig", antwortete Sina lachend. Es rührte sie, wie sehr der alte Baron an seinem Enkel hing, das machte er ihr gegenüber immer wieder deutlich.

„So, nun müssen wir aber ebenfalls unser heutiges Pensum erledigen, lieber Herr von Hoven. Es wird Zeit, dass Sie endlich aus Ihrem Schlafanzug und dem Morgenrock herauskommen. Der ist zwar ausgesprochen hübsch, aber eher weniger als Bekleidung für den ganzen Tag geeignet, finden Sie nicht?"

„Sie sind der Boss." Er setzte ein schelmisches Lächeln auf. In diesem Augenblick hatte er mehr von einem Lausbub als von einem alten Baron.

Sina konnte kaum ernst bleiben. „Außerdem ist Ihre Thrombosespritze schon seit einer halben Stunde überfällig. Gleich danach geht es an die Übungen, damit Sie mir nicht völlig einrosten. Es wird Zeit, dass Sie wieder ein bisschen mehr in die Hufe kommen, mein lieber Herr von Hoven."

Helge ließ ein tiefes Seufzen hören und klang plötzlich sehr nach seinem Enkel. „Tun Sie, was auch immer Sie für notwendig erachten, mein Sina-Mädchen, aber bitte, nennen Sie mich Helge."

Philips Nervenkostüm wurde jedes Mal einer harten Prüfung unterzogen, sobald Sina zum Mittagessen im Gutshaus blieb. Er hatte noch nie zuvor eine Frau gesehen, die auf so erotische Art und Weise Nahrung zu sich nahm, auch wenn er sich nicht ganz sicher war, ob es nur ihm allein auffiel, wie oft sie während des Essens langsam die Lider senkte und sich genüsslich die aufregenden Lippen leckte. Es machte ihn schier wahnsinnig – und es wurde jedes Mal noch ein bisschen schlimmer.

Inzwischen kannte er sogar einige ihrer Vorlieben. So wie sein Großvater liebte auch Sina Süßes über alles. Wenn Anke ihre Buchweizenpfannkuchen machte, war es besonders schlimm, denn dann gab es dazu meist auch Heidelbeerkompott, und das mochte Sina besonders gern. Da sie gleich beim ersten Mal das Kompott über alle Maßen gelobt hatte, war es kein Wunder, dass die leidenschaftliche Köchin es in der letzten Zeit etwas häufiger auf den Tisch brachte. Manchmal als Bestandteil des Hauptgerichtes, oft als Beigabe zum Dessert. Philip selbst aß seine Pfannkuchen lieber deftig mit Speck und gerösteten Zwiebeln, aber er hatte wirklich Mühe damit, sich auf seine Mahlzeit zu konzentrieren, wenn Sina ihm im Esszimmer gegenübersaß. Er brannte lichterloh und musste sich sehr zusammenreißen, sie nicht anhaltend, vielleicht sogar noch völlig entrückt anzustarren.

Dieser Zustand war einfach nur peinlich und unhaltbar. Noch nie hatte eine Frau es geschafft, ihn allein durch ihre Anwesenheit oder so banale Dinge wie die Nahrungsaufnahme so heftig in sexuelle Erregung zu versetzen.

„Wie ich hörte, kannst du dir heute Nachmittag ein paar freie Stunden gönnen", versuchte er, durch eine möglichst normale

Konversation seine Gedanken wieder auf eine angemessene Ebene zu bringen, und sah sie an.

Sina nickte und schob sich voller Genuss die nächste Gabel zwischen ihre vollen Lippen. Innerlich stöhnte er auf. „Ja, Kjell ist heute Morgen zu einem Ärztekongress nach Hamburg gefahren und übernachtet dort auch."

„Ach ja, ich glaube, er erwähnte es." Philip musste sich räuspern, bevor er weitersprach: „Du fühlst dich wohl in der Praxis?"

„Sehr wohl sogar! Ruth und ich haben ja schon früher zusammengearbeitet. Wir ergänzen uns noch immer großartig. Die Arbeit macht mir unglaublich viel Spaß." Sie warf seinem Großvater einen Blick zu, der ziemlich liebevoll wirkte. „Das gilt natürlich auch für meine Arbeit hier bei Ihnen, Herr von Hoven."

„Na, das will ich doch hoffen, Mädchen", brummte der alte Baron, wandte sich aber sofort wieder seinen Pfannkuchen zu und schaufelte noch mehr Kompott darauf. Sinas nachsichtiges Lächeln sprach Bände. Sie mochte seinen Großvater wirklich.

„Luisa und ich werden Isabell heute den Abend versüßen, damit sie sich nicht so einsam fühlt."

„Ah, das ist nett von euch", antwortete er. Mit einiger Erleichterung nahm er zur Kenntnis, dass sie ihr Besteck ablegte. In seinen Lenden pochte es heiß.

„Da fällt mir ein, falls Sie nichts dagegen haben, morgen früh kommt ausnahmsweise mal Ruth, um Ihnen ihre Spritze zu verpassen", wandte Sina sich noch einmal an seinen Großvater. „Ich würde dann erst wieder am Nachmittag vorbeikommen, um nach Ihnen zu schauen."

„Das ist in Ordnung, Sina. Genießen Sie den Abend mit Ihren Freundinnen und schlafen Sie sich ruhig mal richtig aus", erwiderte Helge lächelnd.

Kurz darauf kam auch schon Anke herein, um den Tisch abzuräumen.

Sina erhob sich sofort, um der Hausdame zur Hand zu gehen. Auch wenn Anke einmal mehr dagegen protestierte, tat Sina es jedes Mal, auch das war Philip bereits aufgefallen. Offenbar fühlt sie sich ungern verpflichtet, dachte er.

Es war beinahe zu einem festen Bestandteil seines Tages geworden, sich ein Bild von dieser faszinierenden Frau und ihrem Charakter zu machen. Es gefiel ihm zwar nicht sonderlich, dass er sich so häufig mit ihr beschäftigte, aber er konnte nichts dagegen tun.

Einige Minuten später saß Philip bereits wieder an seinem Schreibtisch. Er hatte festgestellt, dass die Arbeit meistens half, ihn ein wenig von Sina abzulenken. Gerade wollte er sich in den neuesten Bericht der Feriendorfverwaltung vertiefen, da klopfte es an der Tür. Seufzend sah er auf. „Ja, bitte!"

Sina kam herein. „Hättest du kurz Zeit für mich?"

„Natürlich. Komm doch bitte herein." Sie hatte sich bereits umgezogen. Sie trug feste Stiefel, hatte einen überlangen türkisfarbenen Schal mehrere Male um den Hals geschlungen und hielt ihre Tasche und die Jacke bereits in den Händen. Es war offensichtlich, dass sie im Begriff war, zu gehen.

Philip erhob sich und deutete mit der Hand auf einen der beiden Sessel, die nicht weit entfernt von seinem Schreibtisch standen, aber sie winkte ab.

„Danke, Philip, ich will dich gar nicht lange stören, und bin auch gleich wieder weg." Wie immer war ihr Lächeln einfach hinreißend.

„Du störst mich nie", erwiderte er und meinte es auch so. Spontan fasste er einen Entschluss. „Weißt du, ich könnte nach dem gehaltvollen Essen dringend einen kleinen Spaziergang an der frischen Luft gebrauchen." Bevor er es sich anders überlegen konnte, ging er mit ausladenden Schritten an ihr vorbei in die Eingangshalle und zum Garderobenraum. Er nahm Sina die Jacke aus der Hand und hielt sie ihr hin, damit sie hineinschlüpfen konnte, bevor er sich seine eigene überzog.

„Willst du Lancelot nicht mitnehmen?", fragte sie lächelnd, nachdem sie den Reißverschluss ihrer Jacke geschlossen und sich die Tasche über ihre Schulter geworfen hatte.

„Der war vorhin schon mit Anke draußen und hält jetzt wahrscheinlich zusammen mit Helge sein Nachmittagsschläfchen." Er setzte seinerseits ein Lächeln auf. „Na komm. Wir können uns unterwegs in Ruhe unterhalten."

„Es geht um deinen Großvater", sagte sie, nachdem sie das Haus verlassen hatten und langsam nebeneinanderher schlenderten. „Mir ist aufgefallen, dass er von sich aus nicht besonders viel dafür tut, wieder richtig auf die Füße zu kommen. Ich habe das Gefühl, dass er sich in der Rolle des kranken Greises im Augenblick ganz wohlfühlt und es ein bisschen zu sehr genießt. Das kommt übrigens gar nicht so selten vor, bei Leuten seines Alters, meine ich."

Er nickte. Ihm war auch schon aufgefallen, dass Helge sich seit dem Unfall ein wenig gehen ließ, und das passte gar nicht zu seinem normalerweise so agilen Großvater. „Was schlägst du vor?"

„Wir sollten alle zusammen mehr darauf achten, dass er sich insgesamt ausreichend bewegt, Philip. Der Spezialschuh macht es jetzt möglich, dass er fast wieder normal laufen kann. Natürlich hat er noch Schmerzen, sobald er den Fuß zu stark belastet, aber wenn er ihn gar nicht mehr bewegt, wird er erst recht Probleme bekommen."

„Ich verstehe."

„Gestern ist der zweite Schuh angekommen, den ich letzte Woche angefordert hatte. Das Modell ist vollständig aus Kunststoff und macht es ihm möglich, jetzt auch ohne Hilfe zu duschen."

„Das ist gut."

Als sie ihn jetzt ansah, wirkte ihr Blick nachdenklich. „Weißt du, wenn älteren Leuten so etwas passiert, ist es oft so, dass sie ziemlich unleidlich werden. Sie meckern viel, sind unzufrieden und machen ihrer Familie und dem Pflegepersonal das Leben schwer. Dein Großvater ist wirklich eine angenehme Ausnahme, und bis jetzt hat er sich körperlich viel schneller erholt, als es zu erwarten war. Trotzdem sollten wir ihm nicht alles durchgehen lassen. Ich denke, dieser Unfall hat ihn psychisch ein bisschen aus der Bahn geworfen. Vielleicht ist ihm plötzlich sein hohes Alter bewusster geworden, und das hinterlässt Spuren, falls du weißt, was ich meine."

„Ja, natürlich. Wenn ich es mir recht überlege, könnte dabei auch eine Rolle spielen, dass er jetzt die Herrschaft über das Gut vollkommen an mich abgegeben hat. Diese Entwicklung entspricht zwar seinen Wünschen, könnte ihm aber sein Alter noch mal auf andere Weise bewusst machen … Ich verspreche dir, dass ich mehr darauf achten werde, dass er sich nicht zu sehr gehen lässt, in Ordnung?"

„Wunderbar! Ich glaube auch, dass er oft nur einen kleinen Anstoß braucht, dann geht es." Dieses Mal schenkte sie ihm erneut ihr Lächeln. Wenn es nach ihm ginge, könnte sie ihn ständig anlächeln.

„Das war es auch schon, was ich mit dir besprechen wollte, Philip", sagte sie, und er bemerkte, dass er sie wieder einmal viel zu lange angesehen hatte. Er musste sich räuspern.

„Ein Stückchen laufe ich noch mit. Das Wetter scheint sich zu halten."

„Ja, wir haben wirklich Glück mit diesem Oktober." Sie lächelte noch immer, wandte aber den Blick ab, während sie langsam weitergingen. Philip sah bereits den Teich und das Dach des Ferienhauses, in dem sie wohnte. Und plötzlich konnte er nur noch daran denken, wie es wäre, wenn er Sina jetzt einfach schnappen würde, um sie ins Haus und direkt ins Schlafzimmer zu tragen.

„Du hast richtig viel zu tun, nicht wahr?", hörte er sie durch den Nebel seiner erotischen Fantasien fragen.

„Na ja … Ja, ehrlich gesagt habe ich das wirklich. Mein Großvater hat in der letzten Zeit so einiges schleifen lassen. Ich habe Berge von Papieren auf seinem Schreibtisch gefunden, die ich nun möglichst schnell durcharbeiten und zuordnen muss. Vielleicht hätte ich doch schon eher zurückkommen sollen."

„Kommst du denn überhaupt noch zu deiner eigenen Arbeit?"

„Auch das Gut gehört jetzt zu meiner Arbeit, aber du meinst sicherlich das Schreiben, oder?“

„Ja, Christa hat mir davon erzählt. Es muss doch schwierig für dich sein, das alles unter einen Hut zu bringen.“

„Es geht so. Ich habe mir zurzeit eine kleine Schreibpause verordnet, das macht es etwas leichter.“

Jetzt sah sie ihn wieder an. „Und das macht dir nichts aus?“

Ihre einfache Frage brachte ihn ein bisschen aus dem Konzept. Irritiert schüttelte er den Kopf. „Hm ... nein, im Augenblick eigentlich nicht. Es ist ja nicht so, dass ich gar nicht mehr kreativ tätig bin. Ich schreibe halt zurzeit nicht durchgängig an einem Projekt, sondern sondiere, plane und recherchiere, das gehört auch dazu.“

„Das klingt sehr interessant“, erwiderte sie und lächelte erneut zu ihm auf.

„Ja, das ...“ Er brach ab, denn kurz vor ihrem Haus sah er einen ihm unbekannten Mann auf der Terrasse stehen.

Sina blieb kurz stehen und atmete hörbar durch die Nase ein.

Als der Besucher, der ungefähr in seinem Alter war, sie seinerseits erblickte, schien er kurz zu stutzen, hob dann aber eine Hand zum Gruß und lächelte ihnen entgegen, bis sie bei ihm ankamen.

„Hallo, Sina!“

„Falk! Was machst du denn hier?“, fragte Sina den Fremden mit merkwürdig atemlos klingender Stimme.

„Ich dachte ... Ähm, willst du uns nicht einander vorstellen?“, antwortete der Mann, den sie Falk genannt hatte, anstatt auf ihre Frage einzugehen.

Wieder hörte Philip, wie Sina tief einatmete. Er hatte das zwingende Gefühl, dass ihr der Besuch dieses Mannes nicht unbedingt angenehm war. Aber vielleicht schätzte sie generell keine unangemeldeten Besucher, das wusste er natürlich nicht.

„Philip von Hoven“, sagte er schnell und reichte dem Fremden seine Hand.

„Angenehm. Ich bin Falk Dehlbrück, Sinas Mann.“

Es war, als hätte man ihm eine Faust direkt in den Magen geschlagen. Um ein Haar hätte Philip laut aufgestöhnt. Allerdings konnte er nichts dagegen tun, dass er kurz husten musste. Seine Kehle war plötzlich wie zugeschnürt, und irgendetwas schien seine Brust zusammenzupressen, so, als hätte man ihm einen zentnerschweren Stein auf den Oberkörper gelegt. Dass er sich jemals einen anderen Menschen so weit fortwünschen würde, hätte er nicht gedacht. Aber obwohl er Dehlbrück nicht kannte, hätte er ihn am liebsten sofort gepackt und dahin geschickt, wo er hergekommen war.

„Falk ist mein Exmann. Wir sind seit über einem Jahr geschieden", hörte er Sina hastig korrigieren. Ihre Bemerkung ließ ihn wieder etwas leichter durchatmen. Trotzdem stieg etwas unangenehm Brennendes in ihm auf, das sich immer stärker gegen den anderen Mann richtete. „Was machst du hier?", wiederholte Sina ihre Frage.

„Seit unserem Telefonat heute Morgen habe ich mir Sorgen gemacht und wollte nach dir sehen", erwiderte Dehlbrück. „Im Dorf habe ich erfahren, wo ich dich finde."

„Wie du siehst, geht es mir gut, Falk." Philip bemerkte den scharfen Unterton in Sinas Stimme. Ihr war der Besuch alles andere als willkommen. Und falls sie seine Unterstützung brauchte, würde er nicht von ihrer Seite weichen. Und warum, zum Teufel, machte sich dieser Kerl Sorgen um Sina?

„Ja, das sehe ich." Sinas Exmann sah ihm kurz ins Gesicht. „Aber du hast doch sicher noch Zeit, mit mir einen Kaffee zu trinken, oder?"

„Eigentlich bin ich ein bisschen in Eile. Ich bin später noch eingeladen und möchte noch …" Sie zögerte. Es war offensichtlich, dass sie sich hin- und hergerissen fühlte. „Okay, Falk, die Zeit für einen Kaffee werde ich sicherlich noch erübrigen können."

Dann wandte sie sich ihm wieder zu und sah zu ihm auf. „Philip, ich danke dir für deine Begleitung … ähm … oder möchtest du vielleicht auch noch hereinkommen und …?"

„Nein!", antwortete er ein bisschen zu schnell. Mit ihren einleitenden Worten hatte sie ihn quasi schon verabschiedet, da würde er sich natürlich nicht aufdrängen, auch wenn es ihm noch immer widerstrebte, sie mit diesem Mann alleine zu lassen. „Du weißt ja, dass ich noch jede Menge zu tun habe. Ein anderes Mal vielleicht."

Er sah Falk Dehlbrück ins Gesicht. „Hat mich gefreut." Das war glatt gelogen.

„Mich auch", entgegnete Dehlbrück, und Philip war sich sicher, dass auch das nicht der Wahrheit entsprach.

Er nickte Sina noch einmal zu. „Ich bin im Gutshaus, falls du mich brauchen solltest. Bis dann, Sina."

„Bis morgen, Philip", erwiderte sie leise und nickte ebenfalls.

Er drehte sich um und ging, was blieb ihm auch anderes übrig. Zum ersten Mal in seinem Leben musste er sich mit dem äußerst bitteren Gefühl der Eifersucht auseinandersetzen. Es wurde ihm klar, dass sich viel für ihn verändert hatte, seit Sina in Lunau aufgetaucht war. Auf seinem Weg zurück begann er ernsthaft über sich und all diese neuen Gefühle nachzudenken.

5. KAPITEL

„Und was hast du dann gemacht?“, fragte Luisa, nachdem Sina ihren Freundinnen vom unerwarteten Besuch ihres Exmannes berichtet hatte.

Nach einem herrlich kohlehydrathreichen Essen saßen sie zusammen in Isabells gemütlicher Küche und genossen den leckeren Holundersekt, den Luisa extra für ihren Mädelsabend angesetzt hatte.

„Na, ich habe Falk einen Becher Kaffee gemacht, kurz den üblichen Small Talk gehalten und ihn dann mehr oder weniger hinauskomplimentiert.“

„Warum sagst du ihm nicht einfach deutlich, dass du ihn eine Weile gar nicht sehen möchtest? Du machst mir eigentlich nicht den Eindruck, als wärest du auf den Mund gefallen.“ Luisa grinste.

Sina schnaufte geräuschvoll, um ihrer Ratlosigkeit mehr Nachdruck zu verleihen. „Das habe ich versucht, das könnt ihr mir glauben. Na ja, zugegeben, bei ihm fällt es mir echt schwer, Klartext zu reden und ihn in seine Schranken zu weisen. Denn Falk ist im Grunde ein guter Kerl, er macht sich einfach Sorgen um mich, das hat er schon immer getan.“

„Aber eure Ehe ging offenbar trotzdem schief“, warf Isabell ein.

„Ja, so kann man es sagen. Wir … wir haben eine schwere Zeit miteinander durchgemacht, das hat unsere Beziehung nicht ausgehalten. Ich kann mir auch nicht vorstellen, wieder mit ihm zusammen zu sein, aber ich mag ihn wirklich.“

„Warst du sehr in ihn verliebt?“, wollte Luisa wissen. Diese Frage war typisch für sie. Luisa hatte eine Schwäche für Liebesgeschichten aller Art.

„Hm … Ich war noch sehr jung, als ich ihn geheiratet habe. Es war mehr ein …“ Sie brach ab, denn als sie Isabell ins Gesicht sah, fiel ihr auf, wie blass ihre neue Freundin plötzlich war. „Geht es dir gut, Isa? Du bist ja weiß wie die Wand.“

Isabell stand kurz auf, um sich ein Glas Wasser einzuschenken. „Ich glaube, ich vertrage den Sekt heute nicht so richtig." Sie rieb sich die Magengegend. „Irgendwie ist mir übel."

„Du hast gerade mal einen winzigen Schluck davon getrunken, und normalerweise verträgst du ihn doch ganz wunderbar. Sind das etwa wieder deine Magenbeschwerden? Ich dachte, die sind weg?", hakte Luisa sofort nach.

„Sind sie ja auch, es ist sicher nur der Sekt. Mach dir keine Sorgen, Lu. Alles ist … gut." Nur eine Sekunde später sackte Isabell in sich zusammen und ging wie in Zeitlupe zu Boden. Sina und Luisa sprangen gleichzeitig auf. Sina ging sofort in die Knie, um nach dem Puls ihrer Freundin zu fühlen. Isabell war bewusstlos, und ihr Atem ging etwas flach.

„Stell dich da hin und heb ihre Beine hoch, Lu! Halt sie fest. Ja, genau so."

„Oh Gott, was hat sie denn nur, Sina?"

„Keine Angst, da kommt sie auch schon wieder zu sich, siehst du, sie öffnete schon wieder die Augen! Das sieht mir ganz nach einem klassischen Kreislaufkollaps aus."

„Oh", flüsterte Isabell in diesem Moment. Ihre Lider flatterten noch ein wenig, aber sie machte bereits Anstalten, wieder aufzustehen. Inzwischen hatte Siggi seine Schlafdecke im Wohnzimmer verlassen und war in die Küche gekommen. Die kleine silbergraue Promenadenmischung schnüffelte und leckte aufgeregt an Isabells Wange. Isabell kicherte leise in sich hinein und versuchte, das Tier zu beruhigen. „Alles gut, mein Süßer, alles ist gut!"

Sina musste lächeln. „Euer Winzling hat wohl mitbekommen, dass du zu Boden gegangen bist. Bleib noch ein paar Sekunden liegen, Isabell. Atme schön tief und gleichmäßig durch, und dann versuchen wir, ob du langsam hochkommen kannst, ja?"

„Mir wurde ganz plötzlich schwarz vor den Augen."

„Isa, du machst Sachen! Gerade wenn Kjell nicht da ist, also so was!" Luisa stand der Schreck ins Gesicht geschrieben.

Sina konzentrierte sich hingegen voll und ganz auf Isabell, die zu ihrer Beruhigung langsam wieder etwas mehr Farbe bekam. „So, nun kann Lu deine Beine wieder runterlassen, und du kommst mit dem Oberkörper hoch, Isa. Aber mach langsam. So ist es gut. Bleib noch einen Moment sitzen und trink einen großen Schluck Wasser.“ Sie setzte für Isabell ein aufmunterndes Lächeln auf und reichte ihr das Glas, das Isabell kurz vor ihrem Zusammenbruch auf der Arbeitsfläche der Küche zurückgelassen hatte. „Komm, lehn dich an mich.“ Siggi wedelte mit dem Schwanz und sah mit einem zuckersüßen Blick zu seinem Frauchen auf.

„Es geht mir wieder gut“, beharrte Isabell. „Wirklich!“, bekräftigte sie und erwiderte Sinas Lächeln auf die für sie so typische sanfte Art.

„Na, dann stehen wir jetzt gemeinsam auf.“

Zusammen brachten sie Isabell ins Wohnzimmer und setzten sie auf das Sofa. Der Hund folgte ihnen und rollte sich offenbar beruhigt wieder auf seiner Decke zusammen. Er brachte sie alle drei zum Lachen, da er dabei ein schnaufendes Geräusch ausstieß, das an seiner Erleichterung keinen Zweifel ließ.

Sina fühlte noch einmal den Puls ihrer Freundin, dann sah sie ihr in die Augen. „Ich möchte vorsichtshalber deinen Blutdruck kontrollieren, Isa. Ich gehe mal kurz runter in die Praxis. Bin gleich wieder bei euch, Mädels, okay?“

Luisa und Isabell nickten beide.

Wie sich kurz darauf herausstellte, war Isabells Blutdruck noch ein bisschen niedrig, aber das war nach einem Kreislaufzusammenbruch nicht ungewöhnlich. Puls und Atmung waren hingegen wieder kräftig und regelmäßig. „Hast du so was häufiger?“, fragte Sina, während sie das Blutdruckmessgerät wieder zusammenpackte.

„In der letzten Zeit war mir manchmal etwas komisch zumute, aber umgekippt bin ich vorher noch nie.“

„Vergiss die Magenbeschwerden nicht, Isa“, warf Luisa ein.

„Ach, die sind doch schon seit Tagen vorbei“, wiegelte Isabell ab.

„Magenbeschwerden? Wie haben sich die denn geäußert?“, hakte Sina nach.

„Mir wurde zwei- oder dreimal ein bisschen übel, das war alles."

„Übelkeit, hm … Hast du dich übergeben müssen?"

„Also …" Isabell zuckte mit den Schultern.

„Also ja", folgerte Sina, woraufhin Isabell zaghaft nickte.

„Ihr wurde sogar so kodderich, dass sie nicht mehr weiterarbeiten konnte und sich hinlegen musste", unterstrich Luisa und sah Isabell streng an. „Sie hat es mir selber erzählt."

„Danke, liebste Freundin." Isabell verdrehte ihre hellblauen Augen.

„Na, wenn es doch so ist." Luisa lächelte nachsichtig, aber ihr war anzusehen, dass sie sich Sorgen um Isabell machte. „Und übrigens weiß Kjell nichts davon, dass es ihr so schlecht ging. Sie sagte, sie wollte ihn nicht beunruhigen." Sie schüttelte den Kopf. „Das ist doch verrückt, oder? Sie hat einen Arzt direkt im Haus und fragt ihn nicht um Rat."

„Hey, ich sitze genau neben dir und kann dich hören, Lu!" Isabell rieb sich das Gesicht. „Ihr macht aus einer Mücke einen Elefanten. Mir geht es doch wieder gut, und alles ist in bester Ordnung."

„Nein, Isa, Lu hat vollkommen recht. Kjell muss das wissen. Sobald dein Mann zurück ist, sollte er dich eingehend untersuchen. Wenn du es ihm nicht sagst, dann tue ich es. Ich hab das jetzt mitbekommen und kann das nicht einfach so ignorieren, meine Süße, tut mir leid." Sina kam plötzlich eine Idee. „Sag mal, wann hattest du eigentlich deine letzte Menstruation?"

„Äh …" Isabell wurde schlagartig wieder eine Nuance blasser.

„Huch!" Luisas silbergraue Augen weiteten sich. Beide Frauen starrten Sina an, als hätte sie soeben das achte Weltwunder entdeckt.

„War nur eine Frage", sagte sie schnell und hob die Hände. „Ich wollte nicht indiskret sein oder so."

Isabell schien aus ihrer kurzen Erstarrung zu erwachen und winkte ab. „Mach dir keine Gedanken, Sina. Du bist Krankenschwester. Ich kenne solche Fragen von meinem Göttergatten."

„Und? Isa!“ Luisa rutschte auf ihrem Platz hin und her. „Sag schon!“

„Also, ich habe sowieso keinen sehr verlässlichen Zyklus. Noch nie gehabt … Ich …“

Draußen heulte plötzlich eine Sirene auf. Das laute Geräusch war für Lunau so ungewöhnlich, dass sofort alle drei aufstanden und zum Wohnzimmerfenster eilten, aber sie überblickten nur die kleine Sackgasse und entdeckten nichts Ungewöhnliches.

„Klingt irgendwie nach unserer freiwilligen Feuerwehr“, sagte Luisa. „Ich hab bei diversen Übungen mitbekommen, wie sich die Sirene anhört.“

„Feuerwehr? Ach, du Schreck! Hoffentlich ist niemandem etwas passiert.“ Sinas Blick richtete sich wieder auf Isabell, als das Geräusch langsam leiser wurde. „Du hast meine Frage noch nicht beantwortet.“

Luisa warf ihr einen anerkennenden Blick zu und nickte bekräftigend. Ihr hoch angesetzter Pferdeschwanz tanzte hin und her. „Glaub ja nicht, dass du jetzt aus der Nummer raus bist.“

Isabell seufzte laut auf. „Okay, wenn ihr es genau wissen wollt, es ist schon einige Wochen her, seit …“

„Wie bitte?“ Luisa begann plötzlich zu strahlen. „Oh, Isa!“

„Keine voreiligen Schlüsse, Lu! Wie gesagt, ist mein Zyklus noch nie besonders verlässlich gewesen.“

„Du musst sofort mit Kjell sprechen, wenn er zurück ist“, wiederholte Sina mahnend.

„Ist ja schon gut, ich tue es ja“, versprach Isabell, dann lächelte sie erneut. „Mir wird gerade etwas klar, Mädels. Es könnte echt sein, dass ich das schlicht verdrängt habe. Wie naiv kann man denn sein, bitte schön!“

„Halleluja!“, seufzte Luisa laut auf. „Der Große wird völlig aus dem Häuschen sein, wenn du tatsächlich schwanger bist.“

Isabell zuckte mit den Schultern. „Bisher haben wir eigentlich immer verhütet, deshalb kann ich noch nicht so recht daran glauben.“

„Eigentlich? Ihr habt *eigentlich* verhütet?“ Sina zog bewusst die Brauen hoch, gab ihrem Bedürfnis nach und grinste nun ebenfalls breit.

„Na ja … Ihr wisst doch, wie das manchmal so läuft. Manchmal hat man einfach keine Zeit.“ Isabell kicherte.

Luisa strich ihrer Freundin noch einmal über die Locken. „Wie auch immer, Süße, Sekt bekommst du jetzt jedenfalls keinen mehr, bis wir endgültig Bescheid wissen.“

Aufgebracht stand Philip vor den noch rauchenden Überresten des alten Ahornbaumes, der nur einige Meter entfernt vom Gutshaus den Flammen zum Opfer gefallen war. Fröstelnd zog er den Reißverschluss seiner Jacke ein Stück weiter nach oben und beobachtete die letzten Handgriffe der Feuerwehrleute.

Kay Rotenhagen, der nun schon seit fünf Jahren Lunaus freiwillige Feuerwehr leitete, stand direkt neben ihm. Er nahm sich gerade den Helm vom Kopf und stopfte seine Handschuhe hinein. Kay war auf dem Gymnasium in Lüneburg zwei Klassenstufen unter ihm gewesen, daher kannten sie sich im Grunde schon ewig.

„Das sieht mir doch ziemlich stark nach dem Ergebnis von jugendlichem Übermut aus“, sagte Rotenhagen und schüttelte den Kopf. „Da hat wohl einige Jungs gewaltig der Hafer gestochen. Verdammte Bande!“

Philip nickte. „Kann schon sein. Wie auch immer, auf jeden Fall ist es schade um den schönen alten Baum.“ Er sah sich um. Die Feuerwehrleute sicherten noch den Brandort ab, packten aber auch schon wieder zusammen. Das Feuer war gelöscht. „Wenigstens ist niemand verletzt worden, das ist das Wichtigste.“

„Das sehe ich genauso. Dennoch würde ich euch zu einer Anzeige raten, Phil. Da ist in jedem Fall Brandbeschleuniger benutzt worden, so viel steht fest.“

„Ich werde darüber nachdenken, Kay. Jedenfalls danke ich euch, dass ihr so schnell hier gewesen seid.“

Einige Minuten später verabschiedeten sich Kay Rotenhagen und seine Männer und stiegen zurück in ihren Wagen, der kurz darauf mit gedrosselter Geschwindigkeit zurück auf die Zufahrt zur Hauptstraße rollte. Philip sah ihnen noch eine Weile nach, dann machte auch er sich auf den Weg zum Haus, um seinem Großvater Bericht zu erstatten, der sicherlich schon ganz ungeduldig auf seine Rückkehr wartete.

Eine Dreiviertelstunde später lag Helge von Hoven mehr oder weniger beruhigt in seinem Bett, und Philip war zurück in seinen persönlichen Räumen. Anhaltend missgelaunt gönnte er sich einen gut eingeschenkten Glenmorangie Single Malt. Danach füllte er das Glas ein weiteres Mal, wenn auch deutlich verhaltener. Mit dem Whisky in der Hand ging er langsam hinüber zum Fenster. Während er nach und nach auch den zweiten Whisky genoss, blickte er hinaus in die Dunkelheit und ließ seinen Gedanken freien Lauf.

Das Feuer hatte ihn in der vergangenen Stunde in Atem gehalten, sodass er zumindest kurze Zeit nicht über die Begegnung mit Sinas Exmann nachgedacht hatte. Dennoch wusste er, dass die aufbrandende Wut auf denjenigen, der den schönen alten Baum angezündet hatte, nur ein Ventil gewesen war. Inzwischen war er sich ziemlich sicher, dass allein in der unerwarteten Begegnung mit Falk Dehlbrück der wahre Grund seines Grolls lag. Direkt nachdem er sich von den beiden verabschiedet hatte, hatte er versucht, seine starke Reaktion zu verdrängen. Doch die Eifersucht hatte allzu heftig in ihm getobt. Auch jetzt fühlte er sich schon wieder hin- und hergerissen zwischen dem bitteren Gefühl und einer unvernünftigen Wut auf sich selbst.

Er war weder ein Ignorant, noch war er einfältig. Natürlich hatte er sein sexuelles Interesse an Sina richtig eingeordnet, doch das Ausmaß seiner Empfindungen machte ihn zunehmend nervös. Für ihn kam es schlichtweg nicht mehr infrage, einer Frau zu gestatten, so etwas wie Verliebtheit in ihm auszulösen, das musste er in jedem Fall verhindern.

Ja, er wollte sie. Und wie sehr er sie wollte! Doch sobald er sich ernsthaft verliebte, war er automatisch verletzlich. Er wusste, er würde es nicht ertragen, wenn sie ihn verließ. Nein, er durfte sich auf keinen Fall verlieben! Auch für Sina würde er nicht von seiner bisherigen Linie abweichen. In seiner Jugend war er ein einziges Mal ernsthaft verliebt gewesen, doch das Mädchen, für das er damals entbrannte, war ausgerechnet die feste Freundin von Kjell gewesen. Julia Brix, Rafaels Schwester, hatte ihm damals absolut bewusst den Kopf verdreht, hatte sogar versucht, ihn zu verführen, und ihn damit in eine tiefe Verzweiflung gestürzt. Um ein Haar wäre es zum Betrug an seinem besten Freund gekommen.

Monatelang hatte er gelitten wie ein geprügelter Hund – und Julia war auch nicht so ganz unschuldig daran gewesen, dass er Lunau irgendwann verlassen hatte. Sie hatte ihn einfach nicht in Ruhe gelassen. Doch nicht allein dieses Erlebnis hatte seine Einstellung zu Frauen und der Liebe geprägt. Viel einschneidender war zuvor das Drama um seine Eltern gewesen.

Viel zu genau konnte er sich daran erinnern, wie sehr sein Vater gelitten hatte, nachdem er verlassen worden war. So sehr, dass er das Leben ohne seine geliebte Frau nur noch als Last empfunden und sich schließlich sogar in den Selbstmord geflüchtet hatte. Philips Mutter war einfach gegangen, ohne auch nur ein einziges Mal zurückzublicken; sie hatte nur noch an ihre neue Liebe gedacht.

Damals war er gerade einmal acht Jahre alt gewesen, und auch er war an seinem Schmerz fast zerbrochen. Nichts in seinem Leben hatte jemals so wehgetan wie die Erkenntnis, dass er seiner eigenen Mutter praktisch über Nacht gleichgültig geworden war. Der Tag, an dem sie ihn bei seinem Vater zurückgelassen hatte, war der schlimmste in seinem ganzen Leben gewesen.

Aus purem Egoismus hatten seine Eltern ihn beide verlassen. Es war ihnen schlicht egal gewesen, was sie ihm damit antaten.

Seine Gedanken glitten zurück zu Sina und den heftigen Gefühlen, die sie in ihm auslöste. Empfindungen, die ihn immer stärker zu beherrschen schienen. Er begehrte sie so sehr, dass er kaum noch an etwas anderes denken konnte als an den heftigen Wunsch, sie zu verführen. Doch auch wenn Sina Rosenborn eine entschieden zu starke Anziehung auf ihn ausübte, kam eine feste Bindung für ihn nicht infrage.

Andererseits wollte er sie so sehr, deshalb würde er versuchen, herauszufinden, ob es ihr ebenso erging. Zumindest kam so das heftige Verlangen in ihm endlich wieder zur Ruhe. Die Erfahrungen, die er in der Vergangenheit mit anderen Frauen gemacht hatte, ließen diese Vermutung durchaus zu. Seine Begierde musste gestillt werden, dann würde es ihm besser gehen, da war er sich sicher.

Bei ihrer ersten Begegnung hatte sie die Rolle der Circe übernommen. Nun würde er sie verführen. So einfach war das.

Der Gedanke ließ ihn nicht mehr los – und brachte ihn einmal mehr um den Schlaf.

Bewusst langsam fuhr Sina am Gutshaus vorbei und bog in die Zufahrtsstraße ein, die zu ihrem derzeitigen Zuhause führte. Es war mitten in der Nacht, und sie wollte niemanden wecken, in dem sie unnötig auf das Gaspedal trat.

In Lunau war es besonders nachts so still, dass einem schon die leisesten Geräusche viel lauter erschienen, als sie in Wirklichkeit waren. Vorhin war sie nur mit dem Auto zu Isabell gefahren, weil ihr die Vorstellung eines langen und einsamen Rückwegs durch die Dunkelheit doch ein wenig zu unheimlich gewesen war. So hatte sie sich mit Luisa verabredet, sie vorher von zu Hause abgeholt und soeben wieder sicher dort abgeliefert. Beim nächsten Mal, das hatte Luisa ihr dankbar versichert, wäre sie diejenige, die fahren würde.

Der abgebrannte Baum war Sina sofort aufgefallen, als sie daran vorbeigekommen war. Das rot-weiße Flatterband, das um ihn herumgespannt war, fiel selbst in der Dunkelheit sofort ins Auge. Jetzt wusste sie, warum die freiwillige Feuerwehr am späteren Abend den Einsatz gefahren war.

Plötzlich sah sie im Licht der Scheinwerfer eine Gestalt vor sich auf dem Weg. Im ersten Moment erschrak sie, doch auf den zweiten Blick erkannte sie, dass es Philip war, der da vollkommen allein durch die Nacht marschierte. Er blieb stehen, drehte sich um und sah ihr entgegen. Sina ging ganz vom Gas und hielt neben ihm an, lehnte sich über den Sitz und öffnete die Beifahrertür. Philip beugte sich herunter und sah sie an. Im schwachen Licht der Innenbeleuchtung konnte sie erkennen, dass er ihren Blick mit ernster Miene erwiderte.

„Was machst du denn um diese Zeit noch hier?", fragte sie ihn. „Es ist ein Uhr vorbei."

„Ich konnte nicht schlafen", antwortete er knapp. Sein dunkler Blick wirkte irgendwie eindringlich. Kurz sahen sie einander wortlos an, dann stieg er zu ihr in den Wagen.

In Sinas Bauch begann es zu kribbeln. Es war ein seltsames und aufregendes Gefühl, zusammen mit ihm im engen Innenraum ihres Autos zu sitzen. In seinem Land Rover war deutlich mehr Raum zwischen ihnen gewesen als in ihrem kleinen Honda.

„Ich nehme an, das ist dann wohl die Aufforderung zu einem gemeinsamen Schlaftrunk, ja?"

„Hast du etwas einzuwenden?" Wieder sah er sie mit diesem merkwürdig ernsten Blick an. „Sag es ruhig, dann steige ich sofort wieder aus." Er klang auch anders als sonst. Sogar sein Tonfall schien sich verändert zu haben.

Tief in ihrem Bauch schien sich plötzlich ein ganzer Bienenschwarm zu versammeln. „Nein, nein, schon okay. Ich bin auch noch nicht müde."

„Das wollte ich hören." Von da ab blieben sie beide stumm, bis sie im Ferienhaus angekommen waren.

„Hochprozentiges habe ich aber nicht da, nur noch eine Flasche Rotwein", erklärte Sina, während sie ihre Jacke auszog und sie an einen der Haken auf der Innenseite der Eingangstür hängte. Im Auto hatte sie den schwachen Duft nach Whisky an ihm wahrgenommen und sich sofort gefragt, ob er einfach nur etwas zu viel getrunken hatte und sich deshalb so seltsam benahm.

Auch er schlüpfte aus seiner Jacke und wickelte sich seinen Wollschal vom Hals. Dass er sie dabei nicht aus den Augen ließ, machte Sina zunehmend nervöser.

„Rotwein klingt gut“, erwiderte er und folgte ihr in den Wohnraum, wo er sich sofort auf dem Sofa niederließ und die langen Beine von sich streckte. Er tat das mit einer Selbstverständlichkeit, als würde er sich jeden Tag auf ihrem Sofa ausruhen.

Sie war von ihm gewohnt, dass er stets aufmerksam darauf achtete, eine Unterhaltung nicht ins Stocken geraten zu lassen. Meist war er sogar ungemein eloquent, doch heute Abend schien auch das anders zu sein. Er beobachtete sie, während sie hinter dem Küchentresen verschwand, um den Wein zu holen, blieb dabei aber stumm. Als sie mit der Flasche, dem Korkenzieher und zwei Gläsern zur Sofaecke zurückkam und sich zu ihm setzte, nahm er ihr wortlos Wein und Öffner aus der Hand, zog den Korken und schenkte ihnen ein.

„Wir haben vorhin die Sirene der Feuerwehr gehört“, sagte Sina, um ein Gespräch in Gang zu bringen. So langsam fand sie sein Verhalten wirklich sonderbar. „Ich habe gesehen, dass der große Ahornbaum in eurer Auffahrt abgebrannt ist.“

„Ja, leider.“ Er prostete ihr zu und nahm einen Schluck, sah dabei unfassbar gut aus mit den vom Wind zerzausten Haaren und dem dunklen, nächtlichen Bartschatten, der seinen schönen Mund und das markante Kinn noch ein wenig mehr betonte. „Das ist ein exzellenter Tropfen“, bemerkte er und drehte das Glas hin und her. „Wirklich ausgezeichnet.“

„Ja, er ist …“ Sie stockte. „Philip, ist alles in Ordnung mit dir?“

„Warum fragst du?“

„Weil du … anders bist als sonst.“

„Anders?“ Der Blick aus seinen tiefbraunen Augen wurde noch eine Spur eindringlicher, wenn sie sich nicht täuschte. Ihr wurde unnatürlich warm.

„Ja, anders. Wortkarg und … merkwürdig verschlossen. So kenne ich dich gar nicht. Geht es dir wirklich gut?“

„Mir geht es hervorragend.“ Wieder setzte er das Glas an die Lippen, doch nachdem er einen weiteren Schluck getrunken hatte, stellte er es ab und wandte sich ihr zu. „Nein, das stimmt nicht. Ich will dich“, teilte er ihr übergangslos mit. „Ich bin unglaublich … scharf auf dich, Sina, und das ist es, was mich nicht schlafen lässt.“

Sie konnte kaum glauben, dass er, Philip Freiherr von Hoven, das so ungehemmt und auf diese Weise in Worte fasste. Unter ihrer Haut breitete sich mehr und mehr Hitze aus. Sie war überrumpelt und eigenartigerweise so verlegen, dass ihr keine passende Antwort einfiel, also stand sie auf, um mehr körperliche Distanz herzustellen. Ihr alberner Philip-Fluchtinstinkt machte sich einmal mehr bemerkbar.

Er erhob sich ebenfalls und kam einen Schritt näher. Sofort hob sie beide Hände. Philip blieb an Ort und Stelle stehen.

„Du hast kein Interesse?“

„Sag mal, was ist das denn für eine Frage, Philip?“

„Eine Frage, die auf der Hand liegt, wenn ich mir deine Reaktion so ansehe.“ Seine Miene blieb ernst. Nicht das kleinste Lächeln zeigte sich auf seinem attraktiven Gesicht. Er sah eher aus, als wäre er hoch konzentriert. „Ich will dich“, wiederholte er. „Und du weißt ebenso gut wie ich, dass wir verdammt gut zusammen sind“, setzte er nach.

Sie musste husten. Hatte er tatsächlich das Wort „verdammt“ benutzt? *Er?* Das wirklich Komische an der Sache aber war, dass sie innerlich bereits dahinschmolz. Sie begehrte ihn fast schon zu sehr. Diese Erkenntnis rief eine ungestüme Angst in ihr hervor, die mehr als nur unlogisch war, dennoch konnte sie es nicht ändern. „Philip …“

„Ja?“ Er machte einen weiteren Schritt auf sie zu, bis er dicht vor ihr stand. Sie ließ es geschehen und setzte sich auch nicht zur Wehr, als er seine Arme um sie legte und sie sanft an sich zog. Es war berauschend, ihm so nah zu sein. Seit Wochen sehnte sie sich schon nach ihm und seiner körperlichen Nähe. Im Grunde hatte er soeben auch ihre eigenen Wünsche in Worte gefasst.

„Sina“, hörte sie ihn flüstern. Und dann noch einmal: „Sina.“ Seine Stimme klang nun ein wenig atemlos und belegt.

Sie sah zu ihm auf, in seine schönen dunklen und so tiefgründigen Augen. Er neigte den Kopf und berührte mit seinen Lippen die ihren, löste damit eine wahre Flut von noch mehr Hitze in ihr aus. Doch als er den süßen Kuss vertiefen wollte, legte sie hastig ihre Hände auf seine Brust und zog sich von ihm zurück, ließ damit ihre unvernünftige Furcht gegen das Verlangen gewinnen, bevor es zu stark wurde.

Sein Blick wirkte zunächst verständnislos, dann erkannte sie einen Anflug von Niedergeschlagenheit. Hörbar atmete er ein und wieder aus, bedrängte sie aber nicht. Sie hörte sich selbst tief aufseufzen; einerseits vor Erleichterung, andererseits war es auch Enttäuschung. Ihr sehnender Körper protestierte, doch mit der Kraft ihres Verstandes versuchte sie, den Aufschrei ihres Verlangens zu ignorieren, so gut es eben ging.

„Das … wäre nicht richtig“, sagte sie hastig und sah ihm ins Gesicht. „Das wäre überhaupt nicht gut, Philip.“

„Du willst es also nicht?“ Seine Stimme klang noch immer belegt. „Dann habe ich mich wohl geirrt.“

„Nein! Doch. Ich meine …“

Er lächelte. Endlich lächelte er! Es war kein überhebliches Grinsen, sondern ein sanftes, fast nachsichtiges und sehr einnehmendes Lächeln. „Zu früh?“

Das traf nicht ganz den Punkt, aber sie brachte ein Nicken zustande. Immerhin.

„Gut, damit kann ich leben.“ Er wandte sich halb von ihr ab und ging hinüber zum Fenster. Dort stemmte er die Hände auf die Hüften und sah hinaus in die Dunkelheit. „Dann werde ich eben warten.“

„Philip … das ist doch verrückt.“ Sie war sich nicht sicher, ob sie damit vor allem die eigenen widersprüchlichen Gefühle meinte. Aufgewühlt starrte sie auf seine breiten Schultern, den starken, geraden Rücken – und wollte sich am liebsten an ihn pressen, ihn bitten, sie zu so zu küssen, wie er es gerade vorgehabt hatte. Plötzlich konnte sie sich viel zu gut daran erinnern, wie wundervoll er küsste, wenn er sich gehen ließ.

„Verrückt?", fragte er, ohne sich umzudrehen. Wäre sie nur einen Schritt zur Seite gegangen, hätte sie wahrscheinlich die Spiegelung seines Gesichts in der Scheibe gesehen, aber etwas hielt sie davon ab. „Ja, vielleicht ist es verrückt", fuhr er fort, als sie nicht antwortete. „Weißt du, ich muss plötzlich dauernd daran denken, Sina. Wie es damals war, meine ich."

„Ich habe dich schon verstanden", warf sie leise ein und meinte es auch so, denn ihr ging es ja nicht anders.

„Jahrelang habe ich nicht mehr daran gedacht. Es war mir unangenehm, dass ich mich so vergessen konnte, dass du mich so … rasend gemacht hast, doch nun …" Er räusperte sich. „Seit ich dich wiedergesehen habe, ist alles wieder da und macht mich rasend. Jedes Gefühl, jede Sekunde unserer … Begegnung. Dinge … Empfindungen, die ich einfach vergessen hatte, verankern sich in meinem Kopf und wollen nicht mehr gehen." Sie sah, dass er noch einmal sehr tief einatmete. Fast ruckartig drehte er sich wieder zu ihr um. Sein Blick hielt den ihren fest. „Dein geschiedener Mann … dieser Falk Dehlbrück. Ist er der Grund für deine Zurückhaltung?"

„Nein, Philip. Nein! Ganz sicher nicht!"

„Das sollte mich wohl irgendwie beruhigen." Der Ausdruck in seiner Stimme klang nun wieder eher nach dem alten Philip von Hoven.

„Wenn wir … tatsächlich noch einmal miteinander schlafen sollten …", setzte sie an.

„Ja?"

„Wie gehen wir dann damit um? Ich meine … wenn es vorbei ist."

Er zögerte nur kurz. „Das könnten wir doch einfach auf uns zukommen lassen."

„Diese Antwort passt so gar nicht zu dir, Philip.“ Sie atmete tief ein. „Du solltest vielleicht wissen, dass ich für eine Beziehung nicht bereit bin.“

„Oh, das ist auch für mich kein Thema, Sina.“ Es klang hastig, fast ein wenig gehetzt. „Darüber brauchst du dir keine Gedanken zu machen.“

„Ich habe meine Gründe, weißt du.“

„Ja, ich auch.“ Auf seiner linken Wange zuckte ein Muskel, und für einen winzigen Augenblick wurde seine Miene hart. „Ich werde jetzt besser gehen“, teilte er ihr mit.

Wortlos sah sie zu, wie er noch einmal zurück zum Couchtisch ging, das Glas ansetzte und es in einem Zug leerte. Es folgte noch ein langer und tiefer Atemzug, der seinen Brustkorb erkennbar weitete, dann nickte er ihr zu. „Schlaf gut, Sina.“

Kurz darauf hatte er bereits seine Jacke und den Schal gegriffen und war in der Nacht verschwunden. Und kaum war er aus der Tür, fühlte Sina sich plötzlich einsam.

Natürlich schlief sie kaum nach dieser Nacht. Schon kurz nach sieben stand sie entnervt auf, um sich einen starken Kaffee zu machen und über die Situation, in der sie sich befand, nachzudenken, doch zu einem Ergebnis kam sie nicht. Ihre Gedanken gingen drunter und drüber. Da sie heute erst am Nachmittag beim alten Baron erwartet wurde, ließen sie sie nicht in Ruhe.

Grübelnd duschte sie lange, machte dann ein wenig Ordnung im Haus und setzte sich sogar, warm in eine Wolldecke eingepackt, eine halbe Stunde lang auf ihre Terrasse und trank einen heißen Kakao. Inzwischen viel ruhiger, genoss sie die Herbstsonne, den leichten Wind und den herrlichen Blick auf den Teich und die alte Weide. Der wunderschöne Baum hatte es ihr angetan. Auch in seinem goldgelben Herbstkleid strahlte er eine beruhigende Würde aus. Sein Anblick tat ihrer Seele gut.

Am späteren Vormittag rief Isabell an. „Stell dir vor, du hast mit deinem Verdacht richtiggelegen, Sina, das musste ich dir einfach sofort erzählen." Die Stimme ihrer Freundin klang sehr aufgeregt vor lauter Glückseligkeit.

„Oh, wie wunderbar, Isa! Ich gratuliere euch von Herzen."

„Ich fühle mich wie eine Königin oder so. Ach, Sina! Der erste Test hat die Schwangerschaft bereits bestätigt. Kjell hat jetzt noch einige Untersuchungen in die Wege geleitet. Blut hat er mir auch schon abgezapft. Ich bin ja so aufgeregt, Sina! Und mein Doc flippt total aus vor Freude. Der ist so süß und strahlt die ganze Zeit vor sich hin."

Berührt ließ Sina den Überschwang über sich ergehen. Sie wusste genau, wie Isabell sich an diesem besonderen Tag fühlte, und sie gönnte diesem wunderbaren Paar das Glück von ganzem Herzen. Erst als sie aufgelegt hatte, wurde sie unvermittelt vom vertrauten Kummer und den Tränen überwältigt.

Ja, sie kannte das Glücksgefühl, aber sie wusste auch, wie grausam es war, sein Baby zu verlieren. Sie war nicht besonders gläubig, aber nun betete sie still. Zum ersten Mal seit vielen Jahren sandte sie ein Gebet zum Himmel und bat eindringlich darum, dass das schon jetzt so geliebte Baby von Isabell und Kjell gesund und munter das Licht der Welt erblicken möge. Wenn sie selbst etwas dafür tun konnte, würde sie es tun.

Gerade hatte sie sich wieder einigermaßen gefangen, da läutete es zu ihrer Überraschung an der Tür. Eine Mitarbeiterin von Luisa lächelte sie strahlend an und brachte ihr einen riesigen Strauß kunterbunter Astern. Ein kleiner fliederfarbener Umschlag steckte darin, auf dem ihr Name stand. Sina öffnete ihn und zog die Karte heraus. *Ich werde es wieder versuchen! Philip*, las sie. Der Bienenschwarm unter ihrer Bauchdecke kam zurück.

6. KAPITEL

Während Ruth sich für ein gemeinsames Frühstück mit Sina fertig machte, dachte sie über die junge Frau nach, die ihr so sehr am Herzen lag. Es war nicht zu übersehen, dass Sina sich in Lunau sehr wohlfühlte, und genau das hatte Ruth sich für ihre jüngere Kollegin erhofft und ihr von ganzem Herzen gewünscht.

Nun war es schon einige Jahre her, dass sie sich in Sinas zweitem Ausbildungsjahr kennengelernt und auf Anhieb gerngehabt hatten. Während ihrer gemeinsamen Zeit auf der Intensivstation der Universitätsklinik in Hamburg hatten sie so einiges zusammen durchstehen müssen und sich trotz ihres Altersunterschiedes sehr schnell angefreundet. Bald hatten sie sich auch privat getroffen.

Direkt nach ihrer Ausbildung hatte Sina geheiratet. Ruth erinnerte sich noch gut an die Hochzeit, die eher schlicht, aber sehr schön gewesen war. Nur einige Freunde und noch weniger Familienangehörige hatten zusammen mit dem Brautpaar gefeiert. Nach den Formalitäten auf dem Standesamt hatten sie in einem kleinen Restaurant an der Elbe zusammengegessen und auf das Brautpaar angestoßen. Von der Familie der Braut war überhaupt niemand dort gewesen, doch da Sina ihr einmal offenbart hatte, dass zu ihrer Familie kaum noch Kontakt bestand, hatte Ruth sich nicht weiter darüber gewundert.

Schon bald nach Sinas Hochzeit waren sie in verschiedenen Kliniken gelandet, aber ihre Freundschaft blieb bestehen. Sie telefonierten regelmäßig miteinander und gingen ab und zu zusammen essen. Als dann einige Jahre später das Unglück passierte und Sina ihr ungeborenes Baby verlor, war es Ruth gewesen, die an Sinas Krankenhausbett gesessen und ihre Hand gehalten hatte. Die junge Frau hatte niemanden sonst sehen wollen. Und danach war Sina nicht mehr dieselbe gewesen. Sie hatte sich scheiden lassen und ein weiteres Mal die Klinik gewechselt. Das war jetzt schon über ein Jahr her. In all der Zeit hatte sich Ruth große Sorgen um das Mädchen gemacht.

Doch nun, da Sina in Lunau war, hatte Ruth endlich das Gefühl, dass das Mädchen langsam wieder zu sich fand. In Isabell und Luisa hatte sie schnell wunderbare Freundinnen gefunden. Auch mit Christa Loewenthal war sie unterdessen gut befreundet. Sie hatte sichtlich Spaß an ihrer Arbeit und kam bei den Lunauern gut an, was auch keine Selbstverständlichkeit war. Ruth konnte direkt dabei zusehen, wie sich Sina veränderte. Ihr wundervolles Lachen war zurückgekehrt, und sie versank auch nicht mehr ganz so häufig in ihrer tiefen Traurigkeit. Ruth war sich schon jetzt sicher, dass Sina Rosenborn Lunau nicht so schnell wieder verlassen würde, dafür ging es ihr hier viel zu gut. Mit einem zufriedenen Lächeln auf den Lippen machte sich Ruth auf den Weg. Alles wird für Sina wieder gut werden, dachte sie fast ein wenig inbrünstig.

Der Morgen zeigte sich neblig, und die Wolken hingen tief und grau über dem Wald, doch im Ferienhaus war es warm und gemütlich. Ruth und Sina hatten sich erst am vergangenen Abend ganz spontan zum Frühstück verabredet, und nun genossen sie ihr Zusammensein und ließen es sich schmecken. Es war Sonntag, und zumindest die Praxis blieb heute geschlossen. Die wenigen Aufgaben, die heute auf sie beide warteten, hatten bis zum späteren Nachmittag Zeit.

„Du hast es wirklich schön hier", stellte Ruth fest.

„Ja, ich fühle mich auch sehr wohl." Sinas Blick glitt durch den behaglichen Wohnraum des Häuschens. „Letzte Woche war ich in der Lüneburger Altstadt und habe dort noch ein paar Kerzen, passende Sets und die zwei schönen Seidenkissen gekauft, die dort auf dem Sofa liegen. Jetzt kommt es mir schon fast wie mein Zuhause vor." Sie lächelte. „Das mag aber auch daran liegen, dass mir ohnehin die gesamte Einrichtung sehr gut gefällt."

„Lunau tut dir überhaupt sehr gut, nicht wahr? Zumindest habe ich den Eindruck." Aufmerksam sah Ruth sie an.

Sina zögerte nur kurz. „Ja, ich glaube, dein heiß geliebtes Dorf hat auch mich inzwischen am Wickel."

„Heißt das, du wirst bei uns bleiben?"

„Ehrlich gesagt weiß ich das noch gar nicht so genau, Ruthchen. Meine Arbeit im Gutshaus neigt sich fühlbar ihrem Ende entgegen. Seit Philip, Anke und ich verstärkt darauf achten, dass der alte Baron sich wieder ausreichend bewegt, geht die Heilung gut und deutlich schneller voran. Du weißt ja, dass auch Kjell sehr zufrieden mit der Entwicklung ist. Letzte Woche habe ich Philip mehrere Male gebeten, mein Honorar anzupassen. Auch wenn der liebe Helge von Hoven es noch nicht so recht einsehen will, braucht er mich im Grunde kaum noch für seine weitere Genesung. Beide Männer bestehen jedoch darauf, dass ich so lange voll bezahlt werde, bis die Arbeit ganz und gar abgeschlossen ist."

Sina wirkte tatsächlich ein wenig empört, das passte zu ihr, fand Ruth, denn sie kannte ihre Kollegin und Freundin als sehr ehrliche und integere Person.

„Wenn er sich wenigstens dazu bereit erklären würde, endlich eine angemessene Miete für dieses Haus zu verlangen", fuhr Sina fort, und Ruth wusste, dass sie Philip meinte. „Doch auch das lehnt er rigoros mit der Begründung ab, dass das Haus über den Winter ohnehin leer stehen würde. Ich bin total überbezahlt, aber das interessiert ihn überhaupt nicht."

„Warum freust du dich nicht einfach darüber, Sina? Philip meint es wahrscheinlich nur gut mit dir, und ihm tut es nicht weh. Wenn ich mich nicht täusche, seid ihr doch inzwischen auch miteinander befreundet, da ist es doch kein Wunder, dass er dir entgegenkommen will."

Sina schnaufte voll Unverständnis. „Ja, vielleicht hast du recht, und er meint es tatsächlich gut mit mir. Ich hoffe sehr, dass das der wahre Grund ist und nicht doch nur eine Art Gönnerhaftigkeit dahintersteckt, mit der er vor allem sich selbst beweihräuchern will. Ich habe so meine Erfahrungen mit den angeblich so uneigennützigen Beweggründen von reichen Leuten gemacht."

Einen Moment lang war Ruth sprachlos. „Sina! Sei froh, dass Philip das nicht gehört hat. Ehrlich gesagt bin ich ziemlich verwundert über deine Einstellung und finde sie im Zusammenhang mit ihm sogar in höchstem Maß unfair. Ich halte ihn nämlich für einen hochanständigen und sehr achtbaren Mann. Derartige Beweggründe, wie du es nennst, passen doch überhaupt nicht zu ihm. Was ist denn bloß los mit dir, Mädchen? Warum bist du so bitter?"

„Ach, ich weiß auch nicht, Ruth. Es tut mir leid, du hast sicherlich recht mit deiner Einstellung zu Philip. Wenn ich ehrlich bin, passt er auch gar nicht in die blöde Schublade, in die ich ihn gerade reinstopfen wollte. So wie ich ihn kenne, ist es sogar sehr wahrscheinlich, dass er es gut mit mir meint." Sie seufzte tief auf. „Es könnte auch sein, dass ich in dieser Hinsicht ein bisschen vorgeschädigt bin. In meiner Kindheit und Jugend hatte ich mit einer Menge reicher, auch mit adligen Leuten zu tun, die völlig anders ticken als Philip von Hoven und sein Großvater. Das hängt mir wohl irgendwie noch nach. In diesen Kreisen sind mir bisher nur Egoismus, Überheblichkeit, Kälte und jede Menge Oberflächlichkeit begegnet." Sie seufzte auf. „Wahrscheinlich habe ich mich nur darüber geärgert, dass er meine Wünsche nicht respektiert. Ich möchte einfach nur, dass er mir einen geeigneten Betrag nennt, damit ich ihm endlich die Miete für dieses Haus zahlen kann. Seit ich mein eigenes Geld verdiene, bin ich nicht gerne etwas schuldig, das ist nun einmal so. Und ich hasse es, wenn jemand meint, er müsse mir Gutes tun, dabei aber genau weiß, dass ich es eigentlich gar nicht will. Irgendwie bin ich da komisch. Was soll's. Niemand kann aus seiner Haut."

Sie lächelte. „Nun guck nicht mehr so streng, Ruth! Ich habe es nicht so heftig gemeint, wie es rausgekommen ist, und es tut mir leid! Und ja, ich halte Philip auch für achtbar und hochanständig."

Ruth musste nun ebenfalls lächeln. „Ist ja schon gut, Schätzchen. Ich kenn dich gut genug und mag dich so, wie du bist. Hör schon auf, dich zu erklären. Mir gegenüber brauchst du das ganz sicher nicht. Wir haben alle unsere Baustellen, nicht wahr? Das wird schon. Und wenn dich das mit der Miete wirklich so ärgert, lass ihn damit einfach nicht in Ruhe. Wenn es sein muss, reichst du dein Ansinnen schriftlich ein."

Sina schmunzelte. „Guter Tipp. So akkurat, wie er ist, wird er sich vielleicht sogar genötigt fühlen, darauf einzugehen." Sie erhob sich. „Willst du auch noch Kaffee?"

Ruth nickte. „Gerne!" Sie beobachtete, wie Sina hinüber zum Küchentresen ging, um den Kaffee zu holen. „Wenn ich das jetzt alles richtig verstanden habe, hat es also einen tief sitzenden Grund, warum du früher nie über deine Familie sprechen wolltest." Sina schenkte ein und brachte die Kanne zurück, bevor sie sich wieder auf ihren Platz setzte.

„Du hast offenbar inzwischen mitbekommen, wer mein Vater ist, ja?"

„Natürlich. Das ist eine der nervigen, manchmal aber auch sehr praktischen Nebenwirkungen, wenn man in einem so überschaubaren Dorf lebt. Es spricht sich alles sehr schnell herum", antwortete sie und lächelte. „Warum hast du mir früher nie davon erzählt?"

Sie sah sie aufrichtig an. „Ich wollte einfach ein von Grund auf anderes Leben."

„Das ist doch keine Antwort auf meine Frage, Sina. Vielleicht hätte ein Gespräch dir gutgetan." Ruth beugte sich vor und legte ihre Hand auf Sinas. „Ich wundere mich nur, dass du es nie erwähnt hast. Wir haben über so viele Dinge geredet. Über Gott und die Welt, aber darüber nicht."

„Vielleicht weil es so wahnsinnig schwer ist, das so auszudrücken, dass es sich nicht völlig dämlich anhört, das war sicher ein Grund, warum ich nie darüber gesprochen habe." Sie seufzte und trank einen Schluck von ihrem Kaffee, bevor sie fortfuhr: „Weißt du, alle stellen es sich immer himmlisch vor, als Tochter eines schwerreichen Vaters aufzuwachsen, aber die Wahrheit sieht völlig anders aus."

„Inwiefern? Magst du es mir erklären?"

Sina trommelte mit den Fingern auf dem Tisch herum, nahm einen weiteren Schluck vom Kaffee und sah Ruth direkt in die Augen. „Weil es, verdammt noch mal, hochgradig belastend ist, wenn du praktisch schon mit deiner Geburt das Recht abgibst, das Leben zu führen, das deinen eigenen Neigungen und Wünschen entspricht. Und damit meine ich jetzt nicht nur die Privatschulen, auf die ich niemals gehen wollte; auch nicht das maßlos teure und aus Sicherheitsgründen völlig abgeschiedene Internat in der Schweiz, auf dem mir Gleichaltrige begegnet sind, mit denen ich mich unter normalen Umständen nie und nimmer freiwillig abgegeben hätte. Von den nervtötenden Pflichtbesuchen bei oder von Leuten, die einem selbst völlig egal, aber für deinen Vater ungemein wichtig sind, will ich gar nicht erst anfangen. Das war viel zu oft ein einziges Schaulaufen. ‚Seht her, mein kostbares Töchterlein, ist sie nicht reizend?' Bei jeder sich bietenden Gelegenheit hat er mich wie eine Trophäe der vermeintlich guten Gesellschaft präsentiert." Wieder stieß sie ein Schnauben aus. Dieses Mal klang es verärgert, und ihre Miene drückte Verbitterung aus. „Es gäbe noch eine Menge anderer Beispiele, aber ich verkneife mir weitere Ausführungen, sonst kommst du doch noch zu dem Schluss, ich jammere auf Luxusniveau, das ist es nämlich nicht, aber genau das macht es auch so schwer, darüber zu sprechen."

„Wie ich vorhin schon sagte, dafür kenne ich dich zu gut."

Sina lächelte. „Ich danke dir, aber ich hab halt meine Erfahrungen gemacht. Vielleicht habe ich auch deshalb irgendwann damit begonnen, meinen familiären Hintergrund möglichst für mich zu behalten. Weißt du, Ruth, mein Vater ist kein schlechter Mensch, und ich zweifle auch nicht daran, dass ich ihm wichtig bin. Seine Liebe für mich hat jedoch niemals ausgereicht, um akzeptieren zu können, dass ich weder an dem Vermögen noch an seinem ach so kostbaren Lebenswerk interessiert bin. Ich bin nicht die Pralinen-Prinzessin, die er sich als Tochter erträumt hat. Er war einfach nicht in der Lage, hinzunehmen, dass ich einen anderen Plan für mich verfolge, als das Unternehmen zu leiten und einen Mann nur seines Standes wegen zu heiraten. Meine Wünsche waren ihm vollkommen egal."

„Er wollte also, dass du irgendwann die Firma führst?"

„Das war sein Plan, ja. Er wollte es nicht nur, er hat schlicht vorausgesetzt, dass ich es tun würde, das ist ein großer Unterschied. Wie gesagt, was ich für mein Leben wollte, war ihm einerlei. Er hat mich noch nicht einmal danach gefragt; entsprechende Diskussionen über das Thema ließ er gar nicht erst zu."

„Und deshalb hast du dich früher als üblich abgenabelt, nehme ich an."

„Es ging nicht mehr mit uns, deshalb habe ich irgendwann durchgesetzt, dass ich bei meiner Tante Regine leben durfte. Zu meiner großen Überraschung gab er nach. Wahrscheinlich hielt er diese Lösung für das kleinere Übel, denn ich machte keinen Hehl daraus, dass ich ansonsten bei nächster Gelegenheit auf Nimmerwiedersehen verschwinden würde. Wahrscheinlich hatte er einfach nur Angst, ich könnte bei irgendeiner indischen Sekte landen oder so ähnlich."

„Wenn ich mich richtig erinnere, hast du deine Tante sogar mal erwähnt."

„Kann schon sein. Regine ist die jüngere Schwester meines Vaters. Nach dem Tod meiner Mutter ist sie für einige Zeit zu uns gezogen und hat sich um mich gekümmert. Auch wenn es ihr meinem Vater gegenüber oft am nötigen Selbstbewusstsein fehlt, ist sie ganz in Ordnung, und ich mag sie. Sie hat mich auch sofort in meinem Berufswunsch bestärkt. Ich wollte niemals etwas anderes tun, als Krankenschwester zu sein. Während meiner gesamten Ausbildung hab ich bei Regine gewohnt. Als ich Falk kennenlernte, zog ich allerdings recht schnell zu ihm."

„Und dein Vater? Wie ist heute dein Verhältnis zu ihm?" Ruth nahm ebenfalls einen Schluck Kaffee. „Du weißt, dass du mir nicht antworten musst, wenn du es nicht möchtest."

„Kein Problem, jetzt habe ich ja ohnehin schon fast alles erzählt. Seit Falk und ich geschieden sind, haben mein Vater und ich wieder etwas mehr Kontakt miteinander. Allerdings sehen wir uns kaum. Höchstens an den Geburtstagen und zu Weihnachten. Zumindest telefonieren wir dann und wann. Selbst er hat offenbar begriffen, dass es nur zu Spannungen führt, wenn wir uns zu sehr auf die Pelle rücken." Sina stieß ein kurzes, bitteres Lachen aus. „Weißt du, er konnte Falk nie leiden. Das heißt, so stimmt das eigentlich nicht. Er konnte nur nicht verwinden, dass ich keinen Mann aus der Kategorie der drei großen As geheiratet habe, wie er es gerne genannt hat. Stattdessen habe ich mich für einen einfachen Mechaniker entschieden, der in seiner kleinen Werkstatt an alten Autos herumschraubt und davon eher schlecht als recht leben kann. Das war für meinen Vater wie ein Schlag in die Magengrube."

„Die drei großen A? Was soll das denn sein?"

„Na, einen Anwalt, Arzt oder bestenfalls einen Adligen." Sie lachten beide.

„Ach, herrje!" Ruth verdrehte die Augen. „Das Töchterlein sollte also möglichst standesgemäß heiraten ... und an einen Arzt hättest du ja bei der Arbeit sogar leicht geraten können."

„Ja, das war ihm total wichtig. Vor allem stand für ihn fest, dass es ein Mann sein musste, der eigenes Geld oder zumindest einen untadeligen Ruf und ein passendes Image mitbringt. Er wollte damit auch vermeiden, dass ich einem Kerl ins Netz gehe, der nur auf unser Vermögen aus ist, wie er immer wieder gerne betonte. Nun ja, zu einem der drei großen A ist es dann doch nicht gekommen. Stattdessen ist es in den Augen meines Vaters ein ziemlich kleines a geworden. Darüber haben Falk und ich manchmal Witze gemacht. Schließlich ist er ja Automechaniker." Sina lachte, aber es wirkte noch immer ziemlich bitter.

„Mein Vater wurde jedenfalls nicht müde, mir vorzuwerfen, was für ein Fehlgriff dieser Falk Dehlbrück doch sei und dass ich mit meiner Beziehung zu dem Mann seine schlimmsten Befürchtungen wahr gemacht hätte. Für ihn war mein Freund nicht viel mehr als einer der nichtswürdigen Mitgiftjäger, vor denen er mich stets gewarnt hatte."

„Lass mich raten, damit hat er dich erst recht in die frühe Ehe mit Falk gedrängt."

Sina nickte und verdrehte die Augen. „Und ich bin nicht unbedingt stolz darauf, Ruthchen. Vielleicht hätte ich Falk unter normalen Umständen überhaupt nicht geheiratet, wer weiß. Ich war halt ein elender Trotzkopf."

„Nun, das bist du noch, aber wenn du mich fragst, macht das einen nicht unerheblichen Teil deines Charmes aus, meine Liebe."

„Wie ging es übrigens Isabell heute Morgen?", wechselte Sina das Thema.

Wie sich in den vergangenen Tagen herausgestellt hatte, entwickelte sich die Schwangerschaft ihrer gemeinsamen Freundin leider alles andere als angenehm und problemlos. Ruth schüttelte den Kopf und seufzte laut auf. „Bevor ich zu dir gekommen bin, hab ich kurz mit Kjell telefoniert. Er sagte, die Nacht war furchtbar für sie. Ich hoffe, wir bekommen das mit den üblichen Mitteln schnell wieder in den Griff. Isa tut mir unendlich leid, und der arme Kjell kriegt sich kaum noch ein vor lauter Sorge."

„Das klingt überhaupt nicht gut. Wenn ich etwas tun kann, lass es mich bitte sofort wissen, Ruth, hörst du! Und sag auch Kjell, dass er mich jederzeit anrufen kann, wenn er meine Hilfe benötigt."

„Ich bin sehr froh, dass du hier bist, Sina. Das wollte ich dir die ganze Zeit schon sagen. Wie du weißt, arbeite ich sehr gerne mit dir, und Kjell geht es ebenso. Er macht ja auch keinen Hehl daraus, dass er dich und deine Arbeit sehr schätzt. Wir haben dringend jemanden wie dich gebraucht, aber das ist dir ja nicht verborgen geblieben. Du hast dich hervorragend in den Praxisalltag eingefügt, aber im Grunde habe ich auch nichts anderes von dir erwartet."

Sina schien sich sehr über das Lob zu freuen. Sie strahlte. „Ich danke dir. Das hat gutgetan, Ruth. Ja, die Arbeit in der Praxis ist toll und so ganz anders als die im Krankenhaus. Ehrlich gesagt bin ich vor allem deinem Ruf gefolgt, um Abstand von meinem alten Leben und dem elenden Kummer zu bekommen. Seit ich in Lunau bin, geht es mir von Tag zu Tag besser. Nicht nur wenn es um die Arbeit geht, auch die Menschen, die ich hier kennenlernen durfte, möchte ich nicht mehr missen. Lu und Isa sind mir so wunderbare Freundinnen geworden."

„Süße, du kommst doch klar mit alldem, oder?", fragte Ruth bewusst vorsichtig. „Ich meine, mit Isas Schwangerschaft", fügte sie hinzu.

Erneut wurde Sinas Miene ein wenig ernster. Sie nickte. „Mach dir keine Sorgen um mich, Ruth. Wie ich schon sagte, geht es mir seelisch deutlich besser als noch vor einigen Wochen in Hamburg. Zu meiner eigenen Überraschung komme ich hier tatsächlich immer mehr zur Ruhe. Ich habe eben nicht übertrieben. Dieses Haus, das Dorf und seine Menschen sind Balsam für meine Seele."

„Gut. Ich habe gehofft, dass du das sagst." Noch einmal tätschelte sie Sinas Hand. „Geh möglichst viel in die Natur, wenn du dir etwas Gutes tun willst. Ich habe bereits miterlebt, dass diese Landschaft wahre Wunder vollbringen kann. Weißt du, hier gibt es einige Menschen, denen es aus den verschiedensten Gründen schlecht ging, bevor sie herkamen oder auch wieder hierher zurückkamen. Das Dorf kann einige Geschichten erzählen, und die allermeisten davon finden ein gutes Ende."

Nachdem Ruth gegangen war, räumte Sina das Geschirr weg und brachte die Küche wieder in Ordnung. Plötzlich war ihr tatsächlich nach frischer Luft und einem kleinen Spaziergang zumute. Als hätten Ruths Worte eine magische Wirkung, zog es sie nach draußen. In den letzten Stunden war das Wetter deutlich besser geworden, und die Wolken ließen sogar dann und wann einen Sonnenstrahl hindurch. In den vergangenen Wochen hatte Sina ihre Umgebung bereits Stück für Stück erkundet, aber heute wollte sie sich endlich einmal die schöne alte Scheune ansehen, von der alle so schwärmten. Bewusst wich sie vom direkten Weg ab und spazierte langsam und gemächlich durch die Heidelandschaft.

Jedes Mal, wenn sie das tat, verspürte sie den Wunsch, noch immer hier zu sein, wenn die Heide erneut zu blühen begann. Zuletzt hatte sie die Heideblüte als Kind erlebt. Obwohl sie jahrelang nicht mehr daran gedacht hatte, war die Erinnerung an einen besonderen Sonntagsausflug mit ihrem Vater plötzlich zurückgekehrt. Es war ein herrlicher Spätsommertag gewesen, an dem die Stimmung seltsam gelöst gewesen war und ihr Vater ihr sogar einen Wunsch erfüllt und mit ihr durch die Heide spaziert war. Sina erinnerte sich genau an die berauschende und unnachahmliche Farbenpracht der Heideblüte. Natürlich gab es auch in Hamburg Beete oder Blumenkästen, in denen die typische Erika oder auch weiße und rosafarbene Schneeheide angepflanzt wurde, doch das war kein Vergleich mit dem Erlebnis, inmitten einer natürlich blühenden Heidelandschaft zu stehen. Doch sogar jetzt, kurz vor dem Winter, hatte die Landschaft ihren ganz eigenen Reiz, und Sina genoss es sehr, den würzigen Duft des immergrünen Wacholders einzuatmen und über die sanften Bodenerhebungen zu spazieren.

Meine neuen Freunde haben nicht übertrieben, dachte Sina, als sie einen Reitweg kreuzte und bei der alten Lunauer Scheune ankam. Begeistert sah sie sich um. Das weiß getünchte Gebäude und der hübsche Pavillon, der direkt dahinter in einem herrlich verwunschenen Garten lag, wirkten fast wie ein romantisches Gemälde und hätten auch hervorragend in ein altes Märchenbuch gepasst. Sie konnte sich sehr gut vorstellen, wie himmlisch sich dieser Ort im Sommer darstellte, wenn ringsherum der Holunder in voller Blüte stand und die Sommersonne hier und da durch das grüne Blätterdach blitzte. Es war sehr leicht nachzuvollziehen, dass die Lunauer es liebten, gerade hier ihre Familienfeste zu feiern.

Sina umrundete den romantisch anmutenden Pavillon, ging hinein und setzte sich einen Moment auf die kreisrunde Bank im Inneren.

Um Ruth nicht unnötig Sorgen zu bereiten, hatte sie vorhin ein wenig geflunkert. Natürlich riss Isabells Schwangerschaft ein paar alte Wunden wieder auf. Wunden, die ohnehin niemals ganz verheilen würden. Allein bei dem Gedanken an ihr eigenes Baby wurde Sina die Kehle eng. Sie hatte sich wie verrückt auf ihr Kind gefreut, hatte in ihm einen neuen Sinn gesehen, den sie sich damals für ihr Leben so sehr erhofft hatte. Doch dann war es zu einem verhängnisvollen Streit mit Falk gekommen, und sie war die Treppe hinuntergestürzt. Danach war nichts mehr wie vor dem Unfall gewesen.

Erst gestern Abend hatte sie lange mit Falk telefoniert. Zum ersten Mal seit Wochen war sie sogar froh über seinen Anruf gewesen. Denn im Augenblick schien er der einzige Mensch zu sein, der ihren Schmerz verstand. Schließlich hatten sie beide das Baby verloren.

Sina schreckte zusammen, als sie plötzlich das dumpfe Geräusch von Hufen und gleich darauf das Schnauben eines Pferdes wahrnahm. Noch bevor sie den Reiter erkennen konnte, sagte ihr bereits eine innere Stimme, dass es Philip war. Ihr Herz begann schneller zu schlagen, und sie atmete noch einmal gründlich durch, um sich für die Begegnung zu wappnen. Die Nacht, in der er so überraschend offen in Worte gefasst hatte, dass er sie begehrte, war nun zwei Wochen her, und seitdem waren sie sich, in stiller Übereinkunft und soweit dies möglich gewesen war, aus dem Weg gegangen.

Wenn sie überhaupt mit ihm gesprochen hatte, waren stets sein Großvater oder Anke dabei gewesen, und es war ausschließlich um berufliche Belange und Helges Gesundheit gegangen. Auch wenn er ihr am nächsten Tag den Blumenstrauß mit der kurzen, aber aussagekräftigen Nachricht geschickt hatte, schloss sie aus seinem Verhalten, dass sein freimütiges Geständnis ihm inzwischen furchtbar unangenehm war. Vielleicht war sein Interesse an ihr nur eine Art Strohfeuer gewesen, das, bedingt durch die Erinnerung an ihre frühere Begegnung, wieder kurz aufgeflackert war.

Dumm war nur, dass er mit seinen Worten ihr Begehren nur noch mehr befeuert hatte. Sie fand ihn einfach überwältigend anziehend, so überwältigend, dass sie kurzatmig wurde, sobald er in ihrer Nähe auftauchte.

Ihn jetzt wieder auf einem Pferd vor sich zu sehen, machte es nicht leichter. Die Bilder vom letzten Mal, als er das scheuende Tier beruhigt und dabei so wahnsinnig sexy ausgesehen hatte, waren noch viel zu lebendig in ihrer Erinnerung. Wie zum Trotz rissen in diesen Sekunden die letzten Wolken auf, und die Sonne tauchte ihn und den wunderschönen schwarzbraunen Wallach in ein seltsam goldenes Licht.

„Sina! Was für ein schöner Zufall!", rief er ihr zu, als er sie seinerseits erblickte. Sofort zügelte er das Pferd und stieg ab.

„Hi", antwortete sie und räusperte sich. Sie sah zu, wie er das Tier an einem der hinteren Pfosten des Pavillons festband und mit einem verhaltenen Lächeln auf den Lippen auf sie zukam. Beim Näherkommen zog er die Reithandschuhe aus und stopfte sie in die Seitentasche seines cognacfarbenen Lederblousons.

„Du gönnst dir also auch einen kleinen Sonntagsausflug, ja?"

„Wie du siehst. Diesen Ort hier wollte ich mir schon die ganze Zeit ansehen, und ich muss sagen, er ist wirklich märchenhaft schön. Der Pavillon ist ein Traum!" Sie hoffte, dass das Lächeln auf ihrem Gesicht nicht zu angestrengt oder gar aufgesetzt erschien.

„Ja, aber die Scheune sieht auch toll aus, seit Christa sie unter ihren Fittichen hat."

„Du bist deinem Großvater also nicht mehr böse, dass er sie den Lunauern geschenkt hat?"

Sichtlich erstaunt sah er sie an. „Ich war ihm deshalb niemals böse, Sina, im Gegenteil. Bereits in meiner Kindheit war die alte Scheune für das Gut ohne jeden wirtschaftlichen Belang." Er lächelte milde, lehnte sich mit dem Rücken an das Geländer des Pavillons und hakte seine Daumen in die Vordertaschen seiner Jeans. „Mich hat es nur überrascht, dass er sie überhaupt verschenkt hat. Noch vor wenigen Jahren hätte er das wahrscheinlich nicht getan. Ganz im Ernst, ich finde es sogar großartig, dass Christa jetzt endgültig die Alleinherrschaft darüber hat. Inzwischen habe ich in all den unsortierten Stapeln im Arbeitszimmer sogar die passenden Papiere gefunden, man soll es nicht glauben."

Sina mochte es, wenn er sich so locker mit ihr unterhielt. Das entspannte Gespräch machte es leichter, in seiner Nähe zu sein, auch wenn seine beeindruckende Präsenz ihr fast den Atem nahm. „Du magst Christa Loewenthal sehr, nicht wahr?"

„Natürlich mag ich sie. Für mich und Angel ist sie stets eine Art Ersatzmutter gewesen." Er lachte kurz und dunkel auf. „Und wir hatten ihre Zuneigung und ihre erzieherischen Maßnahmen bitter nötig, das kannst du mir glauben. Zwar aus völlig verschiedenen Gründen, aber es war so."

„Angel?", hakte sie ein.

„Ja, Rafael. Entschuldige, das konntest du nicht wissen. Da wir uns heute, zumindest in der Öffentlichkeit, kaum noch gegenseitig so ansprechen, ist dir das wohl noch nicht zu Ohren gekommen. Früher haben ihn alle Angel genannt, weil er … na ja, du bist eine Frau und hast ja Augen im Kopf." Er zog vielsagend die Mundwinkel in die Höhe und zuckte mit den Schultern.

„Hm, stimmt, das passt." Sie musste grinsen. „Er sieht wirklich außerordentlich gut aus." In ihren Augen war Philip weitaus attraktiver als der auffallend schöne Rafael, doch das behielt sie lieber für sich.

„Ja, das muss man als Freund wohl auch neidlos anerkennen. Jedenfalls war Kjell immer der Große, und mich nannten sie aus gegebenem Anlass Baron."

„Passt auch. Kjell ist riesig." Sina lachte gelöst. „Luisa erwähnte irgendwann mal, dass ihr drei schon als Kinder unzertrennlich gewesen seid. Sie sagte, man hat euch die *Musketiere von Lunau* genannt. Das finde ich richtig süß. Ihr habt sicher eine tolle gemeinsame Kindheit und Jugend gehabt, oder?"

Er stieß sich vom Geländer ab und wandte sich ihr zu, verringerte dadurch die Distanz. Sofort beschleunigte sich erneut ihr Herzschlag. Seine Nähe machte sie schwach. „Das haben wir tatsächlich. Egal, was jeder Einzelne von uns ansonsten auch auszuhalten hatte, dass wir zusammen waren, machte vieles leichter."

„Das klingt großartig." Klang sie etwa atemlos? Sie hoffte, dass sie sich täuschte oder dass er es zumindest nicht bemerkte.

„Das war es auch, ist es noch. Seit ich zurück aus den Staaten bin, ist mir erst richtig klar geworden, was mir die letzten Jahre gefehlt hat. Es ist noch gar nicht so lange her, dass ich genau darüber nachgedacht habe. Jedenfalls bin ich ziemlich froh, dass auch Rafael und Kjell wieder in Lunau leben. Ich denke, den beiden ergeht es ganz ähnlich."

„Es ist wirklich schön, wenn man so enge Freunde hat. Mir war das leider nicht vergönnt."

Erneut lächelte er leicht. „Nun, ich weiß, dass sie dich ebenfalls sehr mögen. Mit Isabell und Lu verstehst du dich doch von Beginn an blendend, wenn ich mich nicht irre. Ich denke, die beiden würden dich in jedem Fall als eine gute Freundin bezeichnen."

„Das stimmt natürlich. Ich sehe Isa und Lu inzwischen auch als meine Freundinnen an, aber so lange kennen wir uns ja noch nicht, und wer weiß, wie lange ich noch hier sein werde. Du hast doch sicherlich auch schon erlebt, wie so was abläuft, Philip. Man kennt das doch. Aus den Augen, aus dem Sinn."

Eine Weile blieben sie beide still. Als sein dunkler Blick intensiver wurde, stieg die vertraute Hitze in ihr hoch. „Dann bleib doch einfach", sagte er leise und machte einen weiteren Schritt auf sie zu. „Dann bleib, Sina!"

Kaum einen Augenaufschlag später lag sie bereits in seinen Armen. Philip küsste sie auf eine Art, die jede Nervenzelle in ihrem Körper zum Vibrieren brachte und so den geringsten Anflug von Vernunft einfach verpuffen ließ. Der Kuss war feucht, sinnlich, berauschend und voller Leidenschaft, gab ihr ein erstes Versprechen auf noch mehr und eine schier grenzenlose Wonne, die sie von ihm erwarten konnte, wenn sie es denn zuließ.

Sie hörte Philip leise aufstöhnen und schmeckte seinen Atem. Mit seinem Körper drückte er sie gegen das Geländer, umschloss mit beiden Händen ihren Kopf, während er sie mit dem süßen Spiel seiner Zunge geradewegs um den Verstand brachte und ihren Körper vollends in Brand setzte. Sie bewegte sich, weil sie nicht anders konnte, fühlte schon jetzt die Feuchtigkeit und die pochende Hitze in ihrem Slip. Soweit die dicke Jacke es zuließ, presste sie sich stärker an ihn, suchte seine Härte und wünschte inständig, er würde seine Hände endlich über ihren Körper wandern lassen, dorthin, wo sie es am heftigsten begehrte. Das allein beherrschte ihre Gedanken, und in diesem Augenblick war es ihr auch völlig egal, wo sie sich befanden. Sie brauchte die Erlösung, brauchte in dieser Sekunde nichts mehr als das. Die Lust war grenzenlos, tat fast weh.

„Sina“, flüsterte er schwer atmend an ihren Lippen, während er den Kuss langsam ausklingen ließ. Dann noch einmal: „Sina. Langsam!“

„Philip, bitte! Ich will …“

Innerlich raste sie voran, war vollkommen ihren Gefühlen ausgeliefert, das war nicht schwer zu erkennen. Ihm erging es nicht anders, doch inzwischen war er keine zwanzig mehr. Er würde sich kein zweites Mal einfach von der ekstatischen Leidenschaft leiten und überrennen lassen. Wie ein Ertrinkender um die lebensnotwendige Atemluft kämpfte er nun um den letzten Rest seiner Selbstbeherrschung. „Es ist gut. Ich weiß. Ich will dich ja auch“, hörte er sich atemlos antworten. „Du weißt, wie sehr.“

„Berühr mich, Philip! Ich brauche es. Jetzt!“ Hastig zog sie den Reißverschluss ihrer Daunenjacke auf, griff dann nach seinen Händen, wollte sie auf ihren Körper legen.

Diese Frau war wirklich von einer beeindruckenden Hemmungslosigkeit, wenn es um Sex ging. Das machte ihn schier verrückt. Doch er musste sich beherrschen.

„Sina, nein, nicht so. Nicht hier.“ Keuchend hielt er ihre Hände fest und rückte ein Stück von ihr ab, schnappte mehrmals verzweifelt nach Luft, damit sein Verstand sich nicht doch noch dem brennenden Verlangen unterwarf. „Dieses Mal werden wir es richtig machen, hörst du!“

Sie sahen sich an, atmeten beide schnell, doch nach einer Weile wurde auch Sinas Blick wieder klarer. Er sah ihr an, dass sie plötzlich von einem heftigen Schamgefühl überrollt wurde. Sie wurde puterrot und senkte verlegen den Kopf. Es ging ihm gegen den Strich, dass sie sich womöglich wegen ihrer Gefühle schlecht fühlte.

„Du musst mich für völlig ...“, setzte sie an.

„Nein, das tue ich nicht!“, unterbrach er sie hastig. „Du bist umwerfend, Sina! Ich begehre dich wahnsinnig, will in dir sein, in dir vergehen vor Lust.“ Er versuchte sich an einem Lächeln, um seine Beteuerungen zu unterstreichen. „Ich habe *dich* geküsst, weißt du, nicht umgekehrt.“

Nun lachte sie zaghaft, das erleichterte ihn. Als der Wallach hinter ihnen ein lautes Schnauben ausstieß, löste sich die Anspannung endgültig. „Ich denke, wir können vorerst festhalten, dass wir beide auf der körperlichen Ebene ein wenig zu ungestüm aufeinander reagieren.“

„Oh Philip, du bist wirklich ... speziell.“ Jetzt lachten sie beide.

Kurz wandte er seinen Kopf, um nach dem Pferd zu sehen. „Ich würde behaupten, Oberon hat für heute genug gesehen.“

„Ach, das ist also Oberon?“, fragte sie, die Wangen noch immer gerötet. Sie sah zauberhaft aus.

„Ja, ebenso wie ich brauchte er ein bisschen Bewegung.“ Nicht wenig erstaunt blickte er in den Himmel. Die Wolkendecke hatte sich in rasender Geschwindigkeit zugezogen. Die Sonne war innerhalb von wenigen Sekunden verschwunden, und vereinzelnd flogen nun kleine Schneeflocken durch die Luft. Lächelnd tupfte er Sina einen der winzigen weißen Sterne von der Nase. Er umfasste ihre Schultern und hauchte ihr einen leichten Kuss auf die Lippen, rückte danach aber sofort wieder von ihr ab. „Wenn es dir recht ist, komme ich heute Abend bei dir vorbei.“

Sie lächelte zu ihm auf. „Es ist mir sogar sehr recht, Herr Baron."

„Gegen acht?"

„Perfekt."

Zutiefst besorgt, betrachtete Kjell Loewenthal seine schlafende Ehefrau. Er saß auf der Bettkante und hielt ihre Hand, kontrollierte dabei gleichzeitig ihren Puls. Neben dem Bett stand ein Eimer und auf ihrem Nachttisch eine Kleenex-Box. Isabell litt wirklich grauenvoll, und es brach ihm das Herz, sie so sehen zu müssen und nichts tun zu können, damit es ihr endlich besser ging.

Bereits seit zwei Tagen hatte das Schwangerschaftserbrechen seine Bella voll und ganz im Griff. Weder die leichten Mittel gegen Übelkeit, die er ihr verabreicht hatte, noch die allgemein bekannten Hausmittelchen hatten bisher wirklich geholfen. Natürlich hatte er sie eingehend untersucht, nicht zuletzt, um ernstere Ursachen wie eine Bauchspeicheldrüsenentzündung oder Appendizitis ausschließen zu können, doch bisher gab es zum Glück keinerlei Auffälligkeiten, die auf eine derartige Erkrankung schließen ließen. Auch ihre Hormon- und Stoffwechselparameter hielten sich für eine Schwangere im normalen Bereich. Sogar einen Ultraschall von Nieren und Galle hatte er inzwischen gemacht. Er wollte einfach ganz sicher sein, dass er nichts übersah, das sie oder das Baby in Gefahr bringen könnte.

Ruth, die ja auch ausgebildete Hebamme war, hatte zudem vorgeschlagen, es mit Vitamin-B6-Gaben und Homöopathie zu versuchen, also sorgte er dafür, dass Isabell sowohl das Vitamin als auch die entsprechenden Globuli regelmäßig einnahm. Nun hieß es weiterhin, abwarten, ob seine Frau in den kommenden Stunden ein wenig Erleichterung verspüren würde.

Vor einigen Minuten war sie endlich erschöpft eingenickt. In der vergangenen Nacht war sie kaum zur Ruhe gekommen. Er hoffte, dass sie nun einige Stunden schlafen würde, und im

Augenblick sah es ganz danach aus. Isabell atmete ruhig und gleichmäßig. Auch ihre Gesichtsfarbe wirkte wieder etwas rosiger.

Vorsichtig, um sie nicht aufzuwecken, legte er ihre Hand auf die Bettdecke, erhob sich und zog leise die Schlafzimmertür hinter sich zu. Sein Magen knurrte vernehmlich. Da er seit dem frühen Morgen mit Isabell beschäftigt gewesen war, hatte er noch nicht einmal gefrühstückt, und nun es war bereits früher Nachmittag.

Er war gerade dabei, sich einen großen Becher Kaffee und ein paar Rühreier zu genehmigen, als sein Handy vibrierte. Auf dem Display erschien die Nummer von Ruth.

„Ich war vorhin bei Sina, bin jetzt aber wieder zu Hause, Kjell. Sag Bescheid, wenn ihr mich braucht oder wenn du eine Pause benötigst, dann löse ich dich ab“, bot sie ohne Umschweife an.

Kjell lächelte. Ruth war einfach fabelhaft. „Isabell schläft jetzt endlich“, erwiderte er. „So wie es aussieht, recht tief. Ich hoffe, dass sie das noch ein paar Stunden tun wird, damit ihr Körper sich erholen kann.“

„Na, dann drücken wir mal die Daumen. Sina steht übrigens auch jederzeit zur Verfügung. Sie hat mich ausdrücklich gebeten, dir das zu sagen.“

„Ihr seid großartig! Alle beide! Ich bin froh, dass ich euch habe.“

„Sülz nicht unnötig rum, Doktor.“ Er hörte ihr verhaltenes Lachen. „Sieh zu, dass auch du ein bisschen Ruhe bekommst, hörst du! Wie auch immer, ich schau spätestens heute Abend noch mal bei euch vorbei.“

„Mach das, Ruth. Bis dann.“ Gerade wollte er sein Handy beiseitelegen, da vibrierte es erneut. Es war Luisa, die ebenfalls wissen wollte, wie es Isabell ging. Kjell brachte die beste Freundin seiner Frau kurz auf den neuesten Stand.

„Wir fahren gleich nach Hamburg und kommen erst übermorgen wieder zurück“, teilte Luisa ihm mit. „Rafael hat Montagmorgen einen wichtigen Termin mit diesem stinkreichen

Amerikaner, der seine Elfen-Comics veröffentlicht. Mein Süßer möchte mich gerne dabeihaben. Sollte aber irgendetwas sein oder Isa braucht mich, ruf mich bitte an. Ich springe dann sofort ins Auto und bin schneller wieder hier, als du deinen Namen sagen kannst."

„Mach dir keine Sorgen, wir haben das so weit im Griff."

„Das weiß ich doch, aber in manchen Situationen brauchen Frauen einfach ihre beste Freundin." Kjell hörte an Luisas Stimme, dass sie lächelte. „Also, wenn sie nach mir fragen sollte, melde dich, okay?"

„Versprochen, Lu."

„Warte einen Moment, Kjell. Rafael möchte dich noch kurz sprechen." Es raschelte kurz in der Leitung, dann war sein Freund dran.

„Kommst du klar, mein Großer?", fragte Rafael ohne weiteres Begrüßungsgeplänkel.

„Alles gut."

„Okay. Du weißt ... ein Wort von dir und ..."

„Seht zu, dass ihr loskommt, Angel. Ich bin schon groß."

„Das kann man wohl so sehen. Bis Dienstag und liebe Grüße an dein Goldlöckchen."

„Werde ich ausrichten. Und dir viel Erfolg in Hamburg."

Nachdem sie sich verabschiedet hatten, legte Kjell das Handy neben sich auf den Küchentisch. Kopfschüttelnd sah er auf seinen Teller. Das restliche Rührei war kalt geworden, aber das störte ihn nicht weiter. Er aß auf und erhob sich, um den Teller abzuräumen und sich Kaffee nachzuschenken. Kaum hatte er sich zurück auf seinen Platz gesetzt, vibrierte sein Handy ein weiteres Mal. Kjell seufzte und musste grinsen, als er Philips Namen auf dem Display las.

„Du hast auch noch gefehlt", sagte er, nachdem er das Gespräch angenommen hatte.

„Na, das ist ja mal eine feine Begrüßung." Philips dunkles Lachen erklang. „Wie geht es unserer englischen Rose? Braucht ihr irgendwas? Kann ich etwas für euch, für dich tun?"

Kjell atmete noch einmal tief durch und spulte erneut seinen Text ab.

Eine halbe Stunde nachdem er mit Philip telefoniert hatte, schneite schließlich seine Mutter herein. Christa trug einen Topf mit Hühnersuppe vor sich her, stellte ihn in der Küche auf den Herd und tätschelte seine Wange, als ob er noch immer ihr kleiner Junge wäre. „Für alle Fälle. Das wird euch beiden guttun."

Mit besorgtem Blick sah sie zu ihm auf. „Wie geht es Isa heute? Wie geht es dir, mein Junge? Kann ich sonst noch etwas für euch tun?"

Wortlos schloss Kjell seine Mutter in die Arme, hob sie dabei ein wenig hoch, so wie er es oft tat, einfach weil sie so viel kleiner war als er, und drückte sie fest an sich.

„Huch", kicherte sie. „Alles klar mit dir, Sohn?"

„Alles klar", versicherte er ihr und küsste sie auf die Wange, bevor er sie wieder zurück auf ihre Füße stellte. „Ich habe nur gerade wieder einmal festgestellt, wie verflucht anstrengend und gleichzeitig wunderbar es ist, euch alle zu haben."

Sie lachte und schüttelte dabei den Kopf. „Das klingt irgendwie schräg."

Er musste ebenfalls lachen. „Mama, du bist wunderbar."

Mit klopfendem Herzen verließ Philip das Haus. Da er es kaum noch erwarten konnte, zu ihr zu kommen, nahm er das Auto und stellte es neben Sinas Kleinwagen ab. Sie stand bereits an der Tür, als er ausstieg. Unter dem gelblichen Licht der Außenbeleuchtung verschmolzen für wenige Sekunden ihre Blicke miteinander, dann lächelte sie und sah einfach umwerfend sexy dabei aus.

„Ich habe deinen Wagen gehört", ließ sie ihn wissen, während er näher kam.

Sein Hals fühlte sich plötzlich trocken und eng an. „Hallo", brachte er heiser hervor.

„Hey du", antwortete sie leise, griff nach seiner Hand und zog ihn ins Haus. Sie trug dunkelblaue Jeans und einen kirschroten Pullover, der bis auf ihre Oberschenkel reichte. Das rotbraune Haar fiel ihr offen und in dichten Wellen über die Schultern. Es gefiel ihm, dass sie sich nicht besonders zurechtgemacht hatte, sondern leger und bequem gekleidet war.

„Möchtest du etwas trinken?", fragte sie, nachdem er seine Jacke ausgezogen und aufgehängt hatte. „Ich habe noch eine Flasche von dem Rotwein da, der dir so geschmeckt hat."

Er schüttelte den Kopf. „Wie ist es mit dir? Brauchst du etwas zu trinken?"

Nochmals erwiderte sie seinen Blick. Das Grün in ihren Augen vertiefte sich. „Eigentlich nicht."

Und dann legte sie ihre Arme um seinen Hals, stellte sich auf die Zehenspitzen und streifte mit ihren weichen Lippen ganz kurz seinen Mund. „Nein, ich will nichts trinken", flüsterte sie.

Kurz schloss er die Augen, genoss den prickelnden Moment, empfand das Verlangen nach ihr bewusst und grenzenlos. Er musste schlucken, doch dann sah er sie wieder an und zog sie dicht an seinen Körper, der schon jetzt bis in die letzte Zelle hinein angespannt war. Vom Augenblick völlig gefangen, betrachtete er ihr schönes Gesicht, während er mit den Händen über ihren runden Po fuhr, nach dem Saum des Pullis tastete und ihn bedächtig nach oben schob. Endlich berührten seine Fingerspitzen die nackte Haut ihres Rückens. Er hörte sie aufseufzen, sah, dass sie die Unterlippe zwischen die Zähne zog. Der Anblick war außerordentlich erotisch und befeuerte seine Erregung.

„Küss mich endlich, Philip!"

„Nichts lieber als das."

Genau in diesem Augenblick begann ihr Handy die Melodie eines alten Rocksongs zu spielen. Hörbar frustriert stöhnte sie auf.

„Ignoriere es einfach", bat er sie und bemerkte, wie rau seine Stimme klang. Als sie die Handflächen auf seine Brust legte, stieß er einen leisen Fluch aus.

„Es könnte wichtig sein, Philip. Ich muss drangehen." Während sie bereits auf dem Weg zum Esstisch war, auf dem ihr Handy immer lauter vor sich hin plärrte, atmete er einige Male tief und gründlich durch.

„Ja, natürlich Kjell. Ich bin in spätestens zehn Minuten da."

Dieser Satz ließ Philip vor lauter Frustration laut aufstöhnen.

„Geht es Isabell wieder schlechter?", fragte er, nachdem Sina das Gespräch beendet hatte.

„Nein ... unverändert ... Also, Ruth ist jetzt bei ihr, aber wir haben einen Notfall in der Praxis. Kjell muss einen kleinen Eingriff machen und braucht meine Assistenz. Es geht um ein Kind, das einen Unfall hatte." Eindringlich sah sie ihn an, tastete aber bereits nach ihrer Jacke und schlüpfte in die Stiefel, die neben der Haustür standen.

„Ich könnte dich fahren." Er lächelte ihr bewusst aufmunternd zu, damit sie wusste, dass er mit der Situation klarkam.

„Das wäre toll."

Auch er griff nach seiner Jacke. „Na, dann los!"

Es passte zu Philips Stimmung, dass er, der Situation entsprechend, ein wenig mehr aufs Gas treten konnte. Bis zur Praxis brauchten sie nur ein paar Minuten. „Ich bleibe und warte oben auf dich", rief er Sina noch zu, als sie die Jacke von sich warf und direkt zu den hinteren Räumen eilte, wo sich der kleine OP befand, wie er wusste.

Sie antwortete nicht mehr, wahrscheinlich hatte sie bereits vollständig in den Arbeitsmodus umgeschaltet. Philip kannte sich gut aus im Haus seines Freundes. Er nahm Sinas Jacke, die sie achtlos auf einen der Stühle des Wartezimmers geworfen hatte, und hängte sie zusammen mit seiner an einen der Garderobenhaken neben dem Empfangstresen. Danach machte er sich auf den Weg nach oben in den Wohnbereich von Kjell und Isabell Loewenthal. Da er annahm, dass Isabell im Bett lag, und wusste, dass Ruth ebenfalls in der Wohnung war, klopfte er gar nicht erst, sondern öffnete leise die Tür und ging auf direktem Weg in die Küche.

Ein Kaffee wäre jetzt genau das Richtige für ihn.

Ruth Rogalski saß allein am Tisch und begrüßte ihn lächelnd. „Philip!“ Sie klang überrascht. „Wenn du zu Isabell willst, muss ich dich enttäuschen. Sie schläft.“

„Guten Abend, Ruth! Eigentlich wollte ich mir nur schnell einen Kaffee genehmigen, solange die beiden da unten beschäftigt sind. Ich habe Sina hergebracht.“

„Ah, das ist schön, dann kannst du mir ein bisschen die Zeit vertreiben, während ich auf Isabell aufpasse“, erwiderte die ältere Frau. „Du hast Glück, ich habe gerade Kaffee gemacht, weil ich nicht genau weiß, wie lange das hier noch dauert. Es ist noch genug da. Setz dich doch.“

Sie erhob sich, nahm einen Becher aus einem der Schränke und schenkte Philip aus einer bereitstehenden Thermoskanne ein. Dankbar nahm er ihr den Becher aus der Hand. „Du trinkst ihn ebenfalls schwarz, wenn ich mich richtig erinnere.“

Er nickte. „So ist es. Ich danke dir, Ruth.“ Sofort nahm er einen großen Schluck. Der Kaffee war stark und heiß. Genauso mochte er ihn. „Geht es Isabell etwas besser?“

„Ja, zum Glück! Sie hat in den letzten beiden Tagen furchtbar gelitten. Ich hoffe, dass sie das Schlimmste bald hinter sich hat.“

„Ist das … ähm … normal?“

Ruth zog eine Augenbraue hoch und lächelte. „Bei manchen Frauen kann die erste Zeit durchaus so ablaufen, ja. Zudem gehört Isabell offenbar zu den armen Mädchen, bei denen sich die Übelkeit nicht nur auf die Morgenstunden beschränkt.“

„Das tut mir wirklich leid“, sagte er. „Dieser Zustand muss sehr belastend sein.“

„Du hast also Sina hergebracht?“, wechselte sie das Thema.

„Ja, ich war zufällig gerade bei ihr, als Kjell anrief.“

„Zufällig also?“ Ruth lachte leise.

„Mehr oder weniger.“ Auch er musste lachen.

Einen Moment lang blieb es still in der Küche. „Das Mädel liegt mir wirklich sehr am Herzen, Philip.“

„Ah ja?“ Merkwürdigerweise fühlte er sich gemaßregelt, denn Ruths Stimme hatte plötzlich sehr ernst geklungen. Instinktiv drückte er sein Rückgrat durch.

„Halt, halt!“, warf sie sogleich ein, hob ihre Hände und lächelte warm. „Das sollte jetzt keine Gardinenpredigt werden oder so was in der Art. Du kannst dich wieder entspannen, mein Lieber. Es geht mich auch überhaupt nichts an, was zwischen euch ist. Ihr seid beide erwachsen, und ich … Ach, was rede ich nur. Verzeih mir meine Einmischung, Philip!“

Tatsächlich verschwand das ungute Gefühl sofort. Er spürte, dass Ruth mit ihrer Entschuldigung keine leere Phrase drosch. „Schon gut.“

„Wenn ich etwas eigenartig reagiert habe, liegt es wirklich nur daran, dass ich mich ein bisschen für Sina verantwortlich fühle.“ Ruth erhob sich erneut und schenkte sich Kaffee nach. „Du weißt ja, ich habe sie hergeholt. Wir kennen uns schon einige Jahre, und ich mag sie sehr. Außerdem liegen ein paar wirklich schlimme Zeiten hinter ihr.“

„Ich nehme an, du sprichst von ihrer Scheidung?“, hakte er vorsichtig nach.

„Darüber solltest du lieber mit ihr persönlich sprechen.“

„Natürlich. Ich wollte auch nicht … Also …“

„Ich versteh dich schon, Philip, keine Bange. Du hast nur auf meine Andeutung reagiert, das ist verständlich.“ Ruth lächelte leicht. „Mir war wichtig, dass du generell weißt, dass Sina sich gerade wieder ein normales Leben aufzubauen versucht.“

Er nickte, wenn auch etwas ratlos. Mehr blieb ihm auch nicht übrig.

Es ging schon auf Mitternacht zu, als sie wieder am Ferienhaus ankamen. Philip hatte tatsächlich die ganze Zeit auf sie gewartet, das fand sie rührend. Sina war müde und fühlte sich erschöpft. Der Junge, den sie versorgt hatten, war außerordentlich anstrengend und störrisch gewesen. Minutenlang hatte er sich mit Händen und Füßen gegen die Betäubungsspritzen gewehrt, die Kjell ihm setzen musste. Der temperamentvolle Knabe war zuvor in jugendlichem Übermut in einem Schober unter das Dach geklettert, um von dort aus auf einen alten Heuhaufen zu springen. Da er ein wenig zu weit rechts gelandet war, dorthin, wo sich unter anderem ein Stapel mit Feuerholz befunden hatte, waren Platz- und Schürfwunden die Folge der tollkühnen Aktion gewesen. Zum Glück war das Kind dennoch weitestgehend weich gefallen, und die ganze Sache hatte durch das viele Blut im Gesicht schlimmer ausgesehen, als sie tatsächlich gewesen war. Eine Gehirnerschütterung konnte Kjell schnell ausschließen, und Knochenbrüche lagen auch nicht vor. Stattdessen hatte er dem Unglückswurm zwei hübsche Nähte am Kinn und eine kleinere an der linken Augenbraue verpassen müssen, aber damit würde der Kleine zukünftig sehr gut leben können. Die Nachbehandlung des Jungen, die Gespräche mit den besorgten Eltern und das Aufräumen und Säubern des Praxis-OPs hatten ebenfalls noch Zeit in Anspruch genommen.

„Hinterher hat Kjell dem abenteuerlustigen Burschen von Mann zu Mann versichert, dass später die Mädchen auf die kleinen Narben richtig abfahren werden", erzählte sie Philip lachend, während sie ins Haus gingen. „Kjell kann wirklich wunderbar mit Kindern umgehen."

„Na, dann ist es ja ziemlich praktisch, dass er selbst Vaterfreuden entgegensieht." Philip grinste. „Ich hatte bei meinem Plausch mit Ruth jede Menge Kaffee, aber du bist sicher abgespannt und möchtest gleich schlafen gehen, oder? Sag es mir ruhig, Sina."

Sie wandte sich ihm zu und sah ihm in die Augen. Es gefiel ihr, dass er sich so rücksichtsvoll zeigte. Der Abend war schließlich völlig anders verlaufen, als sie es sich beide erhofft hatten. „Wie wäre es jetzt mit einem entspannenden Glas Wein und ein paar Knabbereien? Anschließend können wir uns immer noch eine gute Nacht wünschen, oder?"

Philip nickte lächelnd. „Nach diesem unvorhergesehenen Zwischenspiel ist das keine schlechte Idee, würde ich sagen."

Kurz darauf saßen sie nebeneinander auf dem Sofa, prosteten sich zu und teilten sich eine große Schale mit Erdnüssen. Während sie sich über verunfallte Kinder, Isabells Schwangerschaftsbeschwerden und ihre Freundschaft zu Ruth unterhielten, legte Philip einen Arm um Sinas Schultern, sodass sie sich entspannt an seine Seite schmiegen konnte. Er machte jedoch keinerlei Anstalten mehr, sie zu verführen, auch das fand sie bemerkenswert. Vollkommen uneigennützig stellte er sich auf die veränderte Situation ein und überließ ihr allein die Entscheidung über den weiteren Verlauf der Nacht, ohne ihr dabei das Gefühl zu geben, dass sie in einen gewissen Zugzwang geraten könnte. So saßen sie eine ganze Weile da und unterhielten sich. Plötzlich war es fast zwei Uhr. Irgendwann hörte sie ihn leise lachen, als sie ein Gähnen unterdrückte. Schließlich nahm er ihr das Weinglas aus der Hand.

„Du gehörst ins Bett", stellte er lapidar fest und rückte sanft von ihr ab. „Ich werde mich dann mal auf den Weg machen."

Im Grunde hatte er recht, sie war wirklich todmüde. Nach ihrem Einsatz in der Praxis hatten der Wein und vor allem seine angenehme Wärme endgültig dafür gesorgt, dass ihr bereits mehrere Male die Augen zugefallen waren. Dennoch widerstrebte es ihr noch immer, ihn gehen zu lassen. Sie fühlte sich viel zu wohl in seiner Nähe. „Bleib doch", flüsterte sie und strich ihm über die Wange, auf der inzwischen die ersten dunklen Bartstoppeln zu sehen waren.

Seine Antwort war ein leises Seufzen. „Lieber nicht, Sina. Du bist völlig erschöpft und brauchst erst mal ausreichend Schlaf. Und ich … Nun, ich würde das nicht gut aushalten können, falls du verstehst, was ich meine." Er lächelte sanft und zwinkerte ihr zu. „Wir sehen uns morgen, okay?"

„Ich muss sowieso noch schnell duschen, und dann bin ich wieder hellwach, versprochen", sagte sie und musste schon wieder ein Gähnen unterdrücken.

Er schüttelte den Kopf und lachte. „Es ist schon fast zwei Uhr, Sina. Wir müssen beide morgen wieder arbeiten. Lass es für heute gut sein. Wir holen diesen Abend nach."

„Du kannst sowieso nicht schlafen, Herr Baron, jede Wette", entgegnete sie kichernd. „Du bist viel zu scharf auf mich." Sie wurde albern. Das wurde sie immer, wenn sie völlig übermüdet war.

„Ich werde ganz wunderbar schlafen", antwortete er mit einem jungenhaften Grinsen auf den Lippen und erhob sich.

„Wirst du wenigstens von mir träumen, mein Schöner?" Auch sie stand auf und tapste hinter ihm her zur Garderobe, wo er sich gerade seine Jacke schnappte und hineinschlüpfte.

„Natürlich werde ich das", versprach er lachend. „Im Übrigen bist du ziemlich überdreht, Sina."

„Ja, das bin ich wohl." Wie ein Teenager gluckste sie in sich hinein, griff nach den Enden seines Wollschals und zog ihn zu sich herunter. „Gib es zu, das findest du drollig, oder?"

„Drollig?" Er lachte und schüttelte den Kopf, aber sie vernahm, dass er tief einatmete, weil sie sich jetzt wieder sehr nahe waren. Gut so! Ihr gefiel das.

„Einen Kuss, ja? Einen richtig feuchten, deftigen Gutenachtkuss, Herr Baron. Wenigstens den könntest du mir noch gönnen, bevor du gehst."

Kaum eine Sekunde später presste er sie tatsächlich an die schmale Wand zwischen Eingangstür und den Zugang zum Wohnbereich. Es war das reinste Vergnügen, am eigenen Leib zu erfahren, wie er die Kontrolle verlor und seine Vernunft innerhalb von kürzester Zeit sausen ließ. Ihre Müdigkeit verflüchtigte sich ebenso schnell wie seine Selbstbeherrschung. Voller Wonne genoss Sina seinen leidenschaftlichen und überraschenden Vorstoß.

Oh ja, sein Kuss *war* feucht und deftig. Mit berauschender Konsequenz erkundete seine Zunge ihre Mundhöhle und fing die ihre ein, holte das brennende Verlangen vom Nachmittag in null Komma nichts zurück. Drängend schlang sie ihr rechtes Bein um sein linkes, versuchte so, noch mehr Nähe herzustellen, und rieb sich an ihm. Sie erinnerte sich daran, wie verrückt ihn das schon damals auf dem Ball gemacht hatte. Tatsächlich stöhnte er auf, und endlich, endlich ließ er seine Hände über ihren Körper fahren. Schon den ganzen Tag hatte sie sich danach gesehnt.

„Ich muss noch duschen", keuchte sie zwischen zwei sehr wilden Küssen.

„Vergiss es", murmelte er, während er einen Arm um ihre Mitte legte und sie schwungvoll zurück in den Wohnraum dirigierte.

„Ich bin völlig verschwitzt", teilte sie ihm kichernd mit.

„Wie herrlich", kam die kurze Antwort. Sie fühlte sein Lächeln an ihren Lippen.

„Du …"

„Still jetzt! Keine Unterbrechungen mehr!"

Als sie im Schlafzimmer angekommen waren, schob er sie direkt zum Bett und gab ihr einen sanften Schubs, sodass sie rücklings auf der Matratze landete. Als Sina ihn ansah, musste sie lachen. Er trug noch immer seine Jacke und den dicken Wollschal.

Beides warf er nun hastig von sich, betrachtete sie mit glühendem Blick. „Die Lage ist ernst, hör auf zu lachen", bedeutete er grinsend und kam auf sie zu. „Und wage es ja nicht, jetzt einzuschlafen!"

Ihr blieb fast die Luft weg vor Lust.

Ohne seinen Blick von ihrem zu lösen, kniete er sich rittlings über ihre Beine und begann ihre Jeans zu öffnen. Sina hob ihren Oberkörper leicht an, zog sich den Pulli über den Kopf und warf ihn beiseite. Ein zarter BH aus transparenter schwarzer Seide betonte die vollen Rundungen ihrer Brüste, ermöglichte einen ersten Blick auf ihre kirschroten Spitzen. Der Anblick ließ ihn nach Luft schnappen. Die Lider halb geschlossen, griff sie nach seinem Gürtel und öffnete ihn mit erkennbar zitternden Fingern.

Sie war wunderschön, wie sie so dalag, mit offenem Haar und verhangenem Blick und den halb geöffneten Lidern.

„Sina." Er griff nach ihren Händen, umschloss ihre Handgelenke und drückte sie neben ihrem Kopf auf die Matratze, dann beugte er sich vor und ließ seine Lippen über die schwarze Seide ihrer BH-Körbchen gleiten, küsste sie, leckte über die durchscheinenden und hoch aufgerichteten Spitzen. Sie stöhnte laut auf, hob ihr Becken an und versuchte, sich erneut an ihm zu reiben.

Sie machte ihn rasend, aber das kannte er ja schon. „Du hast noch entschieden zu viel an", stellte er schwer atmend fest.

„Du auch", gab sie nicht weniger atemlos zurück.

Er erhob sich, beobachtete, wie sie eilig ihre Jeans und den Rest ihrer Wäsche abstreifte. Sofort tat er es ihr nach, nahm noch ein Kondom aus seiner Hosentasche, riss die Verpackung auf und warf es aufs Bett neben sie. Nur Sekunden später lag Sina nackt vor ihm. Seine Erektion pochte heiß, zuckte, als er ihren begehrlichen Blick auf sich spürte.

„Oh ja", stöhnte sie auf, betrachtete ihn und leckte sich die Lippen. „Ich erinnere mich." Sie griff nach dem Kondom. „Lass mich das machen!"

Sie berührte ihn, umfasste ihn, trieb ihn nahezu in den Wahnsinn. Wie berauscht, beugte er sich über sie, ließ seine Fingerspitzen über ihren flachen Bauch wandern und liebkoste gleichzeitig mit Zunge und Lippen ihre nun nackten Brüste. „Du bist umwerfend", raunte er ihr zu und meinte es auch so.

„Philip!" Wieder hob sie sich ihm fordernd entgegen, streichelte die Außenseiten seiner Oberschenkel hinauf und stellte seine Selbstbeherrschung damit erneut auf eine harte Probe. Es war eine einfache und zärtliche Berührung, aber sie machte ihn völlig verrückt.

Wieder strich er über ihren Bauch, ließ seine Finger tiefer gleiten und schob sie sanft über ihren Venushügel. Sie raste, er konnte es sehen und fühlen.

„Oh Philip! Ich brauche …" Einladend öffnete sie ihre Schenkel, und er ließ kurz zwei Finger in sie gleiten, fühlte, wie feucht sie war. Auch für ihn gab es nun kein Halten mehr. Von ekstatischer Lust getrieben, legte er sich auf sie und drang mit einem einzigen langen Stoß vollständig in sie ein. Er empfand eine ursprünglich anmutende erste Befriedigung, als er endlich in ihr war und sie ausfüllte. Zu seiner Überraschung stieß er ein dumpfes Geräusch aus, das einem gedämpften Brüllen gleichkam, erst dann begann er, sich in ihr zu bewegen.

Sie spornte ihn an, forderte alles von ihm, und er gab ihr alles. Als er sich nach einer Weile ein wenig hochschob, um ihre Klitoris stärker zu reizen, kam sie mit einer Wucht, die ihn erschütterte. Überwältigend wild zog sie ihn mit auf einen Gipfel, der ihm viel höher und mächtiger erschien als alles andere, was er jemals zuvor erlebt hatte.

Nur wenige Minuten später lag sie schlafend und dicht an ihn gekuschelt in seinem Arm. Es dauerte nicht lange, bis auch er in tiefen Schlummer fiel.

Sie hatten beide vergessen, dafür zu sorgen, dass sie geweckt wurden. Als Sina erwachte, ließ der Blick auf den Wecker sie sofort hochfahren. Ihre ruckartige Bewegung weckte Philip, der sie allerdings nur kurz aus verschlafenen Augen ansah, lächelte und sofort wieder an sich zog.

„Guten Morgen“, murmelte er mit vom Schlaf noch heiserer Stimme in ihr Haar.

Sanft löste sie sich wieder von ihm, auch wenn es ihr schwerfiel, weil es sich einfach wundervoll anfühlte, in seinem Arm zu liegen. „Ich hätte bereits vor zehn Minuten in der Praxis sein müssen“, sagte sie, küsste ihn kurz auf den Oberarm und erhob sich. „Herrje, ich muss sofort Kjell anrufen.“

„Immer mit der Ruhe. Du hast bis spät in die Nacht hinein für ihn gearbeitet. Er wird dich nicht gleich rauswerfen, nur weil du mal verschlafen hast, Sina.“

Sein Lächeln war wirklich hinreißend. Überhaupt sah er unglaublich sexy aus, wie er da so nackt und mit verwuscheltem Haar in ihrem Bett lag und sich ziemlich eindrucksvoll reckte. Einen Moment lang war sie so gefangen von seinem Anblick, dass sie an Ort und Stelle vor dem Bett stehen blieb und ihn anstarrte.

„Du wolltest telefonieren, Sina!“, sagte Philip augenzwinkernd und lachte. „Du bist wohl noch nicht richtig wach.“

„Ähm … Stimmt. Bin gleich wieder da.“

„Ich verschwinde derweil schon mal im Bad“, hörte sie ihn hinter sich sagen.

Sie zwang sich dazu, sich nicht noch einmal zu ihm umzudrehen, sonst wäre die Versuchung zu groß gewesen …

7. KAPITEL

Hallo, Sina! Schon Feierabend für heute?“, fragte Christa lächelnd. Sina stand vor dem Kühltresen des Buchladen-Cafés und konnte sich nicht entscheiden. Auch wenn Christa im Augenblick allein für das Kuchenangebot sorgen musste, weil Isabell noch immer zu Hause im Bett lag, sah alles sehr verlockend aus.

„Ja, für heute ist Schluss.“ Weiterhin blickte sie ratlos auf die verschiedenen Kuchenplatten. „Ich brauche dringend etwas mit Schokolade. Lu kommt auch gleich, wir sind hier auf einen Kaffee verabredet.“

„Nimm einen Muffin, die sind superlecker“, empfahl Luisa, die wie aufs Stichwort hereinkam. „Da sind Nougat-Pralinen eingebacken. Eine dieser genialen Ideen von Isa. Ein wahres Träumchen, sag ich dir. Ich nehme jedenfalls einen, Christa. Und einen großen Milchkaffee mit ganz viel Schaum hätte ich auch gerne.“

„Überredet.“ Sina nickte und grinste. „Für mich bitte dasselbe, Christa.“

„Dann sucht euch mal einen schönen Platz, meine Lieben.“ Christas Lächeln vertiefte sich.

„Komm“, Luisa zog Sina am Ärmel mit sich in den hinteren Teil des Cafés. „Mein Lieblingsplatz ist frei.“ Sie steuerte zielsicher auf einen kleinen runden Tisch zu, der fast schon im Buchladenteil inmitten der Regale stand. „Ach, ich liebe diesen Platz“, erklärte sie zufrieden, als sie sich hingesetzt hatten. „Hier fühlt man sich wie in einer Bibliothek, nicht wahr?“

„Stimmt.“ Sina musste schmunzeln. Luisas Liebe zu Büchern war ihr inzwischen gut bekannt.

Ihre Freundin atmete seufzend ein. „Ich war eben noch kurz oben bei Isa. Zum Glück geht es ihr etwas besser.“

„Ja, ich war vorhin auch bei ihr. Sie lacht sogar schon wieder und muss nicht mehr ganz so viel würgen, die Arme. Kjell, Ruth und Nux vomica sei Dank.“

„Nux was?"

„Nux vomica. Brechnuss. Isabell nimmt Globuli. Du weißt schon, homöopathische Kügelchen. Bei manchen Menschen helfen die unheimlich gut gegen Übelkeit, und sie schaden auch dem Baby nicht."

„Ah ja. Komisch, die Pflanze heißt Brechnuss, bewirkt aber das Gegenteil. Egal, Hauptsache, es geht ihr besser."

„Dennoch hat Kjell sie noch zur Bettruhe verdonnert", schob Sina nach. „Er ist so rührend besorgt um sie."

Als Christa ihnen den Kaffee und die Muffins brachte, wünschte sie ihnen einen guten Appetit. „Lasst es euch schmecken, ihr zwei. Wenn die da hinten weg sind, kann ich vielleicht noch zu euch, bevor ihr wieder losmüsst", sagte sie flüsternd und deutete mit ihrem Kopf in die andere Ecke des Cafés, wo drei ältere Damen saßen und es sich bei Sahnetorte und Kaffee gut gehen ließen.

„Au ja, das wäre schön", sagte Sina. Sie mochte Christa Loewenthal unglaublich gern.

„Jeder hier liebt sie", ließ Luisa sie wissen. Offenbar hatte sie ihre Gedanken gelesen. „Manchmal glaube ich, Christa hält irgendwie das ganze Dorf zusammen."

„Vergiss Ruth nicht." Sina musste lachen.

„Du hast recht. Wie könnte ich Ruth vergessen." Auch Luisa lachte. „Dann halten eben alle beide dieses Dorf zusammen."

„Wie war es eigentlich in Hamburg?", wollte Sina von ihrer Freundin wissen. „Ihr wart doch zwei Tage dort, oder?"

Luisa nickte. „Ja, aber da gibt es eigentlich nicht viel zu erzählen. Rafael hatte einen beruflichen Termin, der sehr gut für ihn verlaufen ist. Seine Elfen-Comics laufen super, und jetzt denkt sein amerikanischer Auftraggeber über eine Filmversion nach."

„Wow! Das ist großartig."

„Oh ja, das ist es." Luisa teilte mit der Kuchengabel ein Stück von ihrem Schokoladen-Muffin ab und schob es sich in den Mund. „So köstlich!"

„Ja, superlecker!“, bestätigte Sina, die ihren Kuchen ebenfalls genoss.

„Tja, und dann waren wir noch bei einem Makler. Rafael will endlich seine Hamburger Wohnung verkaufen. Wir sind da sowieso so gut wie nie. Und die wenigen Male, die wir nach Hamburg fahren, kann man sich auch ein Hotelzimmer gönnen, falls wir tatsächlich mal dort übernachten müssen oder wollen.“

„Da hast du recht.“

„Sag mal, Sina, wie sieht es denn eigentlich bei dir aus? Bleibst du nun hier, oder verlässt du uns wieder?“

Das tiefe Seufzen kam von Herzen. „Keine Ahnung. Ich habe mich noch immer nicht entschieden. Dem alten Baron geht es deutlich besser, aber wenn es nach Kjell und Ruth geht, müsste ich wohl ganz hierbleiben, um sie weiterhin in der Praxis zu unterstützen. Das ist natürlich auch ein schönes Gefühl. Es tut halt gut, wenn man gebraucht wird.“

„Was sagt denn Philip dazu?“ Luisa legte den Kopf ein wenig schief und lächelte hintergründig.

Sina fühlte sich ertappt, tat aber ungerührt. „Wieso Philip? Was hat der denn damit zu tun?“

„Süße, das ist jetzt nicht dein Ernst, oder? Es ist inzwischen für jedermann hier ersichtlich, dass der Baron wahnsinnig auf dich abfährt.“

„Lu, Philip und ich … Wir …“ Als die Tür des Cafés aufging, brach Sina mitten im Satz ab, denn ihr geschiedener Mann kam plötzlich herein und steuerte im nächsten Augenblick auch schon lächelnd auf ihren Tisch zu. „Falk! Du hier?“

„Ich wollte mal wieder nach dir sehen, Schatz. Nachdem du nicht in deinem Häuschen und auch nicht in der Praxis anzutreffen warst, habe ich es auf gut Glück hier probiert.“ Falk beugte sich zu ihr und gab ihr einen Kuss auf die Wange. „Schließlich kenne ich ja deine Vorliebe für Süßigkeiten aller Art. Das Kaff hier ist ja recht übersichtlich.“

Sie ärgerte sich darüber, dass er Lunau so abfällig als Kaff betitelte, und wollte ihm schon eine passende Antwort geben, beschloss dann aber doch, einfach darüber hinwegzugehen. Er wusste es einfach nicht besser. „Lu, das ist Falk Dehlbrück, mein Exmann. Falk, meine Freundin Luisa Milchert."

„Habt ihr etwas dagegen, wenn ich mich zu euch setze?"

Sina zögerte nur kurz, doch ihre gute Erziehung gewann die Oberhand. „Natürlich nicht", beeilte sie sich zu sagen und schenkte Luisa einen aussagekräftigen Blick, als Falk gerade nicht hinsah, weil er seine Jacke über die Stuhllehne hängte. So viel zu einem netten und ausgiebigen Kaffeeplausch unter Freundinnen, dachte sie leicht genervt. Luisa und sie hatten sich diesen Nachmittag richtiggehend freigeschaufelt, und nun erschien ausgerechnet Falk auf der Bildfläche und machte ihnen einen Strich durch die Rechnung.

Wie erwartet, verabschiedete sich Luisa ziemlich bald. „Ich lass euch dann mal allein", teilte sie ihnen mit, drückte Sina kurz an sich und lächelte ihr verständnisvoll zu.

„Oh, ich möchte Sie auf keinen Fall vertreiben", sagte Falk.

„Das tun Sie nicht", erwiderte Luisa knapp.

„Ich rufe dich später noch mal an", versprach Sina ihrer Freundin. „Wir schauen dann, ob wir nächste Woche etwas zusammen mit Isabell hinbekommen, okay?"

„Alles klar, Süße. Mach dir keinen Kopf." Luisa wandte sich an Falk. „Herr Dehlbrück."

„Frau Milchert, es war mir eine Freude, Sie kennenzulernen." Falk bestellte sich ebenfalls Kaffee und lehnte sich bequem zurück, nachdem Luisa gegangen war. „Eine wirklich hübsche Person, deine Freundin. Tolle Augen!"

„Mach dir keine Hoffnung, sie ist bereits vergeben, und zwar an einen besonders gut aussehenden Kerl."

„Eifersüchtig?"

„Nein, Falk. Ich bin nicht eifersüchtig, und das weißt du."

„Wie geht es deiner anderen, der schwangeren Freundin?"

„Isabell geht es zum Glück etwas besser", antwortete Sina und trank den Rest ihres Kaffees aus. Er war unterdessen zwar kalt geworden, aber das störte sie nicht weiter. Sie hatte jahrelang in großen Kliniken gearbeitet und war daran gewöhnt, ihren Kaffee auch kalt zu trinken, wenn es sein musste.

„Seit unserem letzten Telefonat mache ich mir ein bisschen Sorgen um dich. Die Sache nimmt dich ziemlich mit, oder?"

Sie erwiderte den eindringlichen Blick ihres geschiedenen Mannes und deutete ein Nicken an. Es war bemerkenswert, wie gut er sie doch kannte, und seine aufrichtige Sorge imponierte ihr, das musste sie zugeben. „Ehrlich gesagt, ja. Es ist absurd, das weiß ich. Es besteht überhaupt kein Grund, sich um das Loewenthal-Baby Sorgen zu machen. Das ist wirklich durch und durch unlogisch. Vielleicht liegt es nur daran, dass ich Isabell so gern hab." Sie musste seufzen, und sofort füllten sich ihre Augen mit Tränen. „Mein Verstand findet es ganz furchtbar, dass mich das so belastet, aber er kommt irgendwie nicht dagegen an."

„Ich weiß, Sina, deshalb bin ich ja hier."

Falk und sie sprachen noch eine gute Stunde miteinander. Obwohl Sina noch immer bedauerte, dass er ihren Nachmittag mit Luisa verdorben hatte, war sie nun doch froh darüber, dass er da war. Ihr geschiedener Mann hatte es auf den Punkt gebracht. Durch Isabells Schwangerschaft war vieles wieder aufgebrochen, und es tat ihr gut, dass gerade er jetzt bei ihr war.

Zusammen mit Falk verließ sie wenig später das Buchladen-Café. Er brachte sie in seinem alten VW-Bus nach Hause. Dort angekommen, bat sie ihn herein, und als die Tränen kamen, nahm er sie in den Arm. So, wie er es schon tausendmal zuvor getan hatte. Falk war nun einmal derjenige in ihrem Leben, der genau wusste, wie fürchterlich dieser eine besondere Schmerz in ihr wüten konnte. Manchmal, wenn auch nicht mehr ganz so häufig wie früher, kam der Kummer mit aller Macht zurück. Dann ergriff eine Schwäche von ihr Besitz, die sie hasste und der sie oft ohne Erfolg zu entfliehen versuchte.

„Soll ich ein paar Tage bei dir bleiben, Schatz? Ich könnte das einrichten."

Er beugte sich ihr ein gutes Stück weiter zu, und sein Griff um ihre Schultern wurde fester.

Erst in diesem Moment wurde Sina bewusst, wie nah sie ihm war. Sie wollte auf keinen Fall, dass er das falsch einordnete. Und wenn sie die Situation richtig einschätzte, war er gerade dabei, genau das zu tun. „Nein!“, entgegnete sie hastig und löste sich von ihm. „Ich komme wirklich sehr gut alleine klar, Falk.“

„Wie du meinst.“ Sein Gesicht, das auf eine etwas raue Art durchaus attraktiv war, sprach Bände. „Dann werde ich zumindest ab und zu nach dir sehen.“

„Das brauchst du nicht, Falk. Ich habe dir doch ge…“

„Du wirst mir kaum verbieten können, mir weiterhin Sorgen um dich zu machen, mein Schatz“, unterbrach er sie.

Aus irgendeinem Grund wollte ihr darauf keine vernünftige Erwiderung einfallen. „Hör bitte endlich damit auf, mich dauernd Schatz zu nennen, okay?“

Philip trat abrupt auf die Bremse. Er hatte gerade in die Zufahrt zum Gut einbiegen wollen, als er Falk Dehlbrück erkannte, der ihm in einem alten VW-Bus entgegenkam und etwas zu schnell an ihm vorbeifuhr. Obwohl es im Grunde irrational war, gefiel es ihm nicht besonders, dass Sina noch immer Kontakt zu ihrem Exmann pflegte. Nachdem der klapprige VW-Bus aus dem Sichtfeld seines Rückspiegels verschwunden war, setzte Philip nachdenklich seinen Weg fort, fuhr die Auffahrt entlang und stellte den Rover auf seinem angestammten Parkplatz ab. In gut einer Stunde war er mit Sina im Ferienhaus verabredet, und bis gerade eben hatte er dem Abend mit ihr regelrecht entgegengefiebert. Dass dieser Dehlbrück erneut in Lunau gewesen war, dämpfte seine Vorfreude beträchtlich.

Noch immer in Gedanken versunken, betrat er die Halle des Gutshauses, hängte seine Jacke weg und hielt direkt auf das Arbeitszimmer zu, um ein paar Papiere abzuheften, die er von einem Geschäftstermin in Hannover mitgebracht hatte. Kaum saß Philip an seinem Schreibtisch, vernahm er das gleichmäßige Klackern, das der Gehstock seines Großvaters auf den Fliesen der Halle erzeugte. Kurz darauf klopfte es auch schon an der Tür, und der alte Baron kam herein.

„Helge! Wie geht es dir heute?“

„Mir geht es gut, wenn auch noch nicht blendend. Danke der Nachfrage. Natürlich würde es mir noch viel besser gehen, wenn ich endlich wieder reiten könnte. Oberon wird mich schon vermissen.“

„Jens Tossen und ich sorgen schon dafür, dass Oberon genug bewegt wird. Über ihn brauchst du dir also keine Gedanken zu machen. Wir sollten uns aber wirklich noch einmal in Ruhe über das Reiten unterhalten, Großvater.“

Helge von Hoven zog seine schneeweißen Augenbrauen steil in die Höhe. „Wenn du mich Großvater nennst, wird es nicht selten unerfreulich.“

Philip unterdrückte ein Schmunzeln. „Mal abgesehen davon, dass du im Augenblick noch nicht einmal wieder richtig laufen kannst ... Du weißt genau, dass du überhaupt nicht mehr reiten solltest, Helge.“

„Du meinst, in meinem Alter, oder?“ Unwillig brummte er in sich hinein. „Mein lieber Enkelsohn, solange ich auf ein Pferd steigen kann, werde ich auch reiten, darauf kannst du jede Wette abschließen.“

„Großvater, sei doch bitte vernünftig!“

„Ich bin absolut vernünftig. Das Leben sollte auch Spaß machen, und so furchtbar viel Leben ist für mich nicht mehr übrig, das liegt in der Natur der Sache. Reiten macht mir den größten Spaß und Punkt.“

„Nun lass uns doch erst einmal abwarten, was die nächsten Wochen bringen, Helge. Wir reden noch einmal in Ruhe darüber, sobald du ohne den Spezialschuh und den Stock auskommst, in Ordnung?“

„Papperlapapp!“ Helge wandte sich kurz ab, drehte sich dann aber noch einmal zu ihm um. „Da fällt mir ein ... ist mit unserem Sina-Mädchen alles in Ordnung?“

Philip stutzte. „Äh … ja, soweit ich es weiß. Warum fragst du?“

„Das ist nur so ein Gefühl. Hätte ja sein können, dass ich etwas nicht mitbekommen habe. Sie kommt mir in den letzten Tagen ein bisschen einsilbig vor, das ist alles.“

„Ist sie heute hier gewesen?“

„Ja, gleich heute Morgen. Du warst allerdings schon weg“, erwiderte Helge. Seine Stirnfalten vertieften sich noch ein wenig. „Zuerst haben wir die blöden Übungen gemacht, die dieser nervige Physiotherapeut uns vorgibt. Danach sind wir noch ein bisschen an der Luft gewesen. Du weißt ja, wie das Mädel mich immer durch die Gegend scheucht.“

„Soso, und dabei war sie … einsilbig?“

„Genau. Sie war stiller und wirkte ein wenig in sich gekehrt. So, als müsse sie sich intensiv mit etwas sehr Wichtigem auseinandersetzen. Doch als ich sie darauf ansprach, meinte sie nur, es wäre alles in bester Ordnung.“

„Na, dann wird es auch so sein, Helge.“

„Nun gut. Vielleicht hatte sie auch nur Kopfweh. Frauen haben ja dauernd Kopfweh, wenn es darauf ankommt.“

„Großvater, also wirklich.“

„Apropos Frauen.“ Helges Blick wurde strenger. „Mein Lieber, du solltest endlich mal darüber nachdenken, in den Hafen der Ehe einzufahren. Du wirst auch nicht jünger, weißt du. Die Welt ist doch voller hübscher Frauen, und du kommst ganz nach mir und siehst ja ganz passabel aus. Nun such dir endlich eine, die es mit dir aushält, Junge!“

Am liebsten hätte er die Augen verdreht. Sein Großvater hatte es sich neuerdings zur Aufgabe gemacht, ihn in schöner Regelmäßigkeit auf das Thema anzusprechen. „Sobald ich mich mit Heiratsabsichten trage, werde ich es dich wissen lassen.“

„Wirst du heute zum Abendessen hier sein? Wir könnten später noch eine Partie Schach spielen.“

„Ähm … nein, heute nicht. Ich habe gleich noch einen … Termin.“

„Ah ja." Helges Augen wurden schmal. „Einen Termin also?"
„Ehrlich gesagt ist es eher eine Verabredung mit einer besonders hübschen Frau. Zufrieden?"
Helge nickte jovial und machte Anstalten, zu gehen, doch dann sah er ihn noch einmal an. „Wie war es eigentlich in Hannover?"
„Sehr erfolgreich. Unsere fünf besten Zuchthengste werden von nun an gutes Deckgeld einbringen. Friedrich von Dahlenburg hat reichlich geordert."
„Guter Mann."
„Meinst du von Dahlenburg oder mich?"
„Such es dir aus." Ein verschmitztes Lächeln auf den Lippen, wandte sich der alte Baron ab und verließ Philips Arbeitszimmer.

„Stell dir vor, er nennt sie Schatz. Wie findest du das?" Luisa rührte in einem Topf mit Sahnesoße, während Rafael hinter ihr den Tisch deckte und sie ihm nebenbei von ihrem verkorksten Kaffeekränzchen mit Sina berichtete.
„Na ja, irgendwie einfallslos, aber durchaus nicht ungewöhnlich, würde ich sagen."
„Rafael! Die beiden sind geschieden!"
„Also, ich habe sogar schon gute Freundinnen miteinander reden hören, die sich gegenseitig mit Schätzchen, Süße und so weiter ansprechen." Er grinste und wackelte mit seinen schwarzen Augenbrauen.
„Blödmann, das zählt nicht!" Auch Luisa musste schmunzeln, denn sie wusste natürlich, dass er mit seiner Bemerkung auf sie und ihre Freundinnen anspielte. „Ich finde es jedenfalls ungewöhnlich. Und er betont das auch eigenartig, finde ich. Der will sie zurück, jede Wette."
„Das ist doch nun wirklich Sinas Angelegenheit, oder?"
„Natürlich ist es ihre Sache, aber ich hatte mir eigentlich … na ja, Hoffnungen auf eine leidenschaftliche Romanze zwischen ihr und Philip gemacht, die dann möglichst schnell zu etwas Ernstem wird. Hach, das wäre so schön!"

„Du bist und bleibst meine kleine Romantikerin, Lu." Sein dunkles Lachen löste wie immer ein heftiges Kribbeln in ihrem Bauch aus.

„Mach dich nicht lustig über mich, Rafael Brix." Nebenbei prüfte sie, ob die Nudeln gar waren, und goss sie ab, dann wandte sie sich wieder der Soße zu. „Du musst doch zugeben, Philip und Sina wären ein tolles Paar! Außerdem hast du erst vor Kurzem selbst festgestellt, dass er sie anziehend findet. Es ist doch wohl legitim, sich als Freundin so eine Entwicklung zu wünschen."

„Ja, er fährt höllisch auf sie ab, da bin ich mir sicher, aber das heißt gar nichts. Sobald es um Liebe geht, gibt es kein Wunschkonzert, Kleines, und im realen Leben läuft es eben nicht immer so wie in deinen geliebten Romanen." Er kam zu ihr, stellte sich direkt hinter sie und legte seine Hände um ihre Taille. „Wenn Sina diesen Dehlbrück noch liebt, wird sie höchstwahrscheinlich zu ihm zurückgehen. Scheidung hin oder her. Und wenn es Philip sein sollte, der ihr Herz erobert, dann kriegt ihr Ex sowieso kein Bein mehr auf die Erde, so sehe ich das."

Als er ihr Haar beiseiteschob und ihr einen leichten Kuss in den Nacken hauchte, erschauerte sie und musste kurz die Augen schließen. „Sina ist ein taffes Mädel", fuhr er fort. „Die bekommt das schon hin, da bin ich mir sicher." Wieder küsste er sie. Dieses Mal auf die zarte und sehr empfindsame Stelle direkt unter ihrem Ohrläppchen.

„Du lenkst mich ab, Rafael." Ein verlegenes Lachen entschlüpfte ihr. An manchen Tagen fiel es ihr noch immer schwer, zu glauben, dass dieser umwerfende Mann ganz allein ihr gehörte, denn was das betraf, ließ er niemals einen Zweifel aufkommen.

„Essen können wir auch später noch", murmelte er an ihrem Hals. „Komm schon, Lu!"

„Es ist aber fertig. Die Pasta ist doch schon … Oh Rafael … du bist wirklich unersättlich." Wieder musste sie lachen, als er an ihr vorbeigriff, kurzerhand den Herd ausstellte und den Soßentopf von der Kochstelle zog.

„Wir wärmen alles wieder auf, wenn es sein muss." Sein typisch schiefes Lächeln beeindruckte sie immer wieder. „Okay, ich übernehme das später, versprochen."

„Das war sehr lecker. Ich danke dir", sagte Philip, während er Sina half, das Geschirr abzuräumen.

„Viel mehr kann ich auch nicht kochen", erwiderte sie lachend. „Ehrlich gesagt bin ich eine ziemliche Katastrophe am Herd. Es reicht gerade mal, um nicht zu verhungern."

„Die Scampi hast du jedenfalls perfekt hinbekommen. Es hat toll geschmeckt." Schon während des Essens hatte er immer wieder dem Drang, sie zu berühren, widerstehen müssen. Jetzt zwang er sich, sie nicht sofort auf die vollen Lippen zu küssen. Obwohl er an kaum etwas anderes denken konnte.

„Du kannst wahrscheinlich auch nicht kochen, oder?", wollte sie wissen und legte dabei ihren Kopf etwas schief, was sie sehr süß aussehen ließ, wie er fand.

„Richtig geraten! Auch bei mir reicht es gerade mal so für einfache Gerichte wie Rühreier oder Spaghetti mit Tomatensoße. Ich bin recht froh, dass ich jetzt wieder rundherum in den Genuss von Ankes guter Küche komme und mich nur noch selten selber an den Herd stellen muss."

Als sie sich zu ihm umdrehte und ihn direkt ansah, wirkte ihr Blick nachdenklich. „Ich finde dich eigentlich ziemlich alltagstauglich. Erstaunlich, wenn man deinen familiären Hintergrund betrachtet."

Er stutzte, fühlte sich eigenartigerweise sogar ein wenig angegriffen. „Wie meinst du das denn?"

„Na ja, du bist halt adlig und so." Zu allem Überfluss machte sie auch noch eine wegwerfende Handbewegung und verdrehte die Augen. „Als Kind bist du doch sicherlich furchtbar verhätschelt worden. Ich kann mir gut vorstellen, dass das Hauptaugenmerk deiner Erziehung sich in erster Linie auf die gesellschaftlichen Verpflichtungen richtete, denen du jetzt als Erwachsener ja auch nachkommen musst."

Seit er Falk Dehlbrück im Vorbeifahren gesehen hatte, war er wohl dünnhäutiger als üblich. Jedenfalls ärgerte ihn ihre Andeutung maßlos, ja, sie verletzte ihn sogar. Auch wenn sie die Bemerkung fast nebenbei fallen gelassen hatte, während sie zum Esstisch ging und ihre Weingläser auffüllte. Er musste sich räuspern, bevor er ihr folgte, nach seinem Glas griff und antwortete: „Mir liegt es zwar fern, mich für meine Herkunft zu rechtfertigen, aber ich kann dir versichern, dass mein Großvater durchaus darauf bedacht war, mir eine Erziehung angedeihen zu lassen, die mich in die Lage versetzt, ein völlig normales Leben führen zu können. Dazu gehört dann wohl auch die Alltagstauglichkeit, wie du es so schön ausgedrückt hast."

Offenbar merkte sie, dass sie über das Ziel hinausgeschossen war. „Oh, Philip, ich wollte nicht ... So hab ich das gar nicht gemeint."

„Doch, das hast du, Sina." Ihre lahme Entschuldigung machte ihn zusätzlich wütend. Dabei kannte er sich gar nicht so leidenschaftlich. Er neigte weder zu unbedachtem Zorn noch dazu, allzu empfindlich zu reagieren. Ein weiteres Mal musste Philip sich räuspern. „Ich würde niemals auf die Idee kommen, dich und deinen Charakter nach deiner Herkunft, deiner Familie oder dem sprichwörtlichen Reichtum deines Vaters zu beurteilen, und ich denke, eine so unvoreingenommene Einstellung kann ich somit auch von dir erwarten."

Ihre Miene wirkte betroffen. „Du hast recht. Es tut mir leid. Ich ..."

„Ja, meine Familie besitzt dieses Anwesen", unterbrach er sie barscher als beabsichtigt. „Aber wir arbeiten auch hart dafür, weißt du! Von frühester Kindheit an habe ich gelernt, dass der Besitz des Guts eine Menge Verpflichtungen mit sich bringt und wir für viele Menschen und deren Lebensunterhalt verantwortlich sind." Er atmete tief ein und wieder aus. „Und übrigens unterscheidet uns das in keinster Weise von einem Unternehmer, wie dein Vater einer ist."

„Philip, es tut mir wirklich leid, dass dich meine unbedachte Bemerkung so getroffen hat. Wir haben uns verabredet, weil wir einen schönen Abend miteinander verbringen wollten, und ich habe das jetzt kaputt gemacht."

Sekundenlang sah er sie an und bemerkte, dass ihre Augen leicht feucht wurden. Um Gottes willen! Auf keinen Fall wollte er sie zum Weinen bringen, nur weil seine Nerven ein wenig blank lagen. Weil ihm nicht einfiel, was er jetzt noch sagen konnte, zog er sie einfach an sich und hielt sie fest. „Schon gut", flüsterte er. „Vielleicht wird es Zeit, dass wir uns endlich ein bisschen besser kennenlernen." An seiner Brust fühlte er, dass sie seufzend Luft holte, doch dann schlang sie die Arme um seine Taille.

„Ich wollte mich nicht mit dir streiten, Philip." Sie löste sich etwas von ihm und sah zu ihm auf. Ihre blaugrünen Augen glitzerten im sanften Licht der gedämpften Beleuchtung. Nicht zum ersten Mal stellte er fest, wie wunderschön sie war. „Meine Bemerkung war dumm und ungerecht", fuhr sie fort. „Manchmal passiert mir so was, und das ärgert mich selbst am allermeisten. Du hast vollkommen recht, wenn du sauer auf mich bist, aber hin und wieder kommen einfach ein paar alte Vorurteile wieder hoch."

„Erkläre es mir, Sina." Mit dem Zeigefinger hob er ihr Kinn ein wenig an und strich mit seinem Daumen über ihre verführerisch weiche Unterlippe. „Es muss doch einen Grund geben, warum du von Leuten wie mir so eine denkbar schlechte Meinung hast."

„Oh, ich habe keine schlechte Meinung von dir! Im Gegenteil. Ich mag dich. Du bist … wirklich großartig."

Ihr vehementer Widerspruch brachte ihn zum Schmunzeln. „Du musst nicht gleich übertreiben, Sina."

„Das war die volle Wahrheit, ehrlich."

Auch sie lächelte, das erleichterte ihn. Ohne noch einmal nachzuhaken, beugte er sich zu ihr, um sie endlich wieder zu küssen.

In diesem Augenblick vibrierte sein Handy. Philip hielt mitten in der Bewegung inne und schüttelte leicht den Kopf. „Irgendwer hat offenbar etwas dagegen, dass ich dich küsse. Dauernd funkt uns ein Anruf dazwischen."

„Geh ruhig ran", sagte sie und strich ihm leicht über die Wange. „Ist schon okay. Vielleicht braucht dich dein Großvater."

Philip seufzte, doch dann löste er sich von ihr, griff nach dem brummenden Telefon und meldete sich. Es war Rafael. „Bist du in der Nähe, Baron?"

„Was gibt es, Rafa?"

„Dein Auto brennt lichterloh, Phil. Du solltest dich möglichst schnell hierherbewegen. Die Feuerwehr ist schon vor Ort."

„Scheiße!" Sofort hob er seine Hand und machte eine entschuldigende Bewegung in Sinas Richtung. Deftiges Fluchen gehörte eigentlich nicht zu seinen Gepflogenheiten.

Um möglichst schnell zum Gutshaus zu gelangen, waren sie in Sinas Auto gesprungen und sofort losgefahren. Inzwischen standen sie ziemlich perplex vor der noch rauchenden Karosserie des Land Rovers. Die Feuerwehr war bereits wieder abgerückt; nur Kay Rotenhagen war noch vor Ort geblieben. Rafael und Helge starrten ebenfalls mit ernster Miene auf das völlig ausgebrannte Auto.

Wie sich herausstellte, war es Rafael gewesen, dem der Brandgeruch in die Nase gestiegen war, als er in seinem Schlafzimmer das Fenster geöffnet hatte. Der Wind hatte wohl günstig gestanden. Die hochschlagenden Flammen hatten allerdings bereits den Abendhimmel erleuchtet, als er gleich darauf nach dem Rechten gesehen hatte. Die Feuerwehr hatte nicht mehr viel ausrichten können.

„Die Jungs konnten nur noch darauf achten, dass das Feuer nicht auf umstehende Bäume oder gar das Haus übergreift", informierte Rafael ihn.

Philip nickte. „Gut, dass du sie gleich gerufen hast." Er klopfte seinem Freund auf die Schulter und wandte sich an den Leiter der freiwilligen Feuerwehr von Lunau: „Du meinst also, dass es sich erneut um Brandstiftung handelt, Kay?"

„Da bin ich mir sogar sicher. Wir haben wieder Reste eines Brandbeschleunigers gefunden. Dieses Mal habe ich eine Probe genommen. Übrigens konnten wir eine größere Explosion gerade noch verhindern. Es gab nur eine verhältnismäßig kleine Verpuffung. Wie auch immer, Philip, meiner Meinung nach solltest du wirklich Anzeige erstatten. Erst der Baum, heute am späten Nachmittag der Abfallbehälter im Feriendorf und jetzt dein Wagen. Das sieht mir doch sehr nach Ärger aus."

„Ein Abfallbehälter hat auch gebrannt?", fragte Philip erstaunt. „Davon weiß ich ja noch gar nichts."

„Ach, ich hab vorhin ganz vergessen, dir davon zu erzählen", warf Helge ein, der bereits Pantoffel und seinen roten seidenen Morgenrock trug, unter dessen Saum eine blau gestreifte Pyjamahose hervorlugte. Er drückte kurz das Rückgrat durch, verzog dabei das Gesicht und verlagerte sein Gewicht ein wenig mehr auf den Gehstock, während er sprach. Sicherlich machte ihm das ungewohnt lange Stehen zu schaffen. „War ja eigentlich auch kein großes Ding. Wir sind davon ausgegangen, dass es eine Unachtsamkeit war und jemand eventuell heiße Kaminasche hineingetan hat." Er zog die Stirn in Falten. „Wenn Kay recht hat, könnte sich die Sache natürlich auch anders darstellen."

„Wenn du mich fragst, habt ihr da ein richtiges Problem." Kay schnaufte. „Mein Instinkt ist recht verlässlich, Phil. Sieh zu, dass du Anzeige erstattest, okay?"

Philip nickte. „Du hast recht. Irgendwie habe ich auch kein gutes Gefühl dabei. Nach Zufall oder übermütigen Halbwüchsigen sieht mir das jedenfalls nicht mehr aus. So ein Auto steckt man nicht einfach mal so an, nur weil einen der Hafer sticht. Das könnte unter gewissen Umständen viel zu viel Ärger bedeuten."

„Eben."

„Ich werde dann mal fahren, oder möchtest du noch mitkommen?", fragte Sina, nachdem sich die kleine Gruppe wieder aufgelöst hatte. Sie hatten Helge ins Haus begleitet und ihm angeboten, noch gemeinsam ein Glas Wein oder einen Tee zu trinken, aber der alte Baron meinte, er sei zu müde und würde nach all der Aufregung lieber gleich ins Bett gehen. Lächelnd hatte er ihnen eine gute Nacht gewünscht und sich in seine persönlichen Räume zurückgezogen. Nun standen sie etwas unschlüssig in der Halle und sahen sich an.

„Komm“, erwiderte Philip und schenkte ihr sein entwaffnendes Lächeln. „Du kennst mein Refugium noch nicht, und letzte Woche sind endlich meine restlichen Möbel aus den Staaten eingetroffen. Es wird Zeit, dass ich dir zeige, wie ich lebe.“ Er nahm ihre Hand und zog sie hinter sich her zum Fuß der Treppe.

„Aber dein Großvater ... Er ...“ Als sie ihm ihre Hand entziehen wollte, hielt Philip sie fester.

„Ich wohne oben, Sina. Er ist hier unten. So wie ich ihn kenne, wird er schon in wenigen Minuten in tiefem Schlummer liegen. Er geht immer recht früh ins Bett, wie du ja selbst sehr gut weißt.“ Sein Blick intensivierte sich. „Außerdem wollten wir uns zur Abwechslung doch mal ein wenig unterhalten, wenn ich mich richtig erinnere.“

„Du willst dich mit mir unterhalten? Ach so, das hatte ich glatt vergessen.“ Sie musste lachen, doch er überging ihre schelmische Bemerkung.

Tatsächlich wünschte er sich nichts sehnlicher, als sie wieder nackt und erhitzt in seinen Armen zu spüren, aber dafür wäre immer noch Zeit. Jetzt gab es Wichtigeres. „Vorhin, nach unserem kleinen Disput, habe ich dir gesagt, dass wir uns unbedingt besser kennenlernen sollten, das meine ich vollkommen ernst.“

„Meine Meinung zu einer festen Beziehung hat sich nicht geändert, Philip.“

„Das ist auch gut so. Meine nämlich ebenfalls nicht“, erwiderte er lächelnd. „Ich bin gerne mit dir zusammen, und wir sind inzwischen auch Freunde, hab ich recht?“

„Ja, das hast du. Und übrigens bin auch ich sehr gerne mit dir zusammen.“

„Na dann … Freunde sollten sich schon allein deshalb gut kennenlernen, damit sie mehr Verständnis füreinander aufbringen können, falls es mal ernst wird. So können Missverständnisse einfacher aus der Welt geschafft werden oder kommen bestenfalls gar nicht mehr auf. Also gib mir die Ehre und erzähle mir mehr von dir, ja?“ Während er sprach, zog er sie unaufhaltsam die Treppe hinauf, sodass sie kurz darauf in seinem Wohnzimmer standen.

„Alle Achtung, Philip!“ Beeindruckt sah sie sich um. Das Zimmer war modern, aber ausgesprochen wohnlich ausgestattet. Hier gab es keine kostbaren Antiquitäten wie in den unteren Räumen des Gutshauses, sondern zeitgemäße Kommoden und Tische in schlichten Formen. Eine riesige Wohnlandschaft aus dunkelgrünem Wildleder beherrschte den gesamten Raum. Direkt gegenüber hing ein großer Flachbildfernseher an der Wand. Am anderen Ende des Zimmers führte eine mächtige Doppeltür in sein Schlafzimmer. Die weit offen stehenden Türflügel gaben den Blick auf ein überdimensionales Bett frei, auf dem eine Tagesdecke lag, die der Farbe des Sofas entsprach. Einige große und kleinere Kissen zierten das Kopfende. Alles wirkte sehr behaglich und ausgesprochen geschmackvoll.

„Tu dir keinen Zwang an und schau dich ruhig um“, sagte Philip. „Ich hole uns eine Flasche Wein, dann machen wir es uns gemütlich, einverstanden?“

„Ja, einverstanden“, antwortete sie – schon auf dem Weg ins Schlafzimmer, um es sich genauer anzusehen.

Einige Zeit später saßen sie nebeneinander auf dem breiten Sofa und unterhielten sich miteinander. Sina hatte die Beine unter sich gezogen und es sich in einer der Kuschelecken gemütlich gemacht. Philip saß so, dass er sie direkt ansehen konnte. Er hielt sein Glas in der Hand und trank ab und an einen Schluck, während ihres bereits wieder auf dem Tisch stand, nachdem sie einmal kurz daran genippt hatte. Soeben hatte sie ihm von ihrer Kindheit berichtet. Auch von den Problemen mit ihrem Vater.

„Komisch“, sagte sie. „Jahrelang habe ich nicht darüber gesprochen und jetzt gleich zweimal in kurzer Zeit. Es ist erst ein paar Tage her, da habe ich auch Ruth davon erzählt.“

„Du hattest also keine glückliche Kindheit?“, fragte Philip nach.

„Sagen wir mal, ich war nicht glücklich. Andere an meiner Stelle wären es vielleicht gewesen.“ Ein Seufzen entglitt ihr. „Es ist etwas schwierig, das richtig in Worte zu fassen. Ich komme mir jedes Mal so undankbar vor, wenn ich es versuche. Auch in unserem Land müssen so viele Menschen jeden Euro dreimal umdrehen und ich …“

„Nein, ich verstehe dich vollkommen“, fiel er ihr ins Wort. „Dein Vater hat seinen Reichtum, seinen Einfluss und sein Unternehmen dazu benutzt, dir jede Art von Selbstverwirklichung zu versagen. Er hat dir schlicht nicht zugestanden, eigene Wünsche für deine Zukunft zu entwickeln, weil er eben bereits für dich geplant hatte.“

Erstaunt sah sie ihn an. „Genau!“ Sie musste ihn einfach anlächeln. Er hatte auf Anhieb verstanden, was sie gemeint hatte. „Es war so eine große Erleichterung für mich, als ich mich zuerst räumlich und dann finanziell von ihm abnabeln konnte, das kannst du dir kaum vorstellen. Seit ich eigenes Geld verdiene, habe ich keinen einzigen Cent mehr von ihm angenommen.“

Mit ernster Miene nickte er. „Jetzt fühlst du dich frei?“

„Ja, ich fühle mich frei.“

„Aber du bist seine einzige Erbin, Sina, das kannst du nicht einfach so vom Tisch wischen. Irgendwann wirst du höchstwahrscheinlich das Unternehmen erben.“

Da sprach er etwas an, das ihr früher tatsächlich einige schlaflose Nächte bereitet hatte. „Darüber denke ich eigentlich nicht mehr groß nach. Es gibt verschiedene Möglichkeiten. Erst einmal weiß ich ja gar nicht genau, ob mein Vater mir überhaupt alles vererbt. Wer weiß, was ihm da noch in den Kopf kommt. Und das Vermögen allein wäre für mich nicht das Problem. Mit dem Geld könnte man sehr viel Gutes tun. Schließlich gibt es auch immer noch die Möglichkeit, eine Stiftung zu gründen oder ein eigenes soziales Projekt ins Leben zu rufen. Wie gesagt, darüber denke ich erst wieder ernsthafter nach, wenn es für mich akut wird."

„Was ist eigentlich mit deiner Mutter passiert?" Seine Stimme klang bei dieser Frage ein wenig belegt. „Magst du mir davon erzählen?"

„Sie starb an einer zu spät entdeckten Blutvergiftung, aber da war ich noch im Kleinkindalter. Eigene Erinnerungen an sie habe ich nicht. Ich kenne sie nur von Fotos und aus Erzählungen."

„Das tut mir leid."

„Mir auch. Den Fotos nach zu urteilen war sie sehr schön. Meine Tante Regine hat mir erzählt, dass sie zudem eine ausgesprochen starke Frau war, die alle bewundert hätten. Mein Vater soll sich nach ihrem Tod drastisch verändert haben. Regine meinte, er hätte meine Mutter über alles geliebt und ihren Tod nie wirklich verwunden. Vieles spricht dafür, wenn ich so darüber nachdenke. Eine neue Frau hat es in seinem Leben jedenfalls bisher nicht gegeben. Zumindest keine, von der ich erfahren hätte."

Eine kleine Weile schwiegen sie und hingen ihren Gedanken nach. Philip trank sein Glas leer und stellte es ab, bevor er sie wieder aufmerksam betrachtete. „Und deine Heirat? Hast du damals aus Liebe geheiratet?"

Seufzend holte sie Luft. „Damals war ich durchaus in Falk verliebt, geheiratet habe ich ihn jedoch aus den völlig falschen Gründen. Und ja, ich weiß, auch das ist schwer nachzuvollziehen."

„Finde ich nicht. Du wolltest deinem Vater klarmachen, dass allein du die Herrscherin über dein Leben bist. Außerdem warst du sehr jung. Ich nehme an, da spielte auch ein bisschen der jugendliche Trotz eine Rolle, oder?"

„Sag mal, hast du heimlich in meinen Kopf geschaut oder gar meine alten Tagebücher gelesen, Philip von Hoven?"

Sie lachten beide. Sina beugte sich zu ihrem Glas vor und trank einen kleinen Schluck. „Auch in dieser Hinsicht waren meinem

Vater meine Wünsche stets einerlei", fuhr sie schließlich fort. „Er sprach mir schlichtweg die Fähigkeit ab, mir den richtigen Mann zu suchen. Denn Falk hatte weder Titel noch Geld. Nach den Vorstellungen meines Vaters kam er allein schon deshalb als Ehemann für mich nicht infrage." Sie stellte wieder ihr Glas ab und nickte. „Ja, Philip, ich muss wohl oder übel zugeben, es war vor allem eine Trotzreaktion, dass ich so früh geheiratet habe. Ich hätte das nicht tun dürfen. Es war weder für Falk noch für mich die richtige Entscheidung."

„Eure Ehe war also nicht glücklich?"

„Wie man es nimmt. Im Grunde sind wir sogar sehr gut miteinander ausgekommen." Noch einmal holte sie tief Atem. „Falks kleine Autowerkstatt warf allerdings nicht besonders viel ab, das machte ihn unzufrieden. Ohne mein Gehalt hätten wir es kaum geschafft, das wusste er und kam immer schlechter damit klar. Paradoxerweise war ich es, die mit unserem bescheidenen Leben besser zurechtkam." Sie hielt inne, weil sie nicht recht wusste, ob und wie sie ihm von der Katastrophe erzählen sollte, die ihrer Ehe schließlich das Ende bereitete. Philip nahm ihr vorerst die Entscheidung ab, indem er das Thema wechselte.

„Und der Pralinenball …?"

„Ja?" Innerlich verspürte sie einen sanften Hauch von Erleichterung.

„War das auch so eine Trotzreaktion von dir? Hast du mich nur verführt, weil du gegen deinen Vater aufbegehren wolltest?"

Es war wirklich erstaunlich, wie klar er die richtigen Schlüsse zog und ihre damaligen Beweggründe durchschaute. Einerseits war sie tatsächlich erleichtert, dass er sie nicht weiter über das Ende ihrer Ehe befragte. Andererseits war ihr das Thema Pralinenball mindestens genauso unangenehm, denn heute würde sie sich nie und nimmer mehr so benehmen wie damals. Ihr Verhalten auf dem Ball war furchtbar kindisch, ja pubertär gewesen, das hatte sie praktisch direkt danach erkannt.

„Sina?"

„Er hatte mich wieder einmal gezwungen, auf diesen Ball zu gehen“, begann sie. „Weißt du, wie er die Feste gerne nannte, die er regelmäßig gab? ‚Sondierung der Kandidaten‘! Ich war noch so jung damals, aber er war der festen Meinung, dass wir das Eisen schmieden sollten, solange es heiß ist. Das waren übrigens genau seine Worte.“

„Oh mein Gott!“ Philip beugte sich zu ihr und nahm ihre Hand.

„Jedes Mal, wenn er zu einem Fest einlud, achtete er darauf, dass genügend Männer im passenden Alter eingeladen wurden. Er suchte sie sorgsam aus und ging immer wieder die Gästelisten durch, damit er sicher sein konnte, dass im passenden Alter ausschließlich akzeptable Kandidaten eingeladen wurden. Er überprüfte jeden Einzelnen auf Herz und Nieren, vor allem auf seine Herkunft, sein zu erwartendes Erbe und am liebsten auf Adelstitel, hinter denen noch ausreichend Geld und Besitz standen, um genügend Eindruck zu machen.“

„Ich fasse es nicht. Das klingt irgendwie, als hätte er dich an den Meistbietenden verschachern wollen.“

„Genauso hat es sich für mich auch angefühlt, Philip. Vor dem Pralinenball haben mein Vater und ich besonders heftige Wortgefechte ausgetragen, das kannst du mir glauben.“ Erneut wollte sie sich vorbeugen, um nach ihrem Glas zu greifen, aber Philip war schneller und reichte es ihr. „Danke.“

„Erzähl bitte weiter, Sina.“ Verständnisvoll sah er sie an.

„Direkt nach dem Bankett, das Orchester im großen Saal hatte gerade angefangen zu spielen, nahm mein Vater mich beiseite und hielt mir eine gepfefferte Standpauke. Seiner Meinung nach machte ich ein Gesicht, als würde ich mich zu Tode langweilen, was im Übrigen absolut der Wahrheit entsprach. Er nannte mich sauertöpfisch und schickte mich in den großen Ballsaal. Ich sollte lächeln, flirten, tanzen und gefälligst dankbar dafür sein, dass er mir die Welt zu Füßen legte. Ich war furchtbar wütend auf ihn. Alles in mir begann zu rebellieren. Zunächst nahm ich mir vor, mich einfach nur zu betrinken, um ihn zu ärgern, meinen Ruf zu ruinieren und ihm so einige Peinlichkeiten zu bereiten, aber dann kamst plötzlich du herein."

Philip holte tief Luft. „Das perfekte Opfer?"

„Nein!" Sie setzte sich gerade hin und sah ihm in die Augen. „Nein, Philip! So war es nicht. Ich kannte dich nicht, wie du inzwischen weißt. Natürlich war mir bewusst, dass du höchstwahrscheinlich einer der Kandidaten warst, die mein Vater sorgsam für mich ausgesucht hatte, denn du hattest ja das entsprechende Alter. Doch als ich dich sah ... Ich fand dich attraktiv, sehr sogar. Und so beschloss ich ganz einfach, das Angenehme mit meiner Auflehnung gegen meinen Vater zu verbinden, falls du weißt, was ich meine." Bewusst zärtlich strich sie über seine Wange. „Du hast es vorhin sehr treffend ausgedrückt. Ich fühlte mich verschachert, Philip. Alles, was mein Vater in mir sah, war ein kostbarer Besitz, aus dem er möglichst viel Kapital und Ansehen schlagen wollte, indem ich mich dem richtigen Kerl an den Hals warf. Ja, genauso fühlte sich das für mich an. Damals war ich noch jung und verrückt genug, um mich ganz und gar unmöglich zu benehmen."

„Ich verstehe." Er räusperte sich.

„Als ich dich sah ... Du hast etwas ausgestrahlt, das mich beeindruckte", nahm sie ihren Faden wieder auf. „Du wirktest erwachsener und ... erfahrener als die anderen jungen Männer. Zudem wusste ich sofort, dass du mich ebenfalls bemerkt hattest, kaum dass du den Saal betreten hattest. Die folgenden Minuten waren irgendwie merkwürdig vorhersehbar. Ich wünschte mir plötzlich nichts sehnlicher, als dass du zu mir kommen würdest. Du hast dich angeschlichen wie ein Raubtier auf der Jagd. Ich war fasziniert. Von dir, von der eigenartigen Situation und von meiner Reaktion auf dich."

„Es stimmt, ich war wie gebannt, als ich dich entdeckte", sagte er leise, aber er lächelte nicht. „Du wirktest so geheimnisvoll und warst schön wie ein Gemälde."

Sie musste lächeln. „Und dann hast du mich berührt. Wir haben getanzt. Erinnerst du dich?"

„Ich erinnere mich an jede Sekunde, Sina."

„In meinem Kopf ging alles drunter und drüber. Schon rein körperlich bin ich vorher noch nie so … erregt gewesen."

Philip lachte leise. „Frag mich mal."

„Du warst so herrlich höflich und wohlerzogen. Die ganze Zeit hast du noch versucht, das Unvermeidliche abzuwenden, das hat mir enorm imponiert, forderte mich aber auch heraus."

„Ich weiß." Wieder lachte er, und ihr fiel wieder einmal auf, wie wunderbar warm und voll sein Lachen klang. „Ich habe so mit mir gekämpft, doch das Begehren war übermächtig und dann hat einfach meine Vernunft vor deinem Liebreiz kapituliert."

„Das hast du schön gesagt."

„Warum bist du damals so schnell verschwunden?", fragte er.

„Weil ich mich tatsächlich geschämt habe, Philip. Plötzlich war mir unendlich peinlich, wie ich mich benommen hatte."

„Dann hatten wir ja etwas gemeinsam." Er lachte kurz auf. „Da schlug dann wohl bei uns beiden das Kind-aus-gutem-Hause-Syndrom durch, oder?"

„So wird es gewesen sein." Auch sie musste lachen, denn sie wusste genau, was er meinte. „Ich hatte eigentlich geplant, meinem Vater sofort unter die Nase zu reiben, was passiert war, aber dann fehlte mir doch der Mut dazu, und mir ging so furchtbar viel durch den Kopf. Ich war mir sicher, dass er versuchen würde, herauszufinden, wer der Mann gewesen war, dem ich mich hingegeben hatte. Du und ich, wir hatten kurz vorher noch miteinander getanzt, und mir war das Risiko dann doch zu groß, dass sich vielleicht jemand daran erinnern würde. Eventuell hätte er auch mich in die Mangel genommen, um es zu erfahren. Auch davor hatte ich einen Riesenbammel, denn ich wusste, wie er sein konnte."

Bevor sie fortfuhr, atmete sie tief ein. „Ich kannte noch nicht einmal deinen Namen, Philip, und hätte nur mit dem Finger auf dich zeigen können, doch das erschien mir einfach zu … schmutzig. So wie es zwischen uns gewesen war, hätte ich mir das niemals vorstellen können. Ich wollte nicht, dass du irgendwelche Schwierigkeiten bekommst." Sie fühlte, wie ihr Gesicht heiß wurde.

Wieder blieben sie einige Zeit still. „Ich habe dich überall gesucht, nachdem du gegangen warst", gab Philip schließlich zu, und sie bemerkte, dass ihm das Geständnis nicht ganz leichtfiel. „Jeden Saal bin ich Stück für Stück abgelaufen, aber du warst wie vom Erdboden verschwunden."

„Mein Vater hatte für die Ballnacht Zimmer für uns im Hotel gebucht. Meiner Tante hatte ich gerade noch so im Vorbeigehen zugeraunt, dass ich mich nicht wohlfühlte, und bin dann sofort zu den Fahrstühlen gelaufen. In meinem Zimmer habe ich mich dann sozusagen bis zum nächsten Morgen verschanzt. Mein Vater war natürlich stocksauer und hat mir jede Menge Vorhaltungen gemacht, aber das kannte ich ja von ihm. Sobald ich nicht so funktionierte, wie er es sich wünschte, wurde er stets wütend."

Seufzend strich sie sich eine Haarsträhne aus dem Gesicht. „Für mich war der Ball, vor allem unsere ... Begegnung, irgendwie richtungsweisend. Dieser Abend hat mich auf eine Art erwachsener werden lassen, die ich nicht wirklich erklären kann. Jedenfalls habe ich mich von da ab stets widersetzt und an keinem einzigen Fest meines Vaters mehr teilgenommen."

„Ich übrigens auch nicht." Er lächelte. „Aber ich habe noch oft an den Abend gedacht." Mit dem Daumen strich er leicht über ihren Handrücken.

„Ja, ich auch." Nach einem kurzen Blick auf ihre Armbanduhr sah Sina ihn wieder an. „Es ist spät geworden, Philip, und ich habe morgen Frühdienst in der Praxis und muss schon um sechs aufstehen. Wir haben zwar noch gar nicht über dich gesprochen, aber ich glaube, ich muss jetzt noch ein paar Stunden schlafen."

„Ehrlich gesagt bin ich auch rechtschaffen müde. Den ganzen Tag habe ich bei einem wichtigen Geschäftstermin in Hannover verbracht, das war kein Spaziergang. Was hältst du davon, wenn wir unsere Unterhaltung morgen Abend fortsetzen?"

Sie nickte, entzog ihm ihre Hand und erhob sich, um in ihre Schuhe zu schlüpfen. „Das wäre schön."

„Gut, dann machen wir es so." Er stand ebenfalls auf. „Da wir heute festgestellt haben, dass wir beide keine besonders einfallsreichen Künstler am Herd sind, wäre es mir eine Ehre, dich zum Essen auszuführen, einverstanden?"

„Gerne! Aber bitte erspare mir jedes Schickimicki-Restaurant! Diese überkandidelten Läden mag ich überhaupt nicht. Mir wäre es am liebsten, ich könnte Jeans tragen und eine leckere Pizza verdrücken."

Sein Lächeln löste tief in ihrem Bauch ein angenehmes Kribbeln aus. „Das geht in Ordnung."

Zusammen gingen sie nach unten. Philip half ihr in die Jacke und brachte sie hinaus zu ihrem Wagen. Dort zog er Sina an sich und gab ihr einen kurzen und sehr zärtlichen Kuss. Dennoch glaubte sie die Leidenschaft zu spüren, die er dabei im Zaum zu halten schien. Im sanften Licht der Außenbeleuchtung verschmolz sein samtiger Blick mit ihrem.

„Ich würde dich gerne noch viel länger küssen, aber dann kann ich dich nicht mehr gehen lassen", flüsterte er ihr zu und bestätigte damit ihre Vermutung. „Schlaf gut, Sina!" Noch einmal streifte sein Mund flüchtig ihre Lippen.

„Schlaf gut, Philip", flüsterte sie. Sie fühlte eine warme Zärtlichkeit für diesen Mann in sich aufsteigen. Am liebsten wäre sie geblieben.

8. KAPITEL

Ein unvorhersehbarer Geschäftstermin, dem Philip nicht ausweichen konnte, machte ihnen am nächsten Abend einen Strich durch die Rechnung. Während eines kurzen Telefonats kamen sie überein, ihre Verabredung zum Essen auf das kommende Wochenende zu verschieben. Wie sich schon bald herausstellte, sollte jedoch auch das nicht klappen, denn eine heftige Grippewelle legte innerhalb von wenigen Tagen das halbe Dorf lahm, und auch Sina fing sich, offenbar während ihrer Arbeit, das gemeine Virus ein. Kjell verschrieb ihr die üblichen Medikamente zur Linderung und verordnete ansonsten strikte Bettruhe. Leider traf es auch die ohnehin schon gebeutelte Isabell, der es gerade erst wieder ein wenig besser gegangen war, und auch Christa musste auf Anraten ihres Sohnes das Bett hüten. Das Ganze ging sogar so weit, dass die kleine Grundschule von Lunau für einige Tage geschlossen werden musste, denn auch der Lehrkörper und die überwiegende Zahl der Kinder blieben nicht verschont.

Im gesamten Dorf machte sich eine eigenartige Stille breit. Kjell und Ruth hetzten derweil noch unermüdlich von einem Haus zum anderen, um sich um die Erkrankten zu kümmern. Unterstützt wurden sie dabei tatkräftig von Luisa, Rafael und Philip, die halfen, wo sie nur konnten und wann immer es ihnen möglich war.

Sina lag mit einem Schal um den Hals in ihrem Bett und verwünschte ihren Zustand aus tiefstem Herzen. Sie hasste es, wenn sie auf diese unerfreuliche Weise zum Nichtstun gezwungen wurde. Luisa hatte sie zwar mit mehreren Romanen versorgt, aber ihre Augen tränten durch den heftigen Schnupfen meist so stark, dass das Lesen ohne ständige Pausen kaum möglich war. Ihre Nase schien unaufhörlich zu laufen und in ihrem Kopf hatten es sich allem Anschein nach kleine fiese Monster mit Trommeln gemütlich gemacht und frönten dort ausgiebig ihrem Hobby. Ihr Hals schmerzte, sie hatte Husten, und sie konnte es einfach absolut nicht leiden, den ganzen Tag im Bett liegen zu müssen. Ihr war furchtbar langweilig, sie war zutiefst frustriert und fühlte sich mies. Kurzum, ihre Laune war auf einem Tiefpunkt angelangt.

Als sie hörte, wie die Haustür aufgeschlossen wurde, rechnete Sina mit Luisa, denn ihre Freundin hatte am vergangenen Abend einen Schlüssel zum Häuschen an sich genommen, damit Sina nicht unnötig aufstehen musste, sobald sie zu ihr kam. Doch es war Philip, der kurz darauf an die halb geöffnete Schlafzimmertür klopfte und eintrat.

„Hallo, Ballkönigin", sagte er und schenkte ihr ein breites und ziemlich umwerfendes Lächeln.

„Lass die dummen Witze", hörte sie sich näselnd antworten. „Und schau mich ja nicht so genau an, ich sehe grauenvoll aus."

„Du bist bezaubernd wie immer", erwiderte er, und sein Lächeln schien sich noch ein wenig zu vertiefen, als er näher kam und sich zu ihr auf die Bettkante setzte. „Die rote Nase steht dir ungemein. Ich wollte mal nach dir sehen und habe es deshalb freiwillig übernommen, mich um dein Abendessen zu kümmern."

„Gott bewahre!"

„Ah, du Undankbare! Schließlich weißt du ja noch gar nicht, was auf dich zukommt." Sein Lächeln war wirklich bemerkenswert sexy, und das machte Sina ihren bedauernswerten Zustand noch deutlicher. Gerade wollte sie ihm eine entsprechende Antwort geben, da überkam sie ein kräftiger Niesanfall, und er reichte ihr die Taschentücher-Zupfbox, die auf ihrem Nachttisch bereitstand.

„Danke", näselte sie und schnaubte sich gründlich aus, nachdem die Attacke überstanden war. „Ich nehme an, du wirst mich mit Spiegeleiern auf Toast beglücken. Oder dachtest du doch eher an Spaghetti mit Soße aus dem Glas?"

Als er eine bewusst beleidigte Miene aufsetzte, brachte er Sina damit tatsächlich zum Lachen. „Siehst du, allein meine Anwesenheit muntert dich bereits auf."

„Eingebildet bist du gar nicht, oder?"

„Nicht die Spur." Bedächtig beugte er sich vor und gab ihr einen kurzen Kuss auf die rote Nasenspitze.

„Du hast selbst Schuld, wenn du dich bei mir ansteckst, Baron."

„Das Risiko gehe ich ein", erwiderte er grinsend. „Auch wenn es verschwindend gering ist. Ich gehöre nämlich zu den wenigen Lunauern, die sich zu gegebener Zeit einer Impfung unterzogen haben. Und da wir es hier mit einer echten Grippe zu tun haben ... Bingo! Plötzlich gehöre ich zum Pflegepersonal." Sein Gesichtsausdruck wurde ein wenig ernster. „Ich hab dich vermisst, weißt du."

Ihr wurde warm ums Herz, sie konnte nichts dagegen tun. „Oh, das hast du wirklich nett gesagt."

„Nett? Hm ... Es entspricht der Wahrheit, meine Teure. Seit mehreren Tagen warte ich nun schon auf unsere Verabredung zum Essen, aber vor allem auf die nächste Möglichkeit, dich ein weiteres Mal nach allen Regeln der Kunst zu verführen. Freust du dich denn gar nicht, mich zu sehen?" Er lachte dunkel auf und zwinkerte ihr zu. „Ich meine, immerhin bringe ich dir Ankes köstliche Buchweizenpfannkuchen, die nur noch kurz in die Mikrowelle müssen, bevor du sie dir einverleiben kannst. Stell dir vor, sie hat nur für dich ein volles Glas von ihrem Heidelbeerkompott herausgerückt."

Philip genoss Sinas Reaktion ungemein. Sie setzte sich im Bett auf und schenkte ihm ein strahlendes Lächeln. Natürlich sah man ihr deutlich an, dass sie krank war. Die Blässe, die tränenden Augen und ihre gerötete Nase sprachen Bände. Dennoch fand er sie bezaubernd.

„Du bringst mir Buchweizenpfannkuchen mit Heidelbeerkompott?"

„Tja, ich bin halt ein edler Ritter und greife zu den abenteuerlichsten Waffen, um dich zu betören. Selbst wenn es sich um deine Lieblingsspeise handelt, kenne ich kein Pardon." Wieder lachte er.

„Du bist so … unglaublich … wundervoll, Philip von Hoven!“ Begeistert seufzte sie, bevor sie sich erneut ein Taschentuch aus der Box zupfte und sich schnäuzte.

„Meine Rede. Möchtest du hier essen oder lieber aufstehen?“

„Ich gehe noch mal kurz ins Bad, um mich ein bisschen frisch zu machen, danach komme ich ins Wohnzimmer. Mir ist es lieber, am Tisch zu sitzen, wenn ich esse.“

„Das habe ich mir schon gedacht. Brauchst du … ähm … Hilfe?“

Statt auf seine Frage einzugehen, lächelte sie vielsagend und schüttelte den Kopf. „Ab mit dir in die Küche! Du weißt ja, wo die Mikrowelle steht.“

„Warst du inzwischen eigentlich bei der Polizei, um Anzeige zu erstatten?“, fragte Sina, als sie gesättigt und sichtbar zufriedener wieder in ihrem Bett lag.

„Ja, das ist erledigt“, antwortete er und ließ sich an die Lehne zurücksinken. Vor ein paar Minuten hatte er einen der Stühle aus dem Wohnzimmer herübergetragen. Mit einem Becher Kaffee in der Hand saß er seitdem entspannt neben dem Bett und unterhielt sich mit Sina. „Obwohl der Beamte, mit dem ich gesprochen habe, mir nur wenig Hoffnung machen konnte, dass sie den Täter schnappen werden, es sei denn, der Brandstifter macht weiter. Er meinte, irgendwann macht jeder einen Fehler.“

„Na ja, das klingt irgendwie nach einem zweischneidigen Schwert, finde ich.“

Er nickte. „Stimmt, das sehe ich genauso. Schließlich wollen wir ja eben nicht, dass er weiterhin zündelt. Andererseits hat mich die Sache mit meinem Wagen ziemlich wütend gemacht, und ich würde den Kerl, der das zu verantworten hat, nur allzu gerne in Schwierigkeiten sehen.“

„Das kann ich verstehen, Philip. Es war so ein schönes Auto.“

Ein Seufzen entschlüpfte ihm. „Zum Glück zahlt meine Versicherung den Schaden. Gestern Vormittag war ich in Hamburg und habe mir einen neuen Wagen bestellt.“

„Das gleiche Modell?“

„Ja, ich mochte den Rover.“

„Das ist gut. Ich finde nämlich, so ein großer Geländewagen passt irgendwie zu dir.“

Sie schwiegen eine Weile, aber es war weder ihm noch ihr unangenehm. Philip saß einfach wortlos an ihrem Bett, trank ab und an einen Schluck von seinem Kaffee und sah sie an. Bis auf gelegentliches Ausschnaufen und Husten blieb auch Sina stumm. Wenn er sich nicht täuschte, sah sie jetzt sogar etwas besser aus als vorhin. Manchmal bewirkt ein gutes Essen wahre Wunder, dachte er bei sich. Und dann erzählte er ihr unvermittelt von dem Tag, als seine Mutter ihn und seinen Vater verlassen hatte, einfach so. Es erstaunte ihn selbst, dass er plötzlich – und obwohl sie nicht noch einmal nachgefragt hatte – zu erzählen begann.

Sina hörte still zu, ohne ihn zu unterbrechen. Erst als er endete, ließ sie ein leises Seufzen hören. „Das ist traurig. Du hast sehr darunter gelitten, nicht wahr?“

„Ja, das habe ich. Ihre Gründe konnte ich nicht nachvollziehen, denn schließlich war ich noch ein Kind. Ich fühlte mich schuldig und konnte nur daran denken, dass sie mit uns, mit mir und meinem Vater, einfach nicht glücklich gewesen war und uns deshalb verlassen hatte. Natürlich gab ich auch meinem Vater die Schuld, aber vor allem mir selbst. Ich dachte, sie ging, weil ich ihren Ansprüchen nicht genügte, zu oft ungezogen gewesen war oder zu laut oder … Na, was Kinder in so einer Situation halt so denken. Ich habe mich furchtbar mit dieser Art von selbstzerfleischenden Gedanken herumgeschlagen damals.“

„Das klingt grausam, Philip.“

„Das war es auch.“

„Ich kann das sehr gut nachempfinden.“ Sie lächelte leicht.

Ihr Verständnis löste etwas in ihm aus, erleichterte ihn, und ihm wurde plötzlich bewusst, dass sie sich ganz ähnlich gefühlt haben musste, als sie ihm von ihrer Kindheit berichtet hatte. „Nachdem meine Mutter gegangen war, ist nichts mehr wie vorher gewesen“, fuhr er fort. „Mein Vater hat nicht mehr zu seinem normalen Leben zurückgefunden. Er ist in eine schwere Depression verfallen und hat sich kurze Zeit später das Leben genommen."

„Du hast dich also in doppelter Hinsicht verlassen gefühlt."

Seine Kehle wurde ein bisschen eng, und er musste schlucken, weil sie so haargenau den Kern seines damaligen Kummers erkannte. „Wäre mein Großvater nicht so kompromisslos für mich da gewesen, ich weiß nicht, was mit mir passiert wäre. Meine Eltern besaßen damals noch ein Haus in Lüneburg, wo wir die meiste Zeit lebten. Doch nach dem Tod meines Vaters hat Helge mich ganz hierhergeholt. Kurzerhand hat er mich von der piekfeinen Privatschule abgemeldet, auf die mein Vater mich geschickt hatte, und hat mir einen Platz hier auf der staatlichen Schule verschafft. Es war ein wahrer Glücksgriff, weil ich in der Klasse gelandet bin, in der auch Rafael und Kjell saßen."

„Ah, so habt ihr euch also kennengelernt?"

„Ganz so war es nicht, Sina. Wir kannten uns schon vorher, denn ich bin ja recht oft hier auf dem Gut gewesen. Schon damals haben wir drei viel Zeit miteinander verbracht. Unsere Freundschaft erreichte dennoch eine andere Ebene, als ich ganz hier lebte und wir gemeinsam die Schulbank drückten. Später wechselten wir zusammen auf das Gymnasium in Lüneburg, wo wir dann einige Jahre darauf auch gemeinsam das Abitur machten."

„Dann hast du also hier doch wieder zu einer glücklichen Kindheit zurückgefunden?"

Einen Moment lang dachte er ernsthaft über ihre Frage nach, spürte dabei ihren forschenden Blick und wusste, dass sie sich nicht mit hohlen Worten zufriedengeben würde. Es interessierte sie tatsächlich, wie es um ihn stand, das gefiel ihm. Und er wollte ihr so klar antworten, wie es ihm möglich war: „Doch, ja, ich denke schon. Hier auf dem Gut fühlte ich mich immer wohl und geborgen. Mein Großvater war stets für mich da, und ich habe Freunde fürs Leben gefunden, wie man so schön sagt. Dennoch vermisste ich meine Eltern, tue es eigentlich immer noch. Jahrelang war ich unfassbar wütend auf sie, auf alle beide. Der Schmerz ließ mit der Zeit nach, verschwand jedoch nie so ganz."

„Wie sieht es heute als Erwachsener aus? Bist du glücklich, Philip?"

„Glücklich? Hm … Ich bin mit meinem Leben durchaus zufrieden, würde ich sagen. Mein Beruf als Autor füllt mich aus. Auch die Arbeit hier auf Gut Hoven gefällt mir. Dann und wann gibt es echte Glücksmomente. So oder so ähnlich kennen wir das doch alle, oder nicht?"

„Ja, ich glaube, ich weiß, was du meinst."

„Helge sagt oft: ‚Das Glück ist eine flüchtige Geliebte.' Philip musste lachen. „Ein ziemlich treffender Vergleich, wie ich finde."

„Ach, der alte Baron. Ich habe ihn wirklich lieb gewonnen", gab Sina zu und lächelte versonnen in sich hinein. „Ich kann verstehen, dass ihn alle so mögen und dass du so an ihm hängst. Er ist so … gerade und edel. Immer frei heraus und überhaupt nicht schnöselig."

„Gut beobachtet, Sina."

„Du bist übrigens genauso. Zumindest meistens." Nun lachte auch sie, das freute ihn. Es war schön, sie lachen zu sehen, auch wenn es dieses Mal in einem heftigen Hustenanfall endete. Er reichte ihr das Glas Wasser, das er nach dem Essen auf ihrem Nachttisch bereitgestellt hatte. Nachdem sie mehrere kleine Schlucke getrunken hatte, beruhigte sich ihr Hals nach einer Weile wieder.

„Möchtest du vielleicht einen Tee, oder kann ich sonst noch etwas für dich tun?", fragte er.

Fast schuldbewusst sah sie ihn an. „Du musst wieder los, nicht wahr? Ich halte dich schon viel zu lange von deiner Arbeit ab, entschuldige, Philip!"

Sofort winkte er ab. „Die Arbeit läuft mir nicht davon. So wie ich dich einschätze, findest du es alles andere als unterhaltsam, das Bett hüten zu müssen. Ich bin hier, weil ich nach dir sehen und dir zumindest ein bisschen die Zeit vertreiben wollte."

„Das ist lieb von dir, aber du wirst diese Zeit nacharbeiten müssen, hab ich recht?“

„Mach dir darüber mal keine Sorgen.“

„Schreibst du eigentlich noch nebenbei?“, fragte sie, während sie sich mit einem neuen Kleenex die tränenden Augen betupfte. „Wir haben schon lange nicht mehr darüber gesprochen.“

„Irgendwie schreibe ich, ja. Obwohl … eigentlich kann man gar nicht *nebenbei* schreiben, sondern nur, wenn man sich voll und ganz auf das jeweilige Projekt konzentrieren kann, aber ich tue es trotzdem. Im Augenblick beschränkt sich meine kreative Arbeit allerdings eher auf das chaotische Sammeln von Notizen und diversem Recherchematerial. Da ich momentan keinem Termindruck ausgesetzt bin, lerne ich gerade, dass man den Beruf als Autor auch anders und ein wenig langfristiger gestalten kann, als ich es bisher getan habe.“ Er spürte, wie sich ein Lächeln auf seinem Gesicht ausbreitete. „Eine seltsame Erfahrung, aber eine gute.“

„Die Arbeit für das Gut ist ganz schön ungewohnt und zeitraubend, oder?“

Er lächelte. „Ungewohnt eigentlich nicht. Ich bin ja hier aufgewachsen und habe alles von der Pike auf gelernt. Zeitraubend ist sie in jedem Fall, aber es macht mir große Freude, mich um das Gut zu kümmern. Und das ist es doch, worauf es ankommt. Es sieht ganz so aus, als habe ich jetzt zwei Berufe, die mich ausfüllen. Besser geht es im Grunde nicht.“

„Hauptsache, du übernimmst dich nicht, Philip.“

„Keine Sorge, ich pass schon auf mich auf. Wie du siehst, gönne ich mir zum Beispiel gerade jetzt eine kleine und sehr feine Auszeit.“ Das tat er tatsächlich. Auch wenn er Sina am liebsten wieder in seine Arme und bis zur Besinnungslosigkeit geküsst hätte, unterhielt er sich mir ihr eben auch sehr gern. Auf diese oder auf die andere Weise mit ihr Zeit zu verbringen fühlte sich wundervoll an.

„Du kannst meinem Herrn Sohn gerne mitteilen, dass dies unwiderruflich der letzte Tag sein wird, den ich unnütz im Bett zubringe." Christas bewusst entschlossener Blick heftete sich auf das Gesicht ihrer Freundin Ruth, das von einem eher nachsichtigen Lächeln erhellt wurde.

„Sei vernünftig, du bist noch lange nicht wieder auf dem Damm, meine Liebe", kam die passende Antwort.

„Meine Güte, ich habe nur eine verdammte Erkältung, Ruth! Das kommt nicht zum ersten Mal vor."

„Das ist keine normale Erkältung, wie du selbst sehr genau weißt. Nebenbei bemerkt bist du auch keine zwanzig mehr, mein altes Mädchen. Noch nicht einmal mehr fünfzig, wenn wir bei der Wahrheit bleiben wollen."

„Du bist gerade mal ein halbes Jahr jünger als ich, also spiel dich hier mal nicht so auf." Christa stieß ein unwilliges Schnaufen aus, um ihrer schlechten Laune noch ein wenig mehr Ausdruck zu verleihen. Ruth war ihre Freundin und engste Vertraute, sie wussten sich gegenseitig sehr gut zu nehmen. Wenn sie bei irgendjemandem ihre schlechte Stimmung zeigen konnte, dann bei Ruth.

„Im Übrigen hat Kjell auch den jüngeren Kalibern Bettruhe verordnet. Selbst Sina und Isa liegen flach. Glaub mir, dein Sohn weiß genau, was er tut. Außerdem wird jede Grippewelle am besten gestoppt, wenn die Kranken möglichst rigoros isoliert werden und so in aller Ruhe den Mist auskurieren können."

Christa setzte sich in ihrem Bett auf und beugte sich etwas vor, da Ruth ihr gerade das Kopfkissen aufschüttelte. „Ach, du meinst, ich liege hier eigentlich nur so dumm rum, damit ich auch verlässlich im Haus bleibe?" Genau in diesem Moment musste sie husten, das ärgerte sie.

Ruths Seufzen sprach Bände. „Nein, Herzchen, du liegst hier rum, weil die Grippe deinen Körper enorm stresst und es schlicht das Beste für dich ist. Punkt."

„Wie geht es den anderen?", hakte Christa ein wenig milder gestimmt ein.

„Nun, im Dorf hüten noch einige krank das Bett. Beide Grundschullehrerinnen, viele Kinder und ihre Eltern hat es auch erwischt. Die Schule ist geschlossen und der Lebensmittelladen ebenfalls. Isabell und Sina leiden noch ziemlich. Sina hatte zeitweilig sogar recht hohes Fieber, aber das ist zum Glück auch wieder gesunken. Philip kümmert sich übrigens rührend um sie. Wenn ich mich nicht täusche, bahnt sich da etwas an, das über einen reinen Flirt hinausgeht."

Der leicht veränderte Tonfall ihrer Freundin ließ sie stutzen. „Hast du ein Problem damit?"

„Nun, im Augenblick verlasse ich mich eher auf die gute Meinung, die du von ihm hast, Christa."

„Du brauchst dir überhaupt keine Sorgen um Sina zu machen, das kann ich dir versichern. Philip ist ein ganz und gar wunderbarer und sehr verantwortungsbewusster Mann, Ruth. Außerdem ist er wirklich zauberhaft, das musst du doch zugeben."

„Warten wir es mal ab. Wenn er tatsächlich so wundervoll ist, wie du behauptest, wird er das sicherlich noch unter Beweis stellen."

„Ich finde es schon mal süß, dass er sich um Sina kümmert. Schließlich ist es vor allem wichtig, dass wir allesamt wieder auf die Beine kommen. Und zwar so schnell wie nur möglich."

„Du bist eigentlich schon wieder am besten dran, wenn ich dich so ansehe."

„Hah! Unkraut vergeht eben nicht."

„Du sagst es." Ruth grinste sie an. „Willst du noch mehr Tee?"

Christa blies ihre Wangen auf und strich sich mit beiden Händen durch das tizianrote, raspelkurze Haar. „Wenn du mich so fragst ..."

„Pfefferminz? Frisch?"

„Klingt super!"

„Okay, dann mach ich mir auch einen und vertreibe dir noch ein wenig die Zeit, wenn es dir recht ist."

„Es ist mir so was von recht, Ruth, aber so was von!"

„In zwei Wochen beginnt schon wieder die Adventszeit", teilte Ruth ihr lapidar mit, als sie wieder neben ihr saß und sie gemeinsam den frischen, herrlich grünen Minztee genossen.

„Ach herrjemine, und ich muss noch so viel besorgen! Ich hatte mir fest vorgenommen, mir in diesem Jahr ein paar neue Sachen für die Weihnachtsdekoration zu gönnen. Weihnachten kommt immer so plötzlich." Sie lachten beide.

„Lass es doch einfach, Christa, die Deko vom letzten Jahr wird es sicherlich auch noch einmal tun."

„Das sagst du nur, weil du für so was einfach keinen Sinn hast, mein altes Hippiemädchen."

„Ich bin echt froh, dass ich dich kennengelernt habe", gab Ruth zu und lachte. Die vierfache, kunterbunte Holzperlenkette, die sie um den Hals trug, klackerte leise.

Christa mochte das spezielle Geräusch, das die Perlen bei jeder Bewegung ihrer Freundin hören ließen. Seit Ruth vor nicht ganz zwei Jahren nach Lunau gekommen war, gehörte es zu ihrem Alltag, sie zu treffen, und sie war sehr dankbar dafür. „Dito", antwortete sie und lachte ebenfalls.

„Jens ist hier und würde Sie gerne sprechen, Herr von Hoven." Lächelnd stand Anke in der Tür seines Arbeitszimmers und deutete mit dem Kopf in Richtung der Eingangshalle.

„Immer herein mit ihm", erwiderte Philip und setzte ebenfalls ein Lächeln auf. Der frühe Nachmittag mit Sina hatte ihm gutgetan. In den letzten zwei Stunden hatte er enorm viel geschafft. Der einstige Aktenberg auf seinem Schreibtisch war inzwischen zu einer kleinen Ansammlung von wenigen Papieren zusammengeschrumpft. Ich kann wirklich mit mir zufrieden sein, dachte er.

Als Jens Tossen hereinkam, erhob sich Philip und begrüßte den neuen Gutsverwalter per Handschlag. Er mochte Tossen und hatte festgestellt, dass er sich vollkommen auf ihn verlassen konnte. Sein Großvater hatte nicht übertrieben. Jens verstand sein Handwerk, und er nahm Philip nach und nach immer mehr Arbeit ab.

„Hast du die Verträge für die Deckhengste schon durchgesehen, die ich dir rübergeschickt habe?", fragte Philip seinen Verwalter direkt nach der Begrüßung und nachdem dieser sich auf einem der Besucherstühle niedergelassen hatte.

„Hab ich. Die Termine stehen“, erwiderte Jens gewohnt knapp.

„Sehr gut.“ Philip erhob sich, ging hinüber zu einem kleinen runden Tisch, auf dem sich zwei Kristallkaraffen und einige Gläser befanden, und warf Tossen einen fragenden Blick zu. Er antwortete mit einem Grinsen und Nicken.

Philip nickte ebenfalls. „Auch ich kann jetzt sehr gut einen gebrauchen“, gab er zu. Er griff nach der Karaffe mit dem alten Hennessy und füllte zwei Schwenker mit der goldbraunen Kostbarkeit. „Friedrich von Dahlenburg wird bald wunderschöne Fohlen sein Eigen nennen dürfen.“

Zurück am Schreibtisch, reichte er Jens eines der Gläser und prostete ihm zu. „Ich hoffe, er wird spätestens dann ausgiebig damit prahlen, wessen prachtvolle Hengste dafür verantwortlich waren.“

„Darauf trinke ich gerne.“

Beide nahmen einen genießerischen Schluck und stellten die Gläser auf den Schreibtisch.

„Aber was kann ich denn eigentlich für dich tun?“, fragte Philip schließlich.

„Es geht um den Baum.“

„Um den Baum?“

„Na, du weißt schon, nächsten Samstag findet das alljährliche Baum-Fest statt. Erinnerst du dich? Das Gut spendet doch jedes Jahr den Weihnachtsbaum für den Dorfplatz.“

„Ach, ist es schon wieder so weit?“ Philip griff erneut nach seinem Glas und ließ die goldene Flüssigkeit darin ein wenig kreisen, bevor er den letzten Schluck nahm.

„Ja, ich wollte wissen, ob du einen besonderen Baum im Auge hast oder ob ich das übernehmen soll.“

„Da ich bisher noch gar nicht darüber nachgedacht habe, bin ich dir ausgesprochen dankbar für dein Angebot, Jens. Du kannst das gerne übernehmen und ein besonders schönes Exemplar aussuchen. Wir wollen uns ja nichts nachsagen lassen, oder?“

„Alles klar, Chef. Ich mach das gern.“

„Na, dann wollen wir mal hoffen, dass bis zum Baum-Fest alle grippekranken Lunauer wieder auf den Beinen sind.“

„Das kannst du laut sagen.“ Jens setzte erneut seinen Cognacschwenker an die Lippen und trank aus. „Bis zum Fest sind es ja noch einige Tage hin. Ich denke, die meisten werden wieder dabei sein können“, schob er nach.

„So oder so wird es wieder ein schöner Anlass sein, um die Lunauer zusammenzubringen. Ich hab dieses Fest schon immer sehr gemocht.“

„Stimmt, ich auch. Es ist eine schöne Tradition, gemeinsam den Weihnachtsbaum zu schmücken und darauf einen Punsch oder Glühwein zu trinken.“ Jens grinste und wackelte ein bisschen mit seinen Augenbrauen. „Außerdem finden die allermeisten Frauen den Abend so romantisch, dass sie in Flirtlaune geraten.“

„Ja, jetzt fällt es mir wieder ein. An dem Abend gab es stets jede Menge Spaß.“ Philip grinste ebenfalls, wurde dann aber wieder ernst. „Allerdings traf das nicht immer auf alle Anwesenden zu“, fügte er etwas nachdenklicher hinzu. „Auf die unverbesserlichen Streithähne und Rabauken sollten wir auch ein Auge haben.“ Er erinnerte sich noch gut daran, dass es am Abend des Festes nicht selten eine Prügelei gegeben hatte.

Jens winkte ab. „Solange die Jungs nur ein bisschen Dampf ablassen, ist alles im grünen Bereich. In den vergangenen Jahren lief eigentlich alles ganz friedlich ab.“

Nachdem Jens Tossen wieder gegangen war, griff Philip zum Telefon und wählte die Nummer seines Freundes Kjell.

„Wie ist die derzeitige Lage?“, fragte er seinen Freund, nachdem sie sich begrüßt hatten.

„Ich würde sagen, sie entspannt sich langsam. Auch wenn es leider Problemfälle zu vermelden gibt. Heute musste ich zwei unserer älteren Mitbürger in die Klinik einweisen lassen. Ich hoffe, wir verlieren niemanden."

„So schlimm?" Philip runzelte die Stirn.

„Sobald Lungenentzündungen hinzukommen, kann es verdammt eng werden. Zumindest wenn die Patienten nicht mehr die fittesten sind."

„Deshalb passe ich auch höllisch auf, dass mein Großvater schön hier im Gutshaus bleibt, bis der Spuk vorbei ist. Gibt es noch etwas für mich zu tun?"

„Wir haben eigentlich alles so weit im Griff." Er hörte, wie Kjell tief einatmete. „Mann, bin ich kaputt! Wird wirklich Zeit, dass der Mist wieder verschwindet. Wäre schön, mal wieder einige Stunden am Stück durchzuschlafen."

„Halte dich nicht zurück, Großer. Sag mir ruhig, wenn ich dich irgendwie unterstützen kann."

Es dauerte einen Moment, bis Kjell antwortete. „Warst du noch mal bei Sina?"

„Seit heute Mittag nicht mehr, warum?"

„Nun, sie hat am späten Nachmittag ganz plötzlich noch einmal gefiebert. Das kann zwar völlig normal sein und auch zum Ende der Erkrankung durchaus vorkommen, aber mir wäre es trotzdem lieber, jemand würde heute Abend noch mal nach ihr sehen. Bei den Leuten, die alleine leben, gestaltet es sich halt etwas komplizierter. Hab schon überlegt, Lu oder Ruth noch einmal zu bitten, aber auch sie brauchen dringend mal eine Auszeit. Wenn bei Sina alles wieder okay ist, bleibe ich lieber abrufbereit direkt hier."

Philip spürte, dass sich ein Ring um seine Brust zu legen schien. Er war fest davon überzeugt gewesen, dass es Sina besser ging, als er sie am frühen Nachmittag wieder allein gelassen hatte. „Gut, ich übernehme das und werde nach ihr sehen."

„Ich danke dir, dann kann ich heute Abend ein bisschen durchatmen und mich zur Abwechslung mal wieder bei meiner eigenen Frau ans Bett setzen. Übrigens habe ich Sina vor ungefähr zwei Stunden fiebersenkende Mittel verabreicht, aber man weiß ja nie. Melde dich, falls das Fieber nicht verschwunden ist oder wieder auftritt, ja? Ach was, melde dich in jedem Fall noch einmal kurz, damit ich weiß, wie es ihr geht."

„Versprochen."

Kaum eine halbe Stunde später saß Philip zum zweiten Mal an diesem Tag an Sinas Bett. Sie schlief immer noch tief und fest. Da er gleich an der Haustür aus den Schuhen geschlüpft war, hatten seine Schritte keine Geräusche auf den Holzdielen gemacht. Und aus dem Genesungsschlaf reißen wollte er Sina natürlich nicht.

Einige Zeit beobachtete er sie, betrachtete ihr herrliches Haar, die leicht geröteten Wangen und die halbmondförmigen Fächer ihrer langen Wimpern. Am liebsten hätte er prüfend seine Hand auf ihre Stirn gelegt, aber er verkniff es sich. Ihr süßer Mund war halb geöffnet, und sie atmete leise und gleichmäßig, das beruhigte ihn ein wenig. Ebenso lautlos, wie er hereingekommen war, erhob er sich wieder und ging hinüber in den Küchenbereich. Die Tür zum Schlafzimmer ließ er angelehnt, damit er mitbekam, wenn sie sich regte.

Die besorgte Anke hatte ihm einen Topf mit Hühnerbrühe, frisch gebackenes Brot und Käse mitgegeben. Sobald Sina aufwachte, würde er dafür sorgen, dass sie etwas davon zu sich nahm. Es war bereits fünf Stunden her, seit sie die Pfannkuchen gegessen hatte, da wurde es Zeit für die nächste Mahlzeit. Während er so leise wie nur möglich alles für das Abendessen vorbereitete, dachte er zum ersten Mal darüber nach, wie es sich wohl anfühlen würde, wenn er jeden Tag und jede Nacht an ihrer Seite verbringen könnte. Seltsam, dachte er, das sieht mir absolut nicht ähnlich. Hastig schüttelte er den Gedanken ab.

Sein keuchender Atem kondensierte in der eiskalten Nachtluft. Die zwei Kanister waren dieses Mal deutlich größer und schwerer als der eine, den er die letzten Male verwendet hatte. Unter seiner dicken Jacke kam er ein wenig ins Schwitzen, als er die wuchtigen Behälter auf die andere Seite des Gebäudes schaffte. Auf dem Rückweg werden sie leicht sein, dachte er, und er spürte, wie sich bei diesem Gedanken ein Grinsen auf seinem Gesicht breitmachte.

Die Dunkelheit schützte ihn vor neugierigen Blicken, aber hier trieb sich um diese Uhrzeit ohnehin niemand mehr herum. Sein Wagen stand ganz in der Nähe, versteckt in einem kleinen Forstweg der Gärtnerei. Es würde ein Leichtes sein, einfach in der Dunkelheit zu verschwinden, sobald sein Vorhaben erledigt war.

Er war noch immer wütend, so unfassbar wütend! Die Wut wollte einfach nicht vergehen. Aber dafür hatte er sich ja etwas überlegt.

Endlich war er auf der anderen Seite angekommen. Dieses Mal würde es ein richtig großes Feuer geben. Seine Vorfreude wuchs. Er konnte es kaum erwarten, die lodernden Flammen zu sehen, die all dies hier schon bald verschlingen und den Nachthimmel hellorange erleuchten würden.

Vielleicht würde er dieses Mal mehr Erleichterung verspüren. Die kleinen Feuer, die er bisher gelegt hatte, waren lächerlich und nur wenig erbaulich gewesen, doch zumindest hatte es ihm eine gewisse Genugtuung verschafft, als der Wagen des feinen Pinkels lichterloh gebrannt hatte. Das war schon ein mächtig schönes Feuerchen gewesen, auch wenn es für seine Begriffe zu zeitig entdeckt worden war. Aus seinem Versteck heraus hätte er nur allzu gerne eine schöne Explosion gesehen, allein schon, um dem Ganzen noch eine dramatischere Note zu verleihen.

Doch leider hatte die ortsansässige Feuerwehr verhindert, dass es zum großen Knall kam. Welch eine Enttäuschung!

Dieses Mal jedoch würde das Feuer gigantisch sein. Hinzu kam, dass es an ein Wunder grenzen musste, dass jemand es zu früh entdeckte. Schließlich war es bereits mitten in der Nacht, und der Ort lag abgelegen genug, so würde alles bis auf die

Grundmauern niederbrennen, bevor die Feuerwehr ihm erneut einen Strich durch die Rechnung machten konnte.

Ohne Hast und sehr sorgfältig verteilte er die Flüssigkeit aus den beiden Kanistern, dann trat er einige Schritte zurück und atmete tief durch. Erst jetzt suchte er in seiner Hosentasche nach der Streichholzschachtel und zückte sie.

Als das Feuer den von ihm geplanten Lauf nahm, genoss er für einen winzigen Augenblick den gefährlich schönen Anblick, bevor er wieder in die Dunkelheit entschwand.

Das Erste, was Sina direkt nach dem Erwachen wahrnahm, war das gute Gefühl, dass ihr Hals nicht mehr schmerzte und das nervtötende Trommelorchester in ihrem Kopf ebenfalls verstummt war.

Gestern Abend war Philip plötzlich wieder da gewesen, und sie hatte sich so sehr darüber gefreut. Nachdem sie auf seine Anweisung hin Fieber gemessen, brav Ankes Hühnerbrühe getrunken und ein bisschen Brot dazu gegessen hatte, war sie jedoch recht schnell erneut für viele Stunden in tiefen Schlummer gefallen. Dadurch hatte sie kaum Zeit gefunden, sich darüber zu wundern, dass er so bald schon wieder zu ihr gekommen war, um sich um sie zu kümmern.

Nun fühlte sie sich deutlich besser. Genüsslich streckte sie sich, bemerkte aber schon im nächsten Moment den warmen Körper hinter sich – und den starken Arm, der sich sofort um ihre Mitte schob.

Philips vertrauter Duft stieg ihr in die Nase. Er roch immer ganz leicht nach einer Mischung aus Zedernholz, Waldkräutern und einem Hauch Zitrone. Sie mochte es sehr, dass er kein aufdringliches Eau de Toilette benutzte, so wie es viele Männer heutzutage gerne taten. Der sanfte und sehr frische Duft passte hervorragend zu ihm.

„Philip."

„Guten Morgen", murmelte er mit verschlafener Stimme in ihr Haar.

„Du bist hiergeblieben?“

„Mhm.“ Sie fühlte, wie sich seine große warme Hand auf ihre Hüfte legte und dortblieb. Die Hitze seines harten Körpers fühlte sich an ihrem Rücken herrlich an. Wohlig schob sie sich ihm noch ein wenig mehr entgegen.

„Na, na …“ Er ließ ein brummendes und leises Lachen hören. „Nimm bitte ein wenig Rücksicht auf gewisse … morgendliche Gegebenheiten.“

Sina musste kichern, als sie schon im nächsten Moment spürte, wovon er sprach.

„Dir geht es besser“, stellte er fest und lachte erneut.

„Oh ja! Mir geht es sogar viel besser. Die blöden Halsschmerzen sind endlich weg.“

„Das freut mich.“ Kurz spürte sie seine Lippen auf dem Nacken, doch dann verschwand die Hitze seines großen Körpers, und die Bettdecke raschelte. Für einen winzigen Augenblick fühlte sie einen kalten Hauch an ihrem Rücken.

„Dann sorge ich jetzt mal dafür, dass wir beide ein gutes Frühstück bekommen, okay?“ Seine Stimme war noch immer etwas belegt, und sie fand, dass sich das leicht brummende Timbre wundervoll anhörte.

Als sie sich zu ihm umdrehte, sah sie, dass er nur Shorts trug. Seine Kleidung hing über dem Stuhl, den er am vergangenen Nachmittag zu ihr ins Schlafzimmer gebracht hatte, der nun aber auf seiner Seite des Betts stand. Vornübergebeugt, saß Philip auf der Bettkante und strich sich mit allen zehn Fingern durchs Haar, so als müsse er sich noch kurz besinnen.

„Och, es war grad so gemütlich und kuschelig mit dir hier in meinem Bett“, sagte sie und lächelte ihm zu, als er sich zu ihr umdrehte. Er sieht sogar morgens toll aus, bemerkte sie, wenn auch vollkommen anders als sonst. Sie mochte es, wie seine dunklen Bartstoppeln sein Gesicht veränderten, es ein wenig verwegen und wild aussehen ließen. Es war ein faszinierender Gegensatz zu der sportlich-eleganten und gepflegten Erscheinung, die sie von ihm kannte.

„Führe mich nicht in Versuchung, mein Juwel“, entgegnete er lächelnd und zwinkerte ihr zu, was ein angenehmes Kribbeln in ihrem Bauch hervorrief. „Du brauchst noch Erholung.“ Er ließ ein leises Seufzen hören, erhob sich dann aber und verschwand nach nebenan ins Badezimmer.

Während sie das Rauschen der Dusche vernahm, wurde ihr klar, dass sie in den letzten paar Minuten hauptsächlich darüber nachgedacht hatte, was ihr alles an Philip von Hoven gefiel. Unter ihrer Bauchdecke begann es erneut zu kribbeln. Aber Verliebtheit war etwas, das sie zurzeit in ihrem Leben überhaupt nicht gebrauchen konnte, und so hoffte sie, dass es sich nur um ein vorübergehendes Strohfeuer handelte. Ja, sie fand ihn wirklich aufregend, erregend und so verdammt sexy. Vielleicht waren ja ihre Gefühle für Philip vor allem von ihrer ausgehungerten Libido bestimmt … Sie hoffte es.

„Hatte es einen bestimmten Grund, warum du letzte Nacht hiergeblieben bist?“, wollte Sina wissen, als sie zusammen beim Frühstück saßen. „Nicht, dass du mich jetzt falsch verstehst“, fügte sie hastig hinzu. „Ich fand es ganz schön, neben dir aufzuwachen.“ Ihr Lächeln war bezaubernd wie immer.

„Kjell hatte mir erzählt, dass am späteren Nachmittag dein Fieber zurückgekehrt war, und hatte mich gebeten, noch einmal bei dir vorbeizuschauen“, antwortete er wahrheitsgemäß.

„Ach, Kjell bat dich …“

Es klang ein wenig enttäuscht, deshalb reagierte er sofort: „Nein, nein, jetzt darfst du mich nicht falsch verstehen, Sina! Er bat mich nur, noch einmal nach dir zu sehen. Die Nacht hier bei dir zu bleiben, das war ganz allein meine Entscheidung, weil ich mir Sorgen um dich gemacht habe. Es widerstrebte mir einfach, dich wieder alleine zu lassen. Du warst ziemlich geschwächt und mitgenommen durch das Fieber.“

Einen Augenblick lang sah sie ihn an. Seit sie vorhin aus dem Badezimmer ins Wohnzimmer gekommen war, um sich zu ihm an den Frühstückstisch zu setzen, kam sie ihm irgendwie nachdenklicher und etwas verschlossener vor. Gerade wollte er sie fragen, ob ansonsten alles in Ordnung sei, da vibrierte sein Handy.

„Entschuldige bitte“, sagte er, als er die Nummer des Gutshofs auf dem Display erkannte.

„Es hat wieder gebrannt“, hörte er seinen Großvater sagen.

„Wo?“, fragte er nur und spürte sofort, wie ungestümer Zorn in ihm hochkroch und sein Blut auf unangenehme Art und Weise zum Brodeln brachte.

„Die Scheune, Philip! Diese Schweine haben unsere Scheune abgefackelt!“

„Ich bin in zehn Minuten zu Hause, Helge.“

„Was ist los, Philip?“, fragte Sina, die ihn schon während des Telefonats besorgt angesehen hatte.

„Die Scheune hat gebrannt.“

„Oh nein, die schöne Festscheune?“

„Genau die.“ Er fluchte verhalten in sich hinein. „Verdammt noch mal! Das geht wirklich zu weit!“, sagte er laut und stand auf. Dann wandte er sich Sina wieder zu. „Verzeih, ich muss sofort los.“

„Aber ja, Philip! Geh! Und ruf mich bitte an. Ich möchte wissen …“

„Ich halte dich auf dem Laufenden, Sina“, unterbrach er sie und nickte. „Leg du dich wieder ins Bett, hörst du! Du bist noch nicht wieder ganz gesund. Später komme ich noch mal vorbei, versprochen, dann kümmere ich mich auch um das hier“, sagte er und deutete auf den Frühstückstisch.

„Geh wieder ins Bett“, wiederholte er, während er seine Jacke anzog. „Bis später!“

Als er kurz darauf vor dem Haus in seinen Wagen einsteigen wollte, parkte neben ihm der alte VW-Bus von Sinas Ex ein. Philip wartete, bis der Mann ausgestiegen war und begrüßte ihn kurz. „Herr Dehlbrück!“

„Herr von Hoven!“, antwortete Dehlbrück ebenso knapp.

„Sina ist krank. Vielleicht wäre es besser, wenn Sie ein anderes Mal wiederkommen“, sagte Philip, als Dehlbrück zielstrebig auf die Haustür zuhielt.

„Ich weiß, dass Sina sich nicht wohlfühlt. Deshalb bin ich ja hier. Sie entschuldigen mich."

„Guten Tag", brachte Philip gerade noch heraus, dann stieg er, innerlich vor Wut brodelnd, in seinen Wagen und fuhr los. Er wollte nicht sehen, wie Sina, eingehüllt in ihren weichen Bademantel, diesem Kerl die Tür öffnete und sich vielleicht sogar noch von ihm in den Arm nehmen ließ. Nein danke!

Die alte Scheune war tatsächlich vollkommen heruntergebrannt, es war nichts mehr zu retten. Der alte Pavillon direkt daneben hatte auch einiges abbekommen. Weiß war er nicht mehr, sondern schwarz verrußt. Einige Streben und Verzierungen waren völlig verkohlt. Philip war unfassbar wütend ob der sinnlosen Zerstörung eines Gebäudes, das so vielen Menschen am Herzen lag. Luisa, Ruth und sein Freund Rafael starrten ebenso fassungslos in die schwarzen Überreste wie er. Rafael hatte einen Arm um seine Verlobte gelegt. Luisa weinte haltlos. „Die…se blöden Schw…schweine!", brachte sie schluchzend hervor.

„Wenn ich das hier Christa erzähle, dann können die Kerle, die das getan haben, aber was erleben." Ruth schnaufte. „So eine Riesenschweinerei!"

„Vielleicht handelt es sich ja auch nur um einen Einzeltäter", gab Philip zu bedenken. Er fluchte leise in sich hinein. „Jedenfalls werden wir die Scheune wieder aufbauen, so viel steht fest", teilte er den anderen entschlossen mit.

„Natürlich werden wir das", bekräftigte Rafael und erwiderte seinen Blick. „Das ganze Dorf liebt diese Scheune." Er sah kurz zu Lu, zog sie noch ein wenig enger an sich. „Wir alle lieben diese Scheune."

„Niemand hat etwas bemerkt", informierte Ruth ihn. „Es muss mitten in der Nacht gebrannt haben. Erst als Lu heute Morgen hinüber in die Gärtnerei gehen wollte, hat sie eine kleine Rauchsäule entdeckt und ist hergekommen, um nachzusehen."

„Als ich … es gesehen habe …" Luisa schniefte und putzte sich geräuschvoll die Nase. „Als ich es gesehen habe, habe ich mich gefühlt, als hätte mir jemand das Herz herausgerissen." Wieder füllten sich ihre silbergrauen Augen mit Tränen. „Das ... ist so ..." Schluchzend brach sie ab und versteckte ihr Gesicht in der dicken Wolle von Rafaels Wollschal.

„Schh ... beruhige dich doch, mein Kleines. Wir bringen das wieder in Ordnung. Alles wird wieder gut, das verspreche ich dir. Nicht wahr, Baron, wir kriegen das wieder hin."

„Klar!" Philip fand es rührend, wie zärtlich sein alter Freund mit Luisa umging. Der wilde Rebell von einst war offenbar gezähmt worden. Er wandte sich an Ruth. „Sprich du mit Christa. Irgendwer muss es ihr ja sagen. Und ich kümmere mich unterdessen um den Papierkram."

„Wir haben ein Problem", teilte Philip Christa einige Stunden später mit.

Kjells Mutter war außer sich vor Wut, aber damit hatte er gerechnet. Aufrecht saß sie in ihrem Bett und sah ihn aus ihren blauen Augen funkelnd an. Mit Christa Loewenthal war nicht gut Kirschen essen, wenn sie sauer war. Ruth hatte recht, der Brandstifter konnte sich warm anziehen, wenn diese kleine Frau ihn irgendwann in die Hände bekam.

„Noch eins?", fragte sie und hustete. So wie den meisten Lunauern, die sich die Grippe eingefangen hatten, ging es auch Christa inzwischen besser. Nur der Husten und ein Restschnupfen machten ihr offenbar noch zu schaffen.

„Unsere Versicherung deckt den Schaden an der Scheune nicht mehr ab, da es schon vor einigen Wochen bescheinigt und beglaubigt wurde, dass sie uns nicht mehr gehört. Hast du eine neue Gebäudeversicherung abgeschlossen?" Allein schon ihr erschrockener Gesichtsausdruck war ihm Antwort genug, und die Erkenntnis ließ ihn tief und gründlich einatmen.

„So eine verdammte Scheiße!", fluchte sie laut und wenig damenhaft auf. Ihrem Zorn verlieh sie noch mehr Ausdruck, indem sie wütend auf ihre Bettdecke eintrommelte. „Herrgott, Philip! Wie konnte ich nur so nachlässig sein!"

„Okay, dann bleibt mir nur noch, ein weiteres Mal mit unserer Versicherung zu sprechen. Vielleicht lässt sich da ja doch noch etwas machen, schließlich stand das Gebäude ja auf unserem Grund und Boden."

„Hallo! Die Scheune gehört euch nicht mehr, Philip!" Wieder fluchte sie. „Helge hat mich sogar noch darauf aufmerksam gemacht, dass eure Versicherung nach der Schenkung nicht mehr zuständig ist und ich deshalb möglichst bald eine neue abschließen müsste. Hah! Möglichst bald! Und ich hab es schlichtweg vergessen. Wochenlang! Herrschaftszeiten, wie dämlich kann man sein!" Sie atmete geräuschvoll ein. „Entschuldige, ich meinte natürlich ausschließlich mich selbst."

„Hab dich schon verstanden", erwiderte er und unterdrückte ein Grinsen. „Auch wenn es schwerfällt, ärgere dich nicht allzu sehr, Christa. Wir bauen die Scheune wieder auf."

„Und wer soll das bitte schön bezahlen, Philip?" Ihre Augenbrauen hoben sich, als er sie vielsagend ansah und ein Lächeln aufsetzte.

„Mal im Ernst, mein Lieber", fuhr sie fort. „Ich würde niemals so viel Geld von dir oder deinem Großvater annehmen. Ihr habt uns die Scheune geschenkt, und da wäre es nur recht und billig, wenn das Dorf auch dafür Sorge trägt, dass sie wieder aufgebaut wird." Sie seufzte. „Abgesehen davon, dass eigentlich ich die Eigentümerin gewesen bin. Nein, ich denke, wir müssen ganz schnell etwas organisieren, damit alle Lunauer in ihre Taschen greifen."

9. KAPITEL

Ein Weihnachtsbasar wäre eine gute Lösung", schlug Sina vor und blickte von ihrem Teller auf. „Samstag ist doch dieses Baum-Fest, von dem alle reden, und Sonntag haben wir schon den ersten Advent."

Der verheerende Brand der alten Scheune lag nun drei Tage zurück, und das Thema des Wiederaufbaus des beliebten Festgebäudes bestimmte noch immer den Lunauer Alltag und machte erst recht nicht vor dem Gutshof halt. Nachdem Sina nun endlich wieder vollständig genesen war, hatten Philip und der alte Baron sie zum Mittagessen eingeladen. Sie war der Einladung nur allzu gerne gefolgt, denn es gab Buchweizenpfannkuchen mit Heidelbeerkompott.

Helge von Hoven legte sein Besteck beiseite und nickte anerkennend. „Das ist eine großartige Idee, mein Sina-Mädchen! Jeder im Dorf hätte die Möglichkeit, etwas beizusteuern, und alle zusammen würden davon profitieren, sobald die neue Scheune wieder steht."

„Na, dann sollten wir das schnellstmöglich organisieren", entgegnete sie erfreut. „Heute Abend treffe ich Isabell und Lu. Mal sehen, was die beiden dazu sagen. Wir müssten es halt schaffen, dass wir in der kurzen Zeit möglichst viele Lunauer ins Boot holen." Von Helge blickte sie über den Tisch hinweg zu Philip. Er schenkte ihr ein Lächeln und löste damit abermals das vertraute Kribbeln in ihrem Bauch aus. Sie hatte sich schon daran gewöhnt, dass er diese Gefühle in ihr hervorrief, sobald er sie auch nur ansah. Aber deshalb maß sie dem längst nicht mehr Bedeutung bei, als sie für angebracht hielt.

„Rafael hat mir erzählt, dass ihr drei einen Kinoabend geplant habt", sagte er. „Er hat mich und Kjell auf ein Bier eingeladen. Bei der Gelegenheit werde ich die Sache ebenfalls ansprechen."

„Ihr könnt ja gerne noch weiter planen, aber ich muss leider langsam los", teilte Helge ihnen mit, erhob sich und griff nach seinem Gehstock, der wie üblich an der Rückenlehne seines Stuhls hing. „Übrigens wird mich Anke nach Lüneburg begleiten, Sina. Sie hat ohnehin ein paar Besorgungen in der Stadt zu machen."

„Wir hatten doch abgesprochen, dass ich Sie zu Ihrem Nachsorgetermin fahre, Herr von Hoven." Auch Sina erhob sich.

„Nein, nein, mein Mädchen! Bleiben Sie mal schön hier und genießen Sie Ihren freien Nachmittag. Mit Anke ist bereits alles abgesprochen. Sie kann in Ruhe ihre Einkäufe erledigen, während ich mich durch die diversen Stationen in der Klinik kutschieren lasse, da braucht niemand in irgendwelchen öden Warteräumen zu hocken und seine Zeit totzuschlagen, bis die Weißkittel sich endlich genug an mir ausgetobt haben. Diese Tortur wird eh wieder etliche Stunden dauern." Der Blick des alten Barons fiel auf seinen Enkel, dann zwinkerte er. „Philip kann Ihnen ja ein wenig Gesellschaft leisten."

Sina sah, wie Philip sein Rückgrat durchdrückte und dann ebenfalls aufstand. „Ich habe noch zu arbeiten."

Sie amüsierte sich ein wenig darüber, dass Philip dabei fast schuldbewusst dreinschaute. Offenbar fühlte er sich ertappt. Helge von Hoven war ein aufmerksamer Beobachter. Sicherlich hatte er längst bemerkt, dass sich zwischen ihr und seinem Enkel etwas abspielte, das über Freundschaft weit hinausging, von ihrem Arbeitsverhältnis einmal abgesehen. Es passte jedoch durchaus zu Philip, dass er hinter der augenzwinkernden Bemerkung seines Großvaters Zweideutigkeit vermutete und sie deshalb ein bisschen unangebracht fand.

„Ganz wie du meinst, mein Guter." Der alte Baron machte eine kleine Verbeugung in Sinas Richtung. „Wie immer war es mir ein besonderes Vergnügen, mit Ihnen zu speisen."

Wie immer war Helge von Hoven ganz reizend zu ihr. „Das Vergnügen war ganz auf meiner Seite, Herr Baron."

„Schon vor einigen Wochen habe ich Sie darum gebeten, mich einfach beim Vornamen zu nennen, Sina. Vielleicht tun Sie es ja irgendwann."

Sie wusste nicht so recht, was sie darauf antworten sollte, also lächelte sie nur.

„So, dann werde ich mich mal stadtfein machen“, ließ Helge sie wissen und verließ das Esszimmer.

Anke kam in dieser Minute herein. Sie hatte bereits einen schwarzen Wollmantel über dem Arm und einen bunten Schal um den Hals geschlungen, trug jedoch noch ein Tablett, auf dem sich eine Kaffeekanne und zwei Tassen befanden, und stellte es zwischen ihnen auf dem Tisch ab. „Ich bin dann die nächsten Stunden weg, Herr von Hoven“, sagte sie lächelnd zu Philip. „Ihr Großvater hat mir versprochen, mich nach seiner Untersuchung noch auf ein Stück Torte einzuladen. Ihnen beiden einen schönen Nachmittag!“

Damit war auch sie verschwunden.

Philip fühlte sich innerlich wie aufgepeitscht. Seit Tagen tobte nun schon eine Unruhe in ihm, deren Ursprung ihm nur allzu gut bewusst war. Er begehrte Sina so sehr, dass er sein Verlangen bald nicht mehr unter Kontrolle haben würde. So viel zu seiner Annahme, der Reiz würde vergehen, sobald er mit ihr geschlafen hatte. Viel eher war genau das Gegenteil eingetroffen.

Wenn er ihre allererste Begegnung vor vielen Jahren beiseiteließ, hatten sie nach ihrem ersten Mal noch nicht wieder miteinander geschlafen. Ständig war etwas dazwischengekommen, hatte sie gestört, oder es hatte schlicht nicht gepasst. Dann war Sina krank geworden. Er hatte sie umsorgt, einmal sogar bei ihr übernachtet und sie begehrt, von Tag zu Tag immer mehr, heftiger, brennender. Das Verlangen nach ihr war stärker, als es jemals zuvor gewesen war. Hinzu kam noch das quälende Gefühl der Eifersucht. Er hatte keine Ahnung, wie es um Sina und diesen Dehlbrück stand. Sie hatte den Besuch ihres geschiedenen Mannes nicht einmal mehr erwähnt. Eigenartigerweise machte ihm das erst recht Sorgen.

Nachdem Anke und sein Großvater gegangen waren, hatte auch er sich wieder zurück an den Tisch gesetzt. Den Kaffee, den Anke ihnen serviert hatte, konnte er nach dem Essen sehr gut gebrauchen. Sina saß ihm gegenüber, nippte an ihrer Tasse und unterhielt sich mit ihm, als wären sie nicht mehr als alte Freunde, das machte ihn völlig verrückt.

Sie sprach über die Brände, über ihre Idee vom Weihnachtsbasar … und in jeder Sekunde konnte er nur daran denken, wie sehr es ihn nach ihr verlangte. Wie sehr er es ersehnte, sie wieder nackt und voller Leidenschaft betrachten zu können, zuzusehen, wie sie vor Lust fast verging, im Wissen, dass er allein der Grund dafür war.

Verflucht! Schon während des gesamten Essens war er erregt, und seine Gedanken machten es nicht besser. In seinen Lenden pochte es heiß, wieder mal.

„Wir müssen uns endlich über meine Anstellung unterhalten, Philip", sagte sie in diesem Moment und sah ihn an. „Du bist so schweigsam. Ist alles in Ordnung?"

Er musste sich räuspern. „Ja, alles ist gut." Ein bewusst tiefer Atemzug half ihm kaum weiter. „Deine Anstellung? Was ist damit?"

Sie seufzte und verdrehte ihre schönen Augen … Und, oh Gott! Sie leckte über ihre Unterlippe!

„Philip, ich habe hier nun wirklich nicht mehr viel zu tun. Und das wenige kommt mir auch schon vor wie eine reine Arbeitsbeschaffungsmaßnahme. Seit es deinem Großvater besser geht, kann ich viel mehr Stunden in der Praxis arbeiten. Dort verdiene ich inzwischen genug, um meinen Lebensunterhalt bestreiten zu können. Der alte Baron braucht mich überhaupt nicht mehr, und das weißt du sehr genau!"

Sie erhob sich, stellte ihre leeren Tassen zurück auf das Tablett und nahm es auf, um es in die Küche zu tragen. Kurz vor der Tür blieb sie stehen und drehte sich wieder zu ihm um. „Da ich gerne länger hier in Lunau bleiben würde, sag mir endlich, wie viel Miete ich euch für das Haus zahlen soll. Ich werde das dann sofort in die Wege leiten, damit ab Dezember alles seine Richtigkeit hat. Bitte, Philip, tu mir den Gefallen, sonst entscheide ich selbst und überweise dir einfach irgendeinen angemessenen Betrag, damit es mir besser geht. Ich brauche nur bei Lu nachzufragen, sie hat schließlich selbst einige Monate in dem Haus gelebt."

„Ich werde darüber nachdenken und dir in den nächsten Tagen Bescheid geben", erwiderte er von ihrer Beharrlichkeit und Vehemenz beeindruckt.

„Danke, das wäre echt nett." Ihr Blick senkte sich auf das Tablett in ihren Händen. „Ich räume das hier nur noch schnell weg, dann gehe ich, und du kannst in Ruhe arbeiten." Sie drehte sich um und verließ das Esszimmer.

Sie sah heute besonders umwerfend aus, das war ihm sofort aufgefallen, als sie vorhin eingetroffen war. Ihre übliche Alltagskleidung bestand meist aus Jeans, karierten Blusen, passenden T-Shirts unter Strickjacken oder Pullis, doch heute hatte sie einen leicht ausgestellten dunkelroten Wollrock an, der kurz unter ihren Knien endete. Dazu trug sie eine schlichte weiße Hemdbluse und hohe schwarze Lederstiefel. Ein breiter, ebenfalls schwarzer Lackgürtel betonte die schmale Taille. Ihr wunderschönes Haar war im Nacken zu einem lockeren Knoten verschlungen, aus dem sich wie zufällig einige rotbraune Strähnen gelöst hatten. Philip kannte die Frauen und wusste, dass es kein Zufall war. Eigentlich war es ein betont klassisches Outfit, nicht unbedingt darauf ausgerichtet, sonderlich verführerisch zu wirken, aber auf ihn hatte es eine geradezu verheerende Wirkung.

Um irgendetwas zu tun, erhob er sich, griff nach der Kaffeekanne, die sie vergessen hatte, und folgte Sina. Sie war dabei, das Geschirr in die Spülmaschine zu sortieren, als er zu ihr in die Küche kam und die Kanne auf dem Tisch abstellte.

Nur kurz sah sie auf, wandte sich dann wieder ab und arbeitete weiter. Er sah, wie sie sich immer wieder bückte, und unterdrückte ein Stöhnen, dann verließ er nahezu fluchtartig die Küche, ging hinüber in die Bibliothek und verschanzte sich hinter seinem Schreibtisch.

Ohne etwas zu sehen oder gar zu kapieren, starrte er in den Aktenordner, der aufgeschlagen vor ihm lag, und versuchte dabei, den letzten Rest seiner Selbstbeherrschung zusammenzukratzen. Als kurz darauf die Tür aufging und Sina hereinkam, wusste er bereits, was gleich geschehen würde.

Immerhin brachte sie ein Lächeln zustande, das fand sie erstaunlich. Jedenfalls fühlte es sich wie ein Lächeln an, und sie konnte nur hoffen, dass es für ihn auch so aussah. Sina schloss hinter sich die Tür und ging langsam auf den mächtigen Schreibtisch zu, hinter dem Philip saß und ihr schweigend und mit eherner Miene entgegenblickte.

Seit Tagen sehnte sie sich nun schon nach seiner Berührung, gierte regelrecht danach, auch ihn wieder berühren zu dürfen. Ihre Libido war schon immer recht ausgeprägt gewesen, das wusste sie. Zumindest ausgeprägter als bei anderen Frauen, wenn sie den Erzählungen von Freundinnen und Kolleginnen glauben konnte. Doch nie zuvor hatte ihre Begierde so sehr ihren gesamten Tagesablauf dominiert. Bei Philip erschien ihr alles extremer, heftiger, heißer. Das Verlangen ebenso wie die Lust, die er in ihr auszulösen vermochte. Ihm während des Essens gegenübersitzen zu müssen war einer Tortur gleichgekommen, so sehr verlangte ihr Körper nach ihm.

Ihr fiel auf, dass seine Augen ganz dunkel waren, als sie ihm gegenüberstand. Nur noch der große Schreibtisch trennte sie voneinander.

„Könntest du das wegnehmen?“, fragte sie und deutete auf den Ordner, der vor ihm lag. Sie bemerkte die Heiserkeit ihrer Stimme, wunderte sich aber nicht darüber. „Ich bräuchte den Platz“, fügte sie hinzu und schaffte es erneut, zu lächeln.

Er erwiderte ihr Lächeln nicht, nickte nur, schlug den Aktenordner zu und schob ihn beiseite, dann sah er sie wieder an. Sein Blick war intensiv und dunkel. In diesem Moment erkannte sie, dass sein Begehren ebenso groß war wie ihres.

„Bleib sitzen“, sagte sie mit dieser fremden heiseren, fast verrucht klingenden Stimme und kam um den Tisch herum zu ihm. Sofort rückte er ein Stück zurück, um ihr Platz zu machen. „Bleib einfach sitzen!“

„Okay.“ Auch er klang anders als sonst. Sein dunkler Blick wirkte verhangen, als er zu ihr aufsah.

Sie setzte sich auf den Schreibtisch, woraufhin er wieder etwas näher rückte. Langsam öffnete sie die Hand und ließ ihr Höschen auf seinen Schoß fallen. Bereits vor der Tür hatte sie es ausgezogen.

Er stöhnte auf. „Du bist wirklich unvergleichlich“, flüsterte er und griff nach ihr, wollte seine Hände unter ihren Rock schieben.

„Warte“, gebot sie ihm Einhalt. „Noch nicht, Philip.“ Lächelnd hob sie ihre Beine an, spreizte sie und stellte ihre Stiefelspitzen links und rechts von ihm auf die Armlehnen seines Schreibtischsessels.

„Oh Gott, Sina!“

„Öffne zuerst deine Hose“, forderte sie ihn auf. „Und dann mach's mir, Philip! Mach es mir, damit ich endlich wieder normal atmen und denken kann.“

Niemals in seinem Leben hatte er etwas Vergleichbares erlebt. Keine Frau hatte ihre Wünsche jemals so ungehemmt in Worte gefasst, wie Sina es tat. Er war wie berauscht, konnte kaum atmen, als er seine Hände auf die Außenseiten ihrer Beine legte und ihren Rock ganz nach oben schob. Sie trug Strümpfe, schwarz und halterlos. Sie glänzten seidig und endeten in einem breiten Spitzenrand, der die elfenbeinfarbene Haut ihrer Oberschenkel nur noch deutlicher hervorhob. Es war eine Ewigkeit her, dass er es mit einer Frau zu tun gehabt hatte, die keine Strumpfhose trug.

Ganz plötzlich erinnerte er sich daran, dass sie auch damals auf dem Pralinenball Strümpfe und keine Strumpfhose getragen hatte. Er hörte, wie sein Atem zu einem Keuchen wurde. Ein gleichmäßiges lautes Keuchen, er konnte nichts dagegen tun, und er wollte es auch gar nicht.

„Philip!“ Ihre blaugrünen Augen glänzten vor Lust, als seine Daumen die Innenseiten ihrer Oberschenkel erreichten. Sie zitterte vor Erwartung. „Bitte“, keuchte sie. „Bitte!“

Bedächtig schob er seine Hände noch ein wenig höher, bis seine Daumen ihr Ziel erreichten. Langsam bewegte er seine Daumen über die weiche Haut ihrer Schamlippen, streichelte sie immer wieder, ohne das Tempo zu steigern. Hinauf und hinunter. Wieder und wieder. Seine Erektion pulsierte, sehnte sich danach, in sie einzutauchen, um das Feuer zu löschen, dennoch behielt er den sachten Rhythmus bei.

Er beobachtete sie, sah, wie sehr sie diese besondere Spielart genoss. Sie forderte nicht mehr, sondern lehnte sich zurück und begann immer lauter zu stöhnen, schrie fast. Ihre Beine begannen immer stärker zu zittern. Und dann kam sie, ohne dass er ihre Klitoris auch nur ein einziges Mal berührt hätte. Er holte das nach, beugte sich vor und senkte seinen Mund auf sie, leckte sie und ließ sie abermals kommen. Dieses Mal schrie sie laut auf, als die Wellen einsetzten.

„Kannst du jetzt wieder normal atmen und denken?", fragte er mit einer Stimme, die ihm völlig fremd erschien, als sie auf seinem Schreibtisch zusammensank und nach Atem rang.

„Ja, oh ja!" Dann, ohne dass er sie dazu auffordern musste, glitt sie rittlings auf seinen Schoß und nahm ihn in sich auf. „Fast!"

Er presste sie an sich, küsste sie wie ein Ertrinkender. Es dauerte keine Minute, bis er sich laut stöhnend in sie ergoss.

„Bring mich nach oben in dein Bett", sagte sie schwer atmend. „Ich will mehr."

„Oh ja, meine Schöne." Er konnte es kaum erwarten und hob sie ruckartig auf seine Arme.

Für Rafael Brix war es noch immer etwas Besonderes, wenn er Abende wie diese gemeinsam mit seinen beiden besten Freunden verbringen konnte. Hätte jemand ihm noch vor wenigen Monaten erzählt, dass er schon bald wieder in Lunau, sogar in einem neuen eigenen Haus leben würde, er hätte wohl nur laut gelacht, den Kopf geschüttelt und denjenigen für einen hirnlosen Träumer gehalten.

Es war anders gekommen.

Sein Leben hatte sich von Grund auf verändert. Jede Menge war passiert im vergangenen Jahr. Vor allem aber war Luisa passiert! Sie hatte seine Dämonen vertrieben oder hielt sie zumindest erfolgreich in Schach, so waren sie harmlos und klein geworden. Luisa hatte sein Leben in Ordnung gebracht und ihm das Glück und seine Heimat zurückgegeben. Schon allein dafür würde er diese kleine tollpatschige Frau für alle Zeiten rasend lieben und vergöttern.

Nun saß er hier – in dem Haus, das er noch vor gar nicht langer Zeit für sie hatte bauen lassen und nun gemeinsam mit ihr bewohnte, in dem Wohnzimmer, das inzwischen bis hinein in die letzte Ecke Luisas Handschrift trug – zusammen mit Kjell und Philip, den beiden Männern, die ihm seit seiner Kindheit vertraut waren, als wären sie Brüder. Wie immer hielten sich seine Freunde an ihrem geliebten Rotwein fest, während er beim Bier blieb. So war es schon immer gewesen. Sie waren so unterschiedlich, und doch bildeten sie eine stählerne Einheit, die nahezu unanfechtbar machte. In all den Jahren der Trennung war ihnen die tiefe Verbundenheit geblieben, das war eigentlich das größte Wunder.

Kjell und Philip waren gerade in ein Gespräch über die fast überstandene Grippewelle vertieft, die in den vergangenen drei Wochen das Dorf heftig in Atem gehalten hatte. Rafael hörte überwiegend zu, doch seine Gedanken schweiften immer wieder ab. Er ließ seinen Blick zu Kjell wandern, dem Arzt, dem großen und verlässlichen Freund, und musste lächeln. Es erschien ihm, als wäre Kjell schon immer da gewesen und hatte alles in Ordnung gebracht, für ihn und für Philip. Das Verantwortungsgefühl dieses Mannes schloss zudem unaufgefordert alle Menschen mit ein, die auch seinen Freunden wichtig waren. Kjell war der Fels in jeder Brandung – und sei sie noch so tosend und bedrohlich. Sowohl seine körperliche als auch seine geistige Kraft waren legendär. Man konnte sich auf ihn verlassen. Immer!

Rafaels Blick glitt zu Philip, dem edlen, guten Philip! Wie oft hatte er diesen Kerl schon für alles Mögliche bewundert? Er konnte es nicht sagen, denn es waren unzählige Male gewesen. Auch er war durch und durch ein verlässlicher Freund. Klug, überlegt und gewissenhaft, aber auch enorm feinsinnig und kreativ. Mit Kreativität kannte sich Rafael selbst bestens aus, denn diese Eigenschaft teilte er mit seinem Freund. Philip jedoch hatte auch noch das unglaubliche Talent, Menschen sehr schnell und umfassend für sich einzunehmen, ohne sich besonders dafür anstrengen zu müssen. Er war ein Charmebolzen erster Güte, hatte früher selbst die strengsten Lehrer und besonders die Lehrerinnen mühelos um den Finger gewickelt und auf diese Weise so manches Eisen für sie alle drei aus dem Feuer geholt. Wie oft hatten sie Witze darüber gemacht, dass der Baron wahrscheinlich auf jeder Bühne der unangefochtene Star sein würde. Doch Philip hatte niemals Ambitionen gehabt, die ihn auf die Bretter getrieben hätten, stattdessen schrieb er – und das machte er großartig. Obwohl er selbst künstlerisch tätig war, bewunderte Rafael auch das.

„Was hältst du davon, Rafa?", riss Philip ihn plötzlich aus den Gedanken.

„Ähm ... Entschuldige, was meinst du?"

Kjell und Philip schüttelten einheitlich die Köpfe und lachten nachsichtig. Sie nahmen einander nichts übel, dafür kannten sie sich zu gut. Auch das war charakteristisch für ihre Freundschaft. „Sina hat vorgeschlagen, einen Weihnachtsbasar zugunsten des Scheunen-Wiederaufbaus zu veranstalten", erläuterte Philip.

„Na, das ist doch eine erstklassige Idee! Die Frauen könnten backen ... ähm ... und Schals und Mützen häkeln oder was weiß ich. Wäre passend, ich bräuchte gerade einen neuen warmen Schal." Er grinste bewusst verschmitzt.

Wieder lachten Kjell und Philip wie aus einer Kehle. „Meine Herren, Angel, du bist so ein verdammter Chauvinist!", sagte Kjell.

„Wieso? Was denn?" Natürlich wusste er genau, was seine Freunde meinten, aber er fühlte sich dann und wann noch immer ganz wohl, in der Rolle des wilden und etwas ungehobelten

Typen. Kjell und Philip wussten derartige Bemerkungen von ihm einzuordnen. Auch er musste jetzt lachen. „Nein, im Ernst, ich könnte ein Bild malen. Irgendwo habe ich noch ein paar Fotos von der Scheune und dem Pavillon, die würden sich super als Vorlage eignen. Das habe ich schon mal gemacht."

„Guter Vorschlag und ein grandioses Angebot! Ein Bild von dir wird sicherlich ein nettes Sümmchen in die Scheunen-Kasse spülen", lobte Philip lächelnd. „Ich habe mit unseren Stallburschen gesprochen. Wir könnten Reitstunden und Kutschfahrten anbieten. Außerdem noch Stunden mit den Pferden und ausgiebige Besichtigungen und Workshops im Stall. Kinder und Jugendliche lieben das, und die Ställe des Guts sind ja normalerweise nicht öffentlich zugänglich. Mal sehen, ob uns noch mehr einfällt, wofür die Leute zahlen würden."

„Meine Bella wird tatsächlich backen, wie ich annehme", warf Kjell lachend ein. „Ich selbst muss mir dann auch noch Gedanken machen, wie ich mich einbringen kann. Ich denke, eine Spende tut es auch."

„Ja, und Lu wird einzigartige Adventsgestecke binden und allerlei Dekorationen zaubern. Das wird ihr riesigen Spaß machen, so wie ich sie kenne." Rafael deutete auf die leeren Gläser seiner Freunde. „Wollt ihr noch was trinken?"

Kjell schüttelte den Kopf, aber damit hatte er bereits gerechnet. Der Arzt trank abends selten mehr als ein Glas Wein, dafür nahm er seinen Beruf zu ernst. Und passieren konnte wirklich immer etwas. „Ich halte mich ab jetzt am Wasser fest."

„Ein Glas geht bei mir noch", erwiderte hingegen Philip, bediente sich jedoch selbst, da die Flasche zwischen ihnen auf dem Tisch stand.

Rafael erhob sich, um sich noch ein Bier aus dem Kühlschrank zu holen. Als er zurück ins Wohnzimmer kam, sprachen seine Freunde über Sina Rosenborn.

„Sie ist richtig gut in ihrem Job. Ruth hat nicht übertrieben", sagte Kjell gerade. „Ich würde sie nur zu gerne halten, so viel steht fest." Er lächelte leicht. „Zumindest hat sie, kurz bevor das

Virus auch sie niedergestreckt hat, ihre Stunden in der Praxis aufgestockt, das lässt hoffen. Die Patienten lieben sie. Nicht nur Ruth und ich haben sie schmerzlich vermisst, während sie krank war."

„Na ja, nun ist sie ja wieder richtig fit", sagte Philip und nahm einen Schluck von seinem Wein.

Die Art, wie er diesen einfachen Satz betonte, ließ Rafael aufhorchen. „Haben wir da eventuell was verpasst, mein Alter?", hakte er grinsend nach.

„Och …" Philip schmunzelte ebenfalls, und auch Kjell zog seine Mundwinkel nach oben, sah Rafael an, nickte und wackelte mit den Augenbrauen.

„Du vögelst den Rotfuchs, richtig?"

„Herrgott, Rafa!" Philip schüttelte den Kopf.

„Hey, ich nenne die Dinge eben gerne beim Namen, was soll's. Du kennst mich doch." Er setzte seine Bierflasche an die Lippen und trank sie in einem Zug fast halb leer. „Nun komm schon, Baron, lass uns teilhaben!"

„Kein Chance, mein Bester", erwiderte Philip und setzte sein Glas an die Lippen.

„Also tust du es. Ha! Ich wusste es!" Rafael feixte. „Ich hätte mit Lu eine Wette abschließen sollen, dass du Sina noch vor Weihnachten flachlegst. Luisa war nämlich der Meinung, Sina könnte dich vielleicht wegen ihres Exmannes noch hinhalten." Er hob seine Flasche und prostete Philip anerkennend zu, doch der lächelte jetzt nicht mehr.

„Meine Herren! Und ich kriege wieder mal nichts mit", bemerkte Kjell. „Isabell hat die Sache zwischen euch mit keinem Wort erwähnt." Er beugte sich leicht zur Seite und klopfte Philip auf die Schulter. „Adel verpflichtet, was?"

„Wieso glaubt Lu, Sina würde mich wegen ihres geschiedenen Mannes auf Abstand halten?", wollte Philip wissen, ohne auf Kjells Bemerkung einzugehen.

Die Miene seines Freundes war jetzt tatsächlich sehr ernst. Verwundert sah er kurz zu Kjell, doch der zuckte nur leicht mit seinen Schultern und hob seine Augenbrauen. Rafael holte Luft. „Hör mal, Baron, es ist doch kein Geheimnis, dass der Typ ständig hier in Lunau auftaucht. Das müsstest doch auch du mitbekommen haben."

„Das habe ich ja auch. Dieser Dehlbrück und ich sind uns schon mehrmals begegnet", gab Philip zurück. „Ich möchte nur wissen, was Lu dazu zu sagen hat, mehr nicht."

Rafael sah ihn an. „Sag mal, willst du, dass ich mich bei meiner Kleinen in die Nesseln setze?"

„Natürlich nicht! Ich würde nur gerne ein bisschen klarer sehen."

„Du willst eigentlich nur wissen, ob sich mehr Einsatz überhaupt lohnt, sehe ich das richtig?", mischte sich Kjell ein.

„So ungefähr", erwiderte Philip. „Auch wenn ich es etwas anders ausdrücken würde. So, wie du es sagst, trifft es nicht ganz den Punkt. Es ist eher so, dass ich mir … hm, sagen wir mal … nicht um jeden Preis selbst ein Bein stellen möchte."

„Er wird kryptisch", sagte Rafael an Kjell gewandt. „Das ist kein gutes Zeichen."

„Sehe ich auch so", stimmte Kjell zu und grinste.

„Sehr witzig, Jungs. Ihr seid mir eine große Hilfe."

„Ach du Scheiße, Baron! Es ist dir also tatsächlich ernst mit dem Mädchen?" Rafael blies seine Wangen auf und griff erneut nach seinem Bier.

„Das weiß ich noch nicht so genau, wenn ich ehrlich bin. Zurzeit ist mein größtes Problem, ob es mir überhaupt gefallen würde, wenn dem denn so wäre. Meine Erfahrungen auf diesem Gebiet beziehen sich ja hauptsächlich auf … nun ja … eben auf die körperlichen Aspekte einer Beziehung."

Rafael wechselte einen aussagekräftigen Blick mit Kjell. „Wenn du so verdreht daherredest, Phil, dann ist es dir verdammt ernst, das können der Doktor und ich dir aus Erfahrung locker voraussagen. Das Verleugnen der eigenen Gefühle ist ein sicheres Anzeichen, glaube mir. Ich weiß genau, wovon ich spreche. Tja … man könnte es auch so zusammenfassen: Du bist erledigt, Baron! Tut mir ja leid, dass ich dir das so deutlich sagen muss."

„Absolut richtig!", bekräftigte Kjell. „Zustimmung auf der ganzen Linie."

Rafael entschied sich dafür, dass sein Freund jede Information verdiente, die er bekommen konnte, um in der Sache so klar wie nur möglich zu sehen. „Lu hat mir gegenüber angedeutet, dass der Typ, also dieser Dehlbrück, ihrer Meinung nach Sina um jeden Preis zurückerobern will und nur deshalb ständig hier herumlungert. Die beiden scheinen außerdem noch immer eine enge Bindung zueinander zu haben, was es ihm leichter machen könnte. Die Scheidung ist ohnehin eher auf ein ungutes Erlebnis, einen Vorfall oder was auch immer zurückzuführen als auf das allgemeine Scheitern der Ehe, soweit Lu es mitbekommen hat. Genaueres hat sie mir aber nicht erzählt, und ich muss zugeben, bis gerade eben hat mich das Thema auch nicht sonderlich interessiert."

Mit ernster Miene hatte Philip ihm zugehört. Jetzt nickte er. „Mit anderen Worten, Luisa geht offenbar davon aus, dass Dehlbrück Erfolg haben könnte?"

„So was kann doch kein Außenstehender wirklich beurteilen", warf Kjell ein, wahrscheinlich um Philip ein wenig zu beruhigen, nahm Rafael an, denn er selbst kassierte gleichzeitig einen vorwurfsvollen Blick. Es hätte ihm klar sein müssen, dass Kjell anders und etwas umsichtiger an die Sache herangegangen wäre. Dennoch war er überzeugt davon, dass es für jeden Mann besser war, wenn er seine Feinde von vornherein kannte.

„Das sehe ich anders. Ich glaube, dass Lu die Sache sehr gut beobachtet hat", sagte Philip nachdenklich.

„Phil hat recht, Kjell. Wenn ich eines von und über Frauen gelernt habe, dann, dass sie alles, und ich meine wirklich alles, über ihre Freundinnen wissen. Die ticken einfach anders als wir."

„Hey, ich weiß auch alles über dich, Angel", erwiderte Kjell grinsend.

„Träum weiter, Doktor. Träum weiter!"

Sina fühlte sich großartig, als sie zusammen mit ihren beiden neuen Freundinnen aus dem Kino kam. Sie hatten eine herrliche Liebeskomödie gesehen. Ihrer guten Laune, die sie ohnehin seit heute Nachmittag, seit dem unglaublichen Sex mit Phillip beseelte, war das sehr entgegengekommen.

„Wollen wir die Jungs eine Stunde länger sich selbst überlassen und dort in der Bar noch einen Cocktail trinken gehen?", fragte Luisa und deutete auf den Eingang eines Lokals, das sich ein Stück weiter die Straße hinunter befand. „Für dich gibt es natürlich nur einen leckeren Obstcocktail ohne Alkohol", fügte sie mit einem strengen Blick auf Isabell hinzu. „Na, was meint ihr, Mädels?"

„Ich finde, das ist eine tolle Idee!", erwiderte Sina.

„Unbedingt", schloss sich auch Isabell lächelnd an. „Die Männer haben sich auch mal einen Abend ohne uns verdient."

„Allerdings wirst du dich ganz allein betrinken müssen, Lu", kündigte Sina an. „Da ich ja noch fahren muss, werde auch ich mich auf einen alkoholfreien Drink beschränken."

Kurz darauf saßen sie zusammen an einem kleinen ruhigen Ecktisch in der besagten Bar und genossen ihre bunten Cocktails. *„Sex on the beach* wollte ich schon immer mal probieren." Luisa kicherte.

„Apropos Sex", kam es von Isabell. „Sina, du siehst heute irgendwie … na ja, noch viel rosiger aus als sonst." Auch sie kicherte. „Ich nehme an, das liegt an Philip?"

Sina rührte in ihrem hellroten Fruchtcocktail und stimmte in das allgemeine Gekicher mit ein. „Jaaahaaa!"

„Erzähl!", forderte Luisa sie auf, klimperte mit den langen Wimpern und rückte noch ein Stückchen näher. „Wir wollen alle Einzelheiten. Gerne nehmen wir auch die schmutzigen."

„Genau!", bekräftigte Isabell. „Wir sind deine Freundinnen und *müssen* alles wissen, Sina. Du hast keine Wahl."

„Na ja, wir hatten Sex", gab Sina zu und setzte ein Grinsen auf, dann zog sie erneut an ihrem Strohhalm. „Richtig tollen Sex, um genau zu sein."

„Ach!“ Luisa sah sie entgeistert an. „Hallo! Wo bleiben die Details, Liebelein?“

„Einzelheiten bekommt ihr nicht. Nur so viel: Er ist echt *heiß*!“ Sina lachte über den enttäuschten Gesichtsausdruck ihrer Freundinnen und schüttelte den Kopf. „Der Rest gehört mir, ganz allein mir.“

„Hört, hört!“, sagte Isabell und hob ihr Glas. „Das nenne ich doch mal eine intime Beziehung.“

„Oh, bitte sag mir, dass es auch eine total romantische Beziehung ist!“, warf Luisa ein und legte den Kopf schief. „Du weißt doch, ich liebe schöne Liebesgeschichten, und Philip ist so ein toller Mann!“

Sina musste lachen. Luisa war wirklich eine unerschütterliche Romantikerin. Sie fand es rührend, dass Isabell ihrer gemeinsamen Freundin in diesem Augenblick liebevoll über die Wange strich. „Und du bist so süß, Lu.“

„Na, ist doch wahr!“, entgegnete Luisa und verzog schmollend den hübschen Mund. „Philip ist großartig, und ich möchte einfach, dass er die beste Frau für sich bekommt.“

Um eine leichte Verlegenheit zu überspielen, griff Sina schnell wieder nach ihrem Cocktail. „Danke für dein Vertrauen, aber so weit sind er und ich noch lange nicht.“

„Aber es könnte dazu kommen?“ Luisa klang hoffnungsvoll.

„Ich weiß es noch nicht“, antwortete Sina wahrheitsgemäß. „Eigentlich passt das überhaupt nicht in meine Pläne.“

„Was für dämliche Pläne sind das denn?“, wollte Luisa wissen und brachte sie und Isabell sofort wieder zum Lachen.

„Lu, ich bin nach Lunau gekommen, weil ich dringend Abstand zu meinem bisherigen Leben brauchte. Ich wollte endlich einen guten Neuanfang“, erklärte sie, nachdem sie wieder ernst geworden war. „Nur deshalb bin ich Ruths Ruf gefolgt, verstehst du.“

„Wenn du dich frisch verliebst, ist das doch der beste Neubeginn, den man sich nur vorstellen kann“, bemerkte Isabell.

Sina fand, dass Isabell im Grunde nicht ganz unrecht hatte. „Ich weiß, aber ich … Also, ich wollte mir die Zeit geben, endlich einen Weg zu finden, über den Verlust meines Babys hinwegzukommen oder wenigstens besser damit zurechtzukommen." Jetzt war es heraus, bevor sie es sich hätte anders überlegen können. Sie hatte nicht darüber sprechen wollen. Zumindest so lange nicht, bis Isabell ihr Baby gesund auf die Welt gebracht hatte.

Wie zu erwarten war, verfielen ihre Freundinnen sofort in ein vorübergehendes und sichtbar erschrockenes Schweigen. *Mist!*

„Du hast … dein Baby verloren?", fand Isabell schließlich zuerst den Mut, nachzufragen.

„Ja, Isa, das habe ich. Es ist jetzt gut zweieinhalb Jahre her. Und ich … herrje, ich wollte es eigentlich gar nicht herauslassen. Du bist …"

„So ist es, Sina, ich bin schwanger! Das wolltest du doch sagen, oder? Aber bitte, glaube nicht, dass ich deshalb eine zerbrechliche Kristallfigur wäre! Ich kann auch schwanger eine verlässliche Freundin sein, weißt du! Selbst wenn es um Babys geht. Ich weiß sehr wohl zu differenzieren!"

Isabell wirkte ein wenig eingeschnappt, was Sina auf die Hormone schob. Luisa blieb noch immer still, sah mit großen feuchten Augen von einer zur anderen. „Isabell, auch wenn wir zwei uns noch nicht sehr lange kennen, weiß ich inzwischen sehr genau, dass du eine wunderbare Freundin bist", entgegnete Sina sofort. „Du solltest mich jetzt nicht falsch verstehen. Ich wollte dich nur schonen und hätte dir … und auch Lu schon sehr bald von meinem Kummer und der schlimmsten Zeit in meinem Leben berichtet. Sei mir nicht böse, bitte!"

Isabells Miene wurde sofort weich. „Ach, Süße, natürlich bin ich dir nicht böse. Ich war nur kurz ein wenig enttäuscht, dass du uns erst jetzt davon erzählst."

„Du wolltest es schon eher tun, nicht wahr?", brachte sich jetzt auch Luisa wieder in das Gespräch mit ein.

„Das stimmt, Lu. Ich wollte es eigentlich sogar schon viel eher tun. An unserem ersten Mädelsabend habe ich es schon tun wollen. Aber dann bist du plötzlich zusammengeklappt, Isa, erinnerst du dich? Später hat sich kaum noch die Möglichkeit zu einem ruhigen Gespräch ergeben."

„Ja, Mist! Mein saublödes Schwangerschaftserbrechen, und dann kam eigentlich auch schon die widerliche Grippe über uns."

„Genau." Sina holte noch einmal tief Luft, zog erneut an ihrem Trinkhalm und sah ihren Freundinnen nacheinander in die Augen.

Sina sah sich um. Die Bar war um diese späte Stunde nicht mehr besonders gut besucht. Es war mitten in der Woche, und selbst die Studenten der kleinen Universitätsstadt saßen wahrscheinlich überwiegend auf dem Sofa vor dem Fernseher oder lagen bereits in ihren Betten. Ein Blick auf ihre Armbanduhr sagte ihr, dass es bereits auf Mitternacht zuging. „Eigentlich ist es kurz erzählt, auch wenn es mein Leben so nachhaltig verändert hat. An dem Tag hatten Falk und ich einen heftigen Streit. Wir standen in der Werkstatt, nicht weit entfernt von der Treppe, die in den Keller führte."

„Oh nein!", warf Luisa ein und hielt die Hand vor den Mund.

Sina blickte kurz zur Bar, doch der Mann hinter dem Tresen stand ein gutes Stück von ihnen entfernt und spülte Gläser. Die Tische rechts und links von ihrem waren unterdessen leer. „Wir haben uns furchtbar angeschrien. Es ging um die Insolvenz, die Falks Autowerkstatt drohte. Seit wir wussten, dass wir ein Kind bekommen würden, machte Falk sich von Tag zu Tag mehr Sorgen um unsere finanzielle Absicherung, und er hatte auch allen Grund dazu. Zu dem Zeitpunkt war ich im fünften Monat schwanger, und es wurde langsam eng. Die Schulden fraßen bereits meinen gesamten Lohn auf, und wir wussten, dass auch der für einige Zeit wegfallen würde, sobald das Kind auf der Welt war. Mein damaliger Mann versuchte, mich dazu zu bringen, endlich meinen Vater um Geld zu bitten, was ich jedoch rigoros abgelehnt habe. Niemals wieder wollte ich mich finanziell von ihm abhängig machen, versteht ihr?"

Sie musste schlucken und kämpfte die Tränen zurück, die bei der Erinnerung an den furchtbarsten Tag in ihrem Leben ihre Kehle eng werden ließen. „Im Verlauf des Streits hat Falk mich schließlich als verwöhntes und egoistisches Luxusmäuschen bezeichnet. Damit hatte er einen ohnehin ziemlich schwachen Punkt von mir getroffen, und die Schwangerschaftshormone haben wohl auch eine Rolle gespielt. Jedenfalls hätte ich ihm daraufhin um ein Haar eine Ohrfeige verpasst. Falk jedoch … Also, er hat im Reflex reagiert und ebenfalls die Hände gehoben. Ich bin gegen seinen Unterarm gestoßen und …“ Sie brach ab, weil nun doch ein leises Schluchzen aus ihrer Kehle hervorbrach.

„Du bist die Treppe heruntergestürzt, nicht wahr?“, folgerte Isabell richtig.

Sina nickte, während sie ein Papiertaschentuch entgegennahm, dass Luisa ihr bereits hinhielt. „Es ging alles furchtbar schnell. Falk hat noch versucht, nach mir zu greifen und mich festzuhalten, aber ohne Erfolg. Natürlich hat er sofort einen Krankenwagen gerufen, doch ich erlitt eine Fehlgeburt, und sie konnten unser Baby nicht retten“, sagte sie und wischte sich die Augen. „Ich erwähnte ja schon mal, dass unsere Ehe … nun, sie war, zumindest von meiner Seite aus, nicht unbedingt im Himmel geschlossen worden, also hat sie dieses Unglück auch nicht verkraftet. Wir haben uns gegenseitig grauenvolle Vorwürfe gemacht, das kann nicht gut gehen. Auch wenn Falk es monatelang nicht einsehen wollte, dass wir miteinander am Ende waren, habe ich schon kurze Zeit später die Scheidung eingereicht.“

„Das ist so traurig“, brachte Luisa stockend hervor; auch ihr liefen Tränen über das Gesicht, doch Isabells Blick blieb fest.

„Weißt du, Süße“, erwiderte Isabell ernst. „Manchmal braucht es einen schmerzhaften Verlust oder auch einen anderen grausamen Schicksalsschlag, um sich endlich darüber klar zu werden, dass man bisher den falschen Weg gegangen ist, um wirklich glücklich werden zu können.“ Isabell räusperte sich. „So war es auch bei mir. Ich habe meinen ersten Mann verloren, war immer davon überzeugt, dass ich ihn über alles geliebt habe, doch dann … Dann ist Kjell in mein Leben getreten und hat mir das Gegenteil bewiesen."

„So einfach ist es nicht immer, Isa", gab Sina zu bedenken.

„Glaub mir, das war alles andere als einfach, meine Liebe", erwiderte Isabell. Sie lächelte jetzt.

„Nein, das war es nicht", bekräftigte Luisa. „Kjell und Isa ist ihre Liebe bestimmt nicht in den Schoß gefallen. Im Gegenteil! Sie haben beide darum kämpfen müssen. Aber wie auch immer, Sina, du solltest dir eine Chance geben, wirklich und wahrhaftig einen neuen Weg zu beschreiten." Sie seufzte. „Ich weiß, dass ihr denkt, ich wäre viel zu romantisch veranlagt, aber ich glaube ganz fest daran, dass Philip von Hoven genau der richtige Wegbereiter für dich sein könnte, Sina. Ich spüre es einfach."

Eine Stunde später lenkte Sina ihren Wagen auf den Parkplatz vor ihrem Ferienhaus. Sie stellte den Motor ab, stieg aus und ging hinein. In den letzten zwei Tagen war es klirrend kalt geworden, also ging sie zunächst ins Wohnzimmer, um die Heizung ein wenig höher zu drehen.

Nach dem Abend mit ihren Freundinnen war sie überhaupt noch nicht müde, sondern fühlte sich eher ein wenig aufgekratzt. So beschloss sie, sich noch einen Kräutertee zu kochen, bevor sie ins Badezimmer ging, um sich für das Bett zurechtzumachen. Am nächsten Tag würde sie ohnehin erst nachmittags in die Praxis müssen, da Ruth den Vormittag übernahm. Sie konnte also ausschlafen, was wollte sie mehr? In Gedanken beantwortete sie sich die Frage selbst, während sie das kochende Wasser über die frischen grünen Teeblätter in ihrer Kanne schüttete. Was sich da gerade in ihrem Kopf und in ihrem Herzen abspielte, machte sie mehr als nur ein wenig nervös.

Philip!

Ja, sie sehnte sich nach ihm, wenn sie ehrlich war. Nach dem unbeschreiblich schönen Nachmittag, den sie miteinander verbracht hatten, war ihr Abschied fast ein wenig verlegen ausgefallen, und zwar von beiden Seiten. Auch Philip schien sich erst einmal damit abfinden zu müssen, dass sie sich auf diese umfassende und erschütternde Weise zueinander hingezogen fühlten. Jedenfalls hatte Sina den Eindruck, dass er sich ebenso schwer damit tat wie sie.

Ein Kind von Traurigkeit war sie nie gewesen, aber so wie bei ihm, mit ihm, hatte sie noch niemals zuvor empfunden. Es war richtig beunruhigend, wie stark ihr Körper auf ihn und seine Berührungen reagierte, und sie fragte sich, ob sie jemals wieder bei einem anderen Mann so intensiv fühlen würde. Allein der Gedanke daran, wieder von hier und damit von Philip fortzugehen, war unangenehm, fast schon schmerzhaft. Nein, auch das war noch untertrieben. Es schien, als würde allein die Vorstellung einen tonnenschweren Stein ins Rollen bringen, der erst auf ihrem Herzen zur Ruhe kommen und es zusammenpressen würde.

Um nicht weiter darüber nachdenken zu müssen, atmete sie tief durch und ging ins Badezimmer. Der Tee brauchte noch ein paar Minuten, bis er genug gezogen hatte.

Kurz darauf setzte sie einen großen Becher auf ihrem Nachttisch ab, aktivierte ihren Handywecker und krabbelte fröstelnd unter die Bettdecke. Den Becher in beiden Händen, dachte sie weiter über ihre Situation nach.

Im Augenblick wollte sie nicht fort aus Lunau, so viel war klar. Bevor sie sich allerdings fragen würde, warum alles in ihr zu rebellieren schien, sobald sie auch nur die Möglichkeit ins Auge fasste, wieder nach Hamburg zurückzugehen, war es ungleich einfacher, sich eine Wahrheit sofort einzugestehen: Sie hatte sich in Philip verliebt, und zwar ziemlich heftig. Und von welcher Seite man diese Tatsache auch betrachtete, sie glich einer Katastrophe!

Philip von Hoven war weder oberflächlich noch schnöselig oder gar auf eine unangenehme Weise arrogant, doch er gehörte definitiv zu den drei großen A. Wenn Sina nur darüber nachdachte, zu welcher Hochform ihr Vater auflaufen würde, wenn er Wind davon bekam, in wessen Bett sie heute Nachmittag gelegen hatte, wurde ihr schlecht. Er durfte auf keinen Fall von ihrer Beziehung zu Philip von Hoven erfahren, dafür würde sie sorgen müssen.

Es war das Beste, wenn niemand davon erfuhr, solange sie nicht sicher sein konnte, dass Philip ihre Gefühle erwiderte. Doch dann wurde ihr überraschend bewusst, dass ihre Sorge, wie ihr Vater reagieren würde, sollte er von ihrer Beziehung zu Philip erfahren, zwar noch vorhanden war, aber nicht so gewaltig in ihr tobte, wie es eigentlich zu erwarten gewesen wäre. Vielmehr fühlte sie sich plötzlich wie ein verliebter Teenager, und ihr Herz begann schneller zu schlagen, das stellte jedes andere Gefühl in den Schatten.

Wenn sie ehrlich war, konnte sie sich sogar sehr gut vorstellen, für immer und ewig mit Philip von Hoven zusammen zu sein. Die Vorstellung machte ihr nicht einmal mehr die geringsten Schwierigkeiten, und auch der alberne Fluchtinstinkt war wie von Zauberhand verschwunden. Sie war verliebt, unglaublich verliebt in Philip! Das Herz in ihrer Brust schien bei diesen Gedanken anzuschwellen, und sie atmete tief durch.

Vielleicht … ja, vielleicht …

Philip ließ Oberon in einen schnellen Galopp fallen, beugte sich nach vorn und versuchte, den rasanten Ritt querfeldein über die Heide zu genießen. Er wollte endlich auf andere Gedanken kommen, doch das erwies sich als schwieriger als erhofft. Als er auf eine kleine Gruppe mit Birken zuritt, zügelte er den Wallach und verringerte zunächst das Tempo. An der Baumgruppe angekommen, kamen sie ganz zum Stehen, und er stieg ab, überließ Oberon ein wenig sich selbst und lehnte sich gegen einen der weißen Baumstämme der kahlen Birken.

Es war winterlich kalt geworden, und deshalb wickelte er den dicken Wollschal noch fester um seinen Hals, denn der scharfe Ritt hatte ihn ein wenig ins Schwitzen gebracht. Einige Male atmete er tief durch. Die Luft roch bereits nach Schnee. Es war ein ganz spezieller Duft, frisch und rein, den er schon als Kind gerne gemocht hatte. Sein Großvater hatte mal erwähnt, dass nur sehr wenige Menschen feinfühlig genug wären, um ihn überhaupt wahrnehmen zu können. Nun, er gehörte offenbar dazu.

Der Ausritt mit Oberon tat Philip gut, half ihm aber nicht wirklich. Es war keine große Neuigkeit, dass er zum Grübeln neigte, warum sollte sein Gehirn also dieses Mal anders funktionieren und eine Ausnahme machen? Viel zu gerne saugte es sich an Problemen oder persönlichen Erlebnissen fest, hielt ihn nachts wach und kostete ihn seine innere Ausgeglichenheit.

Dabei war er schon seit den frühen Morgenstunden gut beschäftigt gewesen. Die übliche Papierschlacht auf seinem Schreibtisch und diverse Telefonate hatten ihn den gesamten Vormittag auf Trab gehalten. Gleich nach dem kurzen gemeinsamen Mittagessen mit seinem Großvater war er schließlich zu den Ställen aufgebrochen, um mit den Stallburschen und Jens die Veranstaltungen für den Weihnachtsbasar zugunsten des Wiederaufbaus der Scheune zu besprechen. Später hatte er sich dann wegen des Weihnachtsbaumes für den Dorfplatz noch einmal mit Jens Tossen getroffen.

Dennoch war in seinem Hinterkopf noch immer der quälende Gedanke gewesen, der ihn bereits in der Nacht um den Schlaf gebracht hatte. Egal, wie er sich auch abzulenken versuchte, er wurde ihn nicht los. Ob viel Arbeit oder schnelle Ritte über die Heide, seine Gedanken kreisten um Sina und um alles, was mit ihr zusammenhing.

Nachdenklich stieß Philip sich von dem Stamm ab und blickte sich um. Selbst nach all den Jahren schaffte es die seltsame und sprichwörtliche Stille der Heide noch immer, ihn in Erstaunen zu versetzen. Auch jetzt noch, nur wenige Wochen bevor auch der kalendarische Winter begann, hatte die Heide einen ganz besonderen Reiz. Der Raureif der frühen Morgenstunden hielt sich hier, weit entfernt von den Häusern, nicht selten den ganzen Tag. Ein scharfer Wind blies über die weite Landschaft, doch das Pferd zupfte sichtbar zufrieden an einigen überfrosteten Halmen herum. So wie er selbst war auch Oberon mit der Umgebung vertraut. Als Philip ein paar Schritte weiterging, trottete der Wallach einfach hinter ihm her, schnaubte nur dann und wann und ließ dabei seine weiße Atemwolken in die eiskalte Winterluft entweichen.

Er war verrückt nach ihr! Die Anziehungskraft zwischen ihnen war gewaltig. Unerbittlich bestimmte sie seine Stimmungen und begleitete ihn durch jeden einzelnen Tag. Sinas Verführung gestern war das aufregendste Erlebnis gewesen, das er jemals gehabt hatte. Keine Frau hatte es jemals geschafft, ihn so aus dem Konzept zu bringen, wie Sina es tat. In seinen Augen war sie nicht einfach nur umwerfend schön und aufregend sexy. Nein, sie nahm ihm den Atem, brachte sein Blut zum Kochen und ließ jeden einzelnen Nervenstrang in seinem Körper vibrieren. Sina war schlichtweg alles, wovon ein Mann wie er nur träumen konnte.

Verliebt! Ich bin verliebt in diese Frau! Rettungslos verliebt!

Und wenn Lu recht hatte, würde Sina vielleicht wieder gehen, um ihre Ehe wiederzubeleben. Allein die Vorstellung war ihm schon unerträglich. Und plötzlich ahnte er, wie sein Vater empfunden, wie sehr er gelitten haben musste. Bisher hatte Philip nur Angst davor gehabt, irgendwann einmal selber in eine ähnlich ausweglose Situation zu geraten. Auch wenn seine Lage sich deutlich von der seines Vaters unterschied, saß er doch in jener Falle, in die er niemals hatte hineingeraten wollen: Sein Glück hing von einer Frau ab, und er konnte nichts tun, um sein Schicksal wieder in die eigenen Hände zu nehmen. Oder?

Plötzlich wurde ihm bewusst, dass er langsam den Weg zurück eingeschlagen hatte. Die schmale Straße, die hier einige Kilometer hinter dem Gut vorbeiführte, kam bereits in Sicht. Oberon war noch immer direkt hinter ihm, auch ohne dass Philip ihn am Zügel hielt. Er drehte sich zu dem Tier um und tätschelte den mächtigen Kopf. „Na, mein Junge, dann wollen wir mal wieder."

Er wollte gerade aufsteigen, als ein Wagen in Sichtweite kam, den er gut kannte. Der Fahrer des schwarzen Alfa Romeo musste ihn ebenfalls gesichtet haben, denn er hielt seinen Roadster an, stieg aus und sah ihm grinsend entgegen, bis er bei ihm angekommen war.

„Ein einsamer Ritt durch die Heide?", fragte Rafael grinsend.

Philip versuchte sich ebenfalls an einem Grinsen, aber es fühlte sich eigenartig an. „Ich musste mal raus."

„Verstehe." Sein Freund verschränkte die Arme vor der Brust, lehnte sich an seinen Wagen und sah ihn eindringlich an.

„Und du? Dies hier ist nicht unbedingt eine viel befahrene Straße. Was treibst du denn hier?", erkundigte sich Philip.

„Ich komme gerade vom alten Kröhnert."

„Du warst auf dem Reuther-Hof?"

„Genau dort. Ludger Kröhnert geht demnächst ins Altenheim und mistet zurzeit tüchtig aus. Letzte Woche habe ich zufällig davon erfahren. Lange Rede, kurzer Sinn: Ich habe mir eine antike Truhe für unser Schlafzimmer angesehen." Rafaels Grinsen wurde noch eine Spur breiter. „Ich habe das Ding gekauft, und Lu wird mich dafür ewig lieben."

„Ach, Rafa, das tut sie doch so oder so."

„Ich weiß, aber manchmal muss ein Mann eben auf Nummer sicher gehen." Rafaels Blick glitt kurz zu Oberon, doch dann schaute er Philip wieder ins Gesicht. „Du musst über eine ganze Menge nachdenken, was?"

„Stimmt." Philip musste sich räuspern.

„Es geht um Sina, nehme ich an."

„Wieder richtig."

„Ich weiß, wie das ist, wenn dir eine Frau nicht mehr aus dem Kopf gehen will."

Philip entwich ein Seufzen. „Es ist ja nicht nur das, Angel. Ich denke, sie wird wieder gehen, das ist mein Hauptproblem."

„Vielleicht hätte ich dir gestern Abend nichts von Luisas Eindrücken erzählen sollen, wäre wahrscheinlich gesünder gewesen."

„Das hat damit nur indirekt zu tun. Im Grunde hat Lu nur ausgesprochen, was ich schon die ganze Zeit gedacht habe." Er seufzte erneut, ließ Oberons Zügel wieder los und lehnte sich neben Rafael gegen den Kofferraum des Spiders. „Die beiden waren miteinander verheiratet, das ist eine spezielle Ausgangslage. Sie verstehen sich noch immer, scheinen sich sogar sehr nahe zu sein. Die Ehe ist nicht auseinandergegangen, weil ihre Beziehung an sich gescheitert ist, sondern wegen irgendeiner anderen Geschichte, von der ich noch nichts weiß." Philip sah seinem Freund in die Augen. „Wie ich es auch drehe, Rafa, dieser Kerl hat einfach die besseren Karten, so sieht es aus."

Eine Weile blickten sie beide in die Ferne, dann ergriff Rafael wieder das Wort: „Wieso bist du dir da eigentlich so sicher, Baron? Ich meine, das Mädchen ist doch mit dir ins Bett gegangen, richtig?"

„Das muss doch nichts heißen. Es wundert mich, dass gerade du dieses Argument ins Feld führst. Zudem ist Sina auf dem Gebiet ... Nun, wie soll ich es nur ausdrücken ...? Sina ist ..."

„... heiß wie ein glühendes Brenneisen", setzte Rafael nach und lachte kurz auf. „Guck mich nicht so erschüttert an, mein Alter, ich kenne die Frauen. Außerdem habe ich sehr genau mitbekommen, wie sie dich ansieht."

„Brenneisen ... Das passt ganz gut. Genauso fühle ich mich. So, als hätte sie mir ein Brandzeichen verpasst, das ich mein Lebtag nicht mehr losbekomme."

„Oh Mann, ich weiß, wie das ist! Dann hol sie dir, Baron."

„Sie wird gehen, Rafael. Sie wird mich wieder verlassen, wenn nicht jetzt, dann höchstwahrscheinlich später und ..."

„Verhindere es."

„Ich will nicht mein Leben lang kämpfen müssen. Mein Vater hat sein ganzes Leben um die Liebe meiner Mutter gekämpft. Letztlich hat er sie dann doch verloren und ist daran zugrunde gegangen."

Sein Freund stieß eine lang gezogene weiße Atemwolke in die Luft. „Phil, du bist nicht dein Vater! Und Sina ist nicht deine Mutter!" Rafael ließ einen Fluch hören. „Hör zu, Baron, du leidest schon ewig unter diesen unlogischen Verlustängsten. Du weißt sehr gut, dass ich mich selbst mit den dunklen Seiten unserer Seele bestens auskenne, aber das, was du dir antust, ist völlig daneben."

„Du hältst mich also für durchgeknallt?"

„Das habe ich nicht gesagt, und so meinte ich das auch nicht. Normalerweise hörst du besser zu. Deine Eltern haben dir, und das sicherlich unabsichtlich, eine höllische Neurose eingepflanzt, wenn du mich fragst. Deine Mutter hat deinen Vater schlicht nicht geliebt, sonst wäre sie niemals gegangen."

Noch einmal fluchte Rafael. „Verdammt, du weißt genau, dass ich nicht zu Gefühlsduseleien neige, aber mit der Liebe kenne ich mich inzwischen bestens aus. Du solltest dir selbst mal vor Augen führen, dass deine Mutter sicherlich nicht aus lauter Jux und Dollerei einfach so gegangen ist! So, wie ich die Sache sehe, ist sie ganz einfach ein paar Jahre zu spät ihrer großen Liebe begegnet."

„Sie hat mich, ohne mit der Wimper zu zucken, hier zurückgelassen, Rafael."

„Du hast recht, das war kein guter Zug von ihr. Aber vielleicht nahm sie einfach an, dass du hier am besten aufgehoben wärst, schon mal darüber nachgedacht, Phil? Mütter neigen dazu, für ihre Kinder immer das Beste zu wollen, und bringen dafür auch jede Menge Opfer, das wissen wir doch beide."

Rafael legte ihm eine Hand auf die Schulter und drückte sie leicht. „Scheiße, Mann, vielleicht wollte sie einfach nur, dass es dir gut geht. Du bist schließlich der Erbe, Phil. Du bist der letzte Baron von Hoven."

Philip erwiderte den eindringlichen Blick seines Freundes und ließ dessen Argumente langsam durch seinen Verstand sickern.

„Ich weiß", schob Rafael nach. „Dass es nicht so einfach ist, seiner eigenen Gefühle Herr zu werden. Der Kopf kann nur bedingt dagegen ankommen. Denk trotzdem darüber nach, Phil. Mir hat es geholfen."

„Du meinst also, ich soll das Risiko eingehen?"

„Die Königin deines Herzens, mein Freund, ist jedes Risiko wert, das habe ich gelernt. Und ich bin mir sicher, dass Kjell mir aus vollem Herzen recht geben würde."

In diesem Moment vibrierte Philips Handy. Er zog es aus seiner Jeanstasche und warf einen Blick darauf. „Sina", teilte er Rafael kurz mit.

Sein Freund schnalzte mit der Zunge und zwinkerte ihm zu. „Na dann mal ran an die Dame, Baron." Er wandte sich ab und stieg zurück in seinen Wagen. Bevor er losfuhr, hob er kurz seine Hand.

Während Philip bereits das Gespräch annahm, nickte er Rafael noch einmal zu, dann konzentrierte er sich auf das, was Sina sagte: „Sehen wir uns heute Abend, Philip?"

„Natürlich", antwortete er und spürte, dass sein Herz schneller zu schlagen begann. „Soll ich zu dir kommen?"

„Ja", erwiderte sie, und er konnte hören, dass sie sofort ein wenig lauter atmete. „Komm zu mir."

Als er sich zwei Stunden später auf dem Weg zum Ferienhaus machte, fuhr der Wagen von Falk Dehlbrück an ihm vorbei.

10. KAPITEL

„Ich habe vorhin den Baum gesehen. Die Männer haben ihn heute am frühen Nachmittag auf dem Dorfplatz aufgestellt. Er ist unglaublich schön“, schwärmte Sina, während sie mit dem Zeigefinger langsam die schmale, senkrechte Linie unter Philips Bauchnabel entlangfuhr. Das leise Keuchen, das er daraufhin ausstieß, gefiel ihr ebenso wie die Tatsache, dass er sofort wieder hart wurde, obwohl sie sich gerade eben erst ausgiebig geliebt hatten. „Ich freue mich richtig auf das Fest am Samstag.“

„Ja, ich mich auch“, erwiderte er, hielt ihre Hand fest und lachte leise. „Gönne uns beiden eine kleine Pause, Sina.“

„Okay, ganz wie du willst.“ Auch sie musste lachen, als er vorsichtshalber aufstand und in seine Shorts schlüpfte. „Gehen wir zusammen dorthin, oder willst du dich lieber nicht mit mir sehen lassen?“

„Was ist denn das für eine Frage?“ Wieder lachte er sie an. Sie liebte es, wenn er das tat.

Diese Nacht würde bereits die dritte Nacht in Folge sein, die er in ihrem Bett verbrachte. Und wenn es nach ihr ging, könnte er gleich den gesamten Rest ihres Lebens neben ihr liegen. Sie war froh, dass sie vor drei Tagen den Mut aufgebracht hatte, ihn anzurufen, um ihn zu fragen, ob sie sich sehen würden. Seither hatten sie nahezu ihre gesamte Freizeit miteinander verbracht. Es fühlte sich gut und richtig an, ihn an ihrer Seite zu haben, auch wenn er manchmal recht gedankenvoll wirkte.

„Vielleicht ist es besser, wenn wir Gerede vermeiden“, gab sie zu bedenken, während sie dabei zusah, wie er sich auch noch seine Hose und das Oberhemd überzog. Das Hemd ließ er offen, das tat er gern, sobald sie allein waren, wie sie inzwischen wusste – und sie genoss den Anblick seines durchtrainierten Oberkörpers.

„Lass die Leute doch reden, mich stört es nicht.“ Plötzlich schien er zu stutzen; seine Miene wurde ernst. Mit leicht zusammengekniffenen Augen stand er vor ihrem Bett und schob die Hände in die Vordertaschen seiner Jeans. „Dich stört es aber, hab ich recht?“

„So ein Unsinn!“, erwiderte sie hastig, vielleicht eine Spur zu hastig, denn sein Gesichtsausdruck blieb unverändert ernst, und sein Blick wurde noch eindringlicher.

„Du würdest am liebsten verhindern, dass dein Vater Wind von uns bekommt, so ist es doch, oder?“

Sie hätte wissen müssen, dass er sie durchschauen würde. Philip war kein Dummkopf. „Glaub mir, Philip, es wäre überhaupt nicht lustig, wenn er von uns wüsste. Ich gebe sogar offen zu, dass ich kurz darüber nachgedacht habe, aber ich versichere dir, dass mir die Vorstellung inzwischen nicht mehr unbedingt den Schlaf raubt.“

„Hm.“ Mehr sagte er dazu nicht.

„Und natürlich möchte ich unbedingt mit dir zusammen zum Baum-Fest gehen!“, versicherte sie ihm, um zu verhindern, dass er es ihr übel nahm.

„Gut, dann werden wir auch zusammen dorthin gehen.“

„Bestimmt werden wir jede Menge Spaß haben. Unsere Freunde sind auch dort, das wird lustig.“

„Sicher.“ Er schien ihr zwar entgegenzukommen, aber seine Miene wurde nicht freundlicher. Sina bekam ein ungutes Gefühl in der Magengegend. Außerdem machte er schon wieder einen auffallend grüblerischen Eindruck, auch das machte ihr Sorgen.

Gemächlich schob sie die Bettdecke beiseite und reckte sich. „Bist du jetzt sauer?“, hakte sie nach.

„Solange du dich splitternackt vor mir rekelst, fällt es mir ziemlich schwer, sauer auf dich zu sein“, brummte er, wandte sich jedoch von ihr ab und ging hinüber in den Wohnbereich.

„Das sollte ich mir unbedingt merken.“

„Ich habe Hunger wie ein Bär nach dem Winterschlaf“, hörte sie ihn nebenan sagen. „Ich hoffe, du hast irgendetwas Essbares da.“ Seine Stimme klang immerhin eine Spur freundlicher.

„Es stehen mindestens vier Pakete Nudeln im Schrank!“, rief sie ihm lachend hinterher. Zum Glück hatte sie erst gestern ein großes Stück Parmesan besorgt. Frisch gerieben, würde der Käse die Fertigsoße für die Nudeln deutlich aufwerten.

„Sehr gut! Kohlenhydrate sind genau das, was ich jetzt brauche“, antwortete er.

Er beruhigt sich, dachte sie erleichtert, während sie nun ebenfalls aufstand und nach ihrem Bademantel griff. Es wurde Zeit, diesem Mann und seinem Herzen ein wenig mehr auf den Zahn zu fühlen.

Bereits eine Stunde später lagen sie wieder im Bett. Gleich nachdem sie alles wieder aufgeräumt hatten, waren sie zurück unter die Bettdecke geschlüpft. In den letzten drei Tagen hatte sich herausgestellt, dass sie sich gerne zusammen im Bett aufhielten, selbst wenn sie nur miteinander plauderten und Wein tranken, so wie jetzt.

„Ich würde gerne wissen, woran deine Ehe gescheitert ist.“

Philips Frage erwischte Sina völlig unerwartet.

Er setzte sich auf und schob sich ein Kissen in den Rücken, dann griff er nach seinem Glas, das auf dem Nachttisch stand, und sah sie erwartungsvoll an. „Wärst du bereit, mir davon zu erzählen?“

„Ja“, erwiderte sie sofort und musste schlucken. Sie hatte gewusst, dass sie irgendwann an dem Punkt ankommen würden. Tief in ihrem Herzen fand sie es richtig und wichtig, dass gerade er davon erfuhr.

Philip nahm auch ihr Glas vom Nachttisch und reichte es ihr.

Sie setzte sich auf, nahm ihm den Wein ab und positionierte sich so, dass sie ihn direkt ansehen konnte. Dann begann sie ihm von dem Tag zu erzählen, der ihr Leben so nachhaltig verändert hatte. Natürlich nahm sie sich vor, nicht zu weinen, aber es klappte nicht. Erst vor wenigen Tagen hatte sie mit ihren Freundinnen darüber gesprochen, doch Philip davon zu berichten, erschien ihr ungleich aufreibender. Schon nach kurzer Zeit liefen die Tränen unaufhörlich über ihr Gesicht.

Wortlos nahm er ihr den Wein wieder aus den Händen und stellte beide Gläser zurück auf den Nachttisch, dann zog er sie in seine Arme und wiegte sie sanft, bis sie am Ende ihres Berichts angekommen war.

„Es tut mir leid, was dir passiert ist", flüsterte er. „Es tut mir so unendlich leid."

Zum ersten Mal konnte sie fühlen, dass sie Erleichterung empfand.

Hingebungsvoll schaufelte Helge von Hoven bereits das zweite Stück Birnen-Sekt-Torte in sich hinein. Seit er die Torte zum ersten Mal probiert hatte, kam er mindestens einmal in der Woche in das Buchladen-Café seiner alten Freundin Christa Loewenthal, um sich die kulinarische Köstlichkeit zu gönnen. Er kannte Christa schon eine kleine Ewigkeit, und ebenso lange war er auch verliebt in sie. Vor vielen Jahren, als sie mutterseelenallein und schwanger nach Lunau gekommen war, hatte sie auf dem Gut nach Arbeit und Unterkunft gefragt.

Ihr unerschütterlicher Stolz und der mutige Blick hatten etwas in ihm angerührt und praktisch auf Anhieb eine tiefe Bewunderung in ihm hervorgerufen. Er hatte ihr geholfen, Fuß zu fassen, hatte ihr Arbeit gegeben und ihr für wenig Geld das Haus vermietet, das sie ihm dann viele Jahre später sogar abgekauft hatte und in dem sie noch heute lebte und das Buchladen-Café betrieb. Außerdem hatte er heimlich dafür gesorgt, dass man sie in Ruhe ließ. Unverheiratet ein Kind zu bekommen war damals noch – ganz besonders in einem so kleinen Dorf wie Lunau – keine einfache Angelegenheit gewesen. Natürlich war er bei allem, was er für sie tat, stets darauf bedacht gewesen, dass sie es nicht allzu sehr bemerkte.

Schon als junges Mädchen hatte Christa am liebsten ihr Leben alleine bewältigen wollen. So war sie immer gewesen: stolz, klug und vor allem auf ihre Selbstständigkeit bedacht. Abhängigkeit war für sie ein unvorstellbarer Zustand, dem sie sich möglichst nicht aussetzte, und ihre Unabhängigkeit hatte sie sich in all den Jahren schließlich hart erkämpft.

Eine Zeit lang, einige Jahre nach Kjells Geburt und dem frühen Tod seiner Frau, hatten sie sogar eine Affäre miteinander gehabt, aber da war er noch deutlich jünger und Christa sogar sehr jung gewesen. Er war dreißig Jahre älter als diese wunderbare Frau, da war es durchaus vernünftig, den Tatsachen ins Auge zu blicken, und das hatte Helge immer getan. Selbstverständlich hatte er ihr trotzdem irgendwann einen Heiratsantrag gemacht, doch den hatte sie freundlich und bestimmt mit der Begründung abgelehnt, dass sie ihn als ihren besten Freund nicht verlieren wollte.

Sie waren tatsächlich Freunde geblieben. Dennoch hatte er niemals damit aufgehört, diese Frau aus tiefstem Herzen zu lieben. Seine Liebe zu Christa war mit den Jahren sogar noch gewachsen, er war sich jedoch sicher, dass sie keine Ahnung von seinen Gefühlen hatte. Nein, es war nicht nur die Birnen-Sekt-Torte, die ihn immer wieder in das Buchladen-Café zog.

„Pass auf, dass du auf deine alten Tage nicht doch noch fett wirst, mein Lieber“, mahnte ihn Christa, wie sie es schon unzählige Male zuvor getan hatte. Mit einem Becher Kaffee in der Hand kam sie an seinen Tisch und setzte sich.

Das tat sie immer, wenn er herkam und ihre Zeit es gerade zuließ. Während der kalten Jahreszeit war im Café üblicherweise weniger los, und die eigentliche Kaffeezeit war inzwischen ohnehin vorbei. Einige Meter von ihnen entfernt standen Luisa Milchert und Isabell Loewenthal hinter dem Kühltresen und plauderten leise miteinander, lachten dann und wann hell auf, während Christas Schwiegertochter nebenbei aufräumte und sauber machte. Ansonsten war niemand mehr da.

„Du weißt doch, dass ich in der glücklichen Lage bin, essen zu können, was auch immer mir beliebt. Nur kein Neid, meine Beste!“ Er lachte sie an und schob sich das letzte Stückchen Torte in den Mund. Das Scherzen um seine Naschsucht war zu einem lieb gewonnenen Ritual zwischen ihnen geworden. Christa war schlank und sportlich. Und es war ihnen beiden klar, dass auch sie keinen Anlass hatte, sich um ihre Figur Sorgen zu machen, deshalb lachte sie nach seiner Bemerkung auch nur kurz auf.

„Ach, das war wieder herrlich!“, schwärmte er, als er schließlich den Teller zur Seite schob und nach dem Kaffeebecher griff.

„Gutes Essen ist eben der Sex des Alters.“ Christa zwinkerte ihm zu und nahm ebenfalls einen Schluck aus ihrem Becher. „Wie geht es deinem Fuß?“

„Fast gut, würde ich sagen. Ein bisschen nervt er noch, aber damit kann ich leben. Schau mich an, Christa! Ich kann wieder einigermaßen vernünftig gehen, das ist doch schon mal was. Und der Gehstock …? Meine Güte! In meinem Alter darf ein kultivierter Herr wohl auch mal am Stock gehen.“

„Ich liebe deinen feinen Humor“, sagte sie und erwiderte sein charmantes Lächeln.

Das hatte er wirklich drauf, wie sie insgeheim zugeben musste. Mit seinen fast sechsundachtzig Jahren war Helge von Hoven noch immer ein Gentleman der alten Schule. Er sah blendend aus, erschien stets gepflegt und gut gekleidet in der Öffentlichkeit. Das schneeweiße Haar war voll und leicht wellig, der Körper, so wie eh und je, aufrecht, hochgewachsen und schlank. Sein Leben lang war der alte Baron ein Frischluftfanatiker gewesen, und das sah man ihm auch an. Der tägliche Aufenthalt in der Sonne verlieh seiner Haut eine gesunde Tönung und hob das feine und strahlenförmige Geflecht seiner Lachfältchen um die noch immer blitzenden Augen hervor.

„Ist bei dir so weit auch alles im Lot?“, wollte er wissen und sah sie eindringlich an.

Christa wusste, dass er nicht einfach nur so fragte, weil er vielleicht glaubte, dass sie es erwartete. Ihn interessierte tatsächlich, wie es ihr ging, das hatte es immer getan. Ihr war immer klar gewesen, dass sie ihm sehr am Herzen lag. Und es tat gut, so einen verlässlichen Freund zu haben. Sie war dankbar dafür, dass es ihn in ihrem Leben gab. „Inzwischen geht es mir wieder blendend. Wie so viele hatte auch mich die Grippe tüchtig am Wickel, das ist dir ja bestimmt zu Ohren gekommen. Zum Glück haben wir das alle gut überstanden. Du weißt ja, wie schwer es mir fällt, so tatenlos herumzuliegen."

Zustimmend nickte er. „Philip hat mich dazu verdonnert, während der Grippeepidemie das Haus nicht zu verlassen, um die Ansteckungsgefahr zu minimieren. Bis dahin hatte ich keinen einzigen Gedanken an eine Impfung verschwendet, aber in meinem Alter ist die wohl angeraten, wie mir eindringlich mitgeteilt worden ist. Dein Sohn hat mir jedenfalls vor ein paar Tagen eine Impfung verpasst. Falls es in diesem Winter noch einmal zu einen Ausbruch kommen wird, bin ich somit gerüstet." Er lächelte. „Wirst du Samstag auf dem Fest sein?", wechselte er das Thema.

„Natürlich werde ich dort sein, Helge! Schließlich findet anlässlich des Baum-Festes auch der Weihnachtsbasar statt. Ich möchte auf jeden Fall meinen Teil dazu beitragen, dass unsere Scheune so schnell wie nur möglich wieder aufgebaut wird."

„Ich frage mich, warum man den Kerl noch immer nicht geschnappt hat", brummte Helge.

„Was sagt eigentlich Philip dazu? Er hat doch Anzeige erstattet, oder?"

„Ja, das hat er. Inzwischen hat er auch schon mehrmals mit der Polizei Kontakt gehabt. Allerdings ist die Aufklärung in so einem Fall wohl nicht so einfach. Der Kripobeamte, der in der Sache ermittelt, hat bisher noch keinen vernünftigen Anhaltspunkt gefunden, um jemandem ernsthafter auf den Zahn zu fühlen. Es gibt keinen Verdächtigen, keinerlei Drohungen oder Ähnliches. Hinzu kommt noch, dass es keine Zeugen gibt. Niemand hat etwas gesehen oder könnte zur Erhellung der Lage beitragen. Was soll man da machen? Das Einzige, das bisher feststeht, ist, dass es sich bei dem Brandbeschleuniger um ganz normalen Kraftstoff, also um Benzin, handelt."

„Na, hoffentlich ist jetzt Schluss mit der Zündelei", erwiderte sie. „Vielleicht waren es ja doch nur ein paar Jugendliche, die der Hafer gestochen hat."

„Wir sollten allesamt die Augen weiterhin offen halten. Das habe ich auch zu meinem Enkel gesagt." Helge schüttelte den Kopf. „Vor ein paar Tagen habe ich bei einem gemeinsamen Mittagessen vorgeschlagen, Sina vorübergehend bei uns im Gutshaus unterzubringen, nur zur Sicherheit. Die Ferienhäuser liegen recht abseits, und zu dieser Jahreszeit ist das Mädel dort draußen ziemlich allein, das gefällt mir gar nicht."

„Sina hat das rigoros abgelehnt, nehme ich an." Christa mochte Sina Rosenborn, denn je häufiger sie sich mit der jungen Frau unterhielt, desto mehr Gemeinsamkeiten und Ähnlichkeiten stellte sie fest. Von Anfang an hatte sie sich ihr nah gefühlt.

„Ja, das hat sie, aber ich denke, Philip selbst war auch nicht unbedingt begeistert von dieser Lösung." Helge zog die Stirn kraus. „Dabei hatte ich eigentlich den Eindruck oder, besser gesagt, die stille Hoffnung, dass sich zwischen den beiden etwas mehr abspielt als nur Freundschaft."

„Jedenfalls wären sie ein tolles Paar."

„Sag ich doch." Der alte Baron grinste. „Wenn mein Enkel Augen im Kopf hat, müsste er eigentlich sehen, dass dieses Mädchen wie für ihn gemacht ist."

„Hm, ich habe gerade in den letzten Jahren die Erfahrung gemacht, dass vor allem den Männern so manches Mal der richtige Durchblick fehlt. Sie beschäftigen sich andauernd und viel zu sehr mit Nebensächlichkeiten, die ihnen dann den Schlaf rauben. Ihr seid wirklich eine eigenartige Spezies."

„Nun, wir denken halt sehr viel nach, meine Teure."

„Pass auf, was du sagst, du alter Esel." Sie lachten beide.

„Es schneit", teilte Sina ihm mit, als sie am Morgen, bereits mit einem weißen Spitzenhöschen und dazu passendem Büstenhalter bekleidet, aus dem Badezimmer zurück ins Schlafzimmer kam. Philip hatte sich noch nicht entschließen können, aufzustehen, und lag noch im Bett. „Nicht nur so spärlich wie noch vor ein paar Tagen. Die Flocken sind dieses Mal ganz dick und bleiben offenbar liegen."

„Hm, schon vor ein paar Tagen habe ich gerochen, dass es schneien wird." Er beobachtete voll Genuss, wie sie kurz zur schmalen Kommode ging, die dem Bett gegenüberstand, um sich einen Pullover herauszunehmen. Sie sah überwältigend aus. Er wurde augenblicklich hart.

„Du kannst es riechen, wenn Schnee kommt?", fragte sie und grinste. „Ja, nee, ist klar!"

„Natürlich kann ich das! Du etwa nicht?" Bevor sie ihm entwischen konnte, schnellte er hoch, griff nach ihr und zog sie zu sich ins Bett. Der Pullover, den sie in der Hand gehalten hatte, fiel lautlos zu Boden.

„Hey, ich muss mich anziehen, Philip!", rief sie lachend.

„Nicht anziehen!" Weil er inzwischen wusste, wie stark ihr Körper darauf reagierte, drückte er seine Lippen auf ihr Dekolleté und ließ seine Zunge in das kleine Tal eintauchen. „Erst küssen."

„Philip!", protestierte sie, schloss jedoch bereits die Lider und atmete tief ein.

Mit dieser Reaktion hatte er gerechnet. „Küss mich, Sina", verlangte er, drehte sie auf den Rücken und legte sich halb auf sie.

„Einen Kuss, mehr gibt es nicht. Ich muss in die Praxis." Die Aktivität ihrer Hände straften ihre Worte Lügen, sie strichen bereits verlangend über seinen nackten Rücken, und er fühlte, wie sie gleichzeitig die Hüften an ihn drängte.

Ein leises Lachen entglitt ihm. Zielsicher schob er seine Hand in ihr Höschen und hörte Sina sofort lustvoll aufstöhnen. „Du wirst pünktlich sein. Es wird schnell gehen, Sina, rasend schnell."

Zwei Tage lang schneite es fast ununterbrochen. Am Samstag lag die Lüneburger Heide unter einer dichten Schneedecke. Das Dorf, mit seinen verschneiten Dächern und Gärten, bildete eine schier märchenhafte Kulisse für das alljährliche Baum-Fest. Wie immer fand es auch in diesem Jahr am Tag vor dem ersten Advent statt. Kleine, lichtergeschmückte Weihnachtsmarktbuden standen auf dem Dorfplatz und um die Lunauer Kirche herum, bildeten so einen festlichen Ring. Der Baum prunkte genau in der Mitte des Platzes, war wunderschön gewachsen, mindestens fünf Meter hoch und bereits mit einigen Hundert winzigen sternförmigen Lichtern versehen worden, die Jens Tossen zusammen mit mehreren Mitarbeitern der Gärtnerei Brix ein paar Tage zuvor angebracht hatten.

Traditionsgemäß war es nun an den Lunauern, den Baum fertig zu schmücken. Jeder, der zum Fest kam, brachte eine Kleinigkeit mit, die er für sich selbst oder einen seiner Lieben in den Baum hängen wollte. Lunaus Feuerwehrleute übernahmen es dabei gerne, darauf zu achten, dass auch die oberen Äste ausreichend bedacht wurden. So wurde der Lunauer Weihnachtsbaum von Stunde zu Stunde schöner und prächtiger und erstrahlte bereits in den frühen Abendstunden in seinem einmaligen festlichen Kleid.

Zusammen mit Philip und ihren gemeinsamen Freunden stand Sina an einem Glühweinstand im Kirchgarten und war vollkommen hingerissen von all dem Lichtermeer und der festlichen Stimmung. Isabell und Luisa hatten bereits am späten Nachmittag all ihre Waren unter die Leute gebracht und waren sehr zufrieden mit den Einnahmen. Der kleine Weihnachtsmarkt kann es durchaus mit den großen Märkten in der Stadt aufnehmen, fand Sina. Sie hatte erfahren, dass es vor allem Lunauer und Bauern aus der direkten Umgebung des Dorfes waren, die hier jedes Jahr aufs Neue die Buden aufstellten und betrieben. In diesem Jahr waren sich sofort alle darüber einig gewesen, einen Großteil ihrer Einnahmen der Sammlung für den Neubau der Scheune zur Verfügung zu stellen. Einige Lunauer, unter anderem Luisa und Isabell, wollten sogar ihren gesamten Umsatz spenden, damit die beliebte Scheune schon sehr bald wieder in ihrem alten Glanz aufgebaut werden konnte.

Philip reichte ihr einen der hübschen Becher mit Heidelbeerpunsch und prostete ihr lächelnd zu. „Hast du dem Baum auch etwas Schönes mitgebracht?“, fragte er und neigte den Kopf, sodass sein warmer Atem ihre Wange streifte.

Sie musste einfach lächeln. „Natürlich! Ich habe vorhin extra noch etwas gekauft, damit auch die neue Scheune davon profitiert.“ Es war so wunderschön, hier mit ihm zu stehen. Sie genoss jede Sekunde.

Vor wenigen Minuten hatte es erneut zu schneien begonnen, und die kleinen Kristalle fingen sich in seinem vollen Haar. Seine herrlichen dunklen Augen blitzten im Glanz der vielen Lichter. Plötzlich war es Sina ganz egal, dass irgendjemand mitbekommen könnte, wie sie wirklich zueinander standen. Sie ergriff die Enden seines dicken Wollschals und zog Philip zu sich herunter, um ihre Lippen auf seine zu drücken. Den Bruchteil einer Sekunde spürte sie noch, dass er zögerte, doch dann legte er seine Arme um sie und zog sie fester an sich, zumindest so fest, wie die Daunenjacken es zuließen, und erwiderte ihren Kuss. Sina wurden die Knie weich, so hingebungsvoll und zärtlich küsste er sie.

„Du schmeckst nach Heidelbeeren“, raunte er ihr zu, als er den Kuss ausklingen ließ. „Lecker!“

Etwas verlegen sah sie sich um, doch Isabell lächelte nur sanft. Kjell und Rafael taten sogar so, als hätten sie überhaupt nichts mitbekommen. Luisa hingegen strahlte sie glückselig an. Typisch Lu, dachte Sina amüsiert und erwiderte das sonnige Lächeln ihrer Freundin, doch dann blickte sie wieder Philip in die Augen. Sie konnte sich nicht erinnern, wann sie das letzte Mal so unverschämt glücklich gewesen war.

Wie sonst auch konnte Philip kaum die Augen von ihr lassen. Sina strahlte mit all den Lichtern des Baum-Fests um die Wette. In der letzten Zeit wirkte sie überhaupt viel entspannter und lächelte auch deutlich häufiger; das gefiel ihm sehr. Der zärtliche Kuss, den sie ihm soeben geschenkt hatte, wärmte seinen Körper und seine Seele nachhaltiger, als jeder Punsch es vermochte.

Der Schnee zauberte flüchtige Sterne in Sinas rotbraunes Haar und auf die Fächer ihrer Wimpern. Ein tiefes Glücksgefühl stieg in Philip auf, während er sie betrachtete. Sie sprachen nicht sehr viel miteinander. Vielmehr sahen sie sich in die Augen, während sie mit ihren Freunden scherzten und den Heidelbeerpunsch genossen. Und das allein genügte für eine perfekte Verständigung.

„Komm", sagte er schließlich, nachdem sie ausgetrunken hatten, und zog sie mit sich.

„Wir sind bald wieder da", teilte er den Freunden kurz mit. Kjell und Rafael zwinkerte er verschwörerisch zu, die beiden grinsten nur.

„Bis später dann", rief Luisa ihnen noch lachend hinterher. „Und viel Spaß!"

Vor dem Baum blieb Philip stehen und griff in die Tasche seines Anoraks. Er zog eine der beiden goldfarbenen Figuren hervor, die er in den Baum hängen wollte.

„Das ist wunderschön!", rief Sina begeistert, als sie das kleine springende Pferd betrachtete, während er es an einem der Äste befestigte.

„Für dich habe ich auch eins."

„Oh!"

Wieder strahlte sie heller als der Weihnachtsbaum, als er ihr die winzige Fee zeigte. Die Figur hatte er einfach kaufen müssen. Sie trug ein türkisfarbenes Kleid und hatte funkelnde Sterne im Haar. Genauso hatte Sina ausgesehen, als sie sich damals auf dem Ball begegnet waren. Der einzige Unterschied bestand in dem typischen Stern-Zauberstab, den die kleine Figur als Fee auszeichnete. „Möchtest du sie selbst aufhängen?"

„Ja, sehr gerne!" Sie stellte sich auf die Zehenspitzen und hauchte ihm einen weiteren Kuss auf die Lippen. „Ich danke dir, Philip!"

„Es war mir ein Vergnügen. Sie hat mich an dich erinnert, weißt du."

„Das ist süß, aber ich war in meinem ganzen Leben noch nie so zart gebaut wie dieses hübsche Geschöpf. Und zaubern kann ich leider auch nicht." Lachend tippte sie mit dem Finger gegen die kleine Figur, die daraufhin lustig hin und her schaukelte und im Licht des Baumes ihren Stern-Zauberstab glitzern ließ.

„Du hast eine gestörte Selbstwahrnehmung, meine kleine Zauberfee", widersprach Philip ernst und zog sie an sich.

„Ich habe noch jede Menge Sterne", sagte sie und zog eine kleine Papiertüte aus ihrer Tasche. „Die Kinder der Grundschule haben sie für den Basar gebastelt."

Als er sah, dass die Tüte voller Sternenanhänger in allen möglichen Größen war, musste Philip lachen. „Hast du den gesamten Bestand aufgekauft?"

„Fast", erwiderte sie. „Die Scheune ist doch wichtig. Und die Kinder haben sich so viel Mühe gegeben, um ihren Teil dazu beizutragen, dass sie schnell wieder aufgebaut wird, da konnte ich einfach nicht widerstehen."

Sie brauchten mehrere Minuten, bis alle Glitzersterne im Baum verteilt waren. Die Feuerwehrleute von Lunau achteten genau darauf, dass jedes Teil gut befestigt an seinem Platz hing, sodass auch ein etwas kräftigerer Windstoß der Pracht nicht schaden würde. Als sie fertig waren, bedankten sie sich bei Kay Rotenhagen und seinen Männern. Anschließend zog Philip sie weiter in Richtung der Kirche. „Komm!"

„Wo willst du hin?", fragte Sina.

„Ich zeige dir einen meiner Lunauer Lieblingsplätze."

Ein weiteres Mal fühlte sich Sina in ein romantisches Märchenland versetzt. Der kleine Park hinter der Kirche war über und über mit Lichterketten ausgestattet worden. Dabei hatte man auch die reich verzierten, schmiedeeisernen Sitzbänke nicht ausgespart. Die Buden, die hier standen, verkauften vor allem Handwerkskunst, Weihnachtsartikel und hübsche Kerzen in wunderschönen, meist handbemalten, bunten Gläsern.

Begeistert kaufte Sina ein rotes Kugelglas, auf dem ein fliegendes Rentier mit Schlitten zu sehen war. Die dazu passende Kerze bekam sie von der Verkäuferin sogar geschenkt. Langsam schritten sie die Reihe der Buden ab, schauten hier und da, bis sie am Ende des Kirchparks angelangt waren. Nachdem Philip sie durch ein schmiedeeisernes Tor geführt hatte, befanden sie sich plötzlich auf einem schmalen Reitweg. Sina glaubte, ihren Augen nicht zu trauen, denn dort wartete auf sie ein Pferdeschlitten, ausgestattet mit Lichtern und Glöckchen.

„Oh, Philip, ist der schön!"

„Ich finde, wenn uns das Wetter schon die Bühne für einen Schlitten bereitet, dann sollten wir das auch ausnutzen, meinst du nicht?"

„Auf jeden Fall!" Sie war hingerissen. In ihrem ganzen Leben hatte sie noch nie in einem solchen Pferdeschlitten gesessen, aber schon als kleines Mädchen hatte sie heimlich davon geträumt. „Ist das dein Beitrag zum Basar?"

Er nickte. „So ist es. Natürlich hatte ich zuerst an romantische Kutschfahrten durch die nächtliche Heide gedacht, aber durch den Schnee gibt es noch eine gute Portion Romantik obendrauf." Er lachte und reichte ihr seine Hand, um ihr auf den Schlitten zu helfen.

Auf der Sitzbank lagen dicke Plüschdecken und Kissen bereit. Sina machte es sich bequem, während Philip noch ein paar Worte mit dem Kutscher wechselte und anschließend eine der flauschigen Decken über sie beide ausbreitete. Unter der Decke rutschte er nah an Sina heran und legte einen Arm um ihre Schultern. Dann hörte sie den Befehl des Kutschers an die zwei Pferde, die den Schlitten zogen, und die Glöckchen an den Pferdegeschirren und dem Schlitten erklangen. Es war herrlich!

Der Kutscher folgte dem kreisförmigen Reitweg und drehte eine große Runde durch die tief verschneite Heidelandschaft. Brennende Fackeln beleuchteten dem Kutscher den Weg. Als Sina zu Philip aufsah, küsste er sie zärtlich und lange.

„Dies ist ein absolut perfekter Abend", flüsterte sie ihm zu, nachdem ihre Lippen sich wieder voneinander gelöst hatten. Das

Herz klopfte aufgeregt in ihrer Brust, jedoch ohne sie zu stark zu beunruhigen. Im Gegenteil. Sina genoss dieses Herzklopfen und verspürte sogar einen Anflug von … froher Hoffnung.

„Ja, das finde ich auch."

Kaum waren sie zurück bei ihren Freunden, verflog Philips gute Stimmung innerhalb eines Augenblicks. Denn er erspähte Falk Dehlbrück, der die Hauptstraße entlang auf sie zukam. Seinen Blick hielt er zielsicher auf Sina gerichtet.

„Dein Ex ist im Anmarsch", hörte er Luisa zu Sina sagen, doch da hatte Dehlbrück ihre kleine Gruppe bereits erreicht.

„Guten Abend, allerseits", begrüßte Sinas geschiedener Mann die Gruppe und nickte freundlich in alle Richtungen.

„Falk, was machst du denn hier?", fragte Sina, als er sie sofort an sich zog und sehr vertraut begrüßte, indem er sie auf die Wange küsste.

Philip rückte instinktiv ein gutes Stück von Sina ab.

„Bei meinem letzten Besuch bei dir hatte ich ja schon die Plakate gesehen und war neugierig." Dehlbrück sah sich um. „Ich muss sagen, das sieht wirklich nett aus."

Philip spürte die Blicke seiner Freunde auf sich ruhen, doch er blieb ungerührt und behielt Sina im Auge. Als er registrierte, dass sie sich darüber freute, ihren Exmann zu sehen, fühlte er einen Stich in der Brust. Immer wieder lächelte sie zu ihm auf, und Dehlbrück neigte sich ihr seinerseits mehrmals zu, um mit ihr zu sprechen. Durch das allgemeine Stimmengewirr und die Musik war es Philip jedoch nicht möglich, auch nur ein einziges Wort zu verstehen. Inzwischen stand er leider auch zu weit von ihr entfernt.

Nach einer Weile kam Sina zu ihm. „Es tut mir leid, Philip, aber Falk muss etwas Wichtiges mit mir besprechen", sagte sie leise an seinem Ohr. „Ich muss jetzt los. Sehen wir uns später noch?"

Plötzlich bemerkte er einen bitteren Geschmack auf der Zunge. Es wollte ihm einfach nicht in den Kopf, dass sie ihn nach diesem wundervollen gemeinsamen Abend einfach stehen ließ. „Geh nur“, antwortete er knapp. „Bestimmt sehen wir uns morgen.“

Er bemerkte zwar, dass sie stutzte und ihn für einen kurzen Moment sehr eindringlich ansah, aber dann wandte sie sich wieder von ihm ab. Nur eine Minute später hatte Sina sich auch von den anderen verabschiedet und verschwand zusammen mit Falk Dehlbrück in der Dunkelheit.

Zwei Stunden später rief sie auf seinem Handy an. Philip saß gerade auf dem Sofa in seinem Wohnzimmer und war bereits bei seinem vierten Whisky. Ein bitter klingendes Geräusch ausstoßend, betrachtete er eine Sekunde lang das Display, auf dem er ihren Namen las, erst dann nahm er das Gespräch entgegen. „Ich höre.“

„Philip, ich bin es.“ Sina klang ein wenig atemlos.

„Ich bin schon fast im Bett“, entgegnete er. Die wenig freundliche Erwiderung war reine Absicht. Er war sauer, stinksauer sogar, und das konnte sie ruhig wissen.

„Es tut mir leid, dass ich wegmusste, Philip, aber …“

„Dein Mann hat dich gebraucht, schon verstanden“, unterbrach er sie rüde und bemerkte dabei, dass seine Zunge vom Alkohol schon ein wenig schwer war.

„Ja … Das …“

„Lass mich einfach in Ruhe, Sina!“ Unwirsch beendete er das Gespräch.

Eine derartige Unhöflichkeit passte eigentlich gar nicht zu ihm, aber er hatte ein Ventil für seinen Frust und die Verletzung gebraucht, die er empfand. Das Handy warf er auf die andere Seite des Sofas.

Er wusste, dass sie nicht noch einmal anrufen würde, so weit kannte er sie bereits. Und in diesem Moment war es ihm auch einerlei. Sie hatte ihm deutlich gezeigt, wer ihr wirklich wichtig war. Er war es jedenfalls nicht, und damit musste er sich auseinandersetzen.

Es war ein Fehler gewesen, sich von der harmonischen Stimmung der letzten paar Tage mitreißen zu lassen. Er hätte es besser wissen müssen.

Mitten in der Nacht brannte erneut eine Scheune.

Dieses Mal handelte es sich jedoch um eines der drei Futterdepots des Gutshofs, die in direkter Nähe zu den Stallungen lagen. Einer der Stallburschen, der wegen einer tragenden Stute eine nächtliche Kontrollrunde ging, bemerkte das Feuer und reagierte sofort. Er alarmierte zunächst die Feuerwehr und danach den Gutsverwalter, der wiederum sofort Philip informierte.

Jens riss Philip aus einem tiefen und traumlosen Schlaf. Nach dem kurzen Telefonat mit Sina hatte er sich noch zwei weitere Gläser einverleibt und war dann so betrunken gewesen, dass er es gar nicht erst ins Bett geschafft hatte, sondern direkt auf dem Sofa eingeschlafen war. Zumindest hatte das den Vorteil gehabt, dass er noch vollständig angezogen gewesen war, als der Anruf seines Verwalters ihn erreichte.

Bereits bevor die Feuerwehr auf dem Gut eintraf, war es Jens Tossen gemeinsam mit dem Stallburschen gelungen, das Feuer weitestgehend einzudämmen. Zum Glück hingen an jedem Eingang zu den Ställen große Feuerlöscher, die die beiden Männer geistesgegenwärtig und wohlüberlegt eingesetzt hatten. Die Feuerwehr brauchte nur noch eine knappe halbe Stunde, um den Brand endgültig zu löschen. Die Futterscheune war letztlich nicht mehr zu retten gewesen, aber wenigstens war niemand, auch keines der Tiere, zu Schaden gekommen.

„Du siehst ein bisschen mitgenommen aus, wenn ich das sagen darf.“ Jens zog die Augenbrauen hoch.

„Kein Kommentar“, antwortete Philip. Er deutete auf die verkohlten Überreste der Futterscheune. „Wenn wir den verfluchten Brandstifter nicht bald kriegen, sollte ich wohl einen privaten Wachdienst organisieren, was meinst du?“

„Wäre vielleicht keine schlechte Idee, Chef.“

„Kay übernimmt es dieses Mal für mich, die Polizei in Kenntnis zu setzen. Ich muss jetzt erst einmal ins Bett."

„Auch kein schlechter Plan, wenn ich dich so ansehe." Jens grinste breit. „Hast auf dem Fest wohl einen Glühwein zu viel gehabt, oder?"

Philip zuckte mit den Schultern. „Eigentlich erst danach, wenn man es genau nimmt. Und Glühwein war es auch nicht. Es gibt Zeiten, da braucht ein Mann etwas Stärkeres als gepanschten Rotwein."

„Na, dann sieh zu, dass du dich gut auspennst. Wir können ja morgen noch mal reden."

Philip nickte nur, wandte sich ab und hob im Gehen die Hand zum Gruß, dann vergrub er die Hände tief in den Taschen seines Anoraks und stapfte zügig durch den knöchelhohen Schnee zurück zum Gutshaus. Er war wirklich noch nicht nüchtern, fühlte sich aber bereits langsam elend.

Ein paar Minuten später warf er seine Kleidung bis auf die Shorts von sich und schlüpfte unter die Bettdecke. Kurz bevor er wieder einschlief, streifte ihn ein flüchtiger Gedanke, der ihm wichtig erschien. Aber er war schlicht zu müde, um ihn auch nur eine Sekunde länger festzuhalten zu können.

Sina war unglücklich, ja sogar ein wenig enttäuscht. Die Art, wie Philip am Telefon mit ihr gesprochen hatte, kannte sie von ihm nicht. Bisher war er stets höflich, ausgesprochen diplomatisch und verständnisvoll gewesen. Gut, sie konnte verstehen, dass ihm ihre abrupte Verabschiedung nicht gefallen hatte. Doch in ihren Augen stellte das keine ausreichende Entschuldigung für sein abweisendes Verhalten dar.

Gedankenvoll sah sie sich im Badezimmerspiegel in die Augen. Nein, ihr hatte es auch nicht gefallen, den wundervollen Abend nicht zusammen mit Philip ausklingen zu lassen. Falk hatte sie jedoch dringend um ein Gespräch gebeten, was hätte sie also tun sollen?

Der Gedanke an ihren Exmann holte sie wieder zurück in die

Gegenwart. Da es letzte Nacht sehr spät geworden war, hatte er auf ihrem Sofa übernachtet. Und den Geräuschen nach zu urteilen war er gerade dabei, Frühstück zu machen. Schon in den Jahren ihrer Ehe hatte er das jeden Morgen getan. Manchmal hatte er ihr das Frühstück sogar ans Bett gebracht. Sie musste lächeln. Auch Falk konnte nicht aus seiner Haut.

Die dröhnenden Kopfschmerzen vergällten Philip zusätzlich den Morgen. Er war noch immer wütend, sogar so wütend, dass der Brand des Futterdepots in der letzten Nacht viel weniger Raum in seinen Gedanken einnahm, als man hätte erwarten können. Er musste einfach ununterbrochen an Sina denken – vor allem daran, dass sie ihn einfach stehen gelassen hatte, nachdem dieser Dehlbrück aufgetaucht war.

Frauen! Unberechenbar, egoistisch und skrupellos!

Natürlich war ihm klar, dass nicht alle Vertreterinnen des weiblichen Geschlechts mit einem schlechten Charakter ausgestattet waren, dafür kannte er zu viele, die er aufrichtig bewunderte. Trotzdem fühlte er seine tiefsten Ängste auf nahezu jämmerliche Weise bestätigt.

Wenn er ehrlich war, wusste er auch genau, woran das lag: Er liebte Sina Rosenborn, und das machte einen erheblichen Unterschied. Er hatte es ihr sagen wollen, letzte Nacht, hatte sie fragen wollen, wie sie zu ihm stand und ob sie eine Zukunft für sie beide sah. Jedes einzelne Wort hatte er sich zurechtgelegt. Bereits während der Schlittenfahrt war er kurz davor gewesen, mit ihr zu sprechen, doch dann hatte er sich im letzten Moment dafür entschieden, zu warten, bis sie allein sein würden.

Letztlich war es seine Liebe, die ihr die Macht verlieh, ihn auf diese Art verletzen zu können, so einfach war das. Philip fluchte laut auf. Genau aus diesen Gründen hatte er sich niemals verlieben wollen. Und jetzt saß er mittendrin in der Gefühlsfalle. Wen wunderte es, dass er sehr schlechter Stimmung war.

Das gemeinsame und sehr zeitige Frühstück mit seinem Großvater war eher ruhig verlaufen. Selbstverständlich hatten sie sich über den Brand unterhalten. Helge hatte erst heute Morgen davon erfahren, und natürlich war ihm auch nicht entgangen, dass Philip einen ausgewachsenen Kater hatte und dazu noch äußerst schlecht gelaunt war. Sofort hatte Helge versucht, ihm auf den Zahn zu fühlen, aber Philip hatte seine miese Stimmung einfach auf seinen Brummschädel und den erneuten Anschlag des Brandstifters geschoben. Und obwohl Philip seinem Großvater die Zweifel angesehen hatte, hatte Helge nicht weiter nachgefragt.

Es war noch immer früh am Morgen, doch Philip saß inzwischen an seinem Schreibtisch. Soeben hatte er das notwendige Telefonat mit der Polizei geführt. Das Gespräch mit der Versicherung musste er allerdings auf später verschieben, denn um diese Uhrzeit war dort sicherlich noch niemand im Büro anzutreffen.

Trotz mehrerer Kopfschmerztabletten, die er gleich nach dem Aufstehen genommen hatte, dröhnte sein Kopf noch immer grauenvoll. „Ich brauche dringend frische Luft", sagte er laut zu sich und erhob sich von seinem Schreibtisch.

Draußen in der Halle pfiff er nach Lancelot, der auf der Stelle angezottelt kam. Helge schaute daraufhin kurz aus seinem Zimmer und lächelte Philip gutmütig zu.

„Ich dreh mit dem Hund eine Runde", teilte er seinem Großvater mit.

„So ist es richtig, mein Junge. Lass dich mal tüchtig durchpusten. Die Natur kann einen Mann wieder ins Lot bringen."

Philip nickte. „Bis später!"

Wie üblich trottete Lancelot einige Schritte entfernt vor ihm her, ohne sich groß darum zu kümmern, ob Philip tatsächlich folgte. Zudem schien der Hund stets instinktiv zu wissen, wohin man gerade wollte. „Deine unnachahmliche Seelenruhe hätte ich gerne", sagte Philip, während er wie ferngesteuert den Weg einschlug, der zu Sinas Haus führte. „Und gegen deinen treffsicheren Instinkt hätte ich auch nichts einzuwenden."

Seit er das Gutshaus verlassen hatte, schien sein Kopf endlich wieder ein wenig klarer zu werden. Und plötzlich fragte er sich, ob er vielleicht doch eine Spur zu empfindlich reagiert hatte. Im Grunde wusste er ja gar nicht, warum Sina sofort mit ihrem Exmann mitgegangen war. Das gab ihm jetzt zu denken.

Er musste unbedingt mit ihr reden. Also beschleunigte er das Tempo seiner Schritte. Bereits das lauter werdende Motorengeräusch ließ jedoch ein ungutes Gefühl in ihm aufkommen, doch als der klapprige VW-Bus von Falk Dehlbrück direkt an ihm vorbeifuhr und der Mann auch noch freundlich winkend grüßte, fühlte Philip sich, als hätte er ihm eine Faust direkt in die Magengrube geschlagen.

Fast ein wenig benommen sah er dem Wagen nach. Die Erkenntnis, dass Dehlbrück bei Sina übernachtet hatte, löste quälende Schmerzen in seiner Brust und dazu auch noch eine seltsame Leere in seinem Kopf aus. Einige Male atmete er gründlich ein und wieder aus. Er brauchte mehrere Sekunden, vielleicht auch Minuten, bis sein Denkvermögen wieder einsetzte.

Und wie aus dem Nichts fiel ihm plötzlich wieder ein, woran er letzte Nacht kurz vor dem Einschlafen gedacht hatte.

Einen Kaffeebecher in der Hand, stand Sina am Wohnzimmerfenster und sah hinaus zum Teich und dem hübschen Baum, der am Ufer wurzelte. Schon vor ein paar Tagen hatte sich eine dünne Eisschicht auf der Oberfläche des Teichs gebildet. Auf eine seltsame Art fühlte Sina sich mit der großen Weide verbunden, deren untere Zweigspitzen jetzt im Eis des kleinen Gewässers festsaßen. Natürlich war der Baum ohnehin an seinen Platz gebunden, doch seine dünnen, herunterhängenden Zweige hatten stets im Herbstwind getanzt und dabei die Wasseroberfläche berührt. Das ging nun nicht mehr. Das Eis verhinderte es. Nur noch die oberen Äste und ihre Auswüchse durften mit dem Wind tanzen, die unteren waren zur Bewegungslosigkeit verurteilt, bis das Eis wieder schmolz.

So ein Quatsch, dachte sie. Ich habe überhaupt nichts mit diesem Baum gemein! Ich kann gehen, wann immer ich will und wohin ich will. Nichts hält mich fest.

Kaum hatte sie die Gedanken zu Ende gedacht, entdeckte sie Philip, der direkt auf ihr Haus zuhielt, und Sina musste sich eingestehen, dass es sehr wohl jemanden gab, der sie hier hielt. Vielleicht sogar für immer. Und dieser Jemand würde in wenigen Augenblicken an ihrer Haustür klingeln. Sie hoffte, dass er kam, um sich für sein Verhalten zu entschuldigen. Sie hoffte es so sehr!

Als er nur eine Minute später vor ihr stand, klopfte ihr das Herz bis zum Hals.

„Hallo, Sina! Hast du eine Minute für mich?“ Seine Stimme klang belegt und ein wenig distanziert. Im Gegensatz zu sonst sah er nicht unbedingt frisch und blendend aus. Er war blass, wirkte müde und das Weiß in seinen Augen ließ leichte Rötungen erkennen.

„Natürlich“, erwiderte sie. „Komm doch rein.“ Sie musste lächeln, als Lancelot, der bei ihm gewesen war, ohne jegliche Begrüßung an ihr vorbeimarschierte und sich brummend vor dem kleinen, eisernen Kaminofen im Wohnzimmer niederließ. Natürlich verfügte das Haus auch über eine elektrische Heizung. Doch seit es draußen kälter geworden war, genoss Sina die zusätzliche Wärmequelle und beheizte den Ofen tatsächlich, sobald sie sich länger im Haus aufhielt. Im Verschlag hinter dem Haus war schließlich genug Holz vorhanden … Manchmal kam sogar ein Mitarbeiter des Gutes vorbei und stapelte neue trockene Scheite auf. Sie wusste das sehr zu schätzen.

„Möchtest du vielleicht einen Kaffee?“

Sie standen sich im Wohnzimmer gegenüber und sahen sich an. Am liebsten hätte Sina sich sofort in seine Arme gekuschelt. Alles, was sie von ihm hören wollte, war eine Entschuldigung und die Versicherung, dass alles zwischen ihnen wieder gut war. Sie hatte sich unendlich einsam gefühlt in der vergangenen Nacht.

Er schüttelte den Kopf. „Danke, ich hatte heute Morgen schon genug davon." Ohne zu lächeln, zog er den Reißverschluss seines Anoraks auf und löste den Schal. „Wir müssen miteinander reden, Sina."

„Das sehe ich allerdings auch so." Sie bemerkte, dass es in seinen dunklen Augen flackerte. Etwas arbeitete in ihm, das war unverkennbar. Sie hätte nicht sagen können, ob es Wut, Nervosität oder doch ein anderes Gefühl war, dafür kannte sie ihn wohl noch nicht gut genug.

Als er sie sekundenlang stumm ansah, holte sie Luft und fuhr fort: „Du … Also, du bist nicht unbedingt nett gewesen letzte Nacht. Ich meine, als ich dich anrief, um dir zu erklären …"

„Ich weiß", unterbrach er sie. „Und das tut mir sehr leid. Verzeih mir bitte mein rüdes Verhalten." Seine Miene blieb unverändert ernst, dennoch war Sina unendlich froh, dass er sich bei ihr entschuldigt hatte. Seine anhaltende Distanziertheit machte ihr jedoch Sorgen.

„Deine Entschuldigung nehme ich gerne an, Philip. Trotzdem möchte ich dir erklären, warum ich gestern Abend gegangen bin."

„Du bist mir keine weitere Erklärung schuldig", gab er ihr zur Antwort. „Ich habe Augen im Kopf … Dein Exmann ist vorhin an mir vorbeigefahren."

„Philip, das ist …"

„Erspare uns das, Sina! Ich will es gar nicht hören."

Sie fühlte, wie heißer Zorn in ihr aufwallte. Was dachte sich dieser Mann bloß dabei, sich so anmaßend und ignorant zu verhalten? „Hör zu, *Herr Baron*, ich weiß sehr wohl, dass ich dir keinerlei Erklärungen über mein Verhalten oder meine Entscheidungen schuldig bin. Aber wenn wir so miteinander reden müssen, ist es wohl besser, du gehst gleich wieder."

Er schien ihr überhaupt nicht zuzuhören, oder er ging einfach über ihre letzte Bemerkung hinweg. Sina wusste nicht, was sie schlimmer fand.

„Ich bin mir sicher, dass Dehlbrück der Brandstifter ist, Sina."

Sie glaubte, sich verhört zu haben. Sie konnte sich nur verhört haben! „Wie bitte? Was sagst du da?"

„Er ist der Feuerteufel. Für mich ist das mehr als nur offenkundig." Seine Stimme schien ihr nun erschreckend ruhig zu sein, und seine eherne Miene unterstrich, wie überzeugt er von seiner Behauptung war. „Letzte Nacht hat erneut eine Scheune gebrannt, und er war hier. Er ist jedes Mal in Lunau gewesen, wenn es gebrannt hat. Im Geiste bin ich alles noch einmal durchgegangen. Er war immer hier, Sina! Jedes Mal! Angefangen mit dem Baum in unserer Auffahrt. Dehlbrück ist es, da gibt es keinen Zweifel!"

„Du bist völlig durchgeknallt, Philip von Hoven!"

Unter seinem linken Auge zuckte ein Muskel. „Wenn du das so siehst, kann ich es nicht ändern. Ich werde jedenfalls noch heute die Polizei über meinen Verdacht informieren."

„Falk hat hier übernachtet, Philip."

„Und du bist dir sicher, dass er in der Nacht nicht noch einmal draußen gewesen ist, ja?"

Sie stockte nur einen Augenblick lang, aber das reichte ihm.

„Du hast einen sehr festen Schlaf, Sina. Ich weiß das."

Innerlich war sie so aufgewühlt, dass sie sich setzen musste. Sie machte zwei Schritte zurück und ließ sich auf dem Sofa nieder. „Das ist absurd, Philip! Total abwegig! Falk könnte so etwas niemals tun!"

„Das ist deine Meinung." Er schien einen Moment zu zögern, bevor er weitersprach. „Es ist durchaus verständlich und nachvollziehbar, wenn man eure Verbindung in Betracht zieht, denke ich." Seine eigentlich so angenehme Stimme klang jetzt seltsam fremd und kühl.

Sie fragte sich, wann genau in den letzten zwölf Stunden er sich so gravierend verändert haben konnte. Vor ihr stand nicht mehr der umsichtige und herzliche Philip, mit dem sie die romantische Schlittenfahrt unternommen hatte. Er war nicht mehr der Mann, der ihr die höchsten Wonnen beim gemeinsamen Sex geschenkt hatte. Nein, dieser Mann war kalt und arrogant. Plötzlich schien er genau in das Bild zu passen, das sie sich schon sehr früh von Menschen seines Standes gemacht hatte. Philip von Hoven hatte sich in ihren Augen gerade selbst entzaubert. Wie unglaublich enttäuschend!

Doch das Allerschlimmste dabei war, dass sie sich noch immer am liebsten in seine Umarmung verkrochen hätte. Nur in seine! Es war besser, der Realität ins Auge zu sehen: Sie hatte sich in den falschen Kerl verliebt, und nun galt es, irgendwie damit fertigzuwerden.

Alles in ihr schmerzte, als sie ihm jetzt ins Gesicht sah. Und ihr wurde unvermittelt klar, dass sie sich zum ersten Mal in ihrem Leben mit dem quälenden Gefühl von Liebeskummer auseinandersetzen musste. „Du machst einen Fehler, Philip. Bitte geh nicht zur Polizei mit diesem absurden Verdacht! Falk kann es nicht gewesen sein. Das würde überhaupt nicht zu ihm passen. Du musst mir glauben, Philip! Ich kenne ihn!“

Es war ein letzter verzweifelter Versuch, den alten, den nachsichtigen und empathischen Philip zu ihr zurückzuholen. Seine Miene blieb jedoch unvermindert hart, wurde sogar noch eine Spur unerbittlicher, wenn sie sich nicht täuschte.

„Du stehst ihm nahe. Wie ich schon sagte, ich kann verstehen, dass dir dieser Verdacht nicht gefallen kann, doch ich werde selbstverständlich die Polizei informieren, Sina.“

Erneut blickten sie einander lange in die Augen. Sie fühlte, dass ihr die Kehle eng wurde. Es wollte ihr einfach nichts mehr einfallen, was sie jetzt noch sagen konnte. „Ich werde gehen, Philip. Ich werde … Lunau verlassen. So schnell es nur geht.“

Er räusperte sich. „Damit habe ich gerechnet.“

11. KAPITEL

Seine Mutter hatte die erste Kerze am Adventskranz angesteckt, im Fenster leuchteten einige Stern-Lichterketten. Die Stimmung in der Küche war dennoch bedrückt.

„Mir tut es unendlich leid, dass du uns verlassen willst, Sina." Kjell erhob sich, um Kaffee nachzuschenken. „Ich werde lange brauchen, um wieder jemanden wie dich zu finden, der so gut in seinem Job ist und gleichzeitig so wunderbar zu uns und zu Lunau passt."

Seine Frau und seine Mutter saßen stumm nebeneinander auf der Bank in Christas Küche. Isabell blickte ihre Freundin über den Tisch hinweg sichtlich erschüttert an. Die beiden jüngeren Frauen hatten Tränen in den Augen, während seine Mutter Sina eindringlich und sehr nachdenklich betrachtete. So wie er sie kannte, analysierte sie gerade die Situation, versuchte, vielleicht sogar eine Lösung zu finden.

„Mir tut es auch leid, das könnt ihr mir glauben", erwiderte Sina. „Aber ich habe keine Wahl. Hätte ich eine, würde ich bleiben." Sie hob den Kopf und sah ihn an. „Ich wäre dir unglaublich dankbar, wenn du mich so bald wie möglich gehen lässt, Kjell. Ehrlich gesagt würde ich am liebsten schon morgen fahren. Und ich weiß natürlich, dass ich dir und Ruth damit absolut keinen Gefallen tue."

Nachdem er die Kanne zurück an ihren Platz gebracht hatte, setzte er sich wieder zu den anderen an den Tisch. „Selbstverständlich kannst du gehen, wann immer du willst, Sina. Ein Tag früher oder später macht da keinen Unterschied. Wir hatten ja ohnehin noch keinen festen Vertrag. Und Ruth und ich, wir werden schon eine Lösung finden."

„Ich danke dir für dein Verständnis, Kjell."

„Es geht um Philip, nicht wahr?", fragte Christa schließlich und schob den Adventskranz beiseite, der zwischen ihr und Sina auf dem Tisch stand. Offenbar störte sie das Flackern der Kerze.

Sina erwiderte den nachdrücklichen Blick seiner Mutter, zögerte einen Moment, nickte dann aber. „Ja. Was soll ich sagen … Ja, es geht um Philip."

„Du liebst ihn?" Es war typisch für Christa, dass sie das Kind beim Namen nannte. Es lag ihr nicht, um den heißen Brei herumzureden.

„Ja."

Isabell schluchzte auf. „Was ist denn nur passiert? Gestern Abend auf dem Fest, da habt ihr richtig verliebt ausgesehen. Wir haben alle gedacht …"

„Letzte Nacht hat sich alles zwischen uns verändert." Sina stockte. „Oder vielleicht habe ich Philip auch erst jetzt richtig kennengelernt, ich weiß es nicht."

„Was war los?", hakte Kjell nach. Bei aller Zuneigung, die er für Sina empfand, konnte er sich absolut nicht vorstellen, dass sein Freund sich einer Frau gegenüber schlecht benahm. Jeder andere, aber nicht Philip. Niemals! „Komm schon, Sina, raus mit der Sprache!"

„Er hat nicht mehr mit sich reden lassen", beendete Sina einige Zeit später ihren Bericht. „Und meine Erklärung dafür, warum ich gestern Abend Falks Bitte nach einem Gespräch unter vier Augen entsprochen habe, hat ihn auch nicht mehr interessiert. Er wollte es schlicht nicht hören."

„Hm." Kjell strich sich mit allen zehn Fingern durch das dunkelblonde Haar. „Das riecht mir gewaltig nach angeknackstem Stolz und jeder Menge Eifersucht."

„Das würde ich auch so sehen", stimmte Christa zu.

„Er hätte mir wenigstens eine Chance geben müssen, ihm zu erklären, warum ich mit Falk mitgegangen bin. Und dieser … Verdacht, Falk könnte der Brandstifter sein, ist geradezu absurd!"

„Nun." Nachdenklich kratzte sich Kjell am Kinn. „Hat er denn mit den zeitlichen Abläufen recht? Ich meine, jetzt mal ganz und gar davon abgesehen, dass du deinem Ex die Brandstiftungen nicht zutraust."

„Wie meinst du das?“ Stirnrunzelnd sah Sina ihn an.

„Ganz sachlich, Sina. Ist Falk Dehlbrück zum Zeitpunkt der Brände tatsächlich hier gewesen?“

Ihr blieb nichts anderes übrig, sie nickte. „Ja, das ist er tatsächlich, Kjell. Dennoch ist Philips Beschuldigung vollkommen abwegig. Ich kenne Falk fast besser, als ich mich selbst kenne, und kann mit absoluter Sicherheit sagen, dass er niemals dazu imstande wäre, fremdes Eigentum zu beschädigen. Nie und nimmer! Und überhaupt … Warum sollte er das tun?“

Isabell nickte. „Sina hat recht. Jeder Kriminalist würde zuerst nach einem Motiv fragen.“

„Das ist einfach“, hakte Kjell ein. „Dein Ex hat mitbekommen, dass sich zwischen dir und dem Baron etwas abspielt, und war eifersüchtig oder auch nur missgünstig. Die Brände wurden schließlich allesamt auf dem Gut gelegt.“

„Zur Eifersucht bestand nicht der geringste Grund, Kjell“, versicherte sie. „Und zu Missgunst neigt Falk schon mal gar nicht. Schon lange bevor ich nach Lunau gekommen bin, hat Falk gewusst, dass es für ihn und mich keine Zukunft mehr geben würde. Da fehlt jede Logik.“

„Ehrlich gesagt, Sina, seit Lu ihn im Café erlebt hat, ist sie der festen Überzeugung, dass Falk dich zurückwill“, warf Isabell ein.

„Mit dieser Einschätzung liegt sie auch absolut richtig. Trotzdem kennt er meine Einstellung. Ich habe nie einen Hehl daraus gemacht, dass unsere Beziehung für mich endgültig beendet ist.“

„Aber er hat dennoch weiter um dich gekämpft, oder nicht?“

Sina schüttelte den Kopf. „Ja, aber auch das liegt nun schon einige Wochen zurück. Ich habe ihm immer wieder gesagt, dass es für mich vorbei ist, und das hat er akzeptiert. In der letzten Zeit hat er sich mir gegenüber freundschaftlich verhalten. Versteht ihr denn nicht? Es ergibt doch keinen Sinn, Philip Schwierigkeiten zu machen, wenn er schon lange weiß, dass ich ohnehin niemals zu ihm zurückkommen werde.“

Kjell zog die Augenbrauen hoch. „Verzeih mir, aber als Mann sehe ich das völlig anders, Sina. Gründe gäbe es auch so genug. Dein Ex kann durchaus eifersüchtig und sauer auf Philip reagieren, selbst wenn er weiß, dass du nicht zu ihm zurückkehren willst. Das ist alles eine Frage der persönlichen Einstellung und des Egos."

Eine Weile blieben sie alle still und hingen jeder für sich ihren Gedanken nach.

„Wenn Philip so untypisch hart reagiert, wie er es deiner Erzählung nach getan hat, muss ihn etwas völlig aus dem Takt gebracht haben, Sina. Und dafür kann es eigentlich nur einen einzigen Grund geben", sagte Christa plötzlich in die anhaltende Stille hinein. Kjell und Isabell nickten zustimmend.

„Und der wäre?", fragte Sina. Sie hatte darüber nachgedacht, konnte sich sein völlig verändertes Auftreten aber nicht erklären.

Christa legte ihr die Hand auf den Arm. „Er muss ernsthaft verliebt in dich sein, Sina! Ich kann mir keinen anderen Grund vorstellen. Philip ist der liebenswürdigste und galanteste Mann, dem ich jemals begegnet bin. So ist er immer gewesen, egal, was auch passiert ist."

„Glaub mir, er war mir gegenüber alles andere als liebenswürdig." Sina schnaufte.

„Ich zweifle ja gar nicht an deinen Ausführungen, meine Liebe. Allerdings kenne ich auch seine Geschichte und damit seine Schwächen." Christa lächelte nachsichtig und sah kurz ihren Sohn an, bevor sie sich wieder auf Sina konzentrierte. „Ich glaube, dass Kjell recht hat, wenn er glaubt, dass Philip eifersüchtig auf Falk ist. Als du gestern Abend mit Falk zu dir gegangen bist, hat ihn das in seinem Zweifel sicherlich bestätigt."

„Ich kann meiner Mutter nur zustimmen, Sina. Seit seiner Kindheit hat Phil mit extremen Verlustängsten zu kämpfen. Wahrscheinlich bist du unabsichtlich genau in dieses schwarze Loch seiner Psyche getappt, oder er selber hat dich dort hineinmanövriert. Wie auch immer, es kommt aufs Gleiche raus." Kjell seufzte. „Das ändert natürlich nichts daran, dass es falsch von ihm war, dir nicht die geringste Chance auf eine Erklärung zu lassen. Ich bin aber auch der festen Überzeugung, dass er sehr viel für dich empfinden muss, um sich so zu verhalten."

„Wie du schon sagst, Kjell, das ändert nichts daran, dass er sich falsch verhalten hat." Sina erhob sich. „Ich kann seine Ängste vielleicht sogar nachvollziehen, zumindest verstehen, weil er mir seine Geschichte erzählt hat. Aber er kann auch nicht erwarten, dass die Verluste, die er als Kind ertragen musste, immer alles entschuldigen."

„Ich gebe Sina recht", sagte Isabell.

Sina hatte sich schon darüber gewundert, dass ihre Freundin eher ruhig geblieben war. Isabell hielt normalerweise nicht mit ihrer Meinung hinter dem Berg.

„Philip ist ein erwachsener Mann und sollte dementsprechend mit seinen Gefühlen umgehen können. Für mich liegt der Ball jetzt bei ihm im Feld. Sina kann nicht mehr viel tun." Isabell verschränkte die Arme.

„Sprich noch mal mit ihm, bevor du Lunau verlässt", bat Kjell sie. „Gib ihm noch eine Chance, die Sache aus der Welt zu schaffen, Sina."

„Kjell, bei aller Liebe, und das meine ich in diesem Fall sogar wörtlich, finde ich auch, dass Philip jetzt am Zug ist. Er hat Dinge vorausgesetzt, ja mir praktisch unterstellt, ohne mit mir zu sprechen, das geht gar nicht." Sie seufzte. „Sobald ich alles geregelt habe, komme ich noch mal bei euch vorbei, um mich endgültig zu verabschieden. Das wird höchstwahrscheinlich schon morgen früh sein." Sie wandte sich an Isabell: „Isa, Süße, wir werden auf jeden Fall in Kontakt bleiben, ich verspreche es."

„Das setze ich voraus", erwiderte Isabell lächelnd, obwohl ihr nun wieder Tränen in die Augen stiegen.

„So, dann stapfe ich mal zurück zum Gut. Ich habe mir vorgenommen, noch beim alten Baron vorbeizuschauen, damit ich mich in Ruhe von ihm verabschieden kann. Drückt mir die Daumen, dass mir Philip nicht noch einmal über den Weg läuft, das könnte ich nicht so gut vertragen." Noch einmal sah sie ihre Freundin Isabell an. „Lu arbeitet ja heute. Ich werde sie später anrufen."

Isabell nickte. „Mach das. So wie ich sie kenne, wird sie untröstlich sein, dass du uns verlässt."

„Ich weiß. Macht es gut, ihr Lieben. Danke für den Kaffee, Christa."

Kjells Mutter schenkte ihr ein warmes und sehr mütterliches Lächeln. „Den wirst du hier immer bekommen. Ich hoffe, das weißt du."

Rafael legte den Hörer auf und dachte einen Moment lang über das nach, was Kjell ihm gerade am Telefon berichtet hatte. Sein Freund war der Meinung, dass er derjenige war, der am ehesten mit Philip reden sollte. Das war nicht ganz abwegig. Er wusste, dass es ihm leichter fiel, in aller Deutlichkeit mit dem Baron zu sprechen. Das war noch nie anders gewesen.

Wahrscheinlich lag es ganz einfach daran, dass Kjell und Philip beide eine viel zu gute Erziehung genossen hatten, während er immer ein wenig ungezähmt durchs Leben gelaufen war. Zumindest bis Lu es übernommen hatte, ihn zu bändigen. Bei dem Gedanken musste er grinsen, doch dann konzentrierte er sich wieder auf das, was Kjell ihm geschildert hatte.

„Er ist neben der Spur, Rafa", hatte Kjell besorgt gesagt. „So wie es aussieht, wegen Sina. Du weißt ja selbst, wie man sich fühlt, wenn einem so was passiert."

„Als wenn du das nicht wüsstest, Großer."

„Sehr witzig! Deshalb mach ich mir ja solche Sorgen. Wenn er es will, kannst du mich ja immer noch dazuholen. Ich sitze hier auf Abruf."

„Na gut. Ich versuch es erst mal mit dem berühmten Auf-ein-Bier-Angebot."

„Das wird er kapieren."

„Denke ich auch."

Nach einer kurzen Verabschiedung hatten sie aufgelegt. Und nun saß er da mit der Verantwortung. Wenn Philip das Auf-ein-Bier-Angebot ablehnte, musste Rafael ihn sich anders schnappen, um ihm, so gut es eben ging, auf den Zahn fühlen und helfend zur Seite stehen zu können. Natürlich würde er auch die rabiatere Variante gehen, das war gar keine Frage! In der Vergangenheit hatte sich allerdings schon mehrmals bewiesen, dass die sanftere Methode, also das Auf-ein-Bier-Angebot, oft ausreichte, um den richtigen Weg aus der Krise zu finden.

Rafael hatte nie einen Bruder gehabt, aber für ihn waren Kjell und Philip nichts anderes als Brüder. Gefährten im Geiste und im Herzen. Vielleicht waren sie sogar enger miteinander verbunden, als echte Brüder es jemals sein konnten. Natürlich sagten sie sich auch gegenseitig ihre Meinung, das war oft unumgänglich, doch keiner von ihnen hatte jemals eine Entscheidung der anderen beiden infrage gestellt. Sie hatten sich stets geachtet, respektiert und ihre ganz speziellen Eigenheiten wie selbstverständlich hingenommen. Eventuell lag gerade hierin das Geheimnis ihrer Freundschaft.

Kjell und er waren sich sofort darüber einig gewesen, wie vorgegangen werden sollte. In dieser Situation ging es nicht unbedingt darum, Philip den Schädel wieder geradezurücken, sondern ihm schlicht und ergreifend ein Freund zu sein, bei ihm zu sein und ihm damit noch einmal vor Augen zu führen, dass Rat und Hilfe ihm jederzeit zur Verfügung standen.

Rafael holte tief Luft. Er war allein im Haus. In der Adventszeit arbeitete Luisa auch an den Sonntagen, entweder in der Gärtnerei oder in ihrem kleinen Blumenladen an der Hauptstraße.

Nun gut, dachte er, griff erneut nach dem Telefon und rief die Nummer von Philip auf. Es dauerte kaum länger als zwei Sekunden, bis sein Freund ranging. „Hey, Phil! Lust auf ein Bier am frühen Nachmittag?“

Wie Rafael erwartet hatte, blieb es einige Sekunden ruhig in der Leitung, bevor Philip antwortete. „Aber nicht hier. Ich will raus aus Lunau.“

Okay, sein Freund hatte das Angebot verstanden. „Bispingen? Wir könnten auf einen Sprung in Willis Kneipe vorbeischauen, da sind wir ewig nicht gewesen."

„Guter Plan. Rufst du Kjell an? Vielleicht hat er ja Lust, mitzukommen."

„Geht klar." Nun gut, dachte Rafael, dann wird sich der Doktor wohl doch nicht drücken können. „Wir treffen uns hier … Sagen wir in einer halben Stunde?"

„Ich werde da sein."

Die Dämmerung setzte bereits ein, als Sina die Straße zum Gut erreichte. Sie war zu Fuß unterwegs, wie so oft seit sie in Lunau lebte. Wegen des anhaltenden Schneefalls stand ihr Auto bereits seit einigen Tagen ungenutzt auf dem Parkplatz der Gärtnerei, denn dort wurde regelmäßig geräumt. Falls es doch nötig gewesen wäre, den Wagen zu nehmen, wäre sie von dort erheblich einfacher weggekommen. Luisa hatte es ihr angeboten, da die schmale, tief verschneite Straße, die hinaus zu ihrem Ferienhaus führte, inzwischen tatsächlich am einfachsten zu Fuß zu bewältigen war. Sina überlegte kurz, ob sie den Wagen schon jetzt holen sollte, da sie ihn ja am nächsten Morgen beladen musste. Dann überlegte sie es sich anders. Es hatte schon wieder begonnen zu schneien, und nach dem Frühstück würde sie auch noch genug Zeit haben.

Es beruhigte sie, dass Philips neuer Rover nicht auf seinem angestammten Platz stand, so konnte sie zumindest einigermaßen sicher sein, einer weiteren Begegnung mit ihm zu entkommen. Wie gewohnt öffnete Anke die Tür und schenkte ihr sofort ein strahlendes Lächeln. „Sina, wie schön! Der junge Baron ist allerdings …"

„Ich wollte zum alten Baron", unterbrach Sina sie hastig. „Ist er hier?"

Anke lächelte milde. „Natürlich. Ich sag ihm schnell Bescheid. Er wird sich sicherlich über den unerwarteten Besuch sehr freuen."

„Danke, Anke."

Kurz darauf saß sie bei Helge von Hoven auf dem Sofa, und Anke servierte ihnen Tee und Gebäck. Seltsamerweise musste Sina an ihren ersten Tag in Lunau zurückdenken. An den Tag, als sie zum ersten Mal dieses Haus betreten und an dem plötzlich Philip vor ihr gestanden hatte und sie am liebsten im Boden versunken wäre, als sie erkannt hatte, mit wem sie es zu tun hatte.

„Sina, was kann ich denn für Sie tun?", fragte der alte Baron lächelnd und in seiner gewohnt gütigen Art.

Helge von Hoven hörte ihr in aller Ruhe zu. Natürlich hielt sie sich ihm gegenüber mit Details zurück und führte nur persönliche Gründe an, aus denen sie Lunau so schnell wie möglich verlassen wollte.

„Wann wirst du fahren, mein Sina-Mädchen?", fragte er mit seiner sonoren Stimme.

Sie wunderte sich nicht einmal mehr darüber, dass er sie bei dieser Gelegenheit wieder duzte. Es störte sie auch nicht, dafür hatte sie ihn inzwischen viel zu lieb gewonnen. „Morgen, gleich nach dem Frühstück. Sobald ich nachher im Haus bin, werde ich anfangen zu packen."

„Du wirst mir fehlen, weißt du."

„Sie werden mir auch sehr fehlen, Herr von Hoven."

„Helge", sagte er und vertiefte sein Lächeln. „Freunde sollten Du zueinander sagen, nicht wahr? Ich hoffe, du nimmst das Angebot endlich an."

„Ich fühle mich geehrt", antwortete sie lachend.

„Mir ist es eine Ehre, mein Kind." Nachdem er seinen Tee ausgetrunken hatte, hob er wieder den Blick. In diesem Augenblick sah er ausgesprochen weise aus, fast erinnerte er Sina an einen greisen Indianerhäuptling aus einem alten amerikanischen Western, die sie als Kind so gerne gesehen hatte.

„Hat mein Enkel etwas mit deinem Entschluss zu tun?", erkundigte er sich.

Sie hatte schon befürchtet, dass er nachfragen würde. Als sie nicht sofort antwortete, sondern nur die Lippen schürzte, nickte er wissend.

„Das habe ich mir schon gedacht." Er grummelte etwas vor sich hin, in dem das Wort „Hornochse" vorkam, wenn sie sich nicht täuschte. „Würdest du mir noch einen großen Gefallen tun, bevor du gehst?"

„Natürlich! Brauchst du noch etwas? Soll ich Anke rufen?"

„Nein, nein! Anke hat seit einer halben Stunde Feierabend. Es ist etwas anderes. Ich würde heute Abend noch gerne bei Oberon vorbeischauen. Einer der Burschen hat mir gesagt, dass er sich eine kleine Verletzung am hinteren Sprunggelenk zugezogen hat. Es ist nicht weiter dramatisch, und der Tierarzt war auch schon da, aber ich möchte trotzdem gerne zu ihm, damit der alte Gaul weiß, dass ich an ihn denke. Würdest du mich dorthin begleiten, Sina? Es ist zwar nicht weit, aber der vermaledeite Schnee … Du weißt schon, es könnte glatt sein, und ich brauche noch immer den Gehstock. Da wäre ein Arm, in den man sich einhaken kann, sehr angenehm."

„Du warst also noch nicht bei der Polizei?"

Philip schüttelte den Kopf. „Nein, Kjell, bisher noch nicht." Zusammen mit seinen beiden Freunden saß er an einem der Ecktische in der kleinen Kneipe in Bispingen. Hier hatten sie schon in ihrer Jugendzeit das ein oder andere Bier getrunken. Seither schien sich in dem kleinen Schankraum wenig verändert zu haben. Philip hatte den Eindruck, als würden sogar noch dieselben Typen in der unveränderten Körperhaltung am Tresen sitzen.

„Wenn du dir so sicher bist, dass Dehlbrück hinter den Bränden steckt, warum bist du nicht gleich heute dort gewesen?", hakte Rafael nach.

„Keine Ahnung … irgendein akuter Anfall von Prokrastination, nehme ich an."

„Instinkt würde ich es nennen", warf Kjell ein, hob sein Glas und grinste.

„Ich habe mich nicht geirrt, sicher nicht!" Philip spürte, dass die Wut, die er nun schon seit vierundzwanzig Stunden mit sich herumtrug, einen neuen Anlauf nahm.

„Du möchtest Sina nicht verletzen, hab ich recht?“ Rafael zog die schwarzen Augenbrauen hoch. „Das Mädel liegt dir eben am Herzen, mein Alter.“

Ihm wollte nichts einfallen, was er darauf antworten konnte, also zuckte er nur mit den Schultern.

„Du willst sie also wirklich gehen lassen, Baron?“

Als Rafael ihm diese Frage stellte, registrierte Philip, dass Kjell sich zurücklehnte und die Arme vor der Brust verschränkte. Ein sicheres Zeichen dafür, dass er es nun ihrem gemeinsamen Freund überließ, das Problem anzupacken. Philip kannte den Ablauf sehr gut, auch wenn er meistens auf der anderen Seite gesessen hatte. „Ich habe keine Wahl. Sie wird wieder zu Dehlbrück zurückgehen.“

„Wie kommst du denn darauf? Hat sie das so gesagt?“, hakte Rafael nach.

„Das war gar nicht nötig, Angel. Ihr seid doch dabei gewesen, Jungs. Sie hat mich gestern einfach stehen lassen und ist mit ihm abgehauen. Heute Morgen war es mir dann noch vergönnt, mitzubekommen, dass er bei ihr übernachtet hat. Das ist doch alles eindeutig.“

„Weißt du, mein Lieber, wenn ich eines in den vergangenen zwei Jahren gelernt habe, dann, dass nichts eindeutig sein muss, was auf den ersten Blick danach aussieht“, mischte Kjell sich ein. Philip bemerkte durchaus den dankbaren Blick, den sein Freund daraufhin von Rafael erntete.

„Okay, wenn ihr es hören wollt: Ich bin ziemlich verknallt, das ist ja wohl kein Geheimnis mehr, wenn ich euch so angucke.“ Philip griff nach seinem Glas und nahm einen Schluck. „Erfahrung habe ich damit nicht unbedingt. Zumindest nicht mit diesem … Ausmaß an Gefühl.“

„Glaub mir, Kumpel, wir wissen genau, was du meinst“, sagte Rafael grinsend. „Weißt du, was Kjell mir damals geraten hat, als ich nicht mehr wusste, wohin mit diesem Chaos in mir?“

„Du wirst es mir sicherlich gleich verraten, so wie ich dich kenne.“

„Der Große hat mir zu der Zeit so einiges an den Kopf geworfen. Aber im Grunde ist nur eine einzige Sache wirklich hängen geblieben, und die hatte dann auch die entscheidende Wirkung. Er sagte, wenn ich ernsthaft in Lu verliebt wäre, dann sollte ich mir und ihr die Chance auf ein gemeinsames Leben nicht entgehen lassen, weil ich mir ansonsten mein Leben lang Vorwürfe machen würde." Rafael sah Kjell an. „Hab ich das ungefähr richtig wiedergegeben?"

„Nahezu exakt", erwiderte Kjell grinsend.

„Meine Situation ist doch eine ganz andere, Rafael." Philip verstand noch immer nicht genau, worauf Rafael hinauswollte. „So wie ich es verstanden habe, hat Lu immer nur dich gewollt. Ich habe einen verdammten Nebenbuhler, so sieht es aus."

„Dieser Nebenbuhler, wie du ihn bezeichnest, ist eventuell aber gar keiner, Baron. Schon mal darüber nachgedacht? Ich finde, du solltest herausfinden, ob du mit der Annahme überhaupt richtigliegst oder ob dein … äh … Auftritt bei ihr sie einfach nur in die Arme ihres Exmannes treiben könnte, weil du dich zu dämlich angestellt hast. Das wäre fatal, meinst du nicht?"

Rafael hob einen Arm und bestellte eine zweite Runde, dann sah er ihn wieder an. „Ich kann dir nur sagen, was ich an deiner Stelle tun würde, Phil. Ich würde auf der Stelle zu ihr gehen, um ihr zu sagen, was ich für sie empfinde. Das wäre ein Anfang. Genauso hab ich das damals auch bei Lu gemacht und bin sehr gut damit gefahren."

„Hast du mir nicht zugehört, Rafa? Sie wird zu Dehlbrück zurückgehen!"

„Du hast mir nicht zugehört, Baron."

Kjell beugte sich vor und griff nach dem frischen, für ihn und Philip alkoholfreien Bier, das die Kellnerin gerade vor ihnen abgestellt hatte. „Rafa hat mit allem, was er gesagt hat, absolut recht, Phil." Damit setzte er das Glas an die Lippen und trank es nahezu bis zur Hälfte leer.

Philip nahm nur einen kleinen Schluck, dann starrte er stumm mehrere Minuten lang vor sich hin, und seine Freunde ließen ihn gewähren, so wie er es erwartet hatte. Sie wussten genau, dass er diese Zeit brauchte, um ihre Ratschläge zu verarbeiten und einzuordnen, ehe er eine Entscheidung traf. Schließlich erhob er sich. „Ich werde zu ihr fahren."

„Guter Mann!", kam es von Rafael zurück.

Kjell nickte sichtlich erleichtert. „Wir würden gerne zahlen!", rief er der Kellnerin zu.

Im Stall war es eiskalt, aber in Sinas Herzen wurde es warm, als sie beobachtete, wie liebevoll Helge mit seinem Pferd sprach. Obwohl es draußen inzwischen stockdunkel war, war sie froh, dass sie mit ihm hierhergekommen war. Das Zusammensein mit dem alten Mann tat ihr gut, schenkte ihr auf eine seltsame Art Geborgenheit, und dieses tröstende Gefühl konnte sie gerade sehr gut gebrauchen.

„Siehst du, mein Lieber, ich habe zurzeit auch ein kleines Problem mit meinem Fuß. Wir sind also sozusagen Leidensgenossen", hörte sie ihn zu dem Pferd sagen.

Sina musste lachen, als das Tier daraufhin leise schnaubte und Helge fast zärtlich mit den Nüstern im Gesicht berührte. Nebeneinander standen sie vor Oberons Box. Der Wallach hatte seinen mächtigen Kopf herausgestreckt und genoss sichtlich die Streicheleinheiten, die er von ihnen bekam.

Eine Weile standen sie so da, bis Oberon plötzlich unruhig wurde. Auch einige der anderen Pferde polterten in ihren Boxen. Mehrere der Tiere wieherten sogar. Sina sah sich um, konnte jedoch nichts Ungewöhnliches entdecken.

„Wahrscheinlich ist nur ein Wolf in der Nähe", sagte Helge, während er Oberon beruhigend den Kopf tätschelte. „Ruhig, mein Guter, ganz ruhig!"

„Ein Wolf?", fragte Sina nicht wenig erschrocken.

„Ja, seit einiger Zeit gibt es wieder Wölfe in der Heide. Es wurde sogar schon ein kleines Rudel gesichtet. Ich finde das wundervoll."

„Nun ja, das kommt darauf an", erwiderte Sina lachend. „Ich mag Wölfe, aber ich weiß nicht, ob ich einem begegnen möchte."

Auch der alte Baron lachte. „Ach, mein Sina-Mädchen, der Wolf würde viel mehr Angst vor dir haben, das kannst du mir ruhig glauben."

„Sie ist nicht mehr da. Ihr Wagen ist auch weg!" Philip hörte selbst, wie verzweifelt er klang, doch in diesem Augenblick war es ihm vollkommen egal, ob seine Freunde mitbekamen, wie es ihm tatsächlich ging. „Sina ist, verdammt noch mal, nicht mehr hier." Ein weiteres Mal schlug er beide Fäuste gegen die Eingangstür des Ferienhauses, doch es öffnete niemand. Weder im Inneren des kleinen Gebäudes noch draußen brannte Licht.

„Er hat geflucht, Großer, das ist kein gutes Zeichen", sagte Rafael zu Kjell.

„Ich fahre ihr nach!", beschloss Philip laut. „Genau! Ich werde einfach nach Hamburg fahren, um ihr zu sagen, dass ich sie liebe. Was meint ihr?"

Seine Freunde sahen ihn nur stumm, aber durchaus mitfühlend an.

„Irgendwo in den Akten habe ich ihre Hamburger Adresse. Ich muss nur kurz nachsehen, dann kann ich sofort los", fuhr Philip hastig fort, doch von Kjell und Rafael kam noch immer keine Reaktion. „Auf was wartet ihr?"

Etwas unschlüssig standen sie vor ihm. Im Lichtkegel der Scheinwerfer von Kjells Wagen sah er, wie ihre weißen Atemwolken in der nächtlichen Kälte miteinander verschmolzen.

„Kommt, steigt wieder ein", sagte Kjell schließlich. „Phil, dein Auto steht noch bei Rafa vor der Tür. Ich würde vorschlagen, wir holen ihn, bevor wir losdüsen. Dein Land Rover ist besser für dieses Mistwetter geeignet als mein alter Volvo."

Philip musste schlucken. „Ihr wollt mitkommen? Das ist nicht euer Ernst!"

„Klaro! Wir lassen dich diesen Weg nicht alleine machen, Phil." Rafael zeigte sein typisches schiefes Grinsen. „Wenn wir den Rover holen, sage ich Lu kurz Bescheid."

„Ich werde Isabell anrufen, sobald wir bei Rafa und Lu sind“, bestätigte Kjell.

„Mann, ihr seid …“

„Halt einfach den Mund, Baron!“

Sie waren kaum zurück auf die schmale Straße eingebogen, da sahen sie das Feuer, das bereits den Nachthimmel erhellte. Trotz der schlechten Bodenverhältnisse trat Kjell sofort aufs Gaspedal.

„Helge, hierher!“ Sina hielt sich ihren Schal vors Gesicht und zerrte am Ärmel der dicken Daunenjacke, die der alte Baron trug. „Komm schon, wir müssen hier raus!“

Kaum dass sie das Feuer gerochen und gleichzeitig auch gehört hatten, schlugen die Flammen bereits hoch. Wie gierige Monster fraßen sie sich viel zu schnell am Dachstuhl des Gebäudes entlang.

„Die Tiere!“, schrie Philips Großvater. „Wir müssen auch die anderen Boxen öffnen!“

„Ich kümmere mich darum, sobald du draußen bist! Ich verspreche es!“, schrie sie zurück und zerrte weiter an seinem Ärmel. Sie wusste, dass der alte Baron mit seinem Fuß nicht schnell genug sein würde, um zusammen mit ihr die Pferdeboxen zu öffnen. Zuerst musste sie ihn rausbringen, das war ihre Priorität. „Helge, bitte! Beeile dich, komm schon! Oberon ist bereits rausgelaufen. Ich hole die anderen Tiere!“

Tief atmete Sina durch, als sie endlich in der klaren Luft vor dem brennenden Stallgebäude in der Kälte standen. Helge brach zusammen, gab ihr aber ein Zeichen, dass alles okay sei. Noch einige Male pumpte sie Luft in ihre Lungen, dann setzte sie sich ihre Kapuze auf, versteckte all ihre Haare darunter und schnürte sie unter dem Kinn fest zu. Hastig rieb sie sich mit Schnee ein, zog ihren Schal über Nase und Mund und rannte zurück in den Stall.

Der Rauch war erschreckend schwarz und nahm ihr die Sicht. Die Geräusche des Feuers waren inzwischen nahezu ohrenbetäubend. Fast blind und stets darauf bedacht, nicht zu tief einzuatmen, tastete Sina sich an den Boxen entlang, öffnete eine nach der anderen. Die meisten Pferde rannten sofort an ihr vorbei ins Freie, einige schienen starr vor Angst zu sein, aber darauf konnte sie keine Rücksicht nehmen. Über das Tosen des Feuers hinweg schrie sie die Tiere an, mehr konnte sie nicht tun.

Immer wieder fielen brennende Holzteile vom Dachstuhl zu ihr herunter. Mehr als einmal konnte sie im letzten Moment ausweichen. Sie hatte es fast geschafft. Nur noch wenige Boxen waren übrig. Die Pferde dort waren in blanker Panik. Ihr Wiehern glich bereits Todesschreien. Sina versuchte zu verdrängen, dass sie kaum noch Luft bekam. Gleich, dachte sie, gleich habe ich es geschafft! *Noch drei Boxen! Nur noch drei …!*

Das riesige Pferd in der Box, die sie gerade geöffnet hatte, stieg vor ihr auf. Das Letzte, was sie bewusst wahrnahm, war ein harter Schlag, der sie am Kopf traf, dann wurde alles schwarz.

Die Geräusche des Feuers, die Hitze und der schwarze Rauch hüllten sie ein, aber das spürte sie nicht mehr.

Nie zuvor in seinem Leben hatte Philip größere Angst verspürt. Instinktiv wusste er sofort, dass Sina in Gefahr war.

Wie ein Verrückter war Kjell über die eisglatte Schneepiste bis zum brennenden Stall gerast. Erst als sie alle drei aus dem Wagen gesprungen waren, hatten sie seinen Großvater entdeckt, der in sicherer Entfernung an einem alten Holzstapel gelehnt im Schnee saß und noch immer um Atem rang. „Sina!“, brüllte er ihnen entgegen. „Sina ist da noch drin!“

Die grenzenlose Panik lähmte Philip für den Bruchteil einer Sekunde, dann rannte er los. Und nur einen Augenaufschlag später war er mitten in der Hölle angekommen. Auf die warnenden Schreie seiner Freunde hörte er nicht mehr. In seinem Kopf hatte nur noch ein einziger Gedanke Platz.

Sina! Sina! Sina!

Vergeblich versuchte er, ihren Namen zu rufen, aber die Feuersbrunst, die um ihn herum tobte, verschluckte jedes andere

Geräusch und raubte ihm die Luft zum Atmen. Er versuchte, sich zu konzentrieren. Es war fast unmöglich, irgendetwas oder irgendwen zu erkennen. Alles war voll schwarzem Rauch, und die Hitze war nahezu unerträglich. Unvermittelt glaubte er das panische Wiehern von Pferden zu erkennen.

Nur zentimeterweise schien er voranzukommen, die Luft wurde langsam knapp, aber er durfte nicht aufgeben, bevor er sie gefunden hatte.

Plötzlich spürte er etwas und wusste sofort, dass er ihr ganz nahe war. Schon im nächsten Augenblick stieß er mit dem Fuß gegen etwas Weiches. „Sina!"

Es war nur ein klägliches Flüstern, das ihm aus der Kehle drang.

Oh bitte, Gott, lass sie nicht sterben, betete er stumm und voller Inbrunst, als er sie auf seine Arme hob. *Bitte, nimm sie mir nicht weg!*

Er wollte zurückgehen und sie nach draußen bringen, doch da brach direkt vor seinen Augen das Dach herunter und versperrte ihnen den Weg. Andere Seite, dachte er. Seine Arme schmerzten, und er war sich sicher, dass er inzwischen fast blind war, aber er ließ Sina nicht los. Dann erkannte er zwei große Gestalten vor sich. Kjell und Rafael!

Er sah Pferde, die in blanker Panik in eine Richtung liefen. Ihm wurde klar, dass seine Freunde den Pferden folgten. Hinter ihm brachen Wände ein, aber er sah keinen Weg ins Freie. Die einzige Hoffnung für Sina und ihn bestand darin, die Richtung einzuschlagen, in der die Pferde und seine Freunde verschwunden waren.

Dann fühlte er einen kühlen Luftzug, kurz darauf hüllte ihn lindernde Kälte ein. Er ging in die Knie, hätte sich keine einzige Sekunde länger auf den Beinen halten können. Ganz vorsichtig ließ er Sina in den Schnee gleiten. Noch bevor er die Besinnung verlor, hörte er die Sirene der Feuerwehr.

12. KAPITEL

Ihr habt beide eine Menge Glück gehabt", sagte Ruth, während sie Philip neue Salbenverbände um die Hände wickelte. „Deine Verbrennungen sind gering. Ich meine, wenn man sie im Verhältnis dazu sieht, was du geleistet hast, mein Junge."

Die Augen der älteren Frau drückten offene Zuneigung aus. Und in diesem Moment wurde Philip klar, dass Ruth erst jetzt begonnen hatte, ihn wirklich in ihr Herz zu schließen. Aus irgendeinem Grund fand er das wichtig, und es löste ein wohltuendes Gefühl in ihm aus.

„Wie geht es ihr?"

„Gut so weit."

„Hat sie … Verbrennungen?"

„Es grenzt wohl an ein Wunder, aber echte Verbrennungen sind ihr erspart geblieben. Sie hat ein paar Hautreizungen durch die übergroße Hitze davongetragen, mehr nicht. Du musst dir das wie einen leichten Sonnenbrand vorstellen. Es hat vor allem die Stellen erwischt, die nicht von ihrer dicken Kleidung bedeckt waren."

„Dem Himmel sei Dank!" Er sah auf seine verbundenen Hände.

„Die Rauchvergiftung war allerdings nicht so leicht in den Griff zu bekommen. Sie wird noch immer beatmet, aber das ist jetzt nur noch eine reine Vorsichtsmaßnahme. Kjell und der Notarzt, der ebenfalls vor Ort war, hielten es für sicherer als die einfache Sauerstoffzufuhr, die du bekommst."

Sie tippte vorsichtig auf die Schläuche, die in seiner Nase steckten. „Den Giften in euren Organismen haben wir mit entsprechenden Injektionen den Garaus gemacht. Der Notarzt war schnell damit einverstanden, dass Kjell euch hier weiterbehandelt."

„Und mein Großvater?"

„Mit ihm ist alles in Ordnung. Natürlich war er ein bisschen erschöpft, und Kjell hat ihm ein Stärkungsmittel gespritzt, aber sonst ist er okay. Er lässt dich übrigens grüßen."

Philip sah sich um und erkannte das Gästezimmer in Kjells und Isabells Haus. „Wo ist Sina?"

„Unten, im Krankenzimmer. Da wir nur das eine haben, mussten wir dich hier oben unterbringen."

„Kann ich …"

„Später, Philip. Du kannst später zu ihr."

Er konnte nicht mehr warten. Alles, wonach es ihn noch drängte, war, bei ihr zu sein. Er musste mit eigenen Augen sehen, dass sie lebte, atmete und auf dem Weg der Besserung war. „Bitte, Ruth! Ich *muss* zu ihr, es ist wirklich wichtig."

„Ich bring dich runter", hörte er plötzlich Kjells dunkle Stimme. Sein Freund stand in der offenen Zimmertür, kam dann zu ihm ans Bett und befreite ihn von den Sauerstoffschläuchen. „Die kommen später noch ein paar Stunden rein, mach dir also keine Hoffnung. So, nun komm ganz langsam hoch, Phil. Du bist sicher noch ein bisschen wackelig auf den Beinen, aber das ist völlig normal. So eine Rauchvergiftung ist nicht ohne."

Er hätte Kjell küssen mögen. „Ich danke dir!"

„Du würdest für mich dasselbe tun."

„Wird sie wieder ganz gesund werden?"

„Ja, das wird sie. Du kannst ganz beruhigt sein. Du hast ihr das Leben gerettet, mein Freund. Glaub mir, wenn diese Tatsache erst richtig in deinem Hirn ankommt, ist es ein fantastisches Gefühl."

Kurz darauf standen sie vor dem kleinen Krankenzimmer im Erdgeschoss des Hauses, das genau neben Kjells Büro lag. „Geh ruhig rein. Sina ist wach. Wegen der Beatmungsmaske kann sie allerdings nicht sprechen."

Philip nickte. „Hm."

„Ich weiß, was du jetzt denkst, Phil. Es kommt dir nicht so ganz ungelegen, dass sie dir nicht antworten kann, stimmt's?" Sein Freund hatte ihn durchschaut, deshalb nickte er einfach. „Na, dann mal rein in die gute Stube, Baron."

Kjell öffnete ihm die Tür, schob ihn in den Raum und schloss sie hinter ihm sofort wieder. Endlich war Philip allein mit ihr, und alles, was er in diesem Augenblick tun wollte, war, sie anzusehen. Langsam ging er näher zum Krankenbett und zog sich den einzigen Stuhl heran, der an der gegenüberliegenden Wand neben einem Klapptisch stand. Das Kopfteil des Betts war ein wenig hochgestellt, sodass er Sina direkt in die Augen sehen konnte. „Hallo!“, sagte er, während er sich setzte.

Ihre Augenlider senkten sich kurz, und sie deutete ein Nicken an. Die Maske des Beatmungsgeräts bedeckte ihren Mund und die Nase. Sinas Wangen und ihre Stirn waren gerötet und glänzten stark, wahrscheinlich von einer Heilsalbe. Sein Herz zog sich vor Mitgefühl zusammen.

Er musste sich räuspern und suchte verzweifelt nach den richtigen Worten. „Ich weiß, dass du mir im Augenblick nur zuhören kannst“, brachte er schließlich ein wenig heiser hervor. „Ich hoffe, du hast keine Schmerzen?“ Sina schloss kurz die Augen und schüttelte ganz leicht den Kopf. „Das ist gut. Alles wird wieder in Ordnung kommen, das hat mir Kjell versichert. Du bist schon bald wieder ganz gesund, Sina.“

Er musste schlucken. „Es war mir wichtig, dich zu sehen, ich …“ Er unterbrach sich, musste sich erneut räuspern. Am liebsten hätte er ihre Hand gehalten, doch so wie seine waren auch ihre Hände dick verbunden, und er hatte Angst, ihr wehzutun, wenn er sie berührte, also hielt er sich zurück. „Mir ist klar, dass du Lunau wieder verlassen wirst, Sina, aber ich möchte, dass du etwas weißt, bevor du zurück zu deinem Mann gehst … Egal, was er auch getan hat oder auch nicht getan hat.“

Wieder brauchte er eine kleine Pause. Einige Male atmete er tief durch, erst dann fand er die Kraft, weiterzusprechen. „Diese Sache ist mir wichtig. Ich glaube, mir ist noch niemals im Leben etwas so wichtig gewesen.“

Ihre schönen Augen füllten sich mit Tränen.

„Nicht weinen, Ballkönigin! Bitte nicht weinen! Das wird deiner gereizten Haut sicherlich nicht guttun.“ Er versuchte sich an einem Lächeln. „Ich möchte, dass du weißt, dass ich nur so … unhöflich zu dir gewesen bin, weil … Also, ich fühlte mich verletzt, als du auf dem Fest einfach mit Dehlbrück mitgegangen bist." Jetzt musste er kurz die Augen schließen. Die Kehle wurde ihm eng, und das ließ ihn heftig schlucken. „Es ist nicht nur das unaufhörliche Begehren, das mich so sehr zu dir zieht. Du sollst wissen, dass ich … Ich liebe dich, Sina."

Er blies die Wangen auf und ließ langsam den Atem entweichen. „So, nun ist es raus. Weißt du, wenn du in meiner Nähe bist, dann … fühle ich mich … Wie soll ich das nur ausdrücken … Alles in meinem Inneren kommt irgendwie zur Ruhe. Ja … so ist es." Als er ihren Blick suchte, erkannte er, dass ihre Augen jetzt in Tränen schwammen. „Du sollst doch nicht weinen. Und du musst dir auch keine Gedanken um mich machen. Ich möchte nur, dass du glücklich wirst. Und wenn du glaubst, dass es dieser Dehlbrück sein muss, dann kann ich nichts dagegen tun und will es auch nicht."

Ein weiteres Mal räusperte er sich. „Allerdings kann ich dir nicht versprechen, dass dein Mann keine Probleme mit dem Gesetz bekommen wird." Er sah, dass sie erneut leicht den Kopf schüttelte. „Was jetzt geschehen ist … Wenn er der Brandstifter sein sollte, dann muss er bestraft werden, denn er hat das Leben von Menschen und Tieren in Gefahr gebracht, die mir etwas bedeuten. Der Mann, der den Brand gelegt hat, hat dein Leben in Gefahr gebracht, Sina! Das kann ich nicht hinnehmen."

Seine Überzeugung ließ seine Stimme wieder fester werden. „Ich hoffe, du kannst das verstehen und mir eines Tages verzeihen."

Er erhob sich, weil er es jetzt nicht mehr länger aushielt, in ihre tränennassen Augen zu blicken. „Das war es, was ich dir sagen wollte."

An der Tür drehte er sich noch einmal zu ihr um. „Ich liebe dich, Sina Rosenborn. Du hast alles verändert. Ich werde dich immer lieben, egal, ob du bei mir bist oder nicht. Du wirst für alle Zeiten in meinem Herzen sein. Du allein."

Sina starrte auf die Tür, nachdem Philip gegangen war. Die Gefühle, die in ihr tobten, waren mindestens so gewaltig wie das

Feuer, das sie überlebt hatten. Sie konnte kaum glauben, was er soeben gesagt hatte. Nur wenige Tage zuvor hätte seine Liebeserklärung für sie den Himmel auf Erden bedeutet. Ja, auch jetzt löste sein Geständnis ein tiefes und umfassendes Glückgefühl in ihr aus.

Er liebt mich! Philip Freiherr von Hoven liebt mich! Papa würde wahrscheinlich vor lauter Freude durchdrehen, wenn er es wüsste!

Trotzdem blieb ein seltsam taubes Gefühl in ihrer Brust zurück. Sie machte sich Sorgen um Falk, der offenbar immer noch unter Verdacht stand. Hinzu kam, dass Philip fest davon überzeugt war, dass sie zu ihrem geschiedenen Mann zurückgehen würde. Sina hatte nicht die geringste Ahnung, wie er überhaupt zu dieser Annahme kam. So glücklich sie auch über seine Liebeserklärung sein mochte, sie konnte ihn einfach nicht verstehen.

Am nächsten Morgen saß Philip zusammen mit Kjell, Isabell und Ruth beim Frühstück. Körperlich ging es ihm deutlich besser, und sein Freund hatte ihm mitgeteilt, dass er eine Konstitution wie ein Elefant hätte, und ihn für gesund erklärt. „Ich habe Sina heute in aller Frühe auf normalen Sauerstoff umgestellt und sie von der Beatmung befreit“, sagte Kjell während des Frühstücks. „Wenn du willst, kannst du sie später besuchen. Dieses Mal könnte sie dir sogar antworten.“ Kjell zwinkerte ihm zu.

„Ich denke, dass …“ Das Klingeln des Telefons unterbrach Philip mitten im Satz.

Isabell erhob sich und reichte ihrem Mann den Hörer. „Ist bestimmt für dich, Doc.“

„Hallo, Helge, ja warte einen Moment. Er sitzt mir direkt gegenüber.“

Philip nahm den Hörer entgegen und lächelte. „Guten Morgen!“

„Morgen, mein Junge“, hörte er die kratzige Stimme seines Großvaters. „Wie geht es dir?“

„Ich bin wieder in Ordnung.“

„Unser mutiges Mädchen wird auch wieder gesund, wie ich höre."

„Ja, auch Sina ist auf dem Weg der Besserung. Du brauchst dir keine Sorgen zu machen."

„Sina hat mich gerettet, Philip."

„Ich weiß, Großvater."

„Und du hast sie da rausgeholt, so schließt sich wohl der Kreis."

Er wusste nicht so genau, was Helge damit meinte, aber es war ihm auch nicht wichtig. „Ich komme später nach Hause, dann können wir uns in Ruhe unterhalten", versprach er.

„Ich rufe nicht an, um mich mit dir zu unterhalten, Junge, sondern weil die Polizei gerade hier gewesen ist. Sie haben den Brandstifter geschnappt."

In Philips Magen begann es regelrecht zu brodeln. „Wie bitte?"

„Ja, stell dir vor, sie haben ihn praktisch auf frischer Tat geschnappt. Es war Jupp Moltke."

Philip spürte, wie ihm die Gesichtszüge entglitten. „Moltke ist der Brandstifter?"

„So ist es. Kay Rotenhagen hat ihn direkt nach dem Brand der Nähe der Ställe gesehen. Es war reiner Zufall. Die Polizei hat ihm daraufhin einen Besuch abgestattet. Sie haben mehrere Kanister des Brandbeschleunigers gefunden, danach hat Moltke sofort alle Brände gestanden. Der verdammte Kerl fühlte sich in seiner Ehre gekränkt, weil ich ihn vor die Tür gesetzt habe, und wollte sich an uns rächen. Nicht mehr, aber auch nicht weniger. Wer weiß, wie weit er noch gegangen wäre."

„Ich denke, jetzt hast du ein kleines Problem, mein Lieber", folgerte Kjell trocken, nachdem Philip den anderen die Neuigkeiten erzählt hatte.

„Treffende Diagnose, Herr Doktor."

Philip ging ihr aus dem Weg, so viel war klar. Seit zwei Tagen war Sina wieder auf den Beinen, doch bisher war er noch nicht wieder hier gewesen. Da Isabell darauf bestanden hatte, war Sina vorübergehend ins Gästezimmer der Loewenthals gezogen. Bis sie sich wieder ganz und gar erholt hatte, wie Isabell sagte. Sina hatte den Vorschlag und die Einladung sehr gerne angenommen, denn es widerstrebte ihr noch, zurück auf das Gut zu gehen, bevor mit Philip alles geklärt war. Ihre Freundinnen hatten ihr die wichtigsten Sachen aus dem Ferienhaus geholt, aber keiner von ihnen hatte Philip zu Gesicht bekommen.

Nun saßen sie zusammen in der Küche und ließen sich die heiße Schokolade und die herrlichen Plätzchen schmecken, die Isabell ihnen kredenzt hatte. Die drei Frauen hatten ein paar Stunden für sich. Kjell war in der Praxis, und Luisa und Isabell mussten erst später anfangen zu arbeiten.

„Kjell glaubt, dass Philip denken könnte … Tja." Isabell schüttelte ihre goldblonden Locken. „Wie Männer halt so ticken."

„Ich weiß schon, was dein Mann meint, und ich glaube, er liegt damit genau richtig. Philip wird denken, ich warte nur darauf, dass Falk kommt, um mich nach Hause zu holen. Wolltest du das sagen?"

„So ungefähr, ja." Isabell grinste. „Kjell ist jedenfalls der Meinung, unser Baron hält sich zurzeit einfach nur vornehm zurück, um dir keinen Kummer zu machen."

„Philip ist ein bisschen wie der Held in dem Liebesroman, den ich gerade lese." Luisa ließ ein langes Seufzen hören. „Hach! So stolz und so nobel."

„Lu!", kam es aus zwei Kehlen gleichzeitig.

Alle drei mussten lachten, doch Sina wurde sehr schnell wieder ernst. „Ich habe nicht die geringste Ahnung, wie er darauf kommt, dass ich tatsächlich zu Falk zurückgehen könnte. Männer sind wirklich eigenartige Geschöpfe."

„Warum rufst du ihn nicht einfach an und sagst ihm, was du empfindest, Sina?", wollte Luisa wissen.

„Ihr könnt mir glauben, dass ich nichts lieber täte. Unter normalen Umständen wäre ich schon lange bei ihm gewesen. Ich sehne mich so sehr nach seiner Nähe, dass ich es kaum in Worte fassen kann. Doch wie hat es Isa vor einiger Zeit doch so treffend ausgedrückt? Weil der Ball noch immer bei ihm im Feld liegt, deshalb." Sie seufzte tief. „Einmal abgesehen von seinem Verdacht gegen Falk, hat er einfach Dinge vorausgesetzt, ohne auch nur ein einziges Mal nachzufragen, wie ich wirklich fühle. Nun soll er auch zusehen, dass er noch einmal seinen knackigen Hintern zu mir bewegt, um sich angemessen zu entschuldigen."

„Hm, auch wenn ich wahrscheinlich anders handeln würde, weiß ich, was du meinst", gab Luisa zu.

„Ich finde, Sina hat völlig recht. So weit waren wir schon mal", bekräftigte hingegen Isabell. „Und im Übrigen, Lu, sie gehört nicht zu den Frauen, die sofort klein beigeben."

„Hey, was soll das denn heißen?", fragte Luisa mit gespielter Empörung.

„Du weißt doch, Schätzchen, wer sich den Schuh anzieht …" Isabell streckte ihrer Freundin die Zunge raus und lachte.

„Hört sofort auf, so albern zu sein. Das hält ja keiner aus."

Ihre Freundinnen grinsten sie nur verschmitzt an. Sie wussten alle, dass Isabell und Luisa sich sehr gern hatten, und zwar genau so, wie sie eben waren.

„Es ist noch Schokolade da." Isabell erhob sich, um die Kanne vom Herd zu holen.

„Au ja! Immer her damit!" Einmal mehr fiel Sina auf, wie sehr sie es genoss, Zeit mit diesen beiden wunderbaren Frauen zu verbringen.

„Aber Philip hat doch gesagt, dass er dich liebt", startete Luisa einen weiteren Versuch. Da war sie wieder, Luisas romantische Ader. Sina musste lächeln.

„Ach, Lu, du Süße!", sagte Isabell lachend und drückte damit genau aus, was Sina dachte.

„Du bist erst zufrieden, wenn auch alle anderen verliebt und glücklich vereint durch die Welt laufen, oder?", fragte Sina.

„Was ist denn daran verkehrt?" Luisa ordnete ihren Pferdeschwanz und setzte einen Schmollmund auf. Ihre grauen Augen blickten Sina eindringlich an. „Philip ist ein großartiger Kerl und ein wunderbarer Mann. Er liebt dich über alles, Sina. Ich bin fest davon überzeugt, dass er einen Weg zu dir finden wird, da halte ich jede Wette.“

Am Abend stand Falk in der Tür, was Sina nicht überraschte. Er hatte sich vor seiner Abreise nach Australien zu seinem älteren Bruder von ihr verabschieden wollen. In der Angelegenheit hatte Falk sie am Abend des Baum-Festes um Rat gebeten. Richard Dehlbrück wollte Falk zum Teilhaber einer Schaffarm machen, die er seit einigen Jahren sehr erfolgreich in der Nähe von Brisbane betrieb, und hatte ihm ein entsprechendes Angebot gemacht. Weil es Richard so dringend war und er im Fall einer Absage anderweitig Hilfe organisieren musste, hatte Falk sich allerdings sehr schnell entscheiden müssen. Die Zeit hatte also gedrängt.

Weil die Entscheidung sein ganzes Leben verändern würde, hatte Falk mit ihr reden wollen, denn er sah in ihr noch immer seine engste Vertraute, das wusste Sina. Sie hatte ihm geraten, das Angebot anzunehmen, und schlussendlich war ihr Exmann ihrem Rat gefolgt. Ja, er hatte sie auch ein allerletztes Mal gebeten, zu ihm zurückzukommen und mit ihm gemeinsam nach Australien zu gehen. Daraufhin hatte Sina endlich die richtigen Worte gefunden, um ihm klarzumachen, dass sie niemals zu ihm zurückkehren würde. Sicherlich hatte nicht zuletzt der wunderschöne Abend mit Philip ihr die Kraft dazu verliehen. Sie hatte Falk gestanden, dass sie Philip liebte und ihre Zukunft hier bei ihm in Lunau sah. Wie früher hatte Falk sie in den Armen gehalten, doch dieses Mal war es als Freund geschehen. Ein letztes Mal hatten sie zusammen um ihre Ehe und ihr gemeinsames Kind geweint. Es hatte sich gut und richtig angefühlt, als sie sich schließlich nach dem gemeinsamen Frühstück voneinander verabschiedet hatten. Sina war sich endlich sicher, dass sie ihren Frieden miteinander gemacht hatten.

Nun saß Falk vor ihr, seine Augen glänzten vor lauter Aufregung. Das Abenteuer Australien würde ihm guttun, da war sich Sina sicher.

„Ich habe alles in die Wege geleitet", erklärte er. „Zunächst fliege ich als Tourist, aber alle Anträge für die Ausreise sind schon eingereicht", berichtete er ihr strahlend. „Du hast mir die Augen geöffnet, Sina. Ich glaube, das ist tatsächlich genau das Richtige für mich."

Sie freute sich so für ihn. „Ja, das denke ich auch."

Nachdem Isabell dazugekommen war und Falk beglückwünscht hatte, schlug sie vor: „Wisst ihr was, das schreit doch geradezu nach einem ordentlichen Weihnachtspunsch! Was haltet ihr davon, wenn wir vor die Tür gehen und uns an der Glühweinbude einen genehmigen? Es ist schließlich Samstag, und die Buden haben schon seit einer halben Stunde wieder geöffnet."

Kurz darauf standen sie zusammen am Glühweinstand. Sina dachte sofort an den Abend vor genau einer Woche, der so wunderschön begonnen, aber dann im Zwist mit Philip geendet hatte. Um die Stimmung nicht zu verderben, schüttelte sie die Gedanken ab.

„Auf Ihren Neuanfang in Down Under!", Kjell hob seinen Becher.

„Darauf trinke ich gerne!", antwortete Falk lächelnd.

Sina war froh, ihn so zuversichtlich zu sehen.

Philip entdeckte sie erst, als plötzlich die Musik abgedreht wurde und sie sich umdrehte, so wie es alle anderen auch taten. Er stand auf der kleinen Bühne neben dem hell erleuchteten Baum. Am Abend des Festes hatte genau dort eine kleine Live-Band gespielt. Sinas Herz begann sofort schneller zu schlagen, und in ihrer Brust wurde es warm. Es lag etwas in der Luft, das spürte sie genau.

Kay Rotenhagen stand direkt neben Philip. Die beiden Männer unterhielten sich kurz, dann nickte der Leiter der Lunauer Feuerwehr und klopfte Philip kameradschaftlich auf die Schulter. Erst jetzt registrierte Sina, dass Philip ein Mikrofon in der Hand hielt.

„Die Musik geht sofort weiter. Ich muss nur kurz etwas loswerden“, begann Philip.

Einige Leute johlten.

Philip hob seine freie Hand. „Falk Dehlbrück!“

Sina sah, wie sich ihr Exmann versteifte, als er seinen Namen hörte. Durch das Mikrofon war Philips Stimme höchstwahrscheinlich die gesamte Hauptstraße hinunter zu hören.

Etwas unsicher sah Falk zunächst Sina an, dann blickte er wieder zur Bühne. „Was will der denn von mir, zum Teufel?“, fragte er sie leise.

„Herr Dehlbrück, ich habe einen großen Fehler gemacht“, fuhr Philip fort. „Ich habe Sie fälschlicherweise verdächtigt, ein Verbrechen begangen zu haben, und dafür möchte ich mich in aller Form bei Ihnen entschuldigen.“

Sina blieb fast die Luft weg. Um sie herum standen ungefähr fünfzig Menschen, niemand von ihnen sagte auch nur ein einziges Wort. Plötzlich war es auf dem festlich beleuchteten Dorfplatz fast gespenstisch still geworden. So still, dass sogar Philips Atem über das Mikrofon zu hören war. Jeder der Anwesenden richtete seine Aufmerksamkeit allein auf ihn.

„Ich war eifersüchtig und habe mich hinreißen lassen“, hörte Sina Philip sagen.

Am liebsten wäre sie sofort zu ihm auf die Bühne gelaufen, um ihm das Mikrofon aus der Hand zu reißen, aber sie wollte ihn nicht unterbrechen.

„Die Eifersucht hat mich völlig aus der Bahn geworfen.“ Er stockte kurz. „Sie müssen wissen, dass ich … Sina ist mir sehr wichtig. Man könnte sagen, wichtiger als alles andere auf der Welt.“

„Wow!“, flüsterte Isabell neben ihr. „Lu wird sich in den Hintern beißen, weil sie das hier verpasst.“

„Ich hoffe, Sie nehmen meine Entschuldigung an. Sie kommt von Herzen, das kann ich Ihnen versichern. Es tut mir aufrichtig leid, und ich wünsche Ihnen alles Glück dieser Welt! Und du ... Sina! Ich hoffe, auch du kannst mir verzeihen. Ich denke, du weißt ...“ Ein Räuspern war zu hören. „Meine Liebe gehört für alle Zeiten dir allein. Für mich bist du die schönste, aufregendste und wunderbarste Frau auf dieser Erde. Himmel, das klingst alles so ... Es scheint, als gäbe es nicht genug Worte, um zu beschreiben, was ich tatsächlich für dich fühle. All dies geht zu tief und ist zu ... unermesslich.“ Wieder ein leises Räuspern. „Jedenfalls werde ich niemals mehr Heidelbeerkompott essen können, ohne an dich zu denken. Ach, was rede ich! Ich werde sowieso immerzu an dich denken. Ich liebe dich, Sina, ich liebe dich! Verzeih mir und werde glücklich!“

Abrupt legte er das Mikrofon ab und sprang nach hinten von der Bühne, verschwand in der Dunkelheit. Sina wurden die Knie weich. Philips Worte schienen sich für alle Zeiten in ihrem Herzen zu verankern. Himmel, wie sehr sie diesen couragierten Mann liebte! Sie hatte fast körperlich gespürt, wie schwer ihm das gerade gefallen war. Nicht die Entschuldigung für Falk, nein, die nicht. Es waren vielmehr die Worte gewesen, die er direkt an sie gerichtet hatte. Philip hatte sich schwergetan, und sie wusste, was das bei einem Mann wie ihm zu bedeuten hatte. Er war normalerweise nicht der Typ, der nach den richtigen Worten suchte, er hatte sie eigentlich stets parat, doch heute war es anders gewesen.

„Wovon redet der Kerl da?“, fragte Falk neben ihr und riss sie damit aus der gedankenvollen Erstarrung.

„Kjell, würdest du ihm das irgendwie erklären, bitte!“, wandte sie sich an den Arzt. „Entschuldigt mich.“

„Aber gerne doch.“ Kjell grinste. „Nun geh schon! Der Baron hat sich seine Belohnung verdient, denke ich.“

Sie musste lachen. „Ja, der Meinung bin ich auch.“ Ein letztes Mal sah sie Falk an, legte ihre Arme um ihn und küsste ihn auf beide Wangen. „Werde glücklich, du Lieber.“ Dann lächelte sie Isabell zu und rannte los.

Philip fühlte sich erschöpft wie nach einem langen Lauf. Mit großen Schritten stapfte er die Hauptstraße zurück Richtung Gutshof. Alles in ihm schien zu schmerzen. Sein Herz, sein Magen, jeder einzelne Muskel in seinem Körper. Er vermisste Sina schon jetzt so sehr, dass es ihm den Atem raubte. Dies ist erst der Anfang, dachte er beklommen und atmete tief durch. *Die Schmerzen und die Sehnsucht werden bleiben, jeden Tag werde ich mich nach ihr sehnen, solange ich lebe.*

„Philip!“ Im ersten Moment glaubte er, dass ihm sein Unterbewusstsein einen Streich spielte, doch dann erreichte ihn Sinas Rufen erneut.

„Philip!“

Abrupt blieb er stehen und drehte sich um.

Im fahlen Licht der Straßenbeleuchtung lief sie auf ihn zu, so schnell, wie der Schnee es zuließ. Zweimal rutschte sie fast aus, fing sich aber gleich wieder. Immer noch an seiner Wahrnehmung zweifelnd, starrte Philip ihr entgegen, war nicht mehr in der Lage, auch nur einen einzigen Schritt zu tun, so, als hätte man ihm vor einer Sekunde Eisenschuhe verpasst.

Dann trat sie endlich einen weiteren Schritt auf ihn zu, und er betrachtete ihr wunderschönes Gesicht. „Sina!“ In diesem Augenblick wünschte er sich viel zu sehr, dass er sie nur noch ein einziges Mal in seinen Armen halten durfte.

„Philip!“ Sie stand vor ihm, sah mit geröteten Wangen und schwer atmend zu ihm auf – und lächelte. Sie hatte einen weißen Schal locker um ihren Kopf geschlungen, der nun nach hinten heruntergerutscht war. Schneeflocken verfingen sich in Sinas herrlich rotbraunem Haar, sahen fast aus wie die Glitzersterne, die sie einst getragen hatte, als er sie zum allerersten Mal erblickt hatte, damals in diesem Ballsaal.

„Du hast gesagt, dass du mich liebst“, stieß sie hörbar atemlos hervor.

„Ja, das tue ich.“

„Du hast mir bisher keine Gelegenheit gegeben, dir zu antworten.“

„Ich wollte … Also, ich wollte es dir und mir nicht unnötig schwer machen."

„Du machst einen Fehler, wenn du zu viel voraussetzt, weißt du. Du hast mich nicht ein einziges Mal gefragt, wie ich zu dir stehe." Sie lächelte immer noch. Es war das besondere Lächeln, das ihn stets verzauberte. Er spürte, wie eine wilde Hoffnung in ihm aufglomm, ihn die harsche Winterkälte vergessen ließ.

„Ich liebe dich auch, Philip", sagte sie, trat näher und zog ihn an seinem Schal zu sich herunter. So wie sie es schon mehrere Male zuvor getan hatte. „Ich liebe dich, du verrückter Baron!"

Zunächst weigerte sich sein Gehirn, zu begreifen, was sie da sagte, doch dann schlug eine riesige Welle der Erleichterung und des Glücks über ihm zusammen. „Du wirst mich also nicht verlassen?"

„Wie könnte ich das?"

„Aber … warum?" Er drückte sie so fest an sich, wie er es riskieren konnte, und strich ihr zärtlich über den Rücken.

„Philip, ich …"

Er küsste sie mit aller Liebe, die ihn erfüllte, und schwor sich, diese Frau niemals wieder loszulassen. Nur kurz ließ er sie nach Luft schnappen, dann küsste er sie gleich noch einmal.

„Lass uns endlich nach Hause gehen", flüsterte sie schließlich, streichelte dabei sein Gesicht und schenkte ihm erneut dieses unvergleichliche Lächeln. „Bring mich nach Hause, Philip." Er war der glücklichste Mann auf der ganzen Welt.

Auf dem Heimweg berichtete sie ihm von Falk und warum sie am vergangenen Samstag mit ihm gegangen war. Philip hielt sie an der Hand. Sie gingen langsam, und er hörte zu. Ihre Worte beschämten ihn. Er hätte sie einfach nur ausreden lassen müssen und hätte sich selbst, aber auch ihr damit großen Kummer erspart.

Kurz bevor sie das Gutshaus erreichten, kam Sina zum Ende: „Es war einfach sehr spät geworden, Philip. Falk hatte zwei Gläser Wein getrunken. Bei dem Wetter wollte ich ihn so nicht fahren lassen, deshalb hat er auf meinem Sofa übernachtet. So einfach war das."

Erneut zog er sie an sich und küsste sie lange. „Es tut mir leid, Sina! Wie ich schon sagte, die Eifersucht hat mich halb wahnsinnig gemacht."

Sanft berührte sie seine Wange und strich über seine Unterlippe. „Schon vergessen. Aber Strafe muss sein, jetzt wirst du mich für immer und ewig am Hals haben."

„Oh Himmel, ich danke dir!"

Sie erwachte in Philips Bett, lag halb auf ihm. An seinem Atemgeräusch hörte sie, dass auch er bereits wach war.

„Jetzt könnte ich endlich damit anfangen, einen großen Roman zu schreiben", murmelte er unvermittelt, während er eine Hand auf ihre rechte Pobacke legte.

„Dann tu es", antwortete Sina und drückte einen Kuss auf seine nackte Brust.

„Das werde ich. Ein Familienepos mit viel Liebe und noch mehr Drama. Ja, das könnte mir liegen."

„Sicher." Langsam ließ sie die Finger unter den Bund seiner Shorts gleiten und umfasste ihn, ohne zu zögern. Ein leises Keuchen und seine Härte waren ihr Antwort genug auf die unausgesprochene Frage. „Du warst großartig", flüsterte sie.

„Meinst du letzte Nacht?"

Sie musste lachen. „Das auch, aber du weißt genau, was ich meine. Deine Ansprache, Philip … Ich habe dich so sehr bewundert. Das war unglaublich mutig und so … edel."

„Es war schlicht ein Bedürfnis. Nicht mehr und nicht weniger." Philip klang ein wenig kurzatmig. „Sina!"

„Gefällt es dir nicht?", fragte sie ihn betont schelmisch. Mit den Fingern bildete sie eine kleine Krone, setzte sie auf seine pralle Spitze und öffnete die Krone dann bewusst langsam, um alle Finger an ihm herunterfahren zu lassen, bis seine Eichel ihre weiche Handfläche berührte, dann begann sie wieder von vorn.

Er schloss die Augen und ließ langsam den Atem entweichen. „Du weißt genau, wie sehr es mir gefällt", erwiderte er leise stöhnend.

„Werden wir Kinder haben, Philip?"

„So viele du willst. An mir soll es nicht liegen."

„Du hast gesagt, du wirst mich immer lieben." Ganz gemächlich fuhr sie mit der Liebkosung fort.

Philip begann lauter zu stöhnen. „Das werde ich." Er umfasste ihre Taille und zog sie auf sich, glitt sofort in sie hinein.

„Ewig!", hörte sie ihn keuchen, während sie begann, ihn zunächst langsam, dann immer wilder zu reiten. Nichts in ihrem Leben hatte sich jemals so gut angefühlt. Als sich ihr Orgasmus ankündigte, beugte sie sich zu ihm, berührte mit ihren Lippen seinen Mund und sah ihm ins Gesicht, in seine tiefbraunen Augen, die nun fast schwarz wirkten und voller Liebe waren.

Philip hielt ihren Blick gefangen, und auch sein Griff um ihre Hüften wurde fester. „Sina!", stöhnte er. „Sina!"

Instinktiv wusste sie, dass auch er kurz vor dem Höhepunkt war und nur auf ein Zeichen von ihr wartete. Ihre inneren Muskeln begannen sich augenblicklich um ihn zusammenzuziehen. „Jetzt!", hörte sie sich atemlos flüstern. „Oh Philip, jetzt!"

Er stieß ein dunkles Geräusch aus und hob sich ihr entgegen. Mit seinem Samen erfüllte eine nie gekannte Wonne ihren Körper, und sie wusste aus tiefstem Herzen, dass es ihm ebenso erging.

„Du bist dir hoffentlich darüber im Klaren, dass du einen Baron heiraten wirst?", fragte Philip, als er wieder sprechen konnte.

Noch immer ein wenig atemlos von ihrem Liebesspiel, begann sie nun an seiner Brust zu kichern. „Du bist für mich durchs Feuer gegangen, Philip von Hoven. Ich wäre ja völlig bescheuert, wenn ich dich nicht für immer und ewig festnageln würde." Sie seufzte gespielt auf. „Oh ja, dieser blöde Adelstitel ist natürlich ein Makel, aber das ist wohl der Preis, den ich zahlen muss."

Mit beiden Händen umfasste er erneut ihre Taille und drückte Sina neben sich auf die Matratze, beugte sich dann über sie und sah ihr in die Augen. „Mit unserer Heirat wirst auch du adlig werden, Frau Baronin."

Vor Glück begann sie breit zu grinsen. „Ach herrje! Wie gruselig!“

„Ich habe übrigens beschlossen, Kontakt zu meiner Mutter aufzunehmen. Sie lebt mit ihrem jetzigen Mann in Paris. Helge hat mir ihre Adresse verraten.“

„Das finde ich gut, Philip.“ Sina war überrascht – und sie liebte es, wenn Philip sie auf positive Weise überraschte.

„Ich möchte ihre Version hören, und ich habe keine Ahnung, warum ich nicht schon früher darauf gekommen bin.“

Ernst sah sie ihn an. „Alles im Leben hat seine Zeit. Wer weiß, vielleicht möchte sie ja sogar zu unserer Hochzeit kommen.“

„Wir werden sehen. So oder so werde ich dir Heiligabend einen protzigen Verlobungsring an den Finger stecken“, versprach er. „So wie es sich gehört.“ Er grinste. „Helge wird begeistert sein.“

„Und mein Vater wird höchstwahrscheinlich nach Rom fahren und im Petersdom eine Kerze anzünden, wenn er davon erfährt.“ Sina fand den Gedanken so urkomisch, dass sie einen waschechten Lachflash bekam und sich kaum wieder beruhigen konnte.

EPILOG

„Seht sie euch nur an, Mädels!“ Luisa seufzte hingerissen und schob sich das nächste Stück Heidelbeer-Sahne-Torte zwischen die Lippen. Die drei Freundinnen saßen zusammen vor dem Kamin im Blauen Salon des Gutshauses, aßen die wunderbare Torte, die Isabell gezaubert hatte, und sahen hingerissen dabei zu, wie Kjell, Rafael und Philip den riesigen Weihnachtsbaum schmückten. Erst in der vergangenen Woche hatten sie beschlossen, möglichst jedes Weihnachtsfest gemeinsam zu verbringen, und in diesem Jahr würden sie die Tradition feierlich auf Gut Hoven ins Leben rufen.

Morgen war Heiligabend, und die Männer hatten sich geradezu darum gerissen, das Schmücken des Baums zu übernehmen. Es war herrlich, sie dabei zu beobachten und ihnen zuzuhören, wenn sie sich um den besten Platz für dieses oder jenes kostbare Stück stritten. Siegmund Freud, Kjells und Isabells lustige Promenadenmischung, sprang immer wieder aufgeregt zwischen den Beinen der Männer hin und her, während der große Lancelot in aller Gemütsruhe auf seiner Decke neben der Tür lag und dem Treiben eher gelangweilt zusah.

„Sind das nicht einfach prachtvolle Exemplare der Gattung Mann?“, fuhr Luisa mit ihrer Schwärmerei fort, lehnte sich im Sessel zurück und verschränkte die Hände unter dem schaukelnden Pferdeschwanz.

„Ein Traum! Alle drei!“, stimmte Isabell zu und ließ ebenfalls ein leises Seufzen hören.

„Wenn man sie so ansieht, könnte man fast glauben, man sei geradewegs im Himmel gelandet, nicht wahr?“ Sina musste lachen. „Hm, eigentlich könnten sie doch ihre Hemden ausziehen, was meint ihr?“

„Au ja, dann wäre es perfekt.“ Spielerisch fächelte Luisa sich Luft zu.

„Hey, ihr Grazien, wir können euch hören!“, rief Rafael ihnen zu, zwinkerte frech, wackelte mit den Hüften und tat so, als würde er sein Hemd aufknöpfen. Typisch Rafael. Damit brachte er sie alle drei zum Lachen.

„Im nächsten Jahr werdet ihr schon zu dritt sein“, sagte Sina eine Weile später zu Isabell. „Es ist immer wieder ein Wunder.“

Ihre Freundin nickte strahlend, stellte den Kuchenteller ab und strich sich mit der Hand über ihren kleinen Bauch. „Ja, das ist es. Ich bin schon so gespannt, wie unser Baby aussehen wird.“ Sie sah auf und blickte ihren Freundinnen nacheinander in die Augen. „Ihr werdet wundervolle Patentanten sein. Alle beide.“ Isabell strahlte sie förmlich an und sah dabei aus wie ein leibhaftiger Weihnachtsengel. Seit sie schwanger war, schienen sich ihre goldblonden Locken nur noch stärker zu kräuseln. „Und wisst ihr was? Ich habe mir gerade überlegt, dass wir das nächste Weihnachtsfest auf Valentine Rock verleben könnten, was meint ihr dazu?“

„Das ist eine tolle Idee!“, rief Luisa begeistert.

„Valentine Rock?“, fragte Sina. Sie hatte den Namen noch nie gehört.

„Das ist mein Besitz in Cornwall“, erklärte Isabell trocken und grinste.

„Stell dir vor, Isa, ich habe gerade verstanden, das wäre dein Besitz in … Cornwall?“

„Du hast alles richtig verstanden, Liebelein. Dein Gehör funktioniert super, also mach dir keine Sorgen. Im Ernst, Sina, durch das Erbe meines verstorbenen ersten Mannes besitze ich tatsächlich ein Gut in Cornwall. Ein Cousin von mir, meine Eltern und meine erste Schwiegermutter kümmern sich für mich darum.“

„Das darf doch nicht wahr sein!“ Sina schüttelte den Kopf und lachte. „In was für eine dekadente Clique bin ich hier nur hineingeraten? Seit ich denken kann, war es mein Bestreben, vor dem Reichtum meines Vaters zu flüchten, und jetzt bin ich plötzlich für den gesamten Rest meines Lebens von stinkreichen Leuten umgeben. Wenn diese Entwicklung keine eigene Komik hat, dann weiß ich auch nicht.“

„*Ich* bin nicht reich, wenn dich das beruhigt", erklärte Luisa hastig. „Das heißt, nicht sonderlich … also … nicht so reich wie Isabell oder der olle Baron."

„Sobald du mich geheiratet hast, wirst auch du im Geld schwimmen, Kleines", mischte sich Rafael erneut ins Gespräch ein. „Schließlich habe ich einen verdammt lukrativen Vertrag mit dem Ami unterschrieben, der meine Elfen-Comics verfilmen will." Die beiden anderen Männer nickten anerkennend.

„Stimmt allerdings", bestätigte Luisa lapidar und zuckte schmunzelnd die schmalen Schultern. „Ich heirate ja einen Künstler, der obendrein noch eine Gärtnerei geerbt hat. Ich korrigiere mich, Sina, ich werde bald reich sein, man glaubt es ja nicht!"

„Hab ich da eben etwas von Heirat gehört?", erkundigte sich Philip und fiel, genau wie Kjell, in das Lachen der Frauen mit ein, die sich noch immer über Luisa amüsierten.

„Na ja, wir wollten es euch eigentlich erst morgen Abend verkünden …" Rafael zeigte sein typisches schiefes Lächeln. „Sie hat nämlich Ja gesagt. Es wurde Zeit, dass ich sie festnagle, bevor sie mir noch mit einem Bibliothekar durchbrennt."

„Er hat mich in den tief verschneiten Holundergarten geschleppt und hatte sogar jede Menge Kerzen dort aufgestellt, ich hatte nicht die geringste Chance", ergänzte Luisa. „Gott, war das romantisch!"

„Na, da schau an!" Philip klopfte seinem Freund auf die Schulter. „Gut gemacht, Angel! Dann haben wir ja tatsächlich mal etwas gemeinsam. Auch meine Angebetete hat mich zum glücklichsten Mann der Welt gemacht und meinen Antrag angenommen."

Sina musste lachen, als ihre Freundinnen zu jubeln begannen und in die Hände klatschten. Auch Philip und sie hatten vorgehabt, es ihnen erst morgen mitzuteilen, wenn sie alle zusammen um den prächtigen Baum sitzen würden. Nun sah sie gerührt dabei zu, wie die drei Männer sich nacheinander herzlich umarmten.

„Habt ihr etwas gegen eine Mehrfachhochzeit einzuwenden?", fragte Kjell und blickte in die Runde. „Ich meine, als Bella und ich geheiratet haben, war von euch allen nur Lu dabei. Ihr zwei …" Er sah seine Freunde an. „Ihr seid noch nicht hier gewesen, und ich habe euch schmerzlich vermisst. Im Frühjahr wird die neue Scheune fertig sein, und wir könnten dort wundervoll feiern. Es wäre doch großartig, wenn auch Isabell und ich am Tag eurer Hochzeiten unser gegenseitiges Versprechen wiederholen würden, zumindest symbolisch."

„Ich wäre dabei", stimmte Rafael zu. „Im Mai erblickt ja auch euer Nachwuchs das Licht von Lunau, Großer, dann feiern wir die Taufe gleich mit."

„Oh, das wäre so wundervoll!", rief Luisa, stand auf und warf Rafael die Arme um den Hals.

Sina und Isabell erhoben sich ebenfalls.

Isa ging zu ihrem Mann und küsste ihn. „Tolle Idee, Doc", sagte sie.

Sinas Blick tauchte in den von Philip. Er lächelte sie zärtlich an, dann setzten sie sich fast gleichzeitig in Bewegung und gingen aufeinander zu. Sina schmiegte sich in seine Arme und sah zu ihm auf, streichelte sanft seine Wange.

„Auch uns wäre es eine ganz besondere Ehre, unseren großen Tag mit euch zu teilen", verkündete Philip feierlich.

„Wo ist der Champagner?", erklang plötzlich eine sonore Stimme. Alle drehten sich um.

Der alte Baron stand in der Tür zum Salon, lächelte breit und rieb sich dabei zufrieden die Hände. Sein Blick ruhte auf Philip und Sina. Und ihm war deutlich anzusehen, wie glücklich er war.

„Prachtvoll!", schob er noch nach, und niemand von ihnen hätte genau sagen können, ob er den Baum oder die Aussicht auf die großen Feierlichkeiten meinte, die ihnen schon sehr bald ins Haus standen. „Enkel, sieh zu, dass wir etwas zum Anstoßen bekommen! Ich möchte auf euch trinken, meine Kinder!" Sein Blick fiel auf Kjell. „Doktor, ruf deine Mutter und ihre komische Freundin an. Ich finde, sie sollten dabei sein."

Kaum eine Stunde später saßen sie alle gemeinsam vor dem Kamin, bewunderten den fertig geschmückten Baum und genossen ihr Zusammensein. Bis auf Isabell, die bei Orangensaft bleiben musste, tranken alle Champagner, stießen einige Male auf ihr Glück an. Noch einmal unterhielten sie sich über das letzte große Feuer.

„Immerhin habt ihr es geschafft, noch vier Pferde da rauszuholen“, sagte Philip und nickte Kjell und Rafael zu. „Das war großartig!“

„Eine Stute haben wir leider verloren. Sie lag bereits am Boden ihrer Box. Wir hatte keine Chance mehr“, bemerkte Rafael. „Das liegt mir noch immer im Magen.“

„Es hätte noch viel schlimmer kommen können“, entgegnete Kjell. „Das war das reinste Inferno da drinnen.“ Sein Freund holte tief Luft. „Im Grunde grenzt es an ein Wunder, dass du Sina und dich da überhaupt noch rausbekommen hast, Phil. Und dann seid ihr beide auch noch ohne nachhaltige Blessuren davongekommen. Meine Herren, das hätte wirklich anders ausgehen können. Während Sinas Erstversorgung hatte ich noch einige Bedenken, muss ich zugeben.“

In diesem Moment erhob sich Lancelot. Seine Pfoten machten auf dem Parkett des Salons unüberhörbar tapsende Geräusche, sodass sofort alle auf den großen Schäferhund schauten, der sich ja üblicherweise dadurch auszeichnete, dass er leise schnarchend irgendwo in einer Ecke lag und nichts und niemandem große Beachtung schenkte. Langsam kam er zu ihnen herüber, steuerte zielsicher Sina an und legte seinen mächtigen Kopf auf ihren Schoß. Philip glaubte nicht richtig zu sehen. Wie selbstverständlich begann sie den Hund zwischen den Ohren zu kraulen. Mit einem herzerweichenden Blick aus seinen dunkelbraunen Augen sah Lancelot zu ihr auf und wich nicht mehr von ihrer Seite.

„Wir brauchen noch eine Flasche“, sagte der alte Baron. Alle lachten.

Philip betrachtete Kjell und Rafael und spürte eine tiefe Zufriedenheit in sich aufkommen. Auch sie hatten Lunau erneut zu ihrem Lebensmittelpunkt erkoren. Die drei Musketiere von Lunau waren nun endgültig heimgekehrt. Sie würden füreinander und für die Königinnen ihrer Herzen einstehen, wann immer es nötig wurde, dessen war er sich gewiss.

Sein Blick glitt weiter zu Sina, und eine Welle puren Glücks durchflutete ihn, wärmte sein Innerstes bis in die kleinste Faser hinein. Wie immer fand er sie wunderschön, ihr Anblick verzauberte ihn, machte ihn atemlos. Er konnte es kaum erwarten, sein ganzes Leben mit ihr zu teilen. Jeden Tag, jede Minute und jede einzelne Sekunde an ihrer Seite würde er genießen. Selbst wenn es mal schwierig werden sollte, würde ihre Liebe sie tragen, daran hatte er keinen Zweifel.

Sina erwiderte seinen Blick, und ihm erschien es, als hätte sie seine Gedanken gelesen, denn sie lächelte ihm zu und nickte leicht. Aus ihren Augen strahlte ihm die tiefe und umfassende Liebe entgegen, die sie für ihn allein empfand. Sein Leben war perfekt.

– ENDE –

Heidelbeerkompott „à la Anke Tossen“

250 g Heidelbeeren, TK oder frisch
100 ml Orangensaft
100 ml Kirschsaft
Etwas Zimt
1 Sternanis
2 EL Kartoffelstärke
4 EL kaltes Wasser, um die Stärke anzurühren
Eventuell Puderzucker

Zubereitung:
Heidelbeeren, Säfte, Gewürze und eventuell den Puderzucker zusammen aufkochen.
Einige Minuten köcheln lassen.
Kartoffelstärke im kalten Wasser anrühren, langsam hinzugeben und nochmals gut aufkochen lassen.
Heiß und kalt ein Genuss!

Variante:
Schmeckt auch wunderbar, wenn man einen guten Schuss Orangen-, Johannisbeer- oder Kirschlikör hinzugibt.

Buchweizenpfannkuchen

180 g Mehl
200 g Milch oder Schmand
2 Eier
80 g Zucker
¼ Vanillestange
½ unbehandelte Zitrone
1 Prise Salz
Butterschmalz zum Ausbacken

Zubereitung:
Eier trennen.
Eiweiß zusammen mit dem Zucker und dem Vanille-Mark steif schlagen.
Zitronenschale sehr fein reiben (nur eine wirklich unbehandelte Zitrone verwenden!).
Mehl, Eigelb, Milch/Schmand, Salz und die abgeriebene Zitronenschale miteinander verquirlen.
Dann das Eiweiß vorsichtig darunterheben und anschließend mit einer Kelle kleine Portionen in die heiße Pfanne geben und ausbacken.
Kurz vor dem Servieren mit Puderzucker bestreuen.
Heidelbeerkompott schmeckt dazu besonders gut.

Varianten:
Deftig mit gebratenem Speck und Zwiebeln
oder: aufgerollt mit Frischkäse und Räucherlachs
oder: mit frisch gebratenen Waldpilzen und Zwiebeln.
Der Fantasie sind keine Grenzen gesetzt.

Heidelbeerglühwein

200 g Heidelbeeren, TK oder frisch
1 Messerspitze Muskat
1 gute Prise Zimt
50 g Zucker
1 Flasche Rotwein, trocken
200 ml Orangensaft (100 % Fruchtgehalt)
1 Spritzer Zitronensaft

Zubereitung:
Bis auf den Rotwein alle Zutaten kurz zusammen aufkochen, von der Kochstelle nehmen und 10 Minuten ziehen lassen.
Je nach Geschmack die Heidelbeeren im Glühwein pürieren, ganz lassen oder durchsieben. Danach den gesamten Rotwein dazugeben und noch einmal erhitzen, nicht kochen!
Zum Wohl!

Heidelbeerpunsch

200 g Heidelbeeren, TK oder frisch
500 ml Johannisbeersaft
200 ml Orangensaft
100 ml Johannisbeerlikör
1 Spritzer Zitronensaft
2 Zimtstangen
5 gehäufte EL Zucker
Alles zusammen erhitzen – nicht kochen!

Variante ohne Alkohol:
Statt Johannisbeerlikör Johannisbeersirup, Holunder- oder Kirschsirup verwenden.

QUELLENNACHWEIS

Eichendorff, Joseph Freiherr von. Gedichtsammlung „Frühling und Liebe“. In: Eichendorffs Werke in zwei Bänden. Philipp Reclam Jun., Leipzig 1930.

DANKSAGUNG

Danke an:

– Christine Wawerek für die hervorragende und umfassende Beantwortung aller medizinischen Fragen, die sich mir während des Schreibens auftaten. Vor allem das Thema Schwangerschaftserbrechen von Dir erläutert zu bekommen, war ein unerwartetes Vergnügen! (Ich sag nur: *Strychnos nux-vomica!*)

– meine Freundinnen, die mir verzeihen, wenn ich mich wochenlang nicht melde, weil ich mal wieder tief im Schreibprozess stecke.

– meine Lektorin Daniela Peter für ihre Arbeit, ihre Geduld, aber auch dafür, dass sie sich so wundervoll auf meine ganz persönliche Arbeitsweise einlässt. Ich weiß, es ist nicht immer leicht.

– Angelo Winter und Lennart Graupner von husky-media, Hamburg, für tolle Fotos, verlässliche Begleitung und Betreuung bei Lesungen und Conventions – und natürlich für die großartige Erstellung und Betreuung meiner Homepage: www.susanneschomann.de

– meine Leserinnen, Leser und engagierte Bloggerinnen – von Herzen! Eure Begeisterung macht mich glücklich!

– die beste Familie der Welt!

Und noch mal: Peter, Du mein Held, Retter, Muse! Ich liebe dich! Heute. Morgen. Immer!

Susanne Schomann
Der Holundergarten
Band-Nr. 25817
8,99 € (D)
ISBN: 978-3-95649-111-5
eBook: 978-3-95649-406-2
304 Seiten

Susanne Schomann
Wilder Wacholder
Band-Nr. 25768
8,99 € (D)
ISBN: 978-3-95649-042-2
eBook: 978-3-95649-346-1
320 Seiten

Susanne Schomann
Die Farbe des Mondes
Band-Nr. 25740
8,99 € (D)
ISBN: 978-3-95649-002-6
eBook: 978-3-95649-306-5
448 Seiten

Ab Januar 2016

Susan Wiggs

Mit dir für immer

Mason erträgt die Idylle seiner alten Heimat nur schwer. Fasziniert von der sanften Alice, stimmt er zu, noch länger zu bleiben. Noch ahnt Mason nicht, dass sie ihm zeigen wird, was in seinem Leben fehlt …

Band-Nr. 25892

9,99 € (D)

ISBN: 978-3-95649-259-4

eBook: 978-3-95649-507-6

416 Seiten

Susan Wiggs

Was mein Herz berührt

Der alleinerziehende Vater Logan sehnt sich nach einer Frau, die sein Leben mit ihm teilt – die scharfzüngige, unabhängige Darcy ist gar nicht sein Typ. Bei Spaziergängen im verschneiten Wald und an Abenden vor dem knisternden Kaminfeuer berühren ihre Seelen einander …

Band-Nr. 25788

9,99 € (D)

ISBN: 978-3-95649-073-6

eBook: 978-3-95649-368-3

304 Seiten

Deutsche Erstveröffentlichung